I0657582

Pavel Kornev

Coter

Schurke

thank you for being
my Reader!
Kithout you Books
ARE Rothing!

PAVEL KORNEV Kop

Der Weg eines NPCs

Buch 1

MD
BOOKS

Magic Dome Books

Toter Schurke: Der Weg eines NPCs Buch 1
Buch Nr. 1 Originaltitel: The Dead Rogue: An NPC's Path,
Book 1
Copyright ©P. Kornev, 2017
Covergestaltung ©V. Manyukhin, 2017
Deutsche Übersetzung © Annika Tschöpe, 2019
Lektor: Lilian R. Franke
Erschienen 2019 bei Magic Dome Books
Alle Rechte vorbehalten
ISBN: 978-80-7619-046-7

Die Personen und Handlung dieses Buches sind frei erfunden.

Jede Übereinstimmung mit realen Personen oder Vorkommnissen wäre zufällig.

Inhaltsverzeichnis

Kapitel Eins

Eine pestverseuchte Leiche

1

DIE FUSSFESSEL WAR zwar mit hypoallergenem Kunststoff überzogen, aber dennoch juckte die Haut darunter wie verrückt. Ich zog das Ortungsgerät so weit wie möglich vom Knöchel weg, damit ich mich richtig kratzen konnte. Das Gerät reagierte mit Vibrieren und Summen.

„Ganz ruhig, Genosse Major", sagte ich schnell. „Im Westen nichts Neues!"

In dem Ortungsgerät, das Straftäter unter

Hausarrest kontrollieren sollte, steckten so viele elektronische Module, darunter GPS, GLONASS, Wi-Fi, GSM und sogar ein Höhenmesser, dass ganz sicher auch ein einfaches Mikrofon darin zu finden war. Welchen Rang der für mich zuständige Kontrollbeamte tatsächlich hatte, war dabei ziemlich egal — etwas Anteilnahme zeigte oft große Wirkung. Zumindest hatte ich jemanden, mit dem ich reden konnte.

Ich stand schon im zweiten Monat unter Hausarrest und vermisste den normalen Kontakt zu anderen Menschen allmählich sehr. Schließlich war ich kein abgebrühter Verbrecher oder Soziopath — ich war einfach zur falschen Zeit am falschen Ort gewesen.

Genauer gesagt hatte ich einen Job am falschen Ort gehabt.

Dabei hatte alles so gut angefangen! Mein Gehalt war nicht schlecht, es gab eine Reihe von verlockenden Nebenleistungen und hervorragende Aufstiegschancen. All das ging allerdings den Bach runter, als die Geschäftsführung der Bank der Geldwäsche beschuldigt wurde und hinter Gittern landete! Mit den illegalen Machenschaften hatte ich nie etwas zu tun gehabt, doch da der Großteil der Zahlungen über meine Abteilung gelaufen war, konnte mein Verteidiger nicht viel mehr für mich herausholen als das Zugeständnis, dass ich unter Hausarrest gestellt wurde. Immerhin besser als Gefängnis.

Aha, da meldete sich mein Anwalt ja schon ...

Ich griff zu meinem summenden Smartphone, das nur Anrufe von einer einzigen Nummer entgegennehmen konnte, und hielt es mir ans Ohr.

„Guten Abend, Jan", begrüßte ein heller Bariton mich.

„Hallo, Boris."

„Jan, ich habe gute Nachrichten!"

„Im Ernst?"

Das Leben hatte mir in letzter Zeit nur selten gute Nachrichten gebracht. Vielmehr war es dem Gefühl, wiederholt einen Hammer gegen den Kopf gehauen zu bekommen, immer ähnlicher geworden.

„Wieso sollte ich lügen? Es gab heute Abend irgendeinen Störfall im Datenzentrum, und angeblich sind die Aufzeichnungen zu einigen besonders dubiosen Transaktionen deiner Abteilung verloren gegangen. Ich weiß nicht, ob das stimmt oder nicht, aber die Staatsanwaltschaft ist endlich bereit, sich auf einen Deal einzulassen. Wenn du Beweise gegen Kogan lieferst, wirst du im Gegenzug als Zeuge eingestuft und nicht mehr als Angeklagter. Dazu gibt es komplette Immunität vor Strafverfolgung."

„Einverstanden", erwiderte ich ohne das leiseste Zögern, denn ich hatte keineswegs die Absicht, den ehemaligen Vorstandsvorsitzenden der Bank zu decken.

„Das habe ich mir gedacht", lachte Boris. „Den Deal haben wir in der Tasche, aber jetzt darfst du auf keinen Fall einen Fehler machen. Entspann dich. Hör Musik, sieh fern, steig in deine Gaming-Box ..."

„Ich dachte, ich darf das Internet nicht benutzen?", fragte ich überrascht und warf einen Blick auf die Virtual-Reality-Kapsel.

„Das ist ein ganz anderes System. Ich sage dir das als dein Anwalt: Das gilt nicht als Verstoß gegen deine Auflagen. Morgen wird kein leichter Tag, deshalb würde ich dir dringend raten, beziehungsweise sogar darauf bestehen, dass du dich entspannst und ausruhst. Die nächste Zeit wird sicher sehr nervenaufreibend und wir müssen bis zum Ende stark bleiben."

Der Anwalt legte auf, also warf ich das Smartphone aufs Sofa und ging zu der Kapsel, die ich von der Bank als Prämie für einen meiner Geschäftsabschlüsse bekommen hatte. Bislang hatte ich nie die Zeit für ein längeres Virtual-Reality-Abenteuer gefunden, sondern war nur ein wenig im Startbereich herumgelaufen, den erfahrene Spieler abschätzig als „Laufstall" bezeichneten. Trotzdem war es mir immerhin gelungen, mit meinem Schurken Level 9 zu erreichen. Noch ein Level, dann konnte ich in die Hauptwelt.

Wieso also nicht?

Zumindest würde mich das ablenken und ein bisschen entspannen ...

DAS HAUPTMENÜ von *Türme der Macht* empfing mich mit dem stummen Glanz einer Palasthalle. Mein Schurke tauchte wenige Meter über dem Steinboden auf und landete geschickt, ohne das leiseste Geräusch zu verursachen. Ich war es, der sich nun aufrichtete, denn ich hatte den Schurken nach meinem Ebenbild kreiert.

John Shadow, Schurke. Level 9
Stärke: 9
Beweglichkeit: 14
Konstitution: 11
Intelligenz: 10
Wahrnehmung: 11
Gesundheit: 99
Ausdauer: 103
Energie: 94
Schaden: 6-10

Tarnung: +9

Kritische Schäden bei Angriffen im Tarn-Modus, Hinterhalten oder Angriffen auf ein gelähmtes Ziel.

Manche Werte ließen sich im Zuge der Charakterentwicklung auf Kosten anderer erhöhen, aber davon hielt ich nichts. Zehn Punkte galten als Minimum und alles, was darunter lag, hatte erhebliche Einschränkungen zur Folge. Reduzierte man die Wahrnehmung, wurde man ein halbblinder Maulwurf, der nicht genau zielen konnte und nie im Leben einen kritischen Treffer landen würde. Bei reduzierter Intelligenz konnte man nicht einmal die simpelsten Schlösser öffnen. Der Zweck eines Schurken sind nicht die heimlichen Angriffe, sondern die Vielseitigkeit. Genau das, was man brauchte, wenn man keine Freunde unter den Spielern und keinen Clan hatte.

Auf dem Boden leuchtete ein rotes Pentagramm. Ich trat hinein und fiel durch die Steine auf das unebene Pflaster des Platzes, in dessen Mitte der anmutige Turm der Macht in den Himmel aufragte.

Im Spiel war es später Abend. Über Old Gardens, der kleinen Stadt für neue Spieler, senkte sich rasch die Nacht. Das war gut, denn

† Coter Schurke †

ein Schurke wie ich, dem es auf Tarnung ankam, konnte nichts besser gebrauchen als Dunkelheit.

Ich rückte meinen Waffengurt zurecht, der von einem Kurzschwert und einem Dolch beschwert wurde, und marschierte eine schmale Seitenstraße hinunter, die vom Platz wegführte. Der Ausgangsort war nicht besonders groß — für Neulinge interessant waren lediglich der Stadtpark mit seinen beiden Verliesen, der sumpfige Fluss und die Katakomben unter dem Kloster. Man konnte einige Aufgaben für die Charaktere erledigen, die in der Stadt wohnten, doch für mich waren sie im Augenblick nicht von Interesse. Ich wollte nur etwas abschalten.

Im Laufen rupfte ich ein hellgrünes Blatt von einem Baum und zerrieb es zwischen den Fingern. Als ich daran schnupperte, stieg mir ein extravaganter, angenehmer Duft in die Nase. Alles in diesem Spiel wirkte vollkommen real, aber das überraschte mich nicht besonders — daran war ich gewöhnt. *Türme der Macht* verwendete anders als die Konkurrenzprodukte wie *Schwerter & Feuer* oder *Distant Space* eine patentierte Technologie, mit der die Spieler Informationen über die virtuelle Welt erfassen und kleinere Details selbst ergänzen konnten. Das Gehirn diente also im Prinzip als eigener Server, der die Prozessleistung der Gaming-

7

† Der Weg eines NPCs †

Hardware verstärkte.

War also der Duft von den Erschaffern des Spiels programmiert worden oder hatte ich ihn mir selbst ausgedacht?

Wer konnte das schon sagen?

Aber es spielte auch keine Rolle ...

AUF DEM PLATZ vor dem Kloster waren ungewöhnlich viele Menschen versammelt und ein Mönch mit einem Stück Pergament in der Hand trat aus einer Gasse.

„Könnte der edle Herr den Stadtpark von dem Untoten befreien?", fragte er mich, während er mir eine Karte entgegenstreckte.

Möchtest du die Quest „Boshafte Leiche" annehmen?

[Ja / Nein]

Ich willigte ein, nahm die Karte und sah mir das Ziel genau an. Einfacher ging es kaum — ich musste lediglich die langsam umherwankende Leiche beseitigen, die ich auch ohne spezielle Quest schon häufiger in Stücke gehackt hatte.

Auf der Karte erschien ein grüner Punkt, der die Höhle markierte, die ich aufsuchen sollte, und ich machte mich auf den Weg in den Park. Der Mönch bat keine anderen Spieler um Hilfe,

8

sondern kehrte zu meiner Erleichterung zurück in die Gasse.

Eine persönliche Quest? Das war großartig! Mir fehlten nur noch wenige Erfahrungspunkte, um Level 10 zu erreichen. Also hieß es, den Zombie erledigen und dann nichts wie raus aus der Stadt, damit ich mich ausruhen konnte.

DER PARK WAR groß und ungepflegt. Ringsherum verlief ein heruntergekommener Zaun, in dem magische Kristalle mit gelbem Licht funkelten. Neben der Höhle mit dem einsamen Zombie gab es irgendwo zwischen den Bäumen den Eingang zu einem viel größeren Verlies, doch der Herrscher der Skelette, der tief darin hauste, konnte nur von einer großen Spielergruppe besiegt werden. Dorthin wagte ich mich nie, sondern jagte lieber nur Füchse, Wölfe und gelegentlich einen Untoten.

Nachdem ich eine Steinbrücke über dem ruhigen, kleinen Fluss mit seinem sumpfigen Ufer überquert hatte, aktivierte ich den Tarn-Modus und verschmolz mit den Schatten. Meine Energieanzeige bewegte sich sofort abwärts und ich war froh, dass ich Intelligenz und Wahrnehmung nicht reduziert hatte, denn das hätte sich negativ auf diese Werte ausgewirkt.

✝ Der Weg eines NPCs ✝

Die Markierung auf der Karte führte direkt zu meinem Ziel, sodass ich nicht über die dunklen Wege wandern musste. Ich bog nur ein einziges Mal ab - als ich ein Kaninchen unter einem Baum entdeckte.

Dank meiner Tarnung konnte ich mich ganz dicht an das Tier heranschleichen. Ich durchbohrte ihm mit dem Schwert das Rückgrat und tötete es mit dem ersten Angriff.

Kritischer Treffer! Schaden: 20
Das Kaninchen wurde getötet!
Erfahrung: +5 [1658/1730]

Zu schade, dass das bei Wölfen längst nicht immer klappte — Gehör und Geruchssinn waren bei diesen Raubtieren so gut ausgeprägt, dass sie mich meistens viel zu früh bemerkten.

Ich wartete kurz, tauchte dann wieder in den Schatten ein und bewegte mich durch das dichte Gebüsch unterhalb des Hügels auf das Verlies zu. Vorsichtig betrat ich den leeren Eingang zur Höhle und machte mich im schwachen Schein des Schimmels, der die Wände bedeckte, auf die Suche nach dem Kadaver.

Hier roch es ... ziemlich schlecht. Der Gestank von totem Fleisch und Verwesung stieg mir in die Nase.

In meiner Kehle regte sich ein unangenehmes Gefühl, doch ich konnte die Übelkeit schnell unterdrücken und stieg vorsichtig weiter über die menschlichen Knochen hinweg, die hier und da verstreut lagen. Ich durfte kein Geräusch verursachen.

Die wandelnde Leiche befand sich in einer entlegenen Ecke des Verlieses. Dick und aufgequollen stand sie neben einer versiegelten Kiste, in abgerissenen Lumpen, die ihre mit Pusteln übersäte Haut nicht verbergen konnten.

Erneute brach eine Welle fauligen Gestanks über mich herein. Ich hielt den Atem an und schlich mit gezogenen Klingen in beiden Händen von hinten um die Leiche herum. Der leuchtende Schleim an den Wänden gab nicht genug Licht ab, doch meine Sinne waren so scharf, dass ich die weißen Knochen in der Dunkelheit schimmern sah und ihnen ausweichen konnte.

Die Leiche nahm mich nicht wahr, und ich griff sie hinterrücks an, indem ich erst mit dem Schwert zustieß und direkt danach mit dem Dolch.

Die wandelnde Leiche wurde getötet!
Die Quest „Boshafte Leiche" ist abgeschlossen!

✝ Der Weg eines NPCs ✝

Erfahrung: +350 [2008/2070]

Du steigst ein Level auf!

Ich entschied mich gegen neue Fähigkeiten, sondern erhöhte meine Beweglichkeit sowie meine Tarnung. Dann klappte ich den Holzdeckel hoch, und mit einem Mal wurde ich von stählernen Fangarmen umklammert, die aus den Schatten des Verlieses heraus zuschnappten.
Schattenfallen: Du bist gelähmt!
Erlittener Schaden: 37 [73/110]

Ich versuchte, mich loszureißen, doch mein Körper gehorchte mir nicht.
„Grüße von Kogan!", flüsterte jemand hinter mir.

Erlittener Schaden: 37 [36/110]

„Du hättest den Mund halten sollen!"

Erlittener Schaden: 37 [0/110]
Du bist gestorben!

† Coter Schurke †

2

00:01:00 ... 00:00:59 ... 00:00:58 ...

DER TIMER ZÄHLTE langsam die Zeit, bis ich wieder ins Spiel zurückkehren konnte, doch innerlich war ich wie erstarrt und fassungslos. In meinem Kopf flatterten die Gedanken umher wie panische Spatzen.

„Was zum Teufel?", rief ich ins Leere.

Meinte Kogan, er könnte mir Angst einjagen, indem er einen Charakter in einem virtuellen Spiel umbringen ließ? Was sollte dieser Irrsinn?

Oder war das nur eine Warnung? Ein Hinweis auf das, was mich in der Wirklichkeit erwartete?

Ich musste sofort meinen Anwalt anrufen!

Doch ich konnte nicht ins Hauptmenü wechseln, da ich wieder ins Spiel geworfen wurde.

ES WAR DUNKEL und eng, und irgendetwas drohte, mir den Brustkorb zu zerquetschen.

Ich spannte die Muskeln an, versuchte, das Gewicht wegzudrücken, und meine Hand glitt durch ein bröseliges Hindernis. Ich versuchte, aufzustehen ... und stellte fest, dass ich mich aus einem flachen Grab in der mir bereits vertrauten Höhle erhob, die in den Schimmer der schleimbedeckten Wände getaucht war.

Was ging hier vor sich? Man konnte nur im Startbereich am Turm der Macht wieder in das Spiel einsteigen!

Offenbar hielt ich etwas umklammert. Ich sah genauer hin und schleuderte den Gegenstand von mir, der sich als menschlicher Schädel herausstellte, kunstvoll aus hellem Stein geschnitzt. Nachdem ich den Schädel weggeworfen hatte, starrte ich fassungslos und angewidert meine Hand an. Meine dicken, plumpen Wurstfinger waren mit Pusteln und violetten Leichenflecken übersät.

Nein! Das konnte einfach nicht sein!

Niemand starb in einem Spiel!

Ich blickte an mir hinunter und stellte fest, dass ich durch irgendeine Laune des Spiels im Körper einer wandelnden Leiche gefangen war. Als ich erschrocken zurückwich, stolperte ich über einen Knochen unter meinem Fuß und fiel ungeschickt zu Boden. Was zum Teufel war nur los?

Ich öffnete das Menü und starrte die ausgegrauten, inaktiven Tabs an, bis mir auffiel, dass es auch keinen Menüpunkt zum Beenden gab. War das ein Fehler? Hatte man mich gehackt? Wurden die Spielserver gerade durchgestartet? Ich musste die Admins kontaktieren!

Eine Möglichkeit zum In-Game-Chat oder Versenden von Nachrichten war jedoch auch nicht mehr vorhanden.

Mich überkam schreckliche Panik, sodass ich meine aufgequollenen Finger zusammenpressen und mich mit aller Kraft beruhigen musste. Das war alles kein Problem. Alles kein Drama. Ich musste nur einen der anderen Spieler um Hilfe bitten, und sie würden sich mit den Admins in Verbindung setzen, um das Problem zu lösen.

Ganz simpel!

Mühsam erhob ich mich vom Boden und wankte im unbeholfenen Zombie-Gang durch die Höhle. In der Dunkelheit fand ich mich einwandfrei zurecht, doch je näher ich dem hellen Licht am Ausgang des Verlieses kam, desto stärker verschwamm alles vor meinen Augen.

War denn schon wieder Tag? Hmm ... das war komisch.

Ich schirmte die Augen mit der Hand ab und trat unter den freien Himmel. Sofort fing meine Haut an zu qualmen.

Helles Sonnenlicht! Wahrnehmung um 75 %

---

reduziert!
Erlittener Schaden: 1 [22/23]
Ausdauer: -3 [17/20]

Ein unerträglich greller Schein durchschnitt alles, was mich umgab. Blindlings machte ich einen weiteren Schritt, in der Hoffnung, mich in den Schatten der Bäume zu retten, doch sofort fügte die Sonne mir neuen Schaden zu. Verdammt! Ich würde den Schatten nie erreichen!

Wieder stieg Panik in mir auf, und mir blieb nichts anderes übrig, als zur Höhle zurückzuweichen. Als ich dort angekommen war, beruhigte ich mich ein wenig.

Es würde schon alles in Ordnung kommen. Es gab nichts zu befürchten. Früher oder später würde sich hier jemand blicken lassen. Dann würde sich die Sache schon klären lassen.

Plötzlich fiel ein Schatten über das Sonnenlicht, das von draußen in die Höhle schien — ich wandte mich um und nur deshalb tauchte der Level-3-Schurke neben mir auf und nicht in meinem Rücken. Ein Kurzschwert sauste auf mich zu, als ich den Angriff mit der linken Hand abwehrte und laut „Stopp!" rief.

Statt Worten kam ein unverständliches Knurren aus meiner Kehle, kurz darauf hieb die

Klinge in mein Handgelenk und trennte die Hand komplett ab. Sofort hing mein Arm nutzlos an mir herunter.

Erlittener Schaden: 5 [16/23]
Linker Arm verletzt!

„Warte kurz!", heulte ich, doch offenbar verstand der Schurke mich nicht.

Er hieb weiter auf mich ein. Ich ließ einen Angriff auf meinen Brustkorb zu, schwenkte zur Seite und schlug mit der rechten Hand nach ihm, doch ich konnte meinen wendigen Feind nicht einmal ansatzweise erwischen. In Sekundenschnelle raste die Klinge nieder und fuhr mir durch den Schädel. Die Schatten des Verlieses verschwammen zu undurchdringlicher Finsternis.

Du wurdest getötet!

DUNKELHEIT. GEWICHT. DAS Rascheln herabfallender Erde.

Ich stieg aus dem Grab und schleuderte den Schädel, der in meiner Hand auftauchte, erneut angewidert von mir. „Du Dreckskerl!", rief ich.

Doch aus meinem Mund ertönte nur ein

kehliges Knurren, deshalb schlug ich mit meiner aufgequollenen Faust vor Wut so fest gegen die Wand, dass meine Eiterbeulen aufplatzten.

Was zum Teufel war das? Ich konnte doch wohl nicht vergessen haben, wie man sprach!

Eine schreckliche Erkenntnis durchzuckte mich. Ich öffnete das Menü, wählte „Charakterattribute" aus und erstarrte vor Entsetzen, denn plötzlich wurde mir klar: Alles, was mit mir passierte, war kein zufälliger Fehler, sondern das Werk eines Hackers!

Wandelnde Leiche, Untoter. Level 1.
Stärke: 18
Beweglichkeit: 3
Konstitution: 23
Intelligenz: 1
Wahrnehmung: 5
Gesundheit: 23
Ausdauer: 20
Energie: 3
Schaden: 1-4

Verdammt! Der Hacker, der mich von Kogan gegrüßt hatte, hatte mir den Körper eines der Untoten verpasst, deren Intelligenz nur bei 1 lag. Dieser Zombie war nicht nur unterbelichtet, sondern nicht mehr als ein Tier! Die Entwickler rieten dringend davon ab, die Intelligenz unter 5 Punkte fallen zu lassen, denn dann konnte ein Charakter nicht einmal Sprache verstehen. Mit nur einem Punkt würde ich mich also mit niemandem verständigen können.

Verdammt noch mal. Der Hacker hatte sich nicht damit zufriedengegeben, mich im Spiel gefangen zu halten, sondern er verhinderte auch jede Interaktion mit anderen Spielern. Wie lange konnte ein Körper ohne Nahrung und Wasser in einer Virtual-Reality-Kapsel liegen, bis er starb?

Zwei Tage? Drei Tage?

Normalerweise würde das Spiel dann von einem Timer abgeschaltet, aber ich war mir sicher, dass mein Angreifer sich auch darum gekümmert hatte.

Der Störfall im Datenzentrum war also bestimmt kein Unfall gewesen.

Alles war von langer Hand geplant gewesen. Sie zerstörten die Beweismittel und schafften den Hauptzeugen aus dem Weg ...

Ich knurrte und wankte zitternd und unbeholfen auf den Ausgang aus dem Verlies zu. Die geringe Beweglichkeit machte mir sehr zu schaffen, meine schreckliche Unbeholfenheit wurde auch durch die eher guten Werte bei Stärke und Konstitution nicht wettgemacht.

Fest entschlossen trat ich aus der Höhle

---

ins Freie. Diesmal stach mir das Licht nur in den Augen, brannte aber nicht auf meiner blasenübersäten Haut.

Gedämpftes Sonnenlicht! Wahrnehmung um 50 % reduziert!
Ausdauer: -2 [18/20]

Alles um mich herum verschwamm und wurde in einen weißlichen Schleier getaucht, doch ich wankte unbeirrt weiter über die Lichtung auf die Bäume zu. Ein Schritt, dann noch einer, während die Ausdauer-Anzeige sich unaufhaltsam nach links bewegte. Noch ein Schritt, noch einer und dann noch einer ... Endlich konnte ich mich in den Schatten der Bäume retten, doch dort erwartete mich eine neue Überraschung. Wie immer eine unangenehme.

Diffuses Sonnenlicht! Wahrnehmung um 25 % reduziert!
Ausdauer: -1 [3/20]

Mein Versuch, mich unter das breite Blätterdach einer Eiche zu begeben, blieb erfolglos. Ich hatte erst die Hälfte der Strecke geschafft, als die Sonne meine restliche Ausdauer verbrannt hatte, sodass ich inmitten der Baumgruppe stehenblieb wie ein leergelaufenes Aufziehspielzeug. Meine Ausdauer wurde zwar mit der Zeit wiederhergestellt, doch bevor ich überhaupt einen Schritt tun konnte, reduzierte die Sonne sie wieder auf null. Musste ich wirklich warten, bis es dunkel wurde?

Die Zeit drängte! Wie lange war mein Körper bereits in der Kapsel?

Plötzlich hörte ich ein Rascheln — auf dem Boden entdeckte ich ein Kaninchen, das sich furchtlos in die Nähe des reglosen Untoten gewagt hatte. Kaum hatte ich wieder ein kleines bisschen Ausdauer, packte ich das Tier, drückte es mir an die Brust und drehte ihm mit meinen ungeschickten, aber kräftigen Fingern den Hals um. Das Kaninchen zitterte und fiel in sich zusammen, bevor ich Knochen knacken hörte. In meinen Händen blieb nur eine Fellhülle voller Knochen zurück.

Todesgriff!
Energie: -3 [0/3]
Ausdauer: +3 [3/20]
Das Kaninchen wurde getötet!
Erfahrung: +5 [5/100]

Ich verschwendete keine Zeit und wankte

auf die Eiche zu, stolperte über eine Wurzel, stürzte und kroch auf allen vieren weiter, ohne überhaupt zu versuchen, mich auf die Füße zu erheben. Im dichten Schatten wurde meine Ausdauer nicht mehr weggebrannt, also kauerte ich mich unter den Baum und versuchte, zu begreifen, was geschehen war.

Hatte ich Erfahrungspunkte gesammelt? War das bei NPCs überhaupt möglich?

Ein Blick auf meine EP-Leiste bestätigte das. Ich brauchte nur noch weitere 95 Erfahrungspunkte, um das nächste Level zu erreichen. Damit würde sich meine Intelligenz um eine Stufe erhöhen.

Also noch 19 Kaninchen? Nun, das war nicht unmöglich. Mir blieb sowie nichts anderes übrig.

Ich erhob mich mühsam und stürzte fast wieder zu Boden, weil sich mir ein Pfeil in die Schulter bohrte.

Erlittener Schaden: 6 [17/23]

Als ich mich umdrehte, stand ich einem Level-5-Jäger gegenüber, der eine grüne Jacke, enge Leggings und hohe Stiefel trug, hatte einen weiteren Pfeil in der Brust und versuchte, mich mit den Armen zu schützen.

„Nicht schießen!"

Mein unverständlicher Klageruf zeigte keine Wirkung, der Spieler hob schon wieder den Bogen. Weglaufen konnte ich nicht, deshalb bückte ich mich und torkelte auf den Schützen zu. Ich erreichte ihn, drehte mich zur Seite und versuchte, ihn mit der leeren Hand zu treffen, doch ich verfehlte ihn und hob erneut den Arm. Wieder daneben. Der Ranger legte den Bogen weg und zog seinen Dolch, bekam einen Hieb ins Gesicht und nahm den jämmerlichen einen Punkt Schaden, den ich ihm zufügte, kaum wahr, während er selbstsicher die Klinge in mein eitergefülltes Auge stieß.

Kritischer Treffer!
Du wurdest getötet!

DUNKELHEIT, DAS GEWICHT loser Erde und der Gestank des Verlieses. In meiner Hand wieder der Schädel, der mir mittlerweile richtig auf die Nerven ging. Ich schleuderte ihn mit aller Kraft an die Wand und heulte vor Enttäuschung und Scham auf.

Das Pulsieren in meinem verletzten Auge erinnerte mich an mein kürzliches Ableben, während mein ganzer Körper so schmerzte, als wäre er in Stücke gerissen und ungeschickt wieder zusammengesetzt worden.

Tot sein war sehr unangenehm. Ich verspürte zwar keinen Schmerz, wenn Klingen in meinen Körper eindrangen, doch jeder Tod kostete mich wertvolle Zeit, deshalb wollte ich auf keinen Fall noch einmal sterben. Ich würde mich nicht mehr mit Pfeilen durchbohren, in Stücke hacken oder mir den Schädel mit einem Hammer einschlagen lassen.

Jetzt würde ich die Spieler jagen!

Ich öffnete die Beschreibung meines untoten Charakters, fand jedoch nur eine positive Eigenschaft, nämlich ein neutrales Verhältnis zu anderen Untoten und Immunität gegen Todeszauber, Gift, Verfluchung, Bluten und aus unerklärlichen Gründen gegen Bannflüche. Das wurde mehr als nur ausgeglichen durch die Tatsache, dass Segen und Heilung keine Wirkung zeigen würden. Mein Todesgriff würde mir im Kampf gegen andere Spieler auch nicht helfen, da er keinen körperlichen Schaden zufügte, sondern das Opfer nur Ausdauer kostete.

Waffen! Waffen brauchte ich dringender als das Leben selbst. Mit bloßen Händen konnte man höchstens Kaninchen besiegen.

Hoffnungsvoll öffnete ich den Deckel der Kiste, fand darin aber nur eine Handvoll Kupfermünzen. Ich suchte in der Höhle, doch auch das blieb ohne Erfolg. Dann jedoch knackten ein paar Knochen unter meinen Füßen, also hob ich eins der Stücke auf und traute meinen Augen kaum.

Scharfer Knochen
Schaden: 1-2
Zusätzlicher Schaden durch Leichengift: 3 Sekunden lang 1 pro Sekunde
Haltbarkeit: 2

Das war doch schon mal etwas. Obwohl ich das Knochenstück mit meinen aufgequollenen Fingern kaum richtig festhalten konnte, gelang es mir schließlich, mich zu bewaffnen. Dann ging ich auf den Ausgang zu, an dem die Spieler eine Zeitlang stehenbleiben würden, um sich an das schwache Licht im Verlies zu gewöhnen. Ich quetschte mich in eine kleine Nische und wartete reglos auf mein erstes Opfer. Erstaunlicherweise war es nicht schwer, ganz still dazustehen, obwohl die Gefühle in mir hochschlugen.

Wie stand es um meinen echten Körper? Wie viel Zeit hatte ich noch? Würde ich aus diesem verfluchten Spiel entkommen können oder hatte der Hacker diese Option vollkommen deaktiviert? Und wo waren die anderen Spieler, verdammt noch mal!

Wie als Antwort auf meinen stummen Fluch bemerkte ich einen Schatten. Im Höhleneingang erschien ein unglaublich großer Priester in einem langen, ärmellosen Kettenpanzer mit einem Morgenstern im Gürtel.

Level 6! Verdammt!

Allerdings zog ich mich nicht zurück, sondern wankte aus der Nische und hieb ihm den Knochen so fest wie möglich in seinen dürren Hals. Der Treffer war gut, so gut, dass ein dichter Blutstrahl aus der Wunde schoss.

Kritischer Treffer! Schaden: 32

Der Priester schwankte, drehte sich um und ließ einen weiteren Angriff zu — der Knochen schnitt ihm die Schläfe auf, was ihn weitere acht Punkte Gesundheit kostete. Zu schade, dass ich nicht sein Auge getroffen hatte!

Rund um den Charakter des Spielers erschien ein grelles Licht, doch bevor der Priester seinen Zauber aussprechen konnte, zeigte das Leichengift Wirkung. Der Heilzauber löste sich spurlos auf!

Ich zielte mit dem Knochen auf das Auge meines Gegners, verfehlte es jedoch, während der verblüffte Spieler ein zweites Mal vergeblich versuchte, seinen Priesterzauber einzusetzen.

Das Gift störte seine Konzentration und verursachte zusätzlichen Schaden.

Der Priester wollte den Rückzug antreten, deshalb packte ich ihn mit der freien Hand, um ihm den Knochen fest in den Körper zu bohren, direkt oberhalb der Kante des Kettenhemds. Zu meiner Überraschung gelang es mir tatsächlich — die Ausweichfähigkeit meines Gegners war nicht besonders hoch. Und offenbar hatte er es nie für nötig gehalten, seine Beweglichkeit zu erhöhen.

Der nächste Hieb traf auf die Eisenringe des Kettenhemds, sodass der Knochen zersplitterte. Endlich kam der Priester zu sich und schwang seinen Morgenstern. Sein erster Treffer kostete mich ein Viertel meines Lebens, dann tauschten wir ein paar Schläge aus, doch Fäuste können gegen einen Morgenstern nicht besonders viel ausrichten. Sofort sank meine Gesundheit in den roten Bereich.

Glücklicherweise fügte das Leichengift meinem Gegner weiter Schaden zu, sodass er in Panik geriet. Statt weiter auf mich einzuschlagen, zog er ein Fläschchen mit Lebenselixier aus der Tasche. Ich packte seine Hand, damit er seine Gesundheit nicht wiederherstellen konnte. Nach einem kurzen Kampf konnte ich ihm ins Handgelenk beißen, doch sein Lederärmel war so fest, dass meine Reißzähne einfach aus meinem verfaulten Zahnfleisch fielen.

Das war jedoch egal. Ein kurzer Krampf schüttelte den Priester und er stürzte zu Boden. Das Gift hatte ihn erledigt.

Spieler Faroukh der Helle wurde getötet!
Erfahrung: +120 [125/200]
Du steigst ein Level auf!

Mich überkam die Euphorie, die ich immer verspürte, wenn ich ein neues Level erreichte, und schnell öffnete ich das Menü mit den Attributen meines Charakters. Ja! Ich konnte einen Punkt frei vergeben und das Menü funktionierte!

Den schwer verdienten Punkt setzte ich auf Intelligenz, meine weiteren Fähigkeiten musste ich nicht verändern. Der Todesgriff verbesserte sich automatisch und raubte seinem Opfer jetzt doppelt so viel Ausdauer.

Wandelnde Leiche, Untoter. Level 2.
Stärke: 18
Beweglichkeit: 3
Konstitution: 23
Intelligenz: 2
Wahrnehmung: 5

✟ Coter Schurke ✟

Gesundheit: 46
Ausdauer: 41
Energie: 7
Schaden: 1-4

Natürlich war ich noch lange keine Kampfmaschine, aber immerhin auch kein hilfloser Boxsack mehr. Mein Gesundheitswert war für den Laufstall gar nicht so schlecht. Außerdem wollte ich unbedingt eine einigermaßen normale Waffe.

Zu meiner großen Enttäuschung konnte ich nur das Fläschchen mit dem Heiltrank von dem getöteten Spieler mitnehmen. Ohne große Hoffnung goss ich mir den Inhalt in den verkrusteten Mund, doch wie erwartet tat sich nichts.

Interessant. Wie heilte man Tote?

Ich warf das leere Fläschchen weg und kehrte in den hinteren Teil der Höhle zurück, wo ich lange im Knochenhaufen suchte. Einen vergifteten Knochen konnte ich leider nicht finden, sondern musste mich mit einem einfachen, spitzen Stück begnügen, das aber immerhin einen Schaden von 1 – 3 verursachte.

ALS ICH AUS dem Verlies kam, wurde es im Park bereits dunkel, sodass sich meine Wahrnehmung nicht reduzierte. Zwischen den Bäumen flossen dunkle Schatten zusammen, als ich durch das Gebüsch auf einen der Wege abbog und auf das Tor zu stapfte. Mein Wiedergänger setzte unbeholfen einen Fuß vor den anderen und schwankte von einer Seite auf die andere, doch allmählich gewöhnte ich mich daran, wie sich diese groteske Figur bewegte, und erreichte rasch den eisernen Zaun.

Ich weiß nicht mehr, was ich mir davon versprach, aus dem Park herauszukommen. Dachte ich, ich könnte das Spiel verlassen, in meinen eigenen Körper zurückkehren, mit jemandem reden, und sei es nur ein NPC?

Nichts davon geschah. Ich erreichte nicht einmal das Tor. Kaum kam ich in seine Nähe, erstrahlten die magischen Kristalle auf dem Zaun in gleißend hellem Licht und stießen elektrische Blitze aus.

Eine Sekunde später war ich durchgegrillt …

DUNKELHEIT UND EIN flaches Grab, oberflächlich mit Erde bedeckt. Der nervige Schädel war wie immer in meiner Hand.

Außer mir vor Wut wankte ich auf den Höhlenausgang zu und schleuderte das steinerne Ding mit seinen gebleckten Zähnen ins Gebüsch.

Ich war es wirklich leid!

Der Knochen, den ich mir beim letzten Mal ausgesucht hatte, befand sich noch in meiner Inventarliste, also musste ich nicht in der Höhle nach einer Waffe suchen, sondern machte mich auf in den Wald. Mittlerweile war es stockdunkel und der Wahrnehmungs-Bonus, den die Untoten in der Nacht hatten, machte sich bemerkbar.

Mir fehlte nicht mehr besonders viel Erfahrung, um Level 3 zu erreichen, deshalb wollte ich Spielern aus dem Weg gehen und lieber Tiere jagen. Ein Untoter konnte es leicht mit einem Fuchs aufnehmen und sollte auch einen Wolf erledigen können. Ich hatte eine ganze Menge Gesundheit, deshalb war es schade, dass der Mangel an Treffsicherheit alles zunichtemachte.

Diesmal ging ich nicht auf den Zaun zu, sondern in die andere Richtung, und gelangte zum sumpfigen Flussufer. Ein gewundener Pfad führte mich zu einem Baumstamm, der über dem Gewässer lag, und leichtsinnigerweise versuchte ich, ihn zu überqueren. Allerdings war ich so unbeholfen, dass ich schon mit dem zweiten Schritt im Wasser landete.

Der Fluss erwies sich als ungewöhnlich tief, die Wasseroberfläche lag ein ganzes Stück über mir. Ich stellte mich schon darauf ein, wieder zu sterben, bemerkte jedoch, dass ich mich gar nicht unbehaglich fühlte. Ach ja. Tote mussten ja nicht atmen.

Es dauerte eine Weile, bis ich mühsam wieder ans trockene Ufer geklettert war, aber ich trug keine Verletzungen oder Wunden davon. Ich war gefallen, aber egal, das spielte keine Rolle. Das sollte ich mir für später merken. Vielleicht würde ich irgendwann einmal vor anderen Spielern davonlaufen? Tja, falls ich tatsächlich ein Level von mehr als 10 erreichte, würden die Anfänger vor mir davonlaufen!

Im Augenblick wollte ich dringend wissen, wie viel Zeit mir noch blieb, bevor ich im echten Leben sterben musste. Wie lange saß ich bereits in der Virtual-Reality-Kapsel?

Meine Stimmung war auf dem Nullpunkt, schlechter konnte sie eigentlich nicht werden. Doch leider ging es immer noch schlimmer ...

ALS VOR MIR am Fluss ein Hügel auftauchte, bog ich ab und ging über eine sumpfige Wiese, auf der Schlangen hin und her schossen und Blumen in der Nacht leuchteten, bis ich einen Ring aus steinernen Menhiren erreichte, die aus dem Boden ragten.

Plötzlich schlug nicht weit von mir entfernt ein Blitz ein und ich erstarrte. Meine Füße versanken langsam im weichen Boden, doch ich blieb reglos stehen und verfluchte meine schlechte Wahrnehmung.

Was war da los? Verdammt, ich konnte nichts erkennen!

Noch ein Blitz, dann ein Heulen und ein Aufschrei.

Sobald der Lärm verebbt war und der sanfte Schein eines Heilzaubers aus dem Steinkreis leuchtete, zog ich den Kopf aus dem klebrigen Morast und schlug einen großen Bogen. Bald lag der Sumpf hinter mir und vor mir war ein lückenhafter Zaun mit schiefen Pfosten zu sehen.

Ein verlassener Friedhof.

Wieder durchzuckte ein Kampfzauber die Dunkelheit, als ein Paladin in Rüstung durch das Tor schritt. In einer Hand hielt er ein Schild, in der anderen ein Langschwert. Level 10, das erkannte ich sofort, während der Krieger einen der Grabsteine umtrat, sich umdrehte und vom Friedhof flüchtete. Erdklumpen explodierten und flogen rings umher, als ein Ghul sich aus dem Grab erhob, weil der Lärm ihn gestört hatte.

Die menschenähnliche Kreatur mit gefährlichem Gebiss und scharfen Krallen jagte dem Eindringling hinterher, der ihre Ruhe gestört hatte, doch der Paladin lief nicht weiter, sondern lauerte der Bestie außerhalb des Friedhofs auf. Als ich das Tor erreichte, wehrte der Ritter die Angriffe des Ghuls mühelos mit seinem Schild ab, während zwei Level-9-Bogenschützen vom Volk der Elfen das untote Geschöpf in ein Nadelkissen verwandelten. Die Kreatur schlug wild um sich und sprang hin und her, sodass sie den Spieler ab und an mit den Krallen erwischte, deshalb musste der Heiler in grauem Umhang und spitzem Hut die Gesundheit des Kriegers wiederherstellen.

Die Idee war sehr gut, aber ich hatte einen noch besseren Plan.

Ich stieg durch ein Loch im Zaun auf den Friedhof und machte mich daran, einen Grabstein nach dem anderen zu rütteln und umzustoßen. Die Ghule, die daraus hervorkamen, fletschten zornig ihre schrecklichen Zähne und suchten zwischen den Gräbern irritiert nach Beute, ohne meine wandelnde Leiche in irgendeiner Weise zu beachteten.

Neutralität unter Untoten!

Ich hatte bereits zehn oder elf Grabsteine umgestoßen, als der Paladin zurückkam. Sofort wollte er flüchten, doch es war zu spät — die wilde Meute entdeckte den Menschen und rannte ihm hinterher. Ich konnte mit ihnen nicht Schritt halten und als ich endlich zurück in den Steinkreis gewankt kam, war bereits eine richtige Schlacht im Gange.

Die Bogenschützen, die keine Rüstung trugen, wurden im Handumdrehen in Stücke gerissen, während der Paladin geschickt das Schwert schwang und für sein Level erstaunliche Schäden anrichtete. Der Heiler versorgte seinen Begleiter mit einem Heilzauber nach dem anderen.

Das eingespielte Team hatte gute Aussichten, die Schlacht zu gewinnen, doch plötzlich ging ein Ghul, der sich aus der Meute gelöst hatte, auf den Zauberer los. Ein einziger Hieb mit der Klauenhand kostete die mickrige Gestalt die Hälfte ihrer Gesundheit, sodass sie den von Untoten umringten Paladin sofort vergaß.

Ein Kugelblitz aus dem Stab des Heilers traf einen Ghul und grillte ihn auf der Stelle. Jetzt ging ich zum Angriff über — diese Gelegenheit wollte ich mir nicht entgehen lassen.

Ein Schritt, zwei Schritte, Stich!

Der spitze Knochen glitt ohne auf Widerstand zu treffen durch den Umhang des Zauberers und bohrte sich tief in sein menschliches Fleisch. Der Getroffene drehte sich um und wollte einen Zauberspruch rufen, also

---

hieb ich ihm den Knochen in den geöffneten Mund.

Kritischer Treffer! Schaden: 28
Feind überwältigt!
Waffe zerstört!

Der Magier fiel auf den Boden, er drohte, am eigenen Blut zu ersticken. Ich beugte mich über ihn, um ihm den Rest zu geben, doch nun zeigte der Paladin seine außergewöhnlichen Fähigkeiten. Er warf sein Schild zur Seite, packte das Schwert mit beiden Händen, hob es hoch über den Kopf und ein gleißender Blitz stürzte vom Himmel. Die Ghule wurden in alle Richtungen geschleudert, ich selbst war gelähmt.

Himmelsschwert: *Verteidigung*
fehlgeschlagen!
Ausdauer: 0/41

Ich lag zusammengekrümmt auf dem Boden und konnte weder Hände noch Füße bewegen, als der Paladin direkt auf mich zukam, ohne den Ghulen Beachtung zu schenken. Der Spieler hatte in der Schlacht mit den Untoten schwer gelitten, seine Rüstung war verbeult und blutbespritzt, sodass sich der Paladin langsam und schwerfällig bewegte. Hinter dem Schlitz in seinem Helm loderte ein dunkles Feuer. Der Kämpfer sammelte kurz seine Kraft, packte das Langschwert wieder mit beiden Händen und hatte es bereits über den Kopf gehoben, als das Icon mit der Fähigkeit Todesgriff vor meinen Augen erschien.

Der bewusstlose Zauberer war leichte Beute, seine Ausdauer konnte ich leicht aus ihm heraussaugen. Meine Lähmung verschwand, sodass ich aufstand und mit der Faust durch die Kehle des Magiers hieb.

Einen Augenblick später stürzte das Schwert herab, die lange Klinge schlug mir auf der Stelle den Kopf ab. Vor meinen Augen drehte sich alles, als mein Schädel über den Boden rollte!

Sofort umgab mich wieder die vertraute Dunkelheit.

J

DUNKELHEIT, LOCKERE ERDE und Baumwurzeln. Baumwurzeln?

Ich kroch aus dem flachen Grab und stellte zu meiner Überraschung fest, dass ich mich nicht in der Höhle, sondern im Gebüsch am Rande der

Wiese wiederfand, in das ich den nervigen Schädel geschleudert hatte.

Auch der Steinschädel lag wieder in meiner Hand. Bestimmte er etwa darüber, wo ich respawnte? Über diese Frage wollte ich jetzt nicht nachgrübeln, denn die Sonne ging bereits auf und meine Haut fing im hellen Licht schon an, zu dampfen. Ich musste im dichten Schatten unter dem Blätterdach der Eiche Zuflucht suchen. Dort angekommen öffnete ich den Game Log und stieß ein glückliches Knurren aus.

Du steigst ein Level auf!

Ich hatte nicht nur Erfahrungspunkte für das Töten des Heilers bekommen — auch für die Bogenschützen, die von den Ghulen zerfetzt worden waren, gab mir das Spiel Erfahrung, als wäre ich der Anführer der Meute gewesen. Dadurch sprang ich sofort von Level 3 auf 5! Schnell investierte ich die drei freien Attributpunkte in Intelligenz und bewunderte das Ergebnis.

Pestverseuchte Leiche, Untoter. Level 5
Stärke: 18
Beweglichkeit: 3
Konstitution: 23

✝ Coter Schurke ✝

Intelligenz: 5
Wahrnehmung: 5
Gesundheit: 115
Ausdauer: 102
Energie: 25
Schaden: 1-4

Wow! Ich war keine wandelnde Leiche mehr, sondern eine pestverseuchte Leiche, und mein Todesgriff kostete meine Opfer jetzt nicht nur Ausdauer, sondern auch Lebenskraft! Außerdem war eine neue Fähigkeit namens „Aura der Angst" erschienen. Besonders stark hatte sich jedoch mein Aussehen verändert. Mein Körper war nicht mehr aufgequollen, die nässenden Pusteln waren abgetrocknet und stellenweise Leichenflecken gewichen. Bei Sonnenlicht reduzierte sich meine Wahrnehmung nun um fünf Prozent weniger, doch vor allem sahen meine Finger nicht mehr wie zu lange gekochte Würstchen aus, sondern konnten sich richtig biegen.

Ich war wirklich froh, dass ich von einer wandelnden Leiche zu einer pestverseuchten Leiche aufgestiegen war, aber ich verspürte auch allmählich Hunger. Das war nicht im Spiel — offensichtlich wollte mein Gehirn mir mitteilen, dass mein echter Körper Nahrung brauchte.

Leider ließ sich da im Augenblick nichts machen. Oder vielleicht doch? Mittlerweile reichte meine Intelligenz zum Sprechen aus. Worauf wartete ich also?

Nachdem ich den geheimnisvollen Schädel zwischen den Wurzeln der Eiche versteckt hatte, nahm ich den nächstgelegenen Pfad. Obwohl ich mich sehr bemühte, im Schatten zu bleiben, damit die Sonnenstrahlen meine Haut nicht verbrannten, verlor ich trotzdem einige Gesundheitspunkte und ein Drittel meiner Ausdauer.

Ich hatte sogar die Idee, mir einen Umhang zu besorgen, aber darüber dachte ich nicht weiter nach. Wenn es mir gelang, mit einem Spieler zu sprechen, wäre das nicht mehr nötig.

Erstaunlicherweise stieß ich jedoch nicht auf andere Spieler. Mir begegnete lediglich eine hübsche Elfe am Tor zum Park, deren grüne Kleidung wie eine zweite Haut an ihrem wohlgeformten Körper lag.

Eladriel Emeraldvine, Elfe. Druidin, Level 8

Ich streckte die Hände aus und stammelte rasch: „Ich will dir nichts tun! Ich bin auch ein Spieler und brauche Hilfe!"

Nun war kein Heulen und kein

unverständliches Stöhnen mehr zu hören. Ich sagte genau das, was ich sagen wollte – doch leider in einer unbekannten Sprache!

Kehlige Geräusche, kurze Sätze und fremde Sprachmelodie. Wenn ich nicht tot gewesen wäre, hätten mir die Haare zu Berge gestanden.

Die Elfe reagierte sofort. Sie warf eine grüne Kugel nach mir und packte mit beiden Händen ihren Kampfstab.

Wachsende Dornen: Verteidigung fehlgeschlagen!
Erlittener Schaden: 2 ... 4 ... 8 ...

Ein wild aussehender Kämpfer kam unverhofft von der Seite angesprungen, hob seine Keule und rief der Elfe zu: „Überlass das mir!"

„Geh weg!"

Ich entschied mich gegen den aussichtslosen Kampf und sprang ins Gebüsch, stürzte jedoch und wand mich nach zwei Schritten in Krämpfen. Schmerzen verspürte ich nicht, doch in mir wuchs etwas Fremdartiges. Meine Haut schwoll an und die stacheligen Triebe eines Dornbusches platzten hervor.

Erlittener Schaden: 64
Du wurdest getötet!

✝ Der Weg eines NPCs ✝

ERDE, HARTE EICHENWURZELN und Blätterrauschen über meinem Kopf.

Diesmal respawnte ich im Wald, genau dort, wo ich den Schädel versteckt hatte. Als ich aus dem Grab stieg, fielen mir mit Schaudern die Dornen wieder ein, die meine Innereien durchbohrt hatten, und ich beschloss, mir einen besseren Unterschlupf zu suchen. Zum Glück hatte der Wind Wolken herbeigetrieben, der Himmel war bedeckt. Zuallererst fiel mir der verlassene Friedhof ein, deshalb machte ich mich mit dem Schädel auf den Weg dorthin. Die ganze Zeit über beschäftigte mich die Frage: „Was ist nur schiefgegangen?"

Wieso redete ich nicht normal, sondern so ein Kauderwelsch? Was war das für eine Sprache? Wieso sprach ich sie? An mangelnder Intelligenz lag es eindeutig nicht.

LAUTE RUFE UND das Klirren von Stahl lenkten mich von meinen düsteren Gedanken ab. Vorsichtig wagte ich mich an den Rand des Waldes und erkannte sofort, dass der verlassene Friedhof als Unterschlupf nicht infrage kam. Ein halbes Dutzend Spieler war dabei, ihn methodisch von Ghulen zu befreien, indem sie ein Grab nach dem anderen untersuchten. Im Sonnenlicht waren die Untoten den Menschen nicht gewachsen. Wieder und wieder ertönten ihre Schreie.

„Der gehört mir!"

„Rühr ihn nicht an!"

„Überlass ihn mir!"

„Verschwinde, du Anfänger!"

Die Neulinge wetteiferten miteinander, riefen und fluchten. Den einsamen Untoten im Gebüsch beachtete niemand. Ich zog mich zurück, doch plötzlich erschien ein roter Punkt auf der Karte. Einer der Spieler hatte sich ein Haustier beschafft und der kleine Köter rannte wild kläffend direkt auf mich zu.

Im Wald konnte ich mich auf keinen Fall vor einem Hund verstecken, also musste ich in den Sumpf flüchten. Schon bald verstummte das Gebell, doch es hatte mich bis an den Fluss getrieben und ich musste nun am Ufer entlanglaufen.

Das Sonnenlicht, das durch die Wolken fiel, zehrte meine Ausdauer beunruhigend schnell auf. Ich hätte zwar untertauchen und im Wasser auf den Einbruch der Dunkelheit warten können, aber ich wollte keine Zeit verlieren. Als vor mir am Flussufer ein Hügel mit einer Art Ruine auf der Kuppe auftauchte, machte ich mich sofort auf den Weg dorthin, um mich vor den brennenden Strahlen zu schützen.

✝ Der Weg eines NPCs ✝

Ich schaffe es nur mit Mühe, den Abhang hochzusteigen. Ich befürchtete schon, ich müsste dort liegen bleiben, doch nein, irgendwie gelang es mir, mich in den Schatten einer verfallenen Mauer zu retten. Dort saß ich eine Weile und wartete, bis meine Ausdauer wieder so weit hergestellt war, dass ich die Ruinen erkunden konnte.

In der Mauer auf der Flussseite befand sich ein zerbrochenes Tor. Doch als ich hindurchtrat, gab eine Steinplatte unter meinem Fuß nach, während ein unangenehmes metallisches Quietschen ertönte. „Eine Falle!", schoss mir durch den Kopf, als auch schon ein an Ketten aufgehängter Baumstamm auf mich zugerast kam, gegen meine Brust prallte und mich den Hügel hinab schleuderte. Auf der Stelle verlor ich die Hälfte meiner Gesundheit, stürzte mit einem lauten Platschen ins Wasser und sank wie ein Stein zu Boden.

Ich kämpfte eine Weile gegen den Schlamm an, doch dann beruhigte ich mich, kam wieder zu Kräften und kletterte ans Ufer, über und über mit Unkraut und Schleim bedeckt. Ich traute meinen Augen nicht — der Fluss hatte die Böschung weggespült und eine grob gemauerte Steinwand freigelegt. Noch dazu befand sich in der Wand ein schwarzes Loch.

Im knietiefen Schlamm stieg ich durch die Rohrkolben und betrat das angenehm düstere Verlies. Es war geräumig und leer, bis auf eine stahlbeschlagene Kiste, an der ein großes Vorhängeschloss angebracht war. In der Nähe befand sich eine Treppe, doch der Weg nach oben war durch eingestürzte Mauern versperrt, während der untere Bereich vom Fluss überspült wurde, sodass die schleimigen Stufen ins dunkle Wasser führten.

Neben der Treppe lag eine dunkle Nische mit einer kleineren Holzkiste. Diese war nicht verschlossen, ich konnte sie sofort öffnen und ein Dutzend Goldmünzen, einen nicht identifizierten Zauberarmreif, ein verschlissenes Kettenhemd und ein rostiges Messer an mich nehmen, das 1-2 Schadenspunkte zufügen konnte.

Das Kettenhemd hatte zahlreiche Löcher und bot keinen besonders guten Schutz gegen Stiche oder stumpfe Waffen, aber ich legte es ohne Zögern an. Immerhin eine Art Rüstung!

Als Nächstes versteckte ich den verzauberten Schädel in einem Steinhaufen und machte mich mit dem Messer am Schloss der großen Kiste zu schaffen, leider ohne Erfolg. Ich drehte noch eine Runde durch das Verlies, konnte jedoch keine geheimen Gänge fingen und ging zurück zum Loch in der Wand. Draußen fing es an, zu regnen. Das schlechte Wetter wollte ich nutzen, um in den Wald zu kommen.

Ich brauchte nicht mehr viel zusätzliche Erfahrung, um das nächste Level zu erreichen, und je höher ich mit meiner pestverseuchten Leiche aufstieg, desto besser wurde meine Chance, ein Gespräch mit einem anderen Spieler zu überleben.

In der Nähe des Abhangs befand sich eine mit Rohrkolben bewachsene Sandbank, über die ich den bereits vertrauten Sumpf erreichte. Dort sicherte ich mir 50 Erfahrungspunkte, indem ich mit meinem neuen Messer Schlangen aufschlitzte. Schon bald war die Karte mit zahlreichen roten Punkten übersät, also musste ich vor den giftigen Kreaturen flüchten, die über mein Eindringen sehr erbost waren. Schlangengift zeigte bei mir zwar keine Wirkung, doch jeder Biss kostete mich einen oder zwei Gesundheitspunkte, die sich im Gegensatz zur Ausdauer nicht von selbst wiederherstellten.

Wie konnte ich mich nur heilen? Zur Hölle damit.

In einigem Abstand vom Friedhof ging ich tiefer in den Wald und stieß fast sofort auf einen tollwütigen Fuchs. Das Raubtier sprang mich an und biss mir heftig ins Bein.

Ich fletschte die Zähne, packte den Fuchs

im Nacken und setzte den Todesgriff ein.

Energie: -11 [14/25]
Gesundheit: +11 [34/115]
Ausdauer: +11 [102/102]

Jetzt war ich geheilt.

Ich investierte noch weitere elf Einheiten Energie, tötete damit den Fuchs und ging weiter. Die Erfahrung, die ich dafür bekam, reichte nicht aus, um Level 6 zu erreichen, aber auf meinem weiteren Weg entdeckte ich keine weiteren kleineren Waldbewohner, und um den Bären, den ich sah, machte ich einen großen Bogen. Er hätte einen Untoten mit Leichtigkeit in Stücke reißen können.

Der Regen wurde heftiger und es begann, zu dämmern. Damit wurden mir zwar keine Wahrnehmungspunkte mehr abgezogen, aber ich konnte auch nur noch wenige Schritte weit sehen. Ich verließ den dichten Wald, bog auf einen Pfad ab und lief unverhofft in einen Zauberer hinein.

Der große, dünne, blasse Nekromant schickte sofort einen Kampfzauber in meine Richtung, doch die Steinkugel zerbarst in geisterhafte Scherben, ohne mir Schaden zuzufügen.

✝ Der Weg eines NPCs ✝

Untote kommandieren: Immunität

„Stopp!", rief ich, als der Level-9-Nekromant seinen Stab hob, an dessen Spitze ein bedrohlicher Stahlhaken saß. „Warte!"

„Ein sprechender Untoter?", fragte der Nekromant erstaunt, senkte die Waffe jedoch nicht. „Was willst du, Kreatur?"

Der Nekromant und ich sprachen beide die seltsame kehlige Sprache, wodurch wir uns einwandfrei verständigen konnten. Er verstand mich und ich verstand ihn!

Was konnte ich sagen, was den Spieler nicht verschrecken oder zum Angriff veranlassen würde? In meinem Kopf schwirrte alles durcheinander, und ich stieß das Erstbeste aus, das mir in den Sinn kam.

„Eine Quest!"

Sofort öffnete sich das Menü zum Erstellen von Quests. Der Nekromant hielt den Stab hinter seinen Rücken und zeigte sich gnädig bereit, mich anzuhören.

„Sprich, Kreatur!"

Ich verlor keine Zeit und bot die Höchstbelohnung, die ich mir leisten konnte – zehn Goldstücke – dafür, dass er mir einen Umhang mit Kapuze, Schuhe, eine Hose, Handschuhe und einen Morgenstern brachte. Ich hätte auch zehn Prozent meiner gesammelten Erfahrung übertragen können, aber das hielt ich nicht für ratsam.

Zehn Gold waren für diesen Plunder mehr als großzügig.

Allerdings schien der Nekromant das anders zu sehen. Er runzelte die Stirn und zögerte, bis ich einen der Schieber rasch zur Seite bewegte und die Einzelquest in eine Serie von drei Aufgaben änderte.

Der Nekromant gab nach und machte eine abschätzige Handbewegung. „Du hast mich überzeugt, Toter. Warte hier."

Garth Deathblade hat deine Quest akzeptiert!

Der Zauberer verschwand, ich schloss die Systemnachricht und versteckte mich im Gebüsch. Wenn ich auf dem Pfad auf den Nekromanten gewartet hätte, wäre ich vielleicht auf andere Spieler gestoßen, und ich wollte auf keinen Fall sterben und Garth nicht wiederfinden.

Ich war mir nicht sicher, ob mich auch andere verstehen konnten, denn Nekromanten waren bei Spielern nicht besonders beliebt. Äußerst unwahrscheinlich, dass ich so bald einen anderen Nekromanten treffen würde.

Deshalb hatte ich ihm nicht sofort von meinem traurigen Schicksal erzählt. In virtuellen Welten wollte man abschalten und nichts von den Problemen anderer hören. Vielleicht hätte Garth dem Toten geglaubt und seine Hilfe nicht verweigert, aber es war genauso gut möglich, dass er mich zum Teufel geschickt hätte.

Eine Quest dagegen war etwas völlig anderes. Quests waren heilig.

DER NEKROMANT KAM zurück, als der Regen nachgelassen hatte und der Wind allmählich die Wolken von der Stadt pustete. Nachdem er seine Belohnung bekommen hatte, legte ich sofort den schwarzen Umhang aus grobem, schwarzem Stoff an und zog mir die Kapuze über den Kopf.

Meine Wahrnehmung war künftig nur noch um 10 % reduziert.

„Was jetzt?", fragte Garth eilig, während er mich mit roten Albino-Augen durchdringend anstarrte.

Das weiße Haar des Nekromanten flatterte im Wind und er sah ziemlich unfreundlich aus.

Ich beschloss, seine Geduld nicht überzustrapazieren, und legte die Ziele für die zweite Aufgabe fest.

✝ Toter Schurke ✝

Quest: Eine Nachricht überbringen
Belohnung: Hilfe im Spiel

„Hilfe?", erwiderte Garth höhnisch. „Womit könntest du mir schon helfen?"

„Untote kommandieren", entgegnete ich und erläuterte: „Wie viele Ghule kannst du gleichzeitig unter Kontrolle halten, Nekromant?"

Der Zauberer überlegte kurz. „Vier oder fünf. Wenn ich alle gleichzeitig übernehme. Wieso?"

„Ich werde fünf Ghule zusammentreiben. Mit dieser Unterstützung kannst du jedes Verlies hier leerräumen."

Der Nekromant schien zu zweifeln. Normalerweise wäre er kaum in der Lage, einen einzigen Untoten zu steuern, also war mein Angebot einigermaßen interessant.

„Was für eine Nachricht?", fragte Garth schließlich. „Und wem muss ich sie überbringen?"

„Es dauert nicht lange. Bist du einverstanden?"

Garth Deathblade hat deine Aufgabe akzeptiert!
Garth Deathblade ist vorübergehend dein Verbündeter.

✝ Der Weg eines NPCs ✝

Das stimmte — die Markierung, die die Position des Nekromanten auf der Karte anzeigte, leuchtete grün.

„Also, was ist die Nachricht?", wiederholte er ungeduldig. „Mach schon! Zeit ist Geld!"

In der virtuellen Realität war Zeit tatsächlich genauso wertvoll wie Geld, also ritzte ich meine Nachricht sofort mit dem Messer in den feuchten Boden. Zunächst schrieb ich die E-Mail-Adresse meines Anwalts auf und fügte dann auf Russisch hinzu: „Ich bin im Spiel gefangen. Ich komme nicht raus. Sag den Admins, dass das Programm gehackt wurde."

„Was zum Teufel soll das?", fluchte Garth, während er mir zusah.

„Mach einen Screenshot", verlangte ich, „und schick ihn an diese E-Mail-Adresse."

„Das gefällt mir nicht", erwiderte der weißhaarige Nekromant kopfschüttelnd. „Das ist eine Falle."

„Schick einfach die Nachricht!"

„Dazu muss ich das Spiel verlassen."

„Es muss nicht sofort sein", räumte ich ein, weil ich den Eindruck hatte, dass dieses unerfreuliche Zugeständnis nötig war.

„Naja, wenn es so ist ... In Ordnung, ich mache es ..." beschloss Garth widerwillig. „Jetzt bring mich zu den Ghulen."

✝ Loter Schorke ✝

„Komm mit, Nekromant ...“

ZU MEINER GROSSEN Erleichterung war niemand auf dem verlassenen Friedhof, nur die Grillen, die im Gras zirpten, und die Lerchen, die am klaren Himmel ihre Kreise zogen. Dampf stieg von der feuchten Erde auf, doch obwohl es warm wurde, legte ich die Kapuze nicht ab — der dicke Stoff schützte hervorragend vor der brennenden Sonne. Selbst meine Ausdauer nahm nicht mehr ab und ich wurde mittlerweile nur noch dadurch beeinträchtigt, dass sich meine Wahrnehmung um 60 % verschlechterte.

„Warte hinter dem Tor auf mich, Nekromant“, verlangte ich, als ich den Friedhof betrat und mit meinem Morgenstern auf die Grabsteine hämmerte, um die Ghule zu wecken.

Die Bewohner des Friedhofs hatten sich noch nicht richtig vom letzten Angriff erholt, deshalb musste ich mehrere Dutzend Gräber abgehen, bis ich die erforderliche Anzahl an Untoten zusammen hatte.

„Alles ist bereit, Nekromant!“, rief ich dann.

Sobald der Nekromant im Tor erschien, gingen die gefährlichen Mobs zum Angriff über. Eine Knochenkugel flog ihnen entgegen und sobald sie den ersten Ghul traf, explodierte der Zauber und zerplatzte in ein halbes Dutzend

Stücke. Auch ich wurde getroffen, sodass meine Sicht kurz verschwamm, doch sie wurde sofort wiederhergestellt.

Untote kommandieren: Immunität

Die Ghule dagegen waren nicht vor der Versklavung geschützt und sie fielen allesamt unter die Kontrolle des Zauberers.

Moment. Der Nekromant hatte alle bis auf einen gefangen! Die Bestie mit blau-schwarzer Haut brüllte wütend auf und sprang Garth an. Im letzten Moment konnte er den Angriff auf seinen Kopf mit seinem Stab abwehren.

Eine Sekunde später war ich bei ihm und hieb mit meinem Morgenstern auf den Ghul ein. Der Stachelball traf ihn mit der Wucht einer Kanonenkugel im Rücken, sodass er sofort 50 Gesundheitspunkte einbüßte. Meine Ausdauer reduzierte sich nur ganz leicht. Ich packte den Griff mit beiden Händen und hieb der Kreatur auf den Kopf, als sie sich zu mir umdrehte.

Daneben!

Der Ghul schlug mit seinen furchteinflößenden Krallen nach mir, konnte das Kettenhemd aber nicht durchdringen. Ich schlug noch einmal zu, jedoch ohne Erfolg. Schlimmer noch — die Krallen meines Gegners schlitzten mir den Arm bis auf den Knochen auf. Zum Glück war der Schaden nicht schlimm und meine Immunität schützte mich vor dem Leichengift.

Kurz darauf stieß Garth den Haken an seinem Stab in den Ghul und riss ihn im wahrsten Sinne des Wortes in Stücke.

Garth Deathblade hat den Alten Ghul getötet.
Erhaltene Erfahrung: +55 [844/1000]
Du steigst ein Level auf!

Level 6! Mit meinem Extrapunkt erhöhte ich meine Beweglichkeit, während der Nekromant mich nachdenklich ansah.

„Die Erfahrung wird zwischen uns beiden aufgeteilt?", fragte er stirnrunzelnd, winkte dann jedoch ab und verließ den Friedhof. Vier Ghule folgten ihm, wobei sie in der hellen Sonne leise winselten.

„Die Ghule werden nicht lange durchhalten!", warnte ich den Zauberer, als ich zu ihm aufgeschlossen hatte.

„Ich werde sie auch nicht lange behalten können", erwiderte Garth verärgert und nahm einen Schluck Mana-Elixier, um die Energie wiederherzustellen, die er für den Zauber verbraucht hatte. „Keine Sorge, sie werden schon nicht verrotten. Das Skelettverlies ist ganz in der Nähe."

Ein Skelettverlies? Nun, wenn die Erfahrungen so eintrudelten, wieso nicht?

AUF DEM WEG zur Höhle trafen wir mehrere andere Spieler. Manche sahen Garth respektvoll an, andere eher misstrauisch. Mir schenkte niemand Beachtung. Nur ein Untoter im Gefolge des Nekromanten, weiter nichts.

Am Eingang zum Verlies befand sich niemand — normalerweise wagten sich die Spieler dort nur in Gruppen von zehn bis fünfzehn Personen hinunter, da sich die unteren Ebenen sonst nicht erreichen ließen.

„Du gehst vor!", befahl Garth.

Da die Untoten mir gegenüber neutral waren, hatte ich nichts dagegen einzuwenden. Die Ghule waren von der Sonne außerdem ziemlich stark verbrannt worden, deshalb brauchten sie Schutz.

„Falls einer von uns stirbt, treffen wir uns auf dem Friedhof", meinte der Zauberer.

„In Ordnung, Nekromant", erwiderte ich, als ich vor ihm die Stufen hinabstieg.

Die Dunkelheit wurde durch brennende Fackeln an den Wänden gebannt, auf dem Boden lagen rissige Steinplatten. Am entlegenen Ende des Korridors bewachte ein Skelett mit einem Speer den Eingang zur Halle. Furchtlos ging ich direkt darauf zu und versuchte, ihm mit dem Morgenstern auf den Schädel zu schlagen. Unverhofft ging mein Schlag daneben. Das Skelett machte einen Schritt zurück und stach mit seinem Speer zu.

Verdammtes Ding!

Ich packte den Schaft, damit mein Gegner seine Waffe nicht einsetzen konnte, und hieb ihm weiter auf den Kopf. Die meisten Attacken gingen daneben, doch schließlich gelang es mir, ihm den Helm herunterzuschlagen, als ein Ghul neben mir auftauchte und dem Skelett mit einem Hieb seiner Klauenhand das Rückgrat brach.

Ich verdrängte das unangenehme Gefühl in der Brust, die von der Speerspitze durchbohrt worden war, stieg über den Knochenhaufen und wurde böse überrascht. Zehn Skelett-Bogenschützen warteten zwischen den Steinsäulen auf ihre ungeladenen Besucher. Ich wich zurück, doch meine pestverseuchte Leiche bewegte sich zu langsam. Viel zu langsam ...

Wusch! Wusch! Wusch!

Drei oder vier Geschosse schickten mich auf der Stelle zum Respawnen.

✝ Der Weg eines NPCs ✝

DUNKELHEIT, STEINE, PLÄTSCHERNDES Wasser ganz in der Nähe.

Ich kletterte aus dem Steinhaufen und kauerte mich in die Nische, da ich nicht aufstehen konnte. Die Schmerzen in meiner Brust ließen schnell nach, doch das Kettenhemd war durch viele Geschosse durchbohrt wurden und bot keinen Schutz mehr. Ein oder zwei weitere Treffer, dann hätte ich gar keine Rüstung mehr.

Als ich den Game Log etwas zurückscrollte, entdeckte ich die Mitteilung, dass Garth Deathblade das Spiel verlassen hatte.

Plötzlich hörte ich das Klirren von Ketten und einen dumpfen Aufschlag. Einen Augenblick später stürzte ein anderer Dummkopf, der die Ruinen auf dem Hügel besucht hatte, klatschend in den Fluss, doch offenbar war er ein echter Glückspilz. Nach seinem lauten Fluchen zu urteilen hatte der Spieler genug Gesundheit, um den Angriff zu überleben, ohne dass seine schwere Rüstung ihn nach unten zog.

Eine Reihe von Platschgeräuschen ertönte, dann wurde das schwache Licht noch schwächer und die geschmeidige Gestalt eines Dunkelelfen erschien in der Öffnung.

Iss El-Morten, Drow. Schurke, Level 10.

„Unglaublich!", rief der Dunkelelf aus und eilte direkt auf die Kiste zu.

Ohne sich im Verlies umzusehen, ließ er sich sofort vor dem Schloss auf die Knie fallen und machte sich mit seinem Werkzeug daran zu schaffen. Sobald ich den Öffnungsmechanismus klicken hörte, verließ ich die Nische und näherte mich dem Dieb. Er war damit beschäftigt, den massiven Deckel der Kiste hochzustemmen, und bemerkte mich erst, als wir nur noch wenige Schritte von einander entfernt waren. Ich entschied mich gegen einen Angriff mit dem Morgenstern, da ich damit nicht so genau zielen konnte, sondern packte den Drow und zerrte ihn auf die überspülten Stufen zu. Wir stürzten ins Wasser und rollten die Treppe hinunter in die Tiefe.

Der Schurke drehte sich um und hieb mir einen Krummdolch in die Hüfte, während ich meinen Todesgriff aktivierte. Der Dunkelelf wand sich hin und her, konnte sich jedoch nicht befreien und hieb daher hektisch weiter mit der Klinge auf mich ein. Er hatte mir erst die Hälfte meiner Gesundheit genommen, als seine eigene Gesundheitsanzeige erzitterte und rasch weniger wurde.

Luft. Er hatte keine Luft mehr in den Lungen!

† Der Weg eines NPCs †

Der Dieb ließ seinen Dolch los und krümmte sich, doch ich packte ihn nur noch fester, sodass er nicht an die Oberfläche gelangen konnte.

Spieler Iss El-Morten wurde getötet!
Erfahrung: +259 [1103/1200]
Du steigst ein Level auf!

Wow, ich hatte schon Level 7 erreicht! Wenn man Spieler tötete, levelte man also deutlich schneller, als würde man sich mit läppischen Mobs aufhalten.

Ich hielt mich nicht lange mit der Statistik auf und erhöhte die Beweglichkeit auf fünf Punkte. Von der Leiche nahm ich mir 50 Silbermünzen und ein Paar nicht identifizierte Stiefel, griff mir den Dolch, den der Schurke hatte fallen lassen, und stieg die überschwemmte Treppe wieder hinauf.

Ich musste so schnell wie möglich hier raus. Wenn ich der Drow wäre, würde ich nach dem Respawn schnellstmöglich wieder hier auftauchen, um mich an meinem Angreifer zu rächen und mir die verlorenen Gegenstände zurückzuholen. Das Verlies war für mich keine sichere Zuflucht mehr.

Zuallererst holte ich den Schädel, den ich

in der Ruine versteckt hatte, und nahm dann das Gold an mich, das wieder in der Holzkiste aufgetaucht war. Ich war bereits auf dem Weg zum Ausgang, als mir die zweite Kiste wieder einfiel, deren Deckel nun aufgeklappt war. Ich sah hinein und nahm einen seltsam aussehenden Dolch heraus — er war weiß und sehr leicht, aus einem gigantischen Knochen geschnitzt.

Knochendolch
Schaden an Skeletten: 500
Haltbarkeit: einmalige Verwendung

Ein Quest-Item für den Herrscher der Skelette? Egal, damit würde ich mich später befassen. Jetzt musste ich erst einmal zum Friedhof. Der Nekromant wartete dort vielleicht schon auf mich. Das wollte ich nur zu gern glauben.

4

GARTH WAR NICHT an unserem Treffpunkt. Ich wanderte eine Weile am Waldrand hin und her, wo ich den Eingang zum Friedhof im Auge behalten konnte, und ging dann tiefer in den

Wald, weil ich den Schädel in irgendeinem Loch verstecken wollte. Wenn ich zwischen den schattigen Ulmen respawnte, wäre ich nicht sofort der Sonne ausgesetzt, falls ich meinen Umhang verlieren sollte.

Ärgerlicherweise bekam ich es fast auf der Stelle mit ein paar Wildschweinen zu tun, und nur dank meiner Aura der Angst konnte ich einen Kampf mit den grauen Biestern vermeiden. Als ich ihnen endlich entkommen war, hatte ich fast meine gesamte Energie verbraucht, also kehrte ich zum Friedhof zurück.

Der Nekromant und ich entdeckten einander zur gleichen Zeit. Wir erhielten eine Systemnachricht.

Du hast Garth Deathblade getroffen!
Quest fortsetzen? [Ja / Nein]

Ich bestätigte, dass ich meine Verpflichtungen erfüllen wollte, und eine neue Nachricht erschien.

Garth Deathblade hat beschlossen, deine Quest fortzusetzen!
Garth Deathblade ist vorübergehend dein Verbündeter.
„Wurde die Nachricht verschickt,

Nekromant?", wollte ich wissen, denn seine Entscheidung machte mir Hoffnung.

Garth schob sich die Kapuze vom Kopf, fuhr sich mit den Fingern durch das weiße Haar und fragte dann unvermittelt: „Steckst du wirklich im Spiel fest oder ist das ein Scherz eines gelangweilten Admins?"

„Was?", entgegnete ich fassungslos.

„Ich habe die Nachricht durch einen Online-Übersetzer gejagt", erwiderte der Nekromant. „Dann habe ich die E-Mail-Adresse im Internet überprüft. Ich habe Land und Stadt herausgefunden, aktuelle Nachrichten durchforstet ..."

„Hast du die Nachricht verschickt, Nekromant?", unterbrach ich ihn. „Ja oder nein?"

„Habe ich, ganz ruhig", versicherte Garth mir. „Sofort, nachdem ich das Spiel verlassen hatte. Bislang ist keine Antwort gekommen."

„Wann war das?"

„Vor fünf Stunden."

Verdammt!, fluchte ich innerlich, obwohl ich unglaublich erleichtert war. Mein Anwalt wusste, dass ich in diesem Spiel gefangen war. Man würde mich bald hier herausholen.

„Also", fuhr Garth fort, „ich habe in den Lokalnachrichten nachgeforscht und bin auf die Story von einem Mann gestoßen, der beim

Spielen ins Koma gefallen ist. Der technische Support von *Türme der Macht* behauptet, der User sei nicht online und es handele sich um eine absichtliche Beschädigung der Gaming-Ausrüstung, für die sie nicht verantwortlich seien. Man hat das Opfer in der Kapsel gelassen und in ein Krankenhaus gebracht. Merkwürdigerweise in ein Militärkrankenhaus. Ist das dort, wo du herkommst, so üblich?"

Ein Militärkrankenhaus? Hatte man mich wirklich unter Bewachung gestellt? Oder war die Übersetzung fehlerhaft und es handelte sich um ein normales Gefängniskrankenhaus?

„So oder so, wenn du dieser Typ bist, musst du dir keine Sorgen machen. Solange du krankenversichert bist, werden sie dir schon nicht die Apparate abschalten", sagte Garth so leichthin, als ginge es für mich nicht um Leben oder Tod.

„Man wird mich hier rausholen!"

Der Nekromant kicherte seltsam und schlug vor: „Ich höre mir gern deine Geschichte an und gebe dir gute Ratschläge, wenn du die Ghule zusammentreibst. Ich muss für eine Quest ein Rudel Wölfe vernichten."

„Und was ist mit dem Skelettverlies?", fragte ich, denn mir war aufgefallen, dass sich Garth noch immer auf Level 9 befand.

✝ Toter Schurke ✝

„Allein ist das zu schwierig", verzog der Zauberer das Gesicht. „Also, bist du dabei oder trennen sich unsere Wege? Ich habe keine Zeit zu verschwenden!"

„Ich bin dabei, Nekromant", nahm ich sein Angebot an. „Ich habe drei magische Gegenstände, kannst du herausfinden, welche Eigenschaften sie haben?"

„Was bekomme ich dafür?", kicherte Garth.

„Du kannst dir einen aussuchen und behalten."

„Dann lass mal sehen."

Ich gewährte dem Magier Zugriff auf mein Inventar. Die Stiefel und der Armreif bereiteten ihm keine Probleme, doch um den Dolch zu identifizieren, musste der Nekromant einen Zauberspruch anwenden.

Armreif der Beweglichkeit (Teil eines Sets: 1 von 2)
Beweglichkeit: +1
Stiefel der Tarnung
Tarnung: +10 %
Geschwindigkeit im Tarn-Modus: +5 %
Haltbarkeit: 20

Schattendolch
Schaden: 1-3

† Der Weg eines NPCs †

Kritischer Schaden: x 3
Wahrscheinlichkeit kritischer Schäden: +10
%

„Der Dolch gehört mir." Erwartungsgemäß suchte Garth sich den wertvollsten Gegenstand aus.

Ich protestierte nicht, sondern legte mir den Armreif um, zog die Stiefel an und machte mich auf den Weg zum Friedhof. Die Ghule ließen sich problemlos aus den Gräbern locken — wie üblich stieß ich die Grabsteine um und rief dann den Magier herbei. Er leistete gute Arbeit und schaffte es, alle fünf Mobs gleichzeitig zu kontrollieren.

„Der Wolfsbau ist ganz in der Nähe", sagte Garth und erkundigte sich dann: „Was ist dir angeblich passiert? Wie kommt es, dass du hier festsitzt?"

Ich berichtete ihm, was geschehen war.

„Moment", hakte Garth überrascht nach. „Das war also kein Bug? Dafür ist ein Hacker verantwortlich?"

„Genau."

„Das ist ja echt übel, mein Freund. Jetzt verstehe ich auch, wieso der Zauberspruch ‚Untote versklaven' nicht funktioniert hat. Du bist im Prinzip ein Spieler im Körper eines NPC!"

✠ Toter Schurke ✠

Garth lachte, als hätte er die Lösung zu einem Rätsel gefunden, an dem er schon lange knackte. „Wie heißt du?"

„John", stellte ich mich mit der englischen Version meines Namens vor.

„John, kannst du auf den Log zum Zeitpunkt deiner Ermordung zugreifen?"

Ich machte eine ratlose Geste.

„Wie denn?"

„Sieh einfach nach. Geh die Tabs durch."

Ein junger Wolf hüpfte aus dem Gebüsch und wurde auf der Stelle von den Ghulen zerfetzt.

„Such weiter, John, such weiter. Wir kommen hier schon zurecht."

Ich öffnete das Systemfenster und sah mir der Reihe nach sämtliche Tabs an. Erstaunlicherweise hatte Garth recht — einer der Bildschirme enthielt die Übersicht zu meinem Schurken. Allerdings war sie inaktiv.

„Ich sehe die Angaben zu meinem alten Charakter", berichtete ich dem Nekromanten.

„Sieh dir die Game Logs an!", riet er mir, während er ein Ritual ausführte, um sich einen Zombie-Wolf zu erschaffen. „Sie müssen irgendwo geblieben sein."

„Oh! Jetzt habe ich sie gefunden. Was habe ich davon?"

„Schick mir den Zeitpunkt der Ermordung

in unseren Gruppenchat."

„Das geht nicht. Ich habe nur Lesezugriff."

Garth überlegte kurz, fuhr sich mit der Hand durch das weiße Haar und schlug vor: „Öffne die Einstellungen, aktiviere das Feld „Besondere Optionen" und wähle dann „Text in Sprache" und „Sprache in Text". Dann kannst du Nachrichten an berechtigte Spieler schicken, die für dich in Sichtweite sind."

Genau das tat ich.

„Ja, das hat geklappt!"

Schattenfallen: Du bist gelähmt!
Erlittener Schaden: 37 [73/110]
Erlittener Schaden: 37 [36/110]
Erlittener Schaden: 37 [0/110]
Du wurdest von Spieler Jemand Jemand getötet.

Der Nekromant hielt inne, als würde er etwas nachschauen, und stieß dann einen Pfiff aus.

„Wow! Level 99! Tja, dem werden wir jetzt die Suppe gehörig versalzen!"

„Was machst du?"

Garth lachte. „Ich habe mich beschwert. Der PvP-Modus steht eigentlich erst zur Verfügung, wenn ein Neuling Level 10 erreicht hat, aber Charaktere mit einem hohen Level dürfen nicht in den Laufstall. Das ist ein direkter Regelverstoß."

„Wird man sich nicht fragen, wieso ich mich nicht selbst beschwere?"

Der Nekromant lachte nur. „Ich habe geschrieben, dass der Vorfall dich emotional so mitgenommen hat, dass du noch nicht dazu in der Lage bist, dich wieder ins Spiel einzuloggen. Du wirst schon sehen — das wird klappen. Es klappt immer."

„Und was habe ich davon?"

„Begreifst du denn nicht?" Garth seufzte. „Das Spiel selbst kann man nicht hacken, also muss irgendeine Hardware an der Kapsel angebracht worden sein, oder die Verbindung wurde angezapft. Der Hacker musste deinen Charakter hier ausfindig machen, um dich in den Körper eines Toten zu bugsieren. Somit kann er nichts weiter machen, solange er vom Spiel ausgeschlossen ist. Stopp! Der Bau ist hier ganz in der Nähe!"

Das stimmte — nacheinander tauchten zahlreiche rote Punkte auf der Karte auf.

„Verdammt!", fluchte der Nekromant. „Das sind mehr Wölfe, als ich dachte!"

Ich bewaffnete mich gerade noch rechtzeitig mit dem Morgenstern. Das Rudel ging sofort zum Angriff über, riss einen der Zombies, die der Nekromant erschaffen hatte, in Stücke und biss zwei Ghulen in die Pfoten. Der Kampf war in vollem Gange. Ich schlug einem Wolf den Schädel ein, zertrümmerte einem zweiten das Rückgrat und holte direkt erneut aus — das hatte ich meiner besseren Beweglichkeit zu verdanken.

Der Nekromant wirbelte seinen Stab umher, um eine riesige Wölfin in Schach zu halten, die so groß war wie ein kleines Kalb. Die Ghule kamen ihm zur Hilfe und rissen das Ungeheuer mit Leichtigkeit nieder, während ich es allein mit vier kräftigen Wölfen aufnehmen musste. Dem ersten Wolf schleuderte ich die stachelige Kugel meines Morgensterns in das aufgerissene Maul, spürte jedoch sofort Bisse an Hüfte und Handgelenk. Auf der Stelle wurde meine Gesundheitsleiste gelb, doch dann ertönte hinter mir ein lautes Knacken und Knochensplitter flogen umher, die die Raubtiere wie Zaubergeschosse niedermähten.

Die Ghule erledigten die verletzten Wölfe im Handumdrehen, aber Garth sah sich verwirrt um.

„Die Quest ist nicht abgeschlossen", verkündete er, dann merkte er plötzlich auf. „Oh! Die Beschwerde wurde beantwortet. Dein Hacker wurde für drei Monate aus dem Spiel verbannt."

„Schreib was über mich! Schreib, dass ich im Spiel feststecke!"

„Bist du verrückt geworden?", wunderte sich der Nekromant. „Sie würden dich einfach löschen! Deinen Untoten löschen, weil es ihn gar nicht geben dürfte!"

„Aber wieso?"

„Weil die Admins bereits geantwortet haben, dass du nicht im Spiel bist! Stell dir nur mal vor, wie der Aktienkurs des Unternehmens abstürzen würde, wenn diese Story ans Licht kommt. Dass jemand im Spiel feststeckt, ist der Albtraum aller Entwickler."

„Aber vielleicht ist das eine Lösung? Sie löschen meinen Untoten und ich wache auf?"

Garth holte Mana-Zaubertrank hervor und schüttelte den Kopf. „Das glaube ich nicht. Du würdest nicht verifiziert werden. Du bist als Schurke ins Spiel gekommen und jetzt ein Untoter. Wer weiß, wo du landen würdest. Im Augenblick kannst du zumindest spielen."

„Verdammt!", fluchte ich. „Wie konnte das überhaupt passieren?"

Der Nekromant zog mit seinem Stab eine Linie um den zerfetzten Körper der Wölfin und meinte: „Wenn du deine alte Statistik einsehen kannst, hat der Hacker vermutlich einen Code für Doppelklassen benutzt, der nicht implementiert wurde. Als das Spiel gestartet wurde, waren solche Klassen geplant, doch letztendlich beschränkte man sich dann auf Spezialisierungen und Berufe."

„Woher weißt du das alles?"

„Ich bin im Prinzip seit den Anfangstagen mit dabei."

„Und trotzdem erst auf Level 9?", fragte ich ungläubig.

„Ach so", lachte Garth. „Ich verkaufe Charaktere. Ich level sie auf 24 hoch und verkaufe sie dann. Es gibt unterschiedliche Optionen."

Auf Level 25 bekam ein Spieler seine Spezialisierung, aber ich erkundigte mich nicht weiter, wie das eine mit dem anderen zusammenhing, sondern stellte eine andere Frage. „Wieso kann ich meine Fähigkeiten als Schurke dann nicht einsetzen?"

„Das bleibt so, bis das Level deiner neuen Klasse das Level der alten erreicht. Das wirst du als NPC allerdings niemals erleben."

„Ich level aber hoch!"

„Im Ernst?" Der Nekromant klang sehr erstaunt, während er zusätzliche Kraft in den Zauberspruch „Tote zum Leben erwecken" investierte. „Verstehe! Bei fast allen Quests richtet sich die Schwierigkeit nach dem Level der

Spieler. Die Levels der Mobs erhöhen sich auch …"

Der Zauber, der sich um Garth herum ausbreitete, war eiskalt, es roch nach einem geöffneten Grab, dann erhob sich die zerfetzte Wölfin ruckartig und unbeholfen vom Boden. Blutiger Sabber tropfte aus ihrem geöffneten Maul auf den Boden, während in ihren Augen ein dunkles Feuer loderte.

„Hervorragend! Einfach hervorragend!", stieß der Nekromant erleichtert aus. „Jetzt können wir uns mit dem Wolfsbau befassen!"

Wir bahnten uns unseren Weg durch das Gebüsch und blieben am Eingang zur Höhle stehen. Die Ghule liefen in das Verlies und einer von ihnen wurde direkt in Fetzen fauligen Fleisches zerrissen. Ein riesiger, schwarzer Werwolf zerfleischte sein Opfer im Bruchteil einer Sekunde und sprang sofort auf das zweite untote Monster zu. Sein schrecklicher Kiefer schlug krachend zusammen, als sich die Reißzähne in die Klauenhand des Ghuls bohrten, und mit einem Ruck seines Kopfes riss das Untier sie ihm vom Körper. Einen Augenblick später hatte es den Ghul bereits ausgeweidet und setzte direkt zum nächsten Angriff an.

Garth warf eine Eissphäre und die Pranken des Werwolfs froren am Boden fest. Das Untier warf sich hin und her, riss eines seiner Glieder vom eisigen Untergrund los und war kurz davor, auch das andere zu befreien ...

In diesem Moment schlug die Zombiewölfin zu. Sie hieb dem Werwolf ihre Reißzähne in den Hals, konnte ihn jedoch nicht besiegen. Auch ich mischte mit, zerschmetterte dem Untier mit aller Kraft die Rippen, sodass es 45 Gesundheitspunkte einbüßte, und hob erneut meine Waffe. Allerdings verfehlte ich mein Ziel, sodass der Morgenstern mir beinahe aus der Hand flog.

DAS EIS SCHMOLZ, der blutüberströmte Werwolf konnte die Zombiewölfin abschütteln und biss mir in die Seite. Zum Glück war ich durch das Kettenhemd geschützt. Der Zombie sprang vom Boden auf und grub dem Werwolf die Zähne in den Hinterlauf. Als sich das Untier umdrehte, hieb ich ihm von hinten auf den Schädel, während Garth herbeieilte, um ihm den schrecklichen Haken an seinem Stab in die Seite zu stoßen.

Blut schoss aus der Wunde.

Spieler Garth Deathblade hat einen Werwolf getötet!
Die Quest „Wolfsmeute" ist abgeschlossen!

Erfahrung: +205 [1403/ 1440]
Du steigst ein Level auf!

Jetzt hatte ich also Level 8 erreicht. Meinen zusätzlichen Punkt investierte ich in mehr Beweglichkeit, denn ich war es leid, so ungeschickt zu sein.

Wir hatten uns so viele Erfahrungspunkte verdient, dass nicht nur ich, sondern auch der Nekromant um ein Level aufstieg.

„Level 10!", verkündete er mit unverhohlener Freude. „Okay, John, es war nett, mit dir zu spielen, aber jetzt ist es Zeit für den nächsten Schritt."

Eine Systembenachrichtigung teilte mir mit, dass die Aufgabe erfüllt worden war, und Garth verschwand aus der Liste meiner Verbündeten. Allerdings erschien sofort eine neue Nachricht über die dritte Quest, die letzte aus der Dreierkombination.

„Oh, nein!", stöhnte der Nekromant. „Dafür habe ich keine Zeit."

„Ich schalte die sofort ab", versprach ich und öffnete das Quest-Menü. „Können übrigens alle Nekromanten mit mir reden? Leider versteht mich niemand außer dir."

„Ja, alle", bestätigte Garth. „Nächste Woche soll es ein weltweites Update geben, mit dem das

Königreich der Toten dazukommt. Dann werden die Nekromanten Gold wert sein. Moment mal!"

„Was ist?" Ich warf ihm einen Blick zu.

„Zu den Artefakten, die für das Königreich der Toten angekündigt wurde, gehört auch die Schriftrolle der Wiedergeburt. Sie kann eine beliebige Kreatur wieder zum Leben erwecken, aber nur einmal verwendet werden. Wenn dein Charakter wiedergeboren wird, kannst du vielleicht das Spiel verlassen."

„Wow!", stieß ich hervor.

„Allerdings ..." Der Nekromant machte eine Pause. „Nein, das kommt nicht infrage. Die Wiederbelebung einer epischen Kreatur verlangt einen hohen Preis, und du wirst auf keinen Fall vor den anderen in den Turm der Verwesung gelangen."

„Könnte das denn helfen?", fragte ich hoffnungsvoll.

„Es spielt keine Rolle", entgegnete Garth, während er das Blut von seinem Stab wischte. „Was ist denn jetzt mit dieser Quest?"

„Ich kann sie nicht aufheben", log ich. „Lass uns doch etwas anderes machen — zum Beispiel diesen Schädel aus der Stadt heraus bringen und in ein tiefes Loch werfen."

„Was ist das für ein Schädel?", fragte Garth interessiert.

„Ich weiß es nicht", log ich erneut, „aber irgendwie hängt er mit der Quest zusammen, die mich das Leben gekostet hat. Wenn er nicht mehr da ist, lassen mich die anderen Spieler vielleicht in Ruhe. Ich bin es so leid, ständig zu sterben."

„Was ist die Belohnung?", fragte der Nekromant.

Ich legte all mein Gold in das Menü zur Quest-Erstellung, doch der Betrag konnte den Nekromanten nicht beeindrucken.

„Gib noch die Stiefel und den Armreif der Beweglichkeit dazu", verlangte er. „Außerdem musst du einstellen, dass ich die Belohnung bei Abschluss der Quest bekomme, denn ich habe nicht vor, noch einmal hier aufzutauchen."

Ich tat alles, was er verlangte, und legte außerdem eine Mindestdistanz fest, die der Schädel zurücklegen musste, damit die Belohnung ausgegeben wurde.

Garth Deathblade hat deine Quest akzeptiert!

„Man sieht sich, John!" Der Nekromant winkte mir zu und marschierte zu den Toren zum Park. „Hat mich gefreut!"

„Mich auch", antwortete ich vollkommen ehrlich.

Jetzt hatte ich ein Ziel. Ein Ziel im Leben und im Spiel.

Meine Lage erschien mir nicht mehr aussichtslos. Selbst wenn es meinem Anwalt nicht gelingen sollte, mich aus dem Spiel zu holen, konnte ich wieder in die Realität zurückkehren. Ich musste mir lediglich die Schriftrolle der Wiedergeburt sichern, indem ich in *Türme der Macht* den allerbesten und erfahrensten Spielern zuvorkam. Auch wenn Garth mir helfen würde, aus diesem nervigen Park zu entkommen, standen mir keine rosigen Zeiten bevor. Mit einem armseligen Level 8 kam man außerhalb des Laufstalls nicht weit.

Ich öffnete mein Inventar, warf einen Blick auf den Knochendolch und machte mich entschlossen auf in Richtung Skelettverlies.

Wieso nicht etwas Erfahrung sammeln?

5

DAS GOLD, DER Armreif der Beweglichkeit und die Stiefel der Tarnung verschwanden aus meinem Inventar, als ich bereits den Eingang zum Unterschlupf des Herrschers der Skelette erreicht hatte und unter einem umgestürzten Baum kauerte, damit andere Spieler mich nicht entdecken konnten.

Garth Deathblade hat deine Quest abgeschlossen!

Ich las die Systembenachrichtigung noch einmal, stieg dann aus dem Gebüsch und betrat die Lichtung.

Das Skelettverlies galt als einer der schwierigsten Orte im Laufstall. Die Spieler konnten es nur stürmen, wenn sie sich zu großen Teams zusammentaten, ansonsten war es fast immer wenig bevölkert. Der Besitzer eines Knochendolches hatte anderen gegenüber keinen Vorteil — keinem Anfänger würde es gelingen, ganz allein bis auf die unterste Ebene zu gelangen. Eine pestverseuchte Leiche jedoch brauchte keine Kraft, um durchzukommen. Ich hoffte nur, dass sich die Skelette nicht an meinen letzten Besuch erinnern würden ...

Ganz unauffällig näherte ich mich meinem alten Freund, dem Skelett mit dem Speer, das reglos in der Tür stand. Dann nahm ich all meinen Mut zusammen und schlich mich an ihm vorbei in die unterirdische Halle mit den vielen Armbrustschützen.

Untote: Neutral

† Der Weg eines NPCs †

Keines der Skelette rührte sich, als ich auftauchte. Das gab mir Mut, sodass ich nach dem Zugang zur nächsten Ebene Ausschau hielt. Auf einmal hörte ich jedoch eilige Schritte und aufgeregtes Rufen am Eingang.

Kaum hatte ich mich hinter einer der Steinsäulen versteckt, stürzte der Skelettwächter mit eingeschlagenem Schädel zu Boden und drei halbnackte Barbaren stürmten in die Halle. Der Pyromant, der im Eingang erschien, warf eine Feuerkugel auf die Armbrustschützen, doch aufgrund der zahlreichen Säulen konnten die Flammen nur drei Skelette zerstören.

Armbrustbolzen sausten pfeifend durch die Luft, einer der Barbaren fiel. Die Wachposten ließen ihre leeren Waffen fallen und gingen zum Nahkampf über. Zusätzlich zu den Armbrüsten waren sie auch mit Schilden und Handbeilen bewaffnet.

Im allgemeinen Durcheinander eilte ich auf die Treppe zu, stieg ein Stockwerk tiefer und landete sofort in einer Falle — der rostige Spieß, der aus der Wand ragte, war nur eine Handbreit von meinem Bauch entfernt, sonst hätte er mich direkt durchbohrt.

Über mir waren nach wie vor Kampfgeräusche zu hören, deshalb ließ ich alle Vorsicht fahren und ging weiter den Gang hinunter. Irgendwie gelang es mir, die nächste Treppe zu erreichen, ohne erneut in eine Falle zu geraten. Hier unten war es deutlich dunkler und unheimlicher. Überall hingen Ketten von den Wänden, während der Boden mit Knochen übersät war und an jeder Ecke graue Fetzen von Spinnennetzen klebten. Drei Skelettwächter in klirrenden Kettenhemden mit Hellebarden auf den Schultern kamen an mir vorbei, neben ihnen war ein schwebender Geist auszumachen.

Am Zugang zur letzten Ebene wartete reglos die in Lumpen gehüllte Gestalt eines Hexenmeisters. In seinem Schädel loderten orangefarbene Flammen und es war, als würden seine toten Augenhöhlen mein Näherkommen mit boshaftem Interesse verfolgen. Es hatte fast den Anschein, als wollte er auf mich losgehen, und ich bemerkte, dass sich unter dem zerrissenen Umhang keine Beine befanden — das Skelett schwebte in der Luft.

Im Vorbeigehen spürte ich einen heißen Lufthauch, als der tote Hexenmeister den Kopf drehte und mit den Zähnen klapperte, als witterte er eine List. Ansonsten tat er jedoch nichts.

Und dann stürzte ich und rollte die Stufen hinab in die Höhle des Herrschers der Skelette!

Der Saal, an dessen Steinwänden Fackeln loderten, war überraschend klein. Auf einem hohen Thron saß der Herrscher, ein ungeheures beidhändiges Flammenschwert mit gewellter Klinge über den Knien. Obwohl Rost an der Waffe genagt hatte, wirkte sie genauso beeindruckend und furchterregend wie ihr Besitzer. Der Herrscher trug einen offenen Helm auf dem Schädel, sein Körper war von einem kunstvoll gewebten Kettenhemd bedeckt, die Schienbeine steckten in hohen Stiefeln mit eisernen Kappen.

In den Ecken der Halle hielten vier Leibwächter mit normalen beidhändigen Langschwertern Wache, rührten sich jedoch nicht, als ich hereinkam. Auch der Herrscher saß reglos da, doch ich wagte es zunächst nicht, mich ihm zu nähern, sondern ging lieber um den Thron herum und kauerte mich neben eine staubige Kiste, die dort stand. Zu meinem großen Bedauern war sie verschlossen.

Da ich hier sonst nichts weiter tun konnte, ging ich zum Herrscher und griff ihn mit dem Knochendolch an. Das Skelett erschauerte und zerfiel in eine Wolke aus grauem Staub. Der Helm, der ihm vom Schädel rutschte, prallte von der Armlehne ab, flog durch die Luft und rollte dann auf die Wand zu. Auf dem Thron blieben lediglich das Kettenhemd und das Schwert zurück. Außerdem fiel ein schwerer Geldbeutel neben den leeren Stiefeln auf den Boden.

✟ Toter Schurke ✟

Der Herrscher der Skelette wurde getötet!
Erfahrung: +250 [1653/1730]

Du steigst ein Level auf!

Ich verschwendete keine Zeit darauf, meine Werte zu erhöhen, sondern warf das beidhändige Flammenschwert, Kettenhemd und Stiefel in mein Inventar und eilte zu der Kiste hinter dem Thron. Dort schaffte ich es allerdings nicht mehr, den Schlüssel aus dem erbeuteten Geldbeutel zu fischen. Ein Skelett-Leibwächter hielt mich auf, indem er mir die schwere Klinge des beidhändigen Langschwerts in die Beine hieb und mir die Knochen unter den Knien durchtrennte. Ich stürzte zu Boden und konnte nicht mehr aufstehen. Das Skelett hob sein Schwert über den Kopf und ließ es herabsausen, sodass ich auf dem Steinboden festgenagelt wurde.

Du wurdest getötet!

DUNKELHEIT, EINE ZÄHE Masse aus Unrat auf meinem Körper und der unerträgliche Gestank von Abwasser.

Garth hatte sich keine große Mühe gegeben

und den Schädel einfach weggeworfen, sobald er die Stadtgrenzen von Old Gardens hinter sich gelassen hatte.

Von Kopf bis Fuß mit Dreck bedeckt stieg ich aus dem Abwassergraben, fluchte verärgert und blickte mich um. In der Nähe waren die Stadtmauern zu sehen, doch die Sonne war bereits untergegangen und die Wachposten konnten mich nicht richtig erkennen. Anfänger wagten in der Regel keine nächtlichen Spaziergänge. In der Hauptwelt genossen Spieler mit niedrigem Level keinen besonderen Schutz mehr, deshalb konnte man sehr leicht in ernsthafte Schwierigkeiten geraten.

Das galt auch für mich.

Ich bog von der Straße in Richtung einer geheimnisvollen Ruine ab, säuberte den Schädel mit dem Zipfel meines Umhangs und schob ihn in ein Loch in einer halb eingestürzten Mauer. Dann erhöhte ich mit dem Punkt, den ich mir durch das Erreichen von Level 9 verdient hatte, meine Beweglichkeit und nahm meine Beute genauer unter die Lupe.

Im Geldbeutel des Herrschers der Skelette entdeckte ich einhundert Goldmünzen sowie einen Smaragd und den Schlüssel zu der Schatzkiste, der für mich nun wertlos war. Das rostige, lange Kettenhemd hatte leider keine magischen Kräfte, doch ich tauschte es gegen mein altes, das der Angriff der Skelettleibwächter ruiniert hatte. Die Stiefel und das beidhändige Flammenschwert jedoch entlockten mir einen überraschten Pfiff.

Stiefel der Stille (Ausrüstung der Toten: 2 von 13)
Rüstung: 2
Schaden: 2
Geräusch im Tarn-Modus: -10 %
Beschränkt auf: Untote, Nekromanten

Blutiges Flammenschwert (Ausrüstung der Toten: 2 von 13)
Schaden: 6-12
Genauigkeit: +10 %
Wahrscheinlichkeit kritischer Schäden: +10 %
Wahrscheinlichkeit von Schäden mit Blutverlust: 4 % für jede Welle der Klinge, die zum Einsatz kommt
Schaden durch Blutverlust: 2 Sekunden lang 2 Gesundheitspunkte pro Sekunde
Status: Äußerst selten
Beschränkt auf: Untote, Nekromanten
Ehrfürchtig wog ich das Flammenschwert in der Hand, bewunderte seine gewellte Klinge,

die in der Anfangsphase des Spiels eine unangenehme Überraschung für jeden Gegner bedeuten würde, und zog dann die Stiefel an. Anschließend betrachtete ich die Werte meines Charakters genauer.

Gesundheit: 207
Ausdauer: 184
Energie: 45
Schaden: 48 - 96

Wow, dieser Schadenswert war nicht übel! Ein Spieler auf Level 9 hatte üblicherweise nur etwa 100 Gesundheitspunkte, es sei denn, er konzentrierte sich ganz auf die körperliche Verfassung. Ich ließ das Flammenschwert ein paar Mal durch die Luft sausen, doch dann bemerkte ich eine seltsame Lichtkugel, die in der Nähe des Stadttors in der Dunkelheit aufleuchtete. Das Licht verharrte einen Augenblick und näherte sich anschließend rasch den Ruinen oder genauer gesagt dem Abwassergraben, in dem ich diesmal respawnt war.

Eine unangenehme Vorahnung durchfuhr mich wie ein kalter Schauer, doch ich lief nicht davon, sondern versteckte mich hinter der zerfallenen Mauer und umfasste den Griff des

Flammenschwerts so, dass es besser in der Hand lag.

Als das magische Licht näher kam, sah ich, dass die leuchtende Kugel über einem Mann hing, der den Weg entlangrannte. Wer genau der Spieler war, konnte ich aufgrund meiner schlechten Wahrnehmung nicht erkennen, und ein Hinweis auf seinen Namen tauchte nicht auf.

Der Fremde stand eine Weile am Abwassergraben, sprang dann hinein und wühlte eifrig darin herum. Sofort nahm ich den verzauberten Schädel aus dem Loch im Mauerwerk und verstaute ihn in meinem Inventar. Wer auch immer dort im Dreck herumsuchte, war gezielt gekommen, um ihn in die Finger zu kriegen.

Ich hatte mich bereits vorsichtig in den hinteren Bereich der Ruine zurückgezogen, als der Spieler aus dem Graben stieg und eine Handbewegung machte. Helle Energie erstrahlte in Wellen in alle Richtungen, sodass die Bäume in schimmerndes Licht getaucht wurden und die nächtliche Dunkelheit taghellem Schein wich.

Weglaufen konnte ich jetzt nicht mehr, doch in den Ruinen war ich nicht zu entdecken.

Das dachte ich zumindest, bis ich an mir herunterblickte und feststellte, dass ich leuchtete wie ein frisches Brandzeichen.

„Komm raus, Johnny!", hörte ich von draußen. „Komm raus, wir müssen reden."

Der Magier schob sich die Kapuze vom Kopf und fuhr sich mit den Fingern durch das weiße Albino-Haar.

Garth Deathblade. Nekromant auf Level 11.

Schon auf 11! Das war schnell gegangen ...

Es hatte keinen Sinn, sich weiter zu verstecken. Ich legte mir die gewellte Klinge des Flammenschwerts auf die rechte Schulter und ging aus den Ruinen auf den Nekromanten zu.

„Lange nicht gesehen, Garth."

„Wo ist der Schädel, Johnny?"

„Was geht dich das an?"

„Sag es mir einfach. Du hast ihn bei dir, oder?"

Ich schüttelte den Kopf und streckte knackend den Rücken. „Also, was ist?", fragte ich erneut.

„Du hast mich angelogen!", rief Garth. „Du hast mir nicht verraten, dass dieses Artefakt darüber bestimmt, wo du respawnst!"

„Ich habe dir gesagt, dass es ein Quest-Item ist. Und das stimmt."

„Ich brauche ihn."

„Wozu?"

„Geht dich nichts an!"

„Oh, doch, allerdings!"

„Gib ihn mir zurück, sonst nehme ich ihn mir mit Gewalt!", drohte der Nekromant.

„Sag mir, was los ist, dann überlege ich es mir vielleicht."

Garth sah mich an, als wollte er zuschlagen, doch dann hielt er sich zurück und verriet mir widerwillig: „Man hat mir dafür 50.000 geboten. Euro, nicht Spielgold! 50.000 Euro! Für so viel Geld muss ich zwei Jahre arbeiten. Und ich werde den Preis noch höher treiben!"

Ich war fassungslos.

„Woher weiß man denn, dass du den Schädel hattest?"

Der Nekromant stieß ein höhnisches Geräusch aus. „Das Angebot kam von der Adresse, die du mir gegeben hast. Du weißt, was das bedeutet?"

Das bedeutete, dass ich in Schwierigkeiten steckte.

Mein eigener Anwalt hatte für den Schädel Geld geboten. Er hatte mir geraten, mich zu entspannen und eine Weile zu spielen. Verdammt! Er musste für Kogan gearbeitet haben! Aufgrund der Beschwerde beim technischen Support war der Hacker drei Monate lang vom Spiel ausgeschlossen, also gab es nur noch eine Möglichkeit, mich zum Schweigen zu bringen — indem dafür gesorgt wurde, dass ich in der Wüste oder im Krater eines Vulkans respawnte. Auf jeden Fall irgendwo, wo ich mit niemandem sprechen konnte und wieder und wieder starb, bis mein echter Körper nicht mehr künstlich am Leben erhalten wurde.

„Und du, Garth? Weißt du, was das bedeutet?", antwortete ich mit einer Gegenfrage. „Sie wollen mich töten, und du verlangst von mir den Schädel!"

„Du bist sowieso schon tot. Du kommst aus keinem Fall wieder aus dem Spiel heraus. Du siehst eher deinen eigenen Hinterkopf als eine Schriftrolle der Wiedergeburt. Da kann ich mir getrost die 50 K sichern!"

Der Nekromant hatte sich erfolgreich eingeredet, dass er nichts Unrechtes tat, vielleicht war es ihm auch einfach egal.

Ich schüttelte den Kopf und trat langsam aus dem Lichtkreis. „Lass mich einfach in Ruhe, dann passiert uns beiden nichts."

Der Nekromant schleuderte eine Wolke aus Knochenspeeren in meine Richtung und ging zum Angriff über.

Todeszauber: Immunität

Garth ahnte nicht, dass ich vor Todeszauber geschützt war, und setzte auf die

✝ Toter Schurke ✝

falsche Karte. Die Knochenspeere konnten mich nicht verletzen, lähmen oder meine Willenskraft rauben. Sobald sie meine Brust berührten, wurden sie zu grauen Staubfäden.

Der Stab mit dem Haken dagegen war auch in der Hand eines Nekromanten eine gefährliche Waffe, deshalb trat ich vor und hieb mit dem Flammenschwert nach meinem Gegner. Die gewellte Klinge durchschnitt sein Fleisch, sodass der Nekromant in die Knie sank.

Schaden: 65

Ich zögerte einen Augenblick, denn ich war mir nicht sicher, ob ich meinen Gegner endgültig erledigen sollte, doch Garth versuchte sofort erneut, mich zu töten. In seinen Händen brannte eine milchigweiße Energiekugel, während sich Raureif über dem Boden ausbreitete, doch kurz bevor er seine Eissphäre einsetzen konnte, drehte ich mich um und trennte ihm den weißhaarigen Kopf mit einem einzigen mächtigen Hieb vom Hals.

Ein Schwall Blut schoss hervor.

Spieler Garth Deathblade wurde getötet!
Erfahrung: +311 [1964/ 2070]
Du steigst ein Level auf!

† Der Weg eines NPCs †

Ich erhöhte meine Beweglichkeit, als plötzlich alles vor meinen Augen verschwamm. Ich musste mich auf dem Schwert abstützen, um nicht zu stürzen, doch die Übelkeit ließ nicht nach. In meinem Kopf wirbelten die Gedanken durcheinander, ich konnte nicht begreifen, was vor sich ging. Ich wusste nicht einmal, wer ich war!

Und dann leuchtete plötzlich eine Systemnachricht auf:

Hauptklasse verfügbar!

Hauptklasse verfügbar!

Hauptklasse verfügbar!

Ich kam wieder zu mir, öffnete das Menü und traute meinen Augen kaum.

[...]
Untoter, Fleischfresser. Level 10 / Mensch, Schurke. Level 10
Erfahrung: [1964/2070] [2008/2070]
Stärke: 20
Beweglichkeit: 13
Konstitution: 24

⚔ Toter Schurke ⚔

Intelligenz: 5
Wahrnehmung: 6

Gesundheit: 480
Ausdauer: 440
Energie: 110
Schaden: 60-120

Tarnung: +10
Kritische Schäden bei Angriffen im Tarn-Modus, Hinterhalten oder Angriffen auf ein gelähmtes Ziel.

Kreatur der Finsternis: Nachtsicht, Einschränkung im Sonnenlicht, Todesgriff, Aura der Angst, Fürchterlicher Biss

Neutralität: Untote

Immunität: Todeszauber, Gift, Verfluchung, Bluten, Krankheit, Heilungen und Segen.

Meine beiden Charaktere hatten sich miteinander verbunden und meine Werte waren einem Spieler auf Level 20 ebenbürtig! Ich hatte wieder meine Fähigkeiten als Schurke und beherrschte die menschliche Sprache, war jedoch weiterhin ein Untoter — an einigen Hautstellen sah ich immer noch Leichenflecken. Die Quaddeln und Pusteln dagegen waren fast alle verschwunden und erstaunlicherweise war auch mein Mund deutlich breiter, mit verdächtig scharfen Zähnen, als wären sie gezielt gefeilt worden.

Stopp! Ich dachte in die falsche Richtung.

Ich suchte nach der Möglichkeit, das Spiel zu verlassen, doch der Menüpunkt war nicht aufgetaucht. Auch die Hotline zum technischen Support stand nicht zur Verfügung.

Verdammt! Ich war nach wie vor im Spiel gefangen.

Fluchend versuchte ich, das Menü zu schließen, wurde jedoch aufgefordert, meinem Charakter einen Namen zu geben. Der alte war offenbar gelöscht worden, als die Klassen miteinander verschmolzen waren.

Mit einem schiefen Lächeln tippte ich: „John Doe". Dann trat ich aus der Blutlache, die sich um den Nekromanten bildete, und verzichtete darauf, ihn auszuplündern. Das tat ich nicht, um meine Stiefel zu schonen, sondern ich wollte mir beweisen, dass ich mich zurückhalten konnte. Dass es mir gelang, selbst im toten Körper eines Fleischfressers menschlich zu bleiben.

Mit dem Flammenschwert auf der Schulter marschierte ich die Straße hinunter, die von der Stadt wegführte. Ich hatte keine Ahnung, was mir unterwegs begegnen würde, doch ich war mir

✠ Coter Schorke ✠

ganz sicher, was mich am Ende erwartete.

Schriftrolle der Wiedergeburt, ich komme!

Kapitel Zwei
Dorf der Toten

1

REGEN, SCHMUTZ UND PESTILENZ.

So begann das neue globale Event in der Welt von *Türme der Macht*, ganz ohne Fanfaren oder bunte Schrift am Himmel.

Die Erweiterung „Königreich der Toten" wurde langsam, aber sicher und irgendwie viel zu realistisch ins Spiel integriert. Hier und dort entstanden Epizentren der Pest, ganze Dörfer wurden von der Epidemie ausgelöscht. Entgegen ihrer Gewohnheit verließen die Dorfbewohner in Scharen ihre Häuser, sodass sich die Seuche immer weiter ausbreitete. Straßensperren wurden errichtet. Paladine des Ordens der Feuerhand oder die schwarzen Ritter des Nachtbunds — je nachdem, ob der Herrscher im örtlichen Turm der hellen oder dunklen Seite angehörte — waren unermüdlich damit beschäftigt, die Kranken niederzumetzeln, doch an der Gesamtsituation konnten sie damit nichts ändern.

Noch dazu befiel die Seuche Spieler und NPCs gleichermaßen, und niemand vermochte zu sagen, ob das ein Fehler oder Absicht der Entwickler war. Allerdings sprach vieles für die zweite Theorie, da die Krankheit sofort verschwand, wenn jemand gestorben war und respawnte.

Ich erfuhr die neuesten Nachrichten aus den Chatrooms im Spiel, auf die ich mittlerweile Zugriff hatte, wenn auch leider nur im Lesemodus. Doch auch ohne Chatrooms gab es etliches, über das ich nachdenken musste ...

ICH LIEF DIE ganze Nacht weiter — nicht, weil ich eilig ein Ziel erreichen musste, sondern weil ich möglichst weit weg sein wollte, wenn Garth ins Spiel zurückkehrte. Der hartnäckige Nekromant würde mich sicher keinen Augenblick lang in Ruhe lassen. Dazu hatte man ihm für meinen

Schädel einen zu attraktiven Preis geboten.

Ich wäre auch tagsüber weitergelaufen, da zum Glück dicke Wolken am Himmel hingen und ein kühler Nieselregen fiel, doch plötzlich überkam mich eine seltsame Antriebslosigkeit. Ich hatte Angst. Ein kleiner, toter Mensch in der riesigen Hauptwelt war wie ein Sandkorn im Universum. Jedermann konnte mich ohne Weiteres zu Staub zermahlen. Aber immerhin lebte ich! Ich war noch am Leben!

Vermutlich waren die jüngsten Ereignisse einfach zu viel gewesen, sodass mein Kopf etwas Ruhe brauchte. Ich suchte mir ein dichtes Gebüsch, kroch hinein und verfiel in eine merkwürdige Trance. Ich schlief nicht ein, ließ die Realität des Spiels aber komplett hinter mir. In dieser Zeit sah ich mich in den Chatrooms um. Gegen Abend lief ich dann weiter und stieß auf dem Waldweg auf ein totes Pferd mit vollkommen zerfleischtem Bauch. Es stank fürchterlich. Obwohl ich als Fleischfresser keinen besonders feinen Geruchssinn hatte, wurde mir schlecht.

Oder war mir schlecht vor Hunger?

Ich erschauerte und beschleunigte mein Tempo. Hinter einer Biegung des Weges tauchte ein Karren auf, den jemand mitten im Wald zurückgelassen hatte.

Zurückgelassen? Wahrscheinlich eher

nicht ...

Offenbar lagen die Besitzer hier irgendwo ganz in der Nähe. Im Gebüsch war gedämpftes Knurren und das Knacken von Knochen zu hören, deshalb blieb ich abrupt stehen, nahm mein Flammenschwert von der Schulter und packte seinen langen Griff mit beiden Händen.

Als ich es im Laub grau schimmern sah, wich ich vorsichtig zurück.

Ein Zusammentreffen mit einem Wolfsrudel hätte aller Wahrscheinlichkeit nach zur Folge, dass ich an genau dieser Stelle respawnen würde, also aktivierte ich so schnell wie möglich den Tarn-Modus und flüchtete mich unter eine breite Kiefer.

Tarn-Modus: Ein
Energie: -1 [109/110]

Ich wusste nicht, ob ich die Wölfe tatsächlich überlisten konnte oder ob sie ihr fürchterliches Mahl nur nicht unterbrechen wollten, aber sie folgten mir nicht. Ich ging um den Karren herum und weiter die Straße entlang, bis ich einen Hirsch friedlich an einem Busch kauen sah. Leise schlich ich mich an und hieb ihn mit aller Kraft mit dem Flammenschwert nieder. Das Tier war auf der Stelle tot.

✝ Der Weg eines NPCs ✝

Kritischer Treffer! Schaden: 180
Der Axishirsch wurde getötet!
Erfahrung: +5 [1964/2070] +5 [2008/2070]

Aha! Die Erfahrung wurde also zu gleichen Teilen zwischen beiden Klassen aufgeteilt.

War das gut oder schlecht?

In Gedanken versunken wischte ich die gewellte Schwertklinge mit einem Grasbüschel sauber, legte sie mir wieder auf die Schulter und kehrte auf die Straße zurück.

Gut oder schlecht? Eigentlich war es eher gut. Vermutlich musste ich zwar doppelt so viel Erfahrung sammeln, um ein Level aufzusteigen, aber dafür ging es für mich dann gleich zwei Schritte nach oben. Im Laufe des Spiels würde ich mich somit schneller weiterentwickeln als andere Spieler. Wenn ich mich richtig erinnerte, brauchte man 25.000 Erfahrungspunkte, um Level 25 zu erreichen. Mal zwei genommen wären das 50.000. Außerdem musste ich fünfzehn Mal mehr Punkte erreichen, um auf Level 50 zu kommen.

War das ein Unterschied? Allerdings. Und was für einer!

Allerdings war das höchstmögliche Level nach wie vor 100, und ein Charakter mit doppeltem Level 50 war zweifellos schwächer als ein Spieler, der sich auf die übliche Weise bis zum höchsten Level hochgearbeitet hatte. Die Doppelklasse würde mir im Laufe der Zeit erhebliche Probleme bereiten, da mir die Fähigkeiten der höheren Level damit nicht zur Verfügung standen, aber so weit wollte ich jetzt noch nicht denken. Ich würde die Schriftrolle der Wiedergeburt finden und das Spiel auf der Stelle verlassen. Im gleichen Augenblick. Ohne zu zögern. Ehe man es sich versah!

Die große Schwierigkeit bestand nur darin, dass ich diese Schriftrolle vor den anderen Spielern finden musste. Naja, immerhin hatte ich einen tollen Plan, der sich schon im Skelettverlies bewährt hatte: Während die anderen den Turm der Verwesung stürmen würden, konnte ich mich vorsichtig in die Schatzkammer schleichen und die Schriftrolle einfach stehlen. NPCs würden auf mich nicht reagieren und Spieler hatten unter den Toten nichts verloren. Nur leider wusste niemand, wo das Königreich der Toten lag und wie man dorthin kam …

GEGEN ABEND WURDE der Regen heftiger, unter meinen Stiefeln quietschte der Schlamm. Ich gab es auf, den Pfützen ausweichen zu wollen — als Toter hatte ich keine Erkältung zu befürchten und meine Kleidung war sowieso schon hoffnungslos verdreckt. Die Straße schlängelte sich zwischen den Bäumen hindurch und führte dann auf ein Feld. Dort verbarg ich mich eine ganze Weile im Gebüsch und beobachtete ein Dorf in der Nähe des Waldrands. Die Tore standen weit offen, doch Menschen waren nicht zu sehen. Es war vollkommen still. Kein Hundegebell, keine muhenden Kühe. Und im Abwasserkanal neben der Straße trieb ein aufgeblähter Leichnam.

Ein Pestdorf?

Vorsichtig wagte ich mich die Straße hinunter, denn ich wollte mich in den Häusern umsehen und die Habseligkeiten der Dorfbewohner durchsuchen. Die Toten konnten mit Geld nichts anfangen, ich dagegen schon.

Alles war so still und friedlich, dass ich auf Tarnung verzichtete, um Energie zu sparen. Ich stellte mich lediglich darauf ein, beim ersten Anzeichen von Gefahr sofort unsichtbar zu werden. Als ich mich dem Tor näherte, fiel mir als Erstes ein diagonales, rotes Kreuz ins Auge, das Symbol für die Pestquarantäne.

Ein Toter sollte keine Angst vor der Pest haben ...

Kaum hatte ich das Dorf betreten, lag der widerliche Gestank von verrottendem Fleisch in der Luft. Am Dorfeingang lag ein bis auf die

Knochen abgenagter Leichnam, dem ein Armbrustbolzen im Rücken steckte. Dicht daneben befand sich eine weitere Leiche — diesen Dorfbewohner hatte man nicht erschossen, sondern mit einem schweren Schwert in zwei Stücke gehackt.

Höchstwahrscheinlich war eine Quarantäneeinheit des Ordens der Feuerhand hier aufgetaucht und nur das schlechte Wetter hatte verhindert, dass das ganze Dorf niedergebrannt worden war. Versucht hatte man es ganz offensichtlich — an den Wänden waren frische Brandspuren zu sehen.

Ich nickte, weil mir meine eigenen Schlussfolgerungen logisch erschienen, und blieb dann abrupt stehen, weil plötzlich ein Hund mit einem abgerissenen Stück Seil um den Hals aufgetaucht war. Als das Vieh knurrend die Zähne fletschte, kamen sofort andere Hunde aus den Hütten gelaufen.

Auf der Stelle verschmolz ich mit den Schatten, doch das half mir nichts — die wilden Köter bildeten einen Kreis um mich. Der Geruch! Der Geruch meines toten Körpers verriet mich. Ein Geruch, an dem sie in den letzten paar Tagen großen Gefallen gefunden hatten.

Elf, zwölf, dreizehn. Ausgerechnet dreizehn Tiere waren es!

Den ersten Angriff wagte eine groß gewachsene Hündin, die ich mit einem Tritt traf. Die stählerne Stiefelkappe brach ihr das Rückgrat, während ich schon das Flammenschwert herumwirbelte und den Anführer der Meute im Sprung erwischte, sodass eine Blutfontäne aufspritzte.

Kritischer Treffer! Schaden: 168
Blutende Wunde! Zusätzlicher Schaden: 2

Der Hund jaulte auf und wich schnell zur Seite. Durch meinen Erfolg beflügelt ging ich resolut zum Angriff über. Die lange Klinge schoss herab und schnitt einen knurrenden Hund in zwei Teile.

Die Meute löste sich auf, ich drehte mich rasch um und hieb einem rothaarigen Mischling in die Hinterläufe, als er gerade wegrennen wollte. Das Tier rollte über den Boden, doch ein riesiger Jagdhund griff mich von hinten an und grub mir die Zähne ins Bein.

Ich fasste das Flammenschwert so, dass eine Hand am Griff, die andere an der Fehlschärfe lag, also am nicht geschliffenen Teil der Klinge über der Parierstange. Dann hob ich das Schwert über den Kopf und hieb es mit Wucht nach unten, sodass das widerliche Untier auf den

Boden genagelt wurde und auf der Stelle starb. Ich zog meine Waffe heraus und ging auf das Tor zu, doch zu spät — ich hörte den Anführer knurren und die ganze Meute griff mich gemeinsam an.

Jetzt machte sich meine mangelnde Erfahrung mit beidhändigen Waffen bemerkbar. Ein normaler Schwertkämpfer konnte mit einem Hieb mehrere Gegner treffen, genau auf ungeschützte Stellen zielen, Schläge parieren, Gegner entwaffnen und sogar zu Boden werfen. Bei mir dagegen sah es aus, als würde ich mit einer langen Stahlstange hantieren — nur ein Treffer pro Angriff. Ich war langsam. Viel zu langsam ...

Ein ausladender Hieb schnitt einem flohübersäten Köter die Seite auf, meine Klinge schlug zur Seite, und während ich versuchte, das Gleichgewicht wiederzuerlangen, bissen sich sofort zwei Hunde an mir fest. Einer hatte mir sein Gebiss in das bereits verletzte Bein gegraben, während der andere mit den Zähnen vom Kettenhemd abrutschte und dann an meinem Umhang zerrte.

Ich schwankte, konnte mich kaum auf den Füßen halten und spießte schließlich die Hündin auf, die sich von meinem ersten Angriff erholt hatte. Dann jedoch erwischte ein weiteres Vieh mein linkes Handgelenk. Mit einer Hand konnte ich den Anführer nicht abwehren — seine schrecklichen Reißzähne schlugen sich in meine Kehle und meine Gesundheitsanzeige wurde auf der Stelle rot.

Der Hund riss mich mit seinem ganzen Gewicht zu Boden, und ehe ich mich zur Wehr setzen konnte, wurde ich in Sekundenschnelle zerfleischt.

ई

NACHT. REGEN. SCHMUTZ.

Ich respawnte in einem Graben, deshalb erhob ich mich rasch aus dem übelriechenden Matsch und verstaute den verzauberten Schädel vorerst wieder in meinem Inventar. Dann warf ich vorsichtig einen Blick auf meine Statistik, aber nein — es gab keine Strafe dafür, dass ich gestorben war, meine Erfahrungswerte waren unverändert.

Außerdem hatte ich ganz andere Sorgen — unvermittelt leuchtete ein Paar rote Augen in der Dunkelheit auf, dann noch eins!

Spontan schoss mir durch den Kopf, dass Hundeaugen nachts nicht leuchten, doch den Gedanken ließ ich wieder fahren. Schließlich gab es im echten Leben auch keine wandelnden Toten. Ich stieg aus dem Graben und schwang mein Schwert, um einen riesigen Jagdhund in Schach zu halten. Er sprang davon und kläffte los, worauf aus allen Richtungen vielstimmiges Gebell ertönte.

Ich hatte keine Zeit, mich ins nächste Haus zu flüchten, deshalb zog ich mich zum Dorfeingang zurück und setzte meine Aura der Angst ein, als die Hunde auf mich losgehen wollten. Schatten wirbelten um mich herum und Raureif kroch über den Boden. Die Hunde wichen zurück, allerdings nicht sehr weit — sie blieben in etwa fünf Metern Entfernung stehen. Ihr Gebell verstummte, stattdessen knurrten sie, während ihnen das feuchte Fell im Nacken zu Berge stand.

Was zum Teufel sollte das? Verzieht euch!

Ich sah mir die Beschreibung der Fähigkeit, die ich gerade einsetzte, genauer an und wich rasch von der Meute zurück. Die Aura der Angst verringerte die Genauigkeit und die Angriffsbereitschaft eines Gegners und konnte ihn verscheuchen, doch dass er in Panik geriet, war äußerst unwahrscheinlich.

Verdammt, meine Energie zerrann mir buchstäblich zwischen den Fingern!

Ich ging zurück durch das Tor und setzte

meinen Rückzug in Richtung Wald fort, während die Hunde hinter mir her schlichen. Am liebsten hätte ich mich umgedreht und wäre so schnell wie möglich davongelaufen, doch die Aura der Angst machte mich deutlich schwerfälliger. Wenn ich rannte, würde mir Konzentration fehlen, und dann wäre es um mich geschehen.

Schwankend ging ich weiter. Dabei war mir vollkommen klar, dass ich es niemals rechtzeitig in den Wald schaffen würde. Es war noch viel zu weit und meine Energie nahm zu rasch ab.

Die Hunde folgten mir auf dem Fuß. Sie rannten, fletschten die Zähne und knurrten. Sie warteten nur darauf, sich auf mich zu stürzen und mich in Stücke zu reißen, und genau das würden sie tun, sobald meine Aura sie nicht mehr davon abhielt.

Ich wollte nicht sterben. Vor allen Dingen wollte ich nicht mehrmals hintereinander sterben, aber ...

Als die letzten Tropfen Energie aufgezehrt wurden, kam mir plötzlich ein Gedanke. Ich nahm den Schädel aus dem Inventar, holte aus und schleuderte ihn mit aller Kraft in Richtung Wald. Bis ganz an die Bäume kam er nicht, sondern tickte auf dem Boden auf und rollte ins Gebüsch.

In diesem Augenblick griffen die Hunde an!

† Coter Schurke †

Den ersten Köter konnte ich mit meinem schweren Stiefel wegtreten, einer tollwütigen Hündin schlug ich den Schädel mit dem Schwertgriff ein und einem weiteren Hund, der auf mich zugesprungen kam, schlitzte ich die Seite auf.

Der Menschenfressende Hund wurde getötet! Der Graue Menschenfressende Hund wurde getötet!
Erfahrung: +35 [2029/2070] +35 [2073/2500]
Schurke: Du steigst ein Level auf!

Allerdings blieb mir keine Zeit, mich über mein neues Level zu freuen. Die Hunde sprangen mich an wie Huskys einen Bären, hängten sich mir an Arme und Beine und zerrten mich zu Boden, sodass ich mein Flammenschwert nicht benutzen konnte. Ein wendiges Biest bekam meine Kehle zu fassen und leitete damit meinen nächsten Respawn ein.

NACHT, SCHLAMMIGER BODEN und Baumwurzeln.
Ich erhob mich aus einem flachen Grab, versteckte den Schädel im Laub und sah mich um. Im Wald war es still, niemand war weit und

breit zu sehen. Durch meinen schlauen Trick hatten die Hunde meine Fährte verloren. Ich blieb noch etwas auf der feuchten Wiese liegen, bis ich mich richtig beruhigt hatte, dann öffnete ich das Statistikmenü. Wieder erhöhte ich die Beweglichkeit, die Tarnung dagegen verbesserte ich nicht weiter, sondern investierte in die Ausweichfähigkeit. Da meine Beweglichkeit bereits auf Stufe 14 war, würde ich in Kombination mit der Ausweichfähigkeit etlichen Attacken entgehen können.

Am liebsten hätte ich die Fähigkeit „Beidhändige Waffenführung" erworben, aber diese Option war gesperrt. Ein Schurke kämpft mit Kurzschwertern und Dolchen, damit konnte man nicht viel anfangen ... Ich erhob mich vom Boden und fluchte. Das Kettenhemd war nicht mehr da.

Verdammte Hunde!

Aufgrund dessen änderte ich meine ursprünglichen Pläne und kehrte an den Waldrand zurück. Dort versteckte ich mich im Gebüsch und lauschte. Bald schon hörte ich ein seltsames Kaugeräusch, obwohl auf dem Feld nichts zu sehen war. Merkwürdig.

Im Tarn-Modus schlich ich mit erhobenem Flammenschwert durch die Bäume, jederzeit zum Angriff bereit. Ein Schritt, noch ein Schritt, hinter

---

einen dicken Baumstamm. Von der nächsten Kiefer aus konnte ich bereits eine kleine Lichtung neben der Straße erkennen. Von dort kamen die Geräusche.

ALS ICH AUS dem Gebüsch spähte, sah ich einen riesigen Jagdhund, der den aufgequollenen Bauch einer Leiche zerfleischte. Der Rudelführer war diesmal ohne seine Meute unterwegs und nagte ganz allein an dem verwesenden Leichnam. Das ekelhafte Mahl schien das Tier vollkommen in Beschlag zu nehmen, deshalb ging ich das Risiko ein und näherte mich in der Hoffnung, den Kampf mit einem resoluten Hieb zu beenden. Im Tarn-Modus ist ein kritischer Treffer garantiert ...

Da spitzte der Hund die Ohren und sprang von der Leiche zurück. Er hatte mich gewittert!

Ein Sprung, ein Hieb und ein Treffer!

Die Wellenklinge des Flammenschwerts sauste durch die Luft und traf den Jagdhund in der Seite, konnte aber keinen kritischen Schaden verursachen.

Schaden: 115
Blutende Wunde! Zusätzlicher Schaden: 2 ...
2 ...

Der Hund jaulte laut auf und sprang

schnell zur Seite. Eine seiner Pfoten war verletzt, doch meinem nächsten Hieb konnte er dennoch leicht ausweichen und machte einen hohen Satz durch die Luft. Da mir keine Zeit blieb, seinen Angriff zu parieren, hob ich die Schulter, um meinen Hals zu schützen.

Die fürchterlichen Reißzähne bohrten sich in mein Fleisch und das Vieh biss sich fest, um mich zu Boden zu ziehen. In dieser Lage hatte ich keine Chance, das beidhändige Schwert zu benutzen, deshalb ließ ich den Griff fahren und hieb dem Hund die Faust in die Seite. Leider ohne Erfolg.

Als der Jagdhund anfing, den Kopf zu schütteln, um meine Wunde weiter aufzureißen, biss ich ihm zu meiner eigenen Überraschung in den Hals. Das raue, dichte Fell ließ sich erstaunlich leicht durchbeißen, und auf der Stelle war mein Mund mit heißem Blut gefüllt.

Fürchterlicher Biss! Schaden: 30
Blutende Wunde! Zusätzlicher Schaden: 5
Vergiftung! Zusätzlicher Schaden: 5
Gesundheit: +30 [494/504]
Ausdauer: +30 [462/462]

Der Kiefer des Jagdhunds erschlaffte, er ließ mich los und sprang davon. Aus seiner verletzten Seite sowie aus der tiefen Wunde an seinem Hals spritzten Fontänen von Blut. Ich spuckte den Fleischbrocken aus, den ich dem Untier aus der Haut gerissen hatte, und hob mein Schwert. Der Rudelführer sprang hoch, doch die Wellenklinge erwischte ihn im Sprung und schickte ihn zu Boden.

Der Rudelführer wurde getötet!
Erfahrung: +50   [2079/2500]   +50 [2123/2500]
Untoter: Du steigst ein Level auf!

Ich atmete geräuschvoll auf und ließ mich am Straßenrand ins hohe Gras fallen, da ich meine ganze Kraft verbraucht hatte. Das höhere Level verbesserte automatisch die Fähigkeit „Fürchterlicher Biss", und ich überlegte eine Weile, was ich mit meinem freien Punkt machen wollte. Schließlich erhöhte ich damit meine Wahrnehmung. Dieses Attribut half nicht nur, Fallen und geheime Orte aufzuspüren, sondern steigerte auch die Genauigkeit von Angriffen und die Wahrscheinlichkeit kritischer Schäden.

Da in meiner Schulter noch die Löcher zu sehen waren, die die Reißzähne gebohrt hatten, machte ich mich ohne langes Zögern auf in Richtung Dorf, denn ich wollte unbedingt das

Kettenhemd zurückbekommen. Ich fand es an der Stelle, an der ich zuvor mit der Meute gekämpft hatte, und sobald ich es angelegt hatte, bellten Hunde an den Toren.

Ich fuhr erschrocken zusammen und kehrte um zum Wald, dann jedoch blieb ich unvermittelt stehen. Vom Dorfeingang her kamen nur zwei Tiere gelaufen — eine unablässig bellende Hündin und ein Jagdhund, der kaum größer war als sie.

Konnte ich es mit den beiden aufnehmen? Es sollte nicht zu schwer sein!

Die bellende Hündin schoss vor und rannte direkt in die Schwertspitze. Der Jagdhund hatte es auf meine Beine abgesehen, doch meine Ausweichfähigkeit rettete mich. Genau im richtigen Augenblick machte ich einen Schritt zur Seite und hieb dem Tier dann mit aller Kraft ins Rückgrat, sodass es in zwei Stücke geschnitten wurde.

Beide erledigt!

Ich ging wieder in Richtung Wald, blieb dann jedoch stehen und sah nachdenklich hinüber zum Dorf.

Was sprach dagegen, dort aufzuräumen? Die Erfahrung würde mir nützen, außerdem konnte ich die Habseligkeiten der Toten durchsehen. Selbst wenn ich zerrissen würde, wäre das nicht weiter schlimm. Der Schädel war im Wald versteckt. Entschlossen marschierte ich auf das geöffnete Tor zu.

ZUM GLÜCK HATTE sich die Meute aufgelöst. Die Hunde waren einzeln unterwegs und griffen nicht gemeinsam, sondern nur hier und da vereinzelt an. Größere Schwierigkeiten hatte ich lediglich mit einem Wolfshund, die anderen erledigte ich mit Leichtigkeit. Als das Gemetzel vorbei war, hatte ich mir sogar die Auszeichnung Hundetöter der Stufe 3 verdient. Das brachte zwar keine besonderen Vorteile, gab mir aber die Fähigkeit, die empfindlichsten Stellen vierbeiniger Gegner ausfindig zu machen. Was auf einem hohen Level nicht weiter ins Gewicht fiel, konnte meinem toten Schurken unter Umständen entscheidend helfen.

ꓛ

ALS ICH DAS Dorf verließ, war es schon fast Morgen. Ich hatte alle Häuser durchsucht, aber nicht viel erbeutet, sondern lediglich ein paar Goldmünzen, fünf Silbermünzen und eine Handvoll Kleingeld. Außerdem nahm ich ein gefährlich aussehendes Küchenmesser mit. Es richtete zwar keinen beeindruckenden Schaden an, aber wenn ich nur eine Hand frei hatte und das Flammenschwert nicht verwenden konnte, würde das Messer sehr nützlich sein.

Der Regen hatte bereits in der Nacht aufgehört, nun verzogen sich allmählich die tiefen Wolken. Im Dämmerlicht überquerte ich das Feld, holte den vergrabenen Schädel hervor und ging tief in den Wald. Weil ich schnell lief, um die Zeit aufzuholen, die ich durch die Hunde verloren hatte, ließ meine Ausdauer bald nach. Also musste ich das Tempo verringern.

An einer Kreuzung stieß ich auf eine Gestalt in einem dunklen Umhang. Vorsorglich nahm ich das Flammenschwert von der Schulter und aktivierte den Tarn-Modus, doch meine Sorgen waren unbegründet. Mitten im Wald stand ein blinder Priester mit einem Tonbecher für Spenden. Das war ein seltsamer Ort zum Almosensammeln, aber schließlich war es nur ein Spiel.

Andererseits sind in einem Spiel viele Dinge nicht das, was sie auf den ersten Blick zu sein scheinen.

Ich näherte mich sehr vorsichtig, doch erstaunlicherweise hatte der Priester mich trotzdem wahrgenommen.

„Die Zeit des Unfriedens ist nah!",

verkündete er heiser. „Der Tod hat seine schwarzen Schwingen über der Welt ausgebreitet! Die Prophezeiung von der Rückkehr des Königreichs der Toten wird wahr, dem Zorn des Meisters aus dem Turm der Verwesung kann niemand entkommen!"

Ich blieb stehen und fragte den Priester: „Was weißt du über das Königreich der Toten?"

Seitdem ich meine Hauptklasse zurückerlangt hatte, beherrschte ich wieder die menschliche Sprache, und der Blinde konnte mir sicher nicht anhören, dass ich tot war.

„Das Königreich der Toten ist aus Liebe und Hass entstanden! Einst verlor der Herrscher des größten Turms der Macht seine Frau und seinen Erstgeborenen im Kindbett, und weder Dunkelheit noch Licht konnten ihm in seiner Qual helfen. Denn Licht und Dunkelheit sind Teil eines Ganzen, das man Ordnung nennt, und der Tod ist ein untrennbarer Teil des Universums. Nur Chaos antwortete auf den Hilferuf des Herrschers, doch die Geschenke dieser Macht sind immer trügerisch. Die Schriftrolle der Wiedergeburt konnte nur einen Menschen zum Leben erwecken, entweder die Frau oder den Sohn. Daraufhin erklärte der Herrscher, dass er den Tod aus seinem Land verbannt habe. Doch ohne Tod gibt es auch kein Leben. Seine

Untertanen wurden Untote!"

Der Vortrag über die Geschichte, die sich die Spielautoren hatten einfallen lassen, interessierte mich wenig, deshalb unterbrach ich den Priester, als er fortfahren wollte, und erkundigte mich nach der einzigen Sache, die mir wichtig war: „Wo ist das Königreich der Toten?"

Der Blinde schien die Frage nicht zu hören. „Der Herrscher wollte die ganze Welt vom Tod befreien", ließ er sich nicht aus dem Konzept bringen, „deshalb mussten sich die Götter des Lichts und der Dunkelheit zusammentun, um die Kräfte zu vertreiben, die er heraufbeschworen hatte. Das Königreich der Toten wurde versenkt, doch das Wasser im See des Ruhms ist gesunken, sodass bereits die Spitze des Turms der Verwesung hervorragt."

„Der See des Ruhms? Wo finde ich den?"

Anstelle einer Antwort ließ der Priester die Münzen in seinem Becher klimpern. Mir blieb nichts anderes übrig, als eine Kupfermünze hineinzuwerfen.

Segen: Immunität

„Wo finde ich den See des Ruhms?", wiederholte ich meine Frage.

„Die Zeit des Unfriedens ist nah!", setzte

der Blinde wieder an. „Der Tod hat seine schwarzen Schwingen über der Welt ausgebreitet! Die Prophezeiung von der Rückkehr des Königreichs der Toten wird wahr!"

Ich hörte mir seine Geschichte nicht noch ein zweites Mal an, sondern marschierte fluchend davon. Die Straße machte einen Bogen zwischen hohen Bäumen hindurch und verschwand in dunklen Schatten. Kaum hatte ich den Waldrand erreicht, krochen die Sonnenstrahlen, die sich am Horizont ausbreiteten, unter meine Kapuze und brannten mir in den Augen. Sofort verschlechterte sich meine Wahrnehmung. Die Welt reduzierte sich auf wenige Dutzend Meter, während meine verbrannte Haut zu qualmen begann.

Als Fleischfresser nahm meine Gesundheit durch die Sonne keinen Schaden, aber meine Ausdauer reduzierte sich erheblich. Ich schützte das Gesicht mit den Händen und kehrte zurück in die Schatten der Bäume.

Das Maisfeld würde ich erst überqueren können, wenn die Sonne richtig aufgegangen war und ihre Strahlen nicht mehr unter meine Kapuze gelangen konnten. Zum Glück hatten die Hunde meinen Umhang nicht in Fetzen gerissen! Er hatte nur noch zwei Haltbarkeitspunkte.

Ich verschwendete keine Zeit am Waldrand,

sondern trottete auf der Straße, die ich gekommen war, ein Stück zurück. An der Kreuzung mit dem Priester bog ich in die andere Richtung ab, doch die Sonne stand bereits über den Bäumen und erwischte mich auch dort. Ihre Strahlen schienen zwar nicht bis unter meine Kapuze und konnten meiner Ausdauer nichts anhaben, doch meine Wahrnehmung verschlechterte sich so sehr, dass mein toter Schurke blind wie ein Maulwurf war. Ich musste die Straße verlassen und nahm einen schmalen Pfad, der sich unter den dichten Baumkronen hindurchschlängelte. Dort ging es mir etwas besser.

Gegen Mittag führte mich der Pfad zu einer sonnenüberfluteten Lichtung, also beschloss ich, mich etwas auszuruhen, bis meine Ausdauer wiederhergestellt war. Mittlerweile lag sie deutlich im gelben Bereich. Ein grasbewachsener Hügel am Rande der Lichtung fiel mir ins Auge. Ich ging hinüber und stellte fest, dass es sich um ein dunkles, feuchtes Grubenhaus handelte.

Ich musste den Kopf einziehen, um ihn mir nicht an den Dachbalken zu stoßen, und stieg in die unterirdische Behausung. Im Inneren gab es nicht viel zu sehen — ein Tisch, eine Bank und ein Bett aus rohen Planken, das war alles. Außerdem entdeckte ich in der Ecke eine

Feuerstelle aus Steinen und neben dem Tisch eine kleine Kiste, die jedoch leider leer war.

Die Hütte wirkte ganz und gar nicht wie der Unterschlupf eines Waldbanditen, sondern eher wie das Heim eines Einsiedlers. Vielleicht wohnte hier der blinde Priester?

Das Bett war mit dubiosen Lumpen bedeckt, auf die ich mich lieber nicht legen wollte, deshalb streckte ich mich auf der breiten Bank aus. Eigentlich war das nicht nötig, aber irgendwie hatte ich das Gefühl, meine Ausdauer würde sich dann vielleicht etwas schneller wiederherstellen.

Da ich die Zeit nicht nutzlos vergeuden wollte, öffnete ich ein Fenster in den Spielforen, um mich über die anstehende Erweiterung zu informieren. Wo sich das Königreich der Toten befand, konnte ich leider nicht herausfinden, doch der See des Ruhms wurde ständig erwähnt. An und für sich war das gut, doch dieses Gewässer ließ sich auf der Karte nirgends entdecken. Die Spieler sowohl auf Seiten des Lichts als auch der Dunkelheit verloren sich deshalb gleichermaßen in wilden Theorien.

War das schlecht? Naja, gut war es jedenfalls nicht.

Ich hatte noch etwas Zeit, um meinen Charakter hochzuleveln. Laut der offenen

✝ Der Weg eines NPCs ✝

Statistik hatte die überwiegende Mehrheit der aktiven Spieler ein Level zwischen 30 und 70. Sie konnten meinen toten Schurken im Handumdrehen fertigmachen. Am besten wäre es, ich würde mir eine geeignete Stelle suchen, an der ich die örtliche Fauna niedermetzeln konnte.

ALS SICH DIE Sonne langsam auf den Horizont zubewegte, erhob ich mich von der Bank. Das Licht von draußen wurde schwächer, die Bäume warfen lange Schatten. Ich blieb einen Augenblick im Eingang stehen, musterte die nahegelegenen Büsche gründlich und machte dann einen Schritt zur Seite. Sofort ertönte oben auf dem Grashügel ein unangenehmes Kichern.

Erschrocken fuhr ich zusammen und wirbelte herum, wobei ich das Flammenschwert von der Schulter zog. Im Gegenlicht vor dem hellen Himmel wirkte die Gestalt des Mannes wie ein Schattenschnitt, doch ich erkannte ihn sofort.

Garth Deathblade! Er hatte schon Level 17 erreicht!

Wann hatte er die Zeit zum Leveln gefunden?

„Dachtest du etwa, du bist mir entkommen?", spottete der weißhaarige Nekromant, um dessen Körper ein kürzlich

122

empfangener Segen funkelte. „Bislang ist mir noch niemand erwischt! Und ganz bestimmt kein untoter Mistkerl!"

„Verzieh dich!", erwiderte ich.

Garth lachte nur und machte eine Handbewegung. Er hatte aus seiner bitteren Erfahrung gelernt und griff mich diesmal nicht mit dem Todeszauber an, sondern verwendete den Zauberspruch „Untote herbeirufen". Die Erde regte und bewegte sich, als Skelette den Boden mit ihren Klauenhänden aufrissen und daraus hervorstiegen. Eins, zwei, drei …

Acht! Es waren insgesamt acht.

Zwar konnte man ein Skelett mit einem einigermaßen genauen Treffer im Handumdrehen in einen Knochenhaufen verwandeln, aber ein ganzer Trupp unter der Kontrolle eines Nekromanten würde mich schnell zerfleischen.

Ich wich in Richtung Wald zurück, doch Garth hatte das vorausgeahnt und versah seine Knechte rasch mit einem Beschleunigungszauber, der jede Hoffnung auf Flucht zunichtemachte. Sie würden mich einholen!

Also flüchtete ich nicht, sondern hieb dem ersten Skelett den Schädel mit meiner Wellenklinge entzwei, dann schleuderte ich ein zweites mit dem Heft zur Seite und sprang ins

Gebüsch. Im Game Log überschlugen sich die Hinweise auf meine erlittenen Schäden, ich verlor fast die Hälfte meiner Gesundheit, doch ich war nicht mehr umzingelt — die Skelette hatten nur ein paar Fetzen meines Umhangs abgerissen.

Die Knechte des Nekromanten folgten mir auf der Stelle, doch ich hatte bereits den Tarn-Modus aktiviert. Da die Skelette keine übernatürlichen Kräfte besaßen, mit denen sie mich aufspüren konnten, verloren sie sofort meine Fährte und irrten im Gebüsch umher.

Garth war noch immer da. Ich konnte den Tarn-Modus nicht sehr lange beibehalten, weil er meine Energie zu schnell aufzehrte, und der Nekromant würde die Suche nach mir niemals aufgeben. Das war ein Problem ...

Verwirrt lief Garth den Hügel hinunter und durchbrach das Dickicht. Vermutlich hatte sich der Nekromant ganz auf die Erhöhung seiner Intelligenz konzentriert — vielleicht hatte er aber auch seine Wahrnehmung verbessert. Vorsichtshalber versteckte ich mich hinter einem Haselnussbaum.

Garth entdeckte mich nicht. Er sah sich um und rief wutentbrannt: „Ich werde dich trotzdem finden, du Mistkerl! Du entkommst mir nicht! Du wirst sterben, Drecksack! Sterben!"

Der erboste Nekromant wandte sich um

und ging zurück auf die Lichtung, während er zornig alle Zweige abriss, die ihm in den Weg kamen. Ich folgte ihm leise. Es juckte mir in den Fingern, das Flammenschwert einzusetzen, doch ich musste einen geeigneten Augenblick abwarten, um nicht an einem Ast hängenzubleiben, wenn ich die Klinge schwang. Erst, als Garth auf die Lichtung trat, lief ich los und ließ das beidhändige Schwert mit aller Kraft auf den Nekromanten sausen. Die gewellte Klinge drang unerwartet leicht in seinen Körper ein, durchtrennte ihm das Schlüsselbein und mehrere Rippen und blieb dann fest in seiner Brust stecken.

Garths Kleidung verfärbte sich blutrot, er röchelte, erzitterte und stürzte ins Gras. Die Skelette, die ihrem Herrn gefolgt waren, zerfielen zu Knochenhaufen.

Er war erledigt!

Diesmal plünderte ich ihn und trug anstelle meines Umhangs schon bald ein fast neues Nekromantengewand, das noch nicht einmal sehr stark mit Blut getränkt war. Zwar bot es keinen Schutz und den Bonus des Todeszaubers brauchte ich auch nicht, doch die geräumige Kapuze schützte mein Gesicht bestens vor brennenden Sonnenstrahlen.

Auch das Geld nahm ich an mich. Garth

war jetzt eindeutig mein Todfeind, und gegen derartige Gegner war alles erlaubt.

Er war so billig, dass man ihn mit 50.000 abspeisen wollte …

4

ICH HIELT MICH nicht lange am Grubenhaus auf. Die Sonne schien jetzt nicht mehr so stark und der Nekromant konnte jederzeit zurückkommen. Vermutlich würde er im nächstgelegenen Turm der Macht respawnen, aber vielleicht hatte Garth auch in einen tragbaren Altar investiert. Zuzutrauen wäre es ihm.

Damit ich nicht so leicht zu verfolgen war, ging ich nicht auf dem Weg weiter, sondern kehrte zurück zur Straße und folgte ihrem Verlauf. Ich lief zwei oder drei Stunden lang, geriet mitten ins Nirgendwo und bereute meine Entscheidung allmählich ein wenig. Andererseits war mein Charakter für Städte und Dörfer nicht geeignet. Dort würde man mich in Stücke hacken.

Deshalb überlegte ich nun, was ich als Nächstes tun sollte. Das Beste wäre, irgendwo im Wald Quartier zu beziehen und mich hochzuleveln, indem ich die Tiere dort tötete, doch dann würde der hartnäckige Nekromant mich sicher finden. Ich wusste nicht, was Garth sich beim nächsten Mal einfallen lassen würde, aber sicher hatte er es weiterhin auf meinen Schädel abgesehen.

Diese Erkenntnis war genauso beunruhigend wie die Tatsache, dass ich das Spiel nicht verlassen konnte. Zwar hatte ich eine vage, aber reelle Chance, mithilfe der Schriftrolle der Wiedergeburt zu entkommen, doch den Nekromanten würde ich niemals wieder loswerden, so sehr ich es mir auch wünschte. Wir waren hier alle unsterblich!

Dämmerlicht senkte sich über den Wald, die Hitze des Tages wich kühler Abendluft. Während ich so weit wie möglich von dem Ort forteilte, an dem ich mit dem Nekromanten gekämpft hatte, wichen die Tiere mir aus, bevor ich sie erreichte. Ich hielt mich nicht damit auf, sie zu verfolgen, und sicherte mir nur einmal 50 Erfahrungspunkte, als ich einen tollwütigen Wolf niedermetzelte.

Das Flammenschwert zeigte sich wieder von seiner besten Seite — ich erwischte das Untier unmittelbar vor dem Angriff, sodass es mich nicht beißen konnte.

Mir fehlte nur noch ein wenig mehr Erfahrung, um das Level meines Schurken zu erhöhen, also überlegte ich schon einmal, welche Fähigkeit ich demnächst verbessern wollte — Ausweichfähigkeit oder Tarnung. Alles andere lohnte sich nicht.

Konnte ich mit meiner Intelligenz und Wahrnehmung ein guter Einbrecher sein? Oder eher ein Taschendieb? Wen sollte ich bestehlen? Die Toten? Außerdem hatte ich nicht die Absicht, eine einhändige Waffe als Hauptwaffe zu verwenden. Meine Beweglichkeit hatte sich zwar verbessert, doch Schurken setzten in erster Linie auf kurze Klingen und kritische Treffer, und eine empfindliche Stelle entdeckte man nur dann, wenn man über eine gute Wahrnehmung verfügte.

In Sachen Wahrnehmung sah es bei mir traurig aus. Ich hatte vor, sie auf mindestens 10 zu erhöhen, was aufgrund meiner toten Seite nur ganz allmählich möglich war, während ich gleichzeitig Beweglichkeit und Stärke steigern wollte, wenn der Schurke auf neue Level hochstieg. Meine Konstitution war sowieso schon bestens und die aktuelle Intelligenz musste ebenfalls ausreichen. Bezüglich der Energie sah es nicht so gut aus, aber daran ließ sich jetzt nichts ändern — es war unrealistisch, alle Werte erhöhen zu wollen.

Tief in Gedanken versunken trat ich

beinahe auf eine Kreuzung zwischen zwei Waldwegen, bemerkte aber gerade noch rechtzeitig den grünen Rauch, der über dem Boden schwebte, und tauchte in das Dickicht des Waldes ein. Dort setzte ich mich unter eine breite Kiefer und überlegte, was ich tun sollte. Einen Bogen um die Kreuzung schlagen oder erkunden, was dort los war?

Energie stellte sich von selbst wieder her, Ausdauer dagegen nicht, deshalb wollte ich sie eigentlich nicht opfern. Andererseits war es zu riskant, einfach gedankenlos weiterzulaufen. Ich versteckte den verzauberten Schädel im hohlen Stamm einer verdorrten Eiche, aktivierte den Tarn-Modus und ging auf die Kreuzung zu. Kaum hatte ich jedoch aus dem Gebüsch auf die Straße gespäht, zog ich den Kopf schon wieder zurück.

Ich hatte das Glück, auf eine Straßensperre des Ordens der Feuerhand gestoßen zu sein.

Damit hatte ich wirklich Glück gehabt, denn das Feuer auf der Kreuzung wurde von gewöhnlichen Kriegern bewacht, unter denen sich keine von Spielern gesteuerten Paladine oder NPCs mit höheren Levels befanden. Andernfalls hätten sie sicher bemerkt, dass ein Untoter in der Nähe war.

Rasch kehrte ich zur Eiche zurück, holte den Schädel und machte mich davon. Als ich weit genug in den Wald gelaufen war, deaktivierte ich meine Tarnung, doch dann tauchte unverhofft ein junger Bär auf.

Danach ging es weiter, auch wenn mich eine Fleischwunde im Bein humpeln ließ. Das Flammenschwert hatte den dichten Pelz mit Leichtigkeit durchbohrt, sodass ich den Bären hatte erlegen können, bevor er mich in Stücke hatte reißen können. Trotzdem hatte mich das ein Drittel meiner Gesundheit gekostet. Natürlich hätte ich den Todesgriff einsetzen und mich auf Kosten eines Waldbewohners heilen können, dafür jedoch noch mehr Energie opfern müssen. Und ohne Tarnung hatte ich keine Chance.

Was für ein Dilemma!

Es wurde dunkler, aber das war für mich kein Nachteil, denn bei Nacht sah ich besonders gut. Mein toter Schurke fand sich im Dämmerlicht einwandfrei zurecht, doch bald musste ich aus dem Wald heraus auf die Straße. Es war einfach zu lästig, ständig den Ästen und Zweigen ausweichen zu müssen, die mir das Gesicht zerkratzten und mir in die Augen stachen. Jetzt am Abend waren deutlich mehr Raubtiere unterwegs, sodass ich mich sicher bald einem Kampf würde stellen müssen. Dabei würde es nicht mehr ums Leveln gehen, sondern ums nackte Überleben.

✝ Coter Schurke ✝

DIE STRASSE FÜHRTE mich zu einem Sumpf und endete an einem schnell fließenden Fluss, hinter dem ein sumpfiges, ganz mit Schilf bewachsenes Feld lag. Die kleine Holzbrücke war verbrannt, man sah nur noch die Spitzen der Traghölzer, die in den Boden gerammt waren.

Auch ohne Brücke konnte ich ohne Schwierigkeiten auf die andere Seite gelangen, doch das wollte ich lieber nicht riskieren, da ich nicht wusste, was im Wasser lauern mochte. Ich ging ein Stück flussaufwärts, um nach einer Möglichkeit zum Überqueren zu suchen, und je weiter ich kam, desto schmaler wurde der Fluss, bis er nur noch ein einfacher Bach war. Der Sumpf auf der anderen Seite schien kein Ende zu nehmen. Als ich auf einen Baumstamm stieß, der über dem Wasser lag, blieb ich stehen und überlegte.

Durch das Schilf lief ein Pfad, der mich irgendwo hinführen würde. Sollte ich das Risiko eingehen? Ich spähte aufmerksam hinüber ins Schilf und entdeckte einen dunklen Baum, der in der Nacht aufragte. Sofort erschien ein Hinweis: Tote Eiche.

Das gab für mich den Ausschlag. Wenn ein verdorrter Baum mitten im Sumpf einen Namen trug, war er höchstwahrscheinlich Teil einer Quest oder aus anderen Gründen wichtig. Es lohnte sich, der Sache auf den Grund zu gehen.

Also lief ich über den Baumstamm auf die andere Seite des Waldes und ging den Pfad entlang, auf dem sofort Schlamm unter meinen Stiefeln hervorquoll. Der Wasserspiegel stieg jedoch nicht an und ich erreichte die Tote Eiche trockenen Fußes. Der Baum erwies sich als riesig, der moosbewachsene Stamm war so dick, dass es mehrere Personen gebraucht hätte, um ihn zu umfassen. Unter den verdorrten Ästen lag eine große Lichtung, die nur aus schwarzer Erde bestand. Dort wuchsen weder Schilf noch Gras.

Ich stand eine Weile am Rande der Lichtung, als plötzlich hoch über mir ein Kind rief.

„Hilfe! Zur Hilfe!"

Bevor ich überlegen konnte, ob ich dem Kind helfen sollte, stürzten drei gedrungene Gestalten über die Lichtung auf mich zu. Sie hatten krumme Beine, wilde Mähnen und waren sehr, sehr schnell.

Sumpfkobolde, verriet mir ein Hinweis.

Auf der Stelle flogen vergiftete Nadeln auf mich zu, dazu ertönte das leise Knallen von Blasrohren.

✟ Roter Schurke ✟

Sumpfviperngift: Immunität

Ich stürzte mich auf die Angreifer und schwang mein Flammenschwert gegen den ersten der hässlichen Grünhäuter, der von der Klinge durchtrennt wurde. Die Schwertspitze blieb im Boden stecken, und bevor ich sie wieder hervorgezogen hatte, bekam ich zwei weitere vergiftete Nadeln in die Seite. Mit einem ausladenden Hieb trennte ich dem zweiten Kobold den Kopf vom Hals, doch der letzte der drei, ein Schamanen-Lehrling, rannte unvermittelt auf die Tote Eiche zu. Dort blieb er stehen, zog eine kleine Flöte hervor und spielte eine einfache Melodie. Auf der Stelle kamen von allen Seiten Sumpfvipern hervorgekrochen. Die Schlangen konnten meine festen Stiefel nicht durchbeißen, spuckten aber sofort Gift, anstatt mich anzugreifen.

Meine Immunität gegen Vergiftung schützte mich zwar auch jetzt, doch meine Kleidung löste sich allmählich auf.

Verdammt! Wenn das so weiterging, würden mir bald nur noch die Stiefel bleiben!

Heftig trampelte ich auf den Vipern herum und hackte mit dem Flammenschwert nach ihnen, doch aus dem Sumpf krochen immer neue Reptilien hervor. Besonders ärgerlich war dabei, dass ich für diese Viecher noch nicht einmal

Erfahrungspunkte sammelte!

Ich beschloss, die Schlangen zu ignorieren, und ging auf den Lehrling zu, doch das gerissene Geschöpf stellte sich mir nicht, sondern versteckte sich hinter der Eiche. Ich lief ihm nach und umrundete die Eiche mehrmals, bis mir klar wurde, dass ich den flinken, kleinen Kerl niemals schnappen würde. Also blieb ich abrupt stehen und wandte mich mit angriffsbereit erhobenem Schwert in die Gegenrichtung.

Als der Kobold seinen Fehler bemerkte, war es schon zu spät — er lief mir im wahrsten Sinne des Wortes in die offene Klinge.

Einen Augenblick später war er erledigt.

Sofort hörten die Vipern auf, Gift zu spucken und glitten zurück ins Schilf, während ich den Kopf hob und rief: „Komm runter!"

Ein Seil rollte sich den Baum hinab und ein dürrer Junge ließ sich geschickt daran herunter.

Oh ... ein dürrer, toter Junge.

„Bringst du mich nach Hause?", fragte er, als wäre nichts passiert.

[Den toten Jungen nach Hause begleiten / Angreifen]

Ich entschied mich für die erste Alternative und fragte: „Kennst du den Weg?"

„Es ist nicht weit! Ich könnte allein hinlaufen, aber hier gibt es Kobolde."

Der „tote Junge" verhielt sich, als wäre er lebendig. Zumindest war er nicht so schwerfällig wie Zombies für gewöhnlich sind.

„Dann geh vor."

Der Junge rollte das Seil auf, nahm einen dicken Ast, der aussah, als stammte er von der Eiche, und deutete auf einen der Wege, die von der Lichtung wegführten. „Dort lang müssen wir!"

Wir gingen durch den Sumpf, und mir wurde bald klar, dass ich überhaupt keine Ahnung hatte, wo ich mich befand. Auf der Karte, die ich aufrief, konnte ich mich nicht orientieren, da die Wege darauf nicht markiert waren. Die Frage war nur: Wohin könnte ein totes Kind mich führen?

Ernsthaft! Vielleicht zum Königreich der Toten? Oder …

Doch nein, der seltsame Junge brachte mich in ein vollkommen normales Dorf, das von einem hohen Zaun umgeben war. Trotz der späten Stunde waren die Tore weit geöffnet, die Wachposten standen dicht gedrängt ganz in der Nähe.

Wäre ich ein normaler Spieler gewesen, hätte ich es mir zweimal überlegt, ob ich wirklich weitergehen sollte, doch da ich in gewisser Weise selbst tot war, hatte ich keine Angst, als ich mich den Toren näherte. Der Junge schlüpfte hindurch und rannte dann blitzartig los. Die Dorfwächter schenkten ihm keine Beachtung, sondern zielten mit ihren Armbrüsten auf mich. Dabei wirkten sie jedoch sehr unsicher, schließlich senkten sie die Waffen. Der Oberwächter versuchte immer wieder, etwas zu sagen, doch jedes Mal blieb sein Mund offen stehen, ohne dass ein Laut zu hören war.

In den Bedingungen für die Quest war vermutlich nicht vorgesehen, dass der Junge von einem Toten eskortiert wurde, oder es gab ein Problem mit den Wachposten selbst. Sie waren genauso tot wie ich.

Ein ganzes Dorf voller Zombies? Sehr interessant. Das Königreich der Toten war das aber leider ganz und gar nicht …

Da erschien eine weitere Nachricht:

Die Quest „Den toten Jungen begleiten" ist abgeschlossen.

Du hast eine neue Quest bekommen: Mit dem Ältesten sprechen.

Erfahrung: +100

Schurke: Du steigst ein Level auf!

Ich verbesserte Beweglichkeit und

Ausweichfähigkeit, sah mir meine Werte an und schnaubte enttäuscht auf. Mir fehlte nur noch ein Punkt, um meinen Untoten auf Level 12 zu bringen.

Naja, was sollte es! Es gab vermutlich einen Grund, weshalb der Älteste mit mir sprechen wollte.

DER ÄLTESTE STELLTE sich als runzeliger, alter Mann mit zotteligem Bart heraus. Natürlich war er tot. Seine dunkle Haut war mit Leichenflecken übersät, aber das überraschte mich mittlerweile nicht mehr.

„Wer seid Ihr?", fragte der Älteste, als er vor die Tore trat.

„Ein Reisender", antwortete ich knapp, ohne meine Kapuze abzunehmen und mein Gesicht zu zeigen.

„Danke für Eure Hilfe", erklärte der Alte. „Ihr könnt die Nacht in unserem Dorf verbringen, niemand wird Euch etwas antun."

Dorf der Toten: Neutral

Fast hätte ich verärgert das Gesicht verzogen. Neutralität gegenüber Untoten hatte ich schließlich von Anfang an genossen.

Aber das war noch nicht alles.

„Ihr könntet uns helfen, Reisender", fuhr der Älteste fort, „dann würden wir Euch mit allem Geld entlohnen, das wir in unserem Dorf haben."

Das Angebot des Alten machte mich misstrauisch, aber ich nickte dennoch.

„Fahrt fort."

„Die bösen Kobolde aus dem Sumpf haben uns eine Reliquie gestohlen und in ihren Höhlen versteckt. Sie bringen sie nur genau zur Mittagsstunde ans Tageslicht, wenn wir machtlos sind. Könnt Ihr uns helfen?"

„Was ist das für eine Reliquie?"

„Ein Kristallschädel."

Ich lachte interessiert auf. „Und was kann er vollbringen?"

„Das werdet Ihr noch erfahren, aber erst später. Seid Ihr einverstanden?"

„Wie finde ich ihn? Ich kenne mich in diesen Sümpfen nicht aus."

Der alte Mann zog eine Schriftrolle mit einer Karte hervor.

Möchtest du die Quest „Kristallschädel zurückbringen" annehmen?
[Ja / Nein]

„Ich helfe Euch."

Der Alte reichte mir die Karte und

wiederholte noch einmal: „Genau zur Mittagsstunde. Ruht Euch jetzt aus."

Er wandte sich um und wollte gehen, doch ich folgte ihm und fragte: „Was ist hier geschehen?"

„Die Pest", erwiderte der Alte schlicht.

„An der Pest sterben die Menschen."

Er zuckte die Schultern. „Irgendetwas verändert sich gerade. Bringt mir den Schädel, dann werden wir alles besprechen."

Der tote Alte lief die Straße hinunter, und ich schaute mich um. Die Häuser im Dorf waren einstöckig, die Dächer schilfgedeckt. An den Wänden standen Boote, an Pfosten hingen Netze, die jedoch so ramponiert aussahen, dass sie sicherlich seit langer Zeit nicht mehr benutzt worden waren. Auf der Straße sah ich keine Leute, nur das Geräusch eines Schmiedehammers durchbrach ganz in der Nähe die Stille.

Ich rollte die Karte auf und stellte fest, dass innerhalb der Umzäunung einige neue Markierungen erschienen waren: das Haus des Ältesten, das Gasthaus, der Schmied, die Schneiderin, der Heiler und ein Laden. Auch im Sumpf waren verschiedene Stellen markiert. Die meisten zeigten die Position von Mobbehausungen, und sofort verging mir die

Lust, in der Nacht das Dorf zu verlassen. Offenbar hatte der Junge mich über den einzigen sicheren Weg hierhergeführt.

Allerdings spielte das keine große Rolle. Was mochte das für ein Schädel sein, von dem der Älteste gesprochen hatte? Was war das für ein Artefakt und wie hing es mit dem zusammen, was hier vor sich ging?

Ich beschloss, meine Zeit dazu nutzen, die Dorfbewohner zu befragen, doch es war, als hätte es ihnen allesamt die Sprache verschlagen. Ich war kurz davor, es mit Zeichensprache zu versuchen. Dennoch drehte ich eine Runde durch das Dorf, die sich als sehr nützlich erwies. Der Heiler versorgte meine Rippe, die der Bär verletzt hatte, und stellte meine Gesundheit wieder her. Außerdem kaufte ich bei ihm einen Zaubertrank, der auch Untoten neue Energie verschaffen konnte. Leider war der Trank so teuer, dass meine gesamten Ersparnisse nur für drei Fläschchen reichten, aber es ergab keinen Sinn, das Geld zu horten — falls ich die Quest des Ältesten erfolgreich abschloss, würde ich das ganze Geld sowieso zurückbekommen.

Beim Schmied fand ich nichts Interessantes. Früher waren Harpunen und Dreizacke seine Spezialität gewesen, jetzt jedoch stellte er seltsam aussehende Rüstungen her,

✝ Toter Schurke ✝

während seine Lehrlinge Pfeilspitzen zurechthämmerten. Er hatte einige recht vernünftige Dolche im Angebot, doch dafür wollte ich nicht mein letztes Geld opfern. Diese Entscheidung war richtig, denn ich entdeckte ein Bandelier für ein beidhändiges Schwert.

Endlich konnte ich das Flammenschwert auf dem Rücken tragen!

Als Nächstes betrat ich den Laden, der von einer Kerze schwach erleuchtet wurde, und sah mir die Waren an. Ich wandte mich an den Händler, einen blassen, dünnen Mann mittleren Alters. Eine Fliege kroch über sein kahles Haupt, doch das nahm er gar nicht wahr.

„Geht es hier schon lange so zu?"

„Nein", antwortete er knapp.

Immerhin antwortete er!

Ich kehrte zur Theke zurück.

„Was hat es mit dem Kristallschädel auf sich?"

Der Händler schüttelte nur den Kopf. „Davon weiß ich nichts."

„Und wer könnte etwas wissen?"

Der Tote zuckte die Schultern. „Ich hätte empfohlen, mit Master Frederick zu sprechen, aber er ist verschwunden. Wendet Euch an den Ältesten."

„Wer ist Frederick?", erkundigte ich mich

interessiert.

„Ein Zauberer, der hier Halt machte, ein paar Tage, bevor die Pest kam", antwortete der Händler, und danach war ihm kein weiteres Wort mehr zu entlocken.

5

ICH VERBRACHTE die Nacht im Gasthaus und machte mich am Morgen direkt bei Sonnenaufgang auf den Weg in den Sumpf. Die Nachtmobs hatten sich zu dieser Stunde schon in ihren Löchern verkrochen und die Kobolde waren auch noch nicht zu sehen.

Meine größte Sorge war, dass Garth hier auftauchen könnte, doch andererseits war es unwahrscheinlich, dass er sich ohne Karte in den Sumpf wagen würde, und allzu lange wollte ich mich sowieso nicht im Dorf aufhalten. Ich würde die Quest des Ältesten abschließen, ihn nach dem Königreich der Toten fragen und mich wieder auf den Weg machen.

Der Pfad führte mich allmählich in die Hügel, die von allen Seiten von undurchdringlichem Moor umgeben waren. Ich musste von einem Orientierungspunkt zum nächsten, und bei jedem falschen Schritt lief ich

Gefahr, im schwarzen, ungesunden Schlamm zu versinken. Falls ich weglaufen müsste, würde das nicht leicht werden.

In den Hügeln sah ich dunkle Löcher, die in die unterirdischen Behausungen der Kobolde führten, doch dort wollte ich mich nicht hineinwagen. In den schmalen, niedrigen Gängen konnten mir die kleinen Wesen zu viele unangenehme Überraschungen bereiten. Stattdessen stieg ich auf eine der Anhöhen, legte mich ins gelbliche Gras und musterte die Lichtung am Fuße des Hügels. Dort wuchs kein einziger Grashalm, und in der Mitte war eine verkohlte Säule eingegraben.

Laut Karte war das die Stelle, an die die Kobolde zur Mittagsstunde den Kristallschädel bringen würden.

Die Sonne stieg höher und höher und ließ mich allmählich ihre Hitze spüren, doch zum Glück schützte das Gewand des Nekromanten so gut vor den brennenden Strahlen, dass meine Ausdauer nicht nachließ. Meine Wahrnehmung jedoch wurde merklich schlechter, im gleißenden Licht war alles um mich herum verschwommen und unscharf. Deshalb hörte ich die Kobolde, bevor ich sie sah.

Zuerst nahm ich in der Ferne heulenden Gesang wahr, erst dann bemerkte ich, dass sich das hohe Schilf bewegte. Der Sumpfkobold-Schamane, der auf der Lichtung erschien, war ziemlich klein und von Kopf bis Fuß mit blauer und orangefarbener Farbe bemalt. In der Hand hielt er eine zischende Fackel, mit der er alle jungen Triebe auf der Lichtung wegbrannte.

Der Schamane arbeitete langsam und sorgfältig — ich verlor allmählich die Geduld und überlegte schon, ob ich mir eine bessere Position suchen sollte, wollte aber nichts überstürzen. Diese Entscheidung war richtig — wieder bewegte sich das Schilf und ein halbes Dutzend mit Speeren bewaffnete Kobolde betrat die Lichtung. Sie bildeten einen Kreis, erst dann tauchte der Oberschamane mit dem Kristallschädel auf. Begleitet wurde er von zwei Gefolgsleuten, die für Angehörige dieses Sumpfvolkes erstaunlich kräftig und breitschultrig waren.

Die jungen Kobolde hoben den Schamanen hoch, sodass er den Schädel oben auf die Säule in der Mitte der Lichtung setzen konnte. Dann bewegte er sich im Uhrzeigersinn darum herum, ohne seinen Singsang auch nur eine Sekunde lang zu unterbrechen.

Ich glitt leise den Hügel hinunter, versteckte mich in den dichten Schilfbüscheln und wechselte in den Tarn-Modus. Der Mittag war nicht der beste Zeitpunkt für Tarnung, doch als Nachtgeschöpfe konnten die Sumpfkobolde zu dieser Tageszeit nichts besonders gut sehen. Ganz sicher nicht besser als die Untoten.

Ich ließ mein Flammenschwert auf dem Rücken und bewaffnete mich mit dem Messer, das ich im Dorf gefunden hatte. Die Klinge rieb ich mit Sumpfschlamm ein, damit sie in der Sonne nicht so funkelte.

Der Kristallschädel strahlte blendend hell, doch die Wachkobolde ließen die heilige Reliquie nicht aus den Augen. Das machte ich mir zunutze. Ich schlich mich rücklings an das erste der kleinen Wesen, presste ihm eine Hand auf den Mund, stach ihm mit der anderen direkt in den Bauch und zog den schlaffen Körper sofort in das dichte Schilf.

Kritischer Treffer! Der Koboldkrieger wurde getötet!
Erfahrung: +25   [2524/3000]   +25 [2658/3000]
Untoter: Du steigst ein Level auf!

Wie üblich wurden meine Fähigkeiten mit Erreichen des neuen Levels automatisch verteilt. Ich erhöhte lediglich meine Wahrnehmung auf 8. Dann schlich ich mich an den nächsten Wachposten, doch dieser war zäher, sodass ich zweimal mit dem Messer zustechen musste. Immerhin hatte ich die Hand fest auf sein Maul gepresst, damit die Todesschreie der hässlichen Grünhaut die anderen nicht alarmierten.

Ich wollte kein weiteres Risiko eingehen, wechselte in den Tarn-Modus und schlich mich an den Schädel oben auf der Säule heran. Mein Plan war so gewagt wie einfach. Er lautete: „nehmen und wegrennen", weshalb ich mir im Vorfeld freie Bahn für den Rückzug schaffen musste.

Der Plan, den Schädel von der Säule zu reißen und ohne Kampf mit den Kobolden im Schilf zu verschwinden, war zwar gut, ging jedoch sofort den Bach runter, als ich mich dem in Trance befindlichen Oberschamanen näherte.

Obwohl er die Augen geschlossen hielt und mich nicht sah, spürte er dank irgendeiner übernatürlichen Fähigkeit, dass ein Fremdling anwesend war, und schwenkte seinen Ritualstab. Ein Schwall heißer, feuchter Luft wehte den Tarnnebel von mir und die Lehrlinge des Schamanen gingen sofort zum Angriff über.

Einen von ihnen trat ich zur Seite, dem anderen hieb ich das Messer ins Gesicht. Ich konnte beide nicht töten, gewann aber genug Zeit, um den Schädel zu ergreifen und in meinem Inventar zu verstauen. Dann wurde ich von einer ätzenden, grünen Masse im Rücken getroffen!

Sumpfviperngift: Immunität

Der Oberschamane heulte auf und schwenkte seinen Stab, um neue Zauberkräfte zu beschwören. Sein verletzter Gefolgsmann stürzte sich geschickt auf meine Beine, umklammerte sie und grub mir die Zähne ins Schienbein. Ich hieb ihm mein Messer in den Nacken, zog das Schwert aus dem Bandelier und metzelte den zweiten Gefolgsmann nieder. Sofort wurde ich von den Wachposten attackiert. Mein Kettenhemd hielt drei Knochenspitzen stand, doch dem letzten Kobold gelang es, seinen Speer in meinen linken Arm zu bohren. Sofort wurde das Flammenschwert unerträglich schwer und ich konnte es nicht mehr hochheben.

Verkrüppelnder Treffer! Linker Ellenbogen verletzt!

Ich heulte zornig auf und setzte meine Aura der Angst ein. Die Kobolde wichen daraufhin zurück, selbst der Oberschamane erschauerte. Seinen Zauberspruch rief er jedoch ununterbrochen weiter.

Zur Hölle mit ihm! Ich eilte auf das hohe

Schilf zu, in dem ich mich verstecken wollte, doch mit einem Mal brach eine riesige Schlange mit den Ausmaßen einer mächtigen Eiche aus dem Boden, feuchte Erdklumpen durch die Luft schleudernd.

Ein Kopf, so groß wie eine Hütte, ragte über mir auf, ein Maul voller scharfer Zähne wurde aufgerissen. Ich hob das Flammenschwert in dem vergeblichen Versuch, mich zu schützen.

Oh, verdammt …

Du wurdest von einer riesigen Höllenschlange getötet!

6

WASSER, SCHMUTZ, SCHILF.

Im Gebiet der Sumpfkobolde wollte ich auf keinen Fall steckenbleiben, deshalb zog ich den Kopf ein, als ich an ihnen vorbeischlich, und stieg dann aus einer flachen Pfütze. Ich wischte mir den Schlamm aus dem Gesicht und verstaute meinen verzauberten Schädel in meinem Inventar. Außerdem sah ich nach, ob ich seinen kristallenen Zwilling verloren hatte, doch glücklicherweise war er genau wie meine anderen Habseligkeiten noch an Ort und Stelle. Nur in das

Nekromantengewand hatte das Gift, das der Schamane heraufbeschworen hatte, ein Loch gebrannt.

Ich stand auf und ging von der mit Schilfbüscheln umgebenen Lichtung zurück zum Dorf der Toten.

Es wurde allmählich Abend, deshalb waren die Tore zum Dorf weit geöffnet, während die Wachposten sich im Schatten einer Baumkrone vor den Strahlen der untergehenden Sonne schützten. Sie beachteten mich in keiner Weise.

Ich hatte keine Ahnung, was geschehen würde, wenn ich dem Ältesten den Kristallschädel zurückgab, deshalb suchte ich zuerst die Schneiderin auf, um meinen vom Gift versengten Umhang reparieren zu lassen. Die Tote brauchte nur zwei Minuten, um das Loch am Rücken zuzunähen und die Haltbarkeit meiner Kleidung wiederherzustellen. Allerdings hatte der Umhang dadurch 10 % an Wert eingebüßt.

Trotz dieser schnellen, billigen Lösung fand ich immer mehr Gefallen an unzerstörbaren Dingen. Den Stiefeln der Toten, die ich an den Füßen trug, konnte nichts etwas anhaben!

Den Ältesten fand ich in seinem Haus. Er saß am Tisch und sah teilnahmslos aus dem Fenster. Sein Blick war leer und tot. Für einen Toten nicht ungewöhnlich.

✝ Der Weg eines NPCs ✝

Bei meinem Erscheinen jedoch sprang der Alte auf die Füße und riss die Arme in die Luft. „Ihr bringt ihn zurück! Ihr bringt ihn zurück!"

Die Quest „Kristallschädel zurückbringen" ist abgeschlossen.
Erfahrung: +150

Ich bestätigte, was er schon wusste. „Ja, ich bringe ihn zurück."

„Gelobt sei der Herr der Toten!", verkündete der Älteste glücklich. „Ich habe eine neue Quest für Euch!"

„Was ist mit meiner Belohnung?", erinnerte ich ihn.

„Ich werde das Geld eintreiben, ganz bestimmt! Keine Sorge, ich halte Wort. Ihr könnt den Schädel erst einmal behalten. Ja, Ihr könnt ihn vorerst behalten ..." Der alte Mann strich sich durch den Bart und verstummte, sodass ich schließlich das Schweigen brach.

„Was ist mit den Dorfbewohnern passiert?"

„Die Pest", erwiderte der Älteste stirnrunzelnd. „Wir wurden alle am gleichen Tag krank und wären unweigerlich gestorben, doch der Zauberer, der zu uns kam, konnte uns an der Schwelle zum Tod aufhalten. Ihr seht ja, wir sind gestorben, aber nicht ganz. Der Zauberer gab uns eine Chance."

„Und wo ist er jetzt?"

Der Älteste schüttelte den Kopf. „Ich weiß es nicht. Frederick wollte im Nachbarort irgendein Artefakt suchen, doch er ist verschwunden. Dann fanden wir heraus, dass die Kobolde seinen Kristallschädel hatten. Ihr müsst Frederick finden und ihm den Schädel zurückgeben."

„Wozu?"

Der Älteste schien zu zögern, fuhr dann jedoch fort: „Nur Frederick kann ein Portal zum Königreich der Toten öffnen. Hier können wir nicht bleiben, denn die Paladine des Ordens der Feuerhand werden früher oder später einen Weg durch die Sümpfe finden und das Dorf mit uns allen darin verbrennen. Wir müssen fort! Könnt Ihr uns helfen? Ihr seid einer von uns!"

Willst du die Quest „Zauberer des Dorfes finden" annehmen?
[Ja/Nein]

Natürlich nahm ich an! Und zwar ohne mich nach der Belohnung für die Quest zu erkundigen. Verdammt noch mal, ein Portal zum Königreich der Toten! Das war wirklich Grund zum Feiern!

„Wo sollte ich nach diesem Zauberer suchen?"

Der Alte rollte eine Karte auseinander und fuhr mit dem Finger von den Sümpfen zum Wald, bis er schließlich mit seinem gelben Nagel auf eine Kreuzung tippte.

„Hier ist er hingegangen, nach Pine Log. Früher haben wir mit diesem Dorf Handel getrieben, jetzt jedoch nicht mehr."

Ich öffnete meine eigene Karte, vergewisserte mich, dass die neuen Markierungen darauf erschienen waren, und fragte dann: „Sollte ich ihm den Schädel einfach zurückgeben?"

„Gebt den Schädel zurück und helft ihm bei der Rückkehr."

„Und wenn er tot ist?"

Der Älteste nickte. „Er ist tot", bestätigte er ruhig. „Wie wir alle. Aber im Schädel ist Fredericks Macht konzentriert, mit ihm wird er wiedergeboren und zum Leben erweckt!"

Ich lachte leise. Mein totes Ich hatte einen ganz ähnlichen Schädel, nur dass er nicht aus Kristall bestand. Vielleicht handelte es sich um ein frühes Werk der Entwickler für eine lange, komplexe Quest? Wirklich sehr interessant.

„Werdet Ihr uns helfen?", fragte der Tote erneut.

„Ich helfe euch."

Ich wollte vor dieser Quest keine Zeit verlieren, deshalb verließ ich das Dorf, ohne den Einbruch der Dunkelheit abzuwarten. Ich konnte gut darauf verzichten, mich mit den rastlosen Sumpfbewohnern auseinanderzusetzen, die in der Dämmerung auf Jagd gingen. Außerdem war mein Verhältnis zum örtlichen Koboldstamm unwiderruflich zerrüttet.

Bei dem Gedanken an das Untier, das der Oberschamane heraufbeschworen hatte, wurde mir ein wenig übel. Fünfhundert Gesundheitspunkte auf einen Schlag, damit war nicht zu spaßen!

DIE KARTE HALF mir, mich im Sumpf zu orientieren, sodass ich den Waldrand erreichte, als die Sonne gerade erst die Baumwipfel berührte. Auf die Straße wagte ich mich aufgrund der Straßensperre an der Kreuzung nicht, sondern ging direkt durch den Wald.

Mir blieb keine andere Wahl — es war besser, mir langsam einen Weg zwischen den Bäumen hindurch zu bahnen und möglicherweise auf einen Bären oder ein Wolfsrudel zu stoßen, als mich auf einen Kampf mit den Wächtern vom Orden der Feuerhand einzulassen. Selbst falls es mir gelingen sollte, die normalen Kämpfer zu besiegen, würden die Paladine sicherlich darauf brennen, dem Untoten, der sie beleidigt hatte, den Garaus zu machen.

Das kam nicht infrage.

Da es im Wald noch hell war, gab es keine unverhofften Begegnungen. Die kleineren Tiere sahen mich schon von Weitem kommen und versteckten sich zwischen den Bäumen, den großen Raubtieren wich ich meinerseits aus. Jetzt war nicht der richtige Zeitpunkt, um im Kampf Erfahrungspunkte zu sammeln — ich wollte nicht sterben und versehentlich den Kristallschädel verlieren.

Dass ich mich im Wald verlaufen könnte, fürchtete ich nicht im Geringsten — die Markierung für Pine Log verschwand nicht von der Karte. Allerdings gab es da ein anderes Problem.

Pine Log war ein Dorf! Äußerst unwahrscheinlich, dass man sich dort freuen würde, wenn ein Fleischfresser auftauchte. Vermutlich würde man mich für einen Pestkranken halten und versuchen, mich zu verbrennen. Das musste ich vermeiden. Andererseits war das Artefakt des Zauberers irgendwie den Sumpfkobolden in die Hände gefallen … bedeutete das nicht vielleicht, dass der unglückliche Frederick niemals bis nach Pine Log gekommen war? Entweder war er auf eine Bande der kleinen Grünhäute gestoßen oder die Wachposten vom Orden der Feuerhand hatten ihn aufgehalten. Oder die Dorfbewohner hatten ihn getötet und seinen Körper über den Zaun geworfen, wo die Kobolde ihn dann geplündert hatten. Auch das war eine Möglichkeit.

Was auch immer geschehen war, ich wollte zunächst eine Runde durch die Umgebung drehen und erst dann versuchen, in das Dorf zu gelangen.

Sobald die Kreuzung mit der Straßensperre hinter mir lag, steuerte ich wieder auf die Straße zu und hatte sie bald erreicht. Ich ging weiter, warf hin und wieder einen Blick auf die Karte und überlegte, wo die Kobolde auf den Zauberer oder seine Leiche gestoßen sein könnten. Am meisten interessierte mich der schlammige Fluss, der im Sumpf seinen Ursprung hatte. Von dort aus floss er direkt hierher, sodass es gut möglich war, dass die hässlichen Grünhäute an seinem Ufer entlang in das Gebiet der Menschen vorgedrungen waren.

Zu schade, dass ich nicht daran gedacht hatte, den Ältesten danach zu fragen.

Der Wald nahm bald ein Ende und ich fand mich am Rande eines Maisfelds wieder — es war das, an dem ich zuvor umgedreht war, weil die

Sonne mir so ins Gesicht geschienen hatte. Mittlerweile ging sie über dem Wald unter und schickte lange Schatten über die Bäume. In deren Schutz ging ich am Waldrand entlang von der Straße weg, denn wenn ich dieser weiter folgte, würde ich früher oder später in Schwierigkeiten geraten.

Ich könnte auf Bewohner des Dorfes oder Paladine stoßen und müsste mich dann irgendwie auf dem offenen Feld vor ihnen verstecken. Deshalb war es besser, mich erst am Fluss umzusehen. Selbst wenn sich das als Zeitverschwendung herausstellen sollte, würde es in der Zwischenzeit dunkel werden. Im Dunkeln konnte man deutlich besser herumspionieren.

Nachdem ich mein Flammenschwert aus dem Bandelier auf meinem Rücken gezogen und es mir auf die rechte Schulter gelegt hatte, marschierte ich durch das Gras und sah mich dabei aufmerksam um, bis plötzlich ein schmaler Pfad unter meinen Füßen auftauchte. Er schlängelte sich durch das Gebüsch nach rechts, also folgte ich ihm.

War es möglich, dass der Zauberer ebenfalls einen weiten Bogen um das Feld geschlagen hatte? Vielleicht ... Der Gedanke war mir unbehaglich. Diesmal hatte ich den verzauberten Schädel mitgenommen, sodass ich in diesem Feld respawnen würde, falls ich starb.

Wieso hatte ich das Artefakt nicht am Dorf der Toten versteckt? Nun, ich hatte Angst, dass die Kobolde, sollten sie den Schädel finden, ihn sicherlich mit in ihre Sümpfe schleppen würden. Und auf eine Begegnung mit ihrem Oberschamanen konnte ich gut verzichten. Außerdem war es auch möglich, dass Garth dort in der Nähe nach mir suchte.

An allen Ecken lauerten Gefahren ...

Mein Gott! Wie sollte ich jemals wieder hier rauskommen? Hoffentlich würde es mir irgendwie gelingen.

Wie als Antwort auf meine Hoffnungen und Ängste ertönten die spöttischen Rufe von Krähen.

Ich legte den Kopf in den Nacken und sah schwarze Punkte über dem Feld kreisen. Allerdings nicht über dem gesamten Feld, sondern nur ganz in der Mitte. Sie landeten, hoben wieder ab, krächzten und ließen sich wieder sinken.

Lag dort ein Aas, das sie anzog?

Ich verließ den Pfad und ging direkt über das Feld. Sofort war ich von hohen Maisstängeln umgeben, doch die lauten Rufe der Vögel wiesen mir die richtige Richtung. Als ich die schwarzen Flügel direkt über meinem Kopf flattern sah,

† Der Weg eines NPCs †

packte ich das Flammenschwert fester und wechselte in den Tarn-Modus.

Nach einigen Schritten teilte sich der Mais und ich fand mich auf einer Lichtung wieder, in deren Mitte eine Vogelscheuche stand.

Eine Vogelscheuche? Verdammt, nein! Das war ein Gekreuzigter, der die Krähen anzog! Mir war sofort klar, an wem sich die gefiederten Räuber zu schaffen machten, also ging ich zum Pfahl, der in den Boden gerammt war. Meine Vermutung bestätigte sich — dort hing tatsächlich der vermisste Frederick. Sein Kopf war bis auf den blanken Schädel abgefressen, nun pickten die Krähen das Fleisch von seinen Armen.

Sobald ich den Tarn-Modus abgeschaltet hatte, stiegen die schwarzen Vögel in den Himmel und kreisten über der Lichtung. Sie warteten darauf, dass der Störenfried verschwand, doch damit hatte ich keine Eile. Außerdem beeilte ich mich nicht, den Kristallschädel hervorzuholen.

Ein Amulett auf der Brust des Toten fiel mir ins Auge. Ich stellte mich auf die Zehenspitzen und riss es ab, sodass die Kette zersprang.

Was hatten wir denn da?

Silberamulett der Toten

Sofort bekam ich zwei Systemmitteilungen:

Ausrüstung der Toten: Geändert
Ausrüstung der Toten: Gespeichert

Was hatte das zu bedeuten? Ich öffnete die Angaben zu dem silbernen Objekt in meiner Hand und traute meinen Augen kaum.

Silberamulett (Ausrüstung der Toten: 3 von 13)
Wiederherstellung von Gesundheit, Ausdauer und Energie: 3 % in jeweils 10 Minuten
Haltbarkeit: Unzerstörbar
Status: Selten
Beschränkt auf: Untote, Nekromanten

Super! Einfach fantastisch!

Die Wiederherstellung von Energie und Gesundheit war genau das, was mir fehlte. Und auch meine Ausdauer würde sich schneller erneuern. Hammer!

Aber wieso wurde angezeigt, die Ausrüstung wäre gespeichert worden?

Ich sah die Angaben zu den anderen Items durch und stellte fest, dass die Rüstungswirkung und der Schaden, den die Stiefel der Toten zufügten, um einen Punkt gestiegen waren. Die

Werte des Flammenschwerts hatten sich noch deutlicher verbessert.

> *Blutiges Flammenschwert (Ausrüstung der Toten: 3 von 13)*
> *Schaden: 8-14*
> *Genauigkeit: +11 %*
> *Wahrscheinlichkeit kritischer Schäden: +11 %*
> *Wahrscheinlichkeit von Schäden mit Blutverlust: 6 % für jede Welle der Klinge, die zum Einsatz kommt*
> *Schaden durch Blutverlust: 2 Sekunden lang 3 Gesundheitspunkte*
> *Status: Äußerst selten*
> *Beschränkt auf: Untote, Nekromanten*

Wow! Der maximale Schaden, den ein einziger Angriff zufügen konnte, lag jetzt bei 130!

Allerdings ... als ich versuchte, das Medaillon vom Hals zu nehmen, war das nicht möglich. Ich konnte es nur zusammen mit den Stiefeln und dem Flammenschwert ablegen.

Waren diese Gegenstände ein untrennbares Set? Verdammt, ich musste in Zukunft besser darauf achten, was dazugehören könnte. Vielleicht gab es mehr als 13 Teile. Ich wollte mich nicht mit unnützem Müll belasten.

Andererseits konnte ich mir auch nicht vorstellen, ein Teil aus der Ausrüstung der Toten einfach auf dem Boden liegen zu lassen und nicht an mich zu nehmen. Normale Spieler durften wählerisch sein, ich dagegen nicht. Für mich ging es um Leben oder Tod.

Plötzlich wurde mir klar, dass ich mich schon viel zu lange mit meinem Inventar beschäftigt hatte. Ich nahm den Kristallschädel aus der Tasche und ging damit auf den Zauberer zu. Das Artefakt leuchtete deutlich im Dunkeln.

Was musste ich damit tun? Sollte ich es einfach an seinen Körper halten oder …?

„Tu das nicht", ertönte es leise hinter mir.

Ich wirbelte herum und sah zu meiner grenzenlosen Überraschung einen Ritter in voller Kampfmontur vor mir. Lamellenpanzer, Armschienen, Stahlkappen an Kinn und Ellenbogen sowie Kettenhandschuhe. Er trug einen geschlossenen Helm mit schmalen Augenschlitzen und hielt ein Bastardschwert in den Händen. Die lange Klinge schimmerte in der Dunkelheit leicht orange. Auch der schwarz gesäumte Umhang war gelb und rot. Ich wäre am liebsten im Boden versunken! Das war ein Paladin vom Orden der Feuerhand! Noch dazu war er nicht allein — hinter ihm betraten vier Armbrustschützen die Lichtung. Oh, nein!

Trotzdem sollte ich noch eine Überlebenschance haben — der Paladin und die Wachen waren NPCs, und das Spiel war so programmiert, dass Spieler niemals in vollkommen aussichtslose Situationen gerieten. Ich war mir nur nicht sicher, ob das auch in meinem Fall zutraf ...

„Gib mir den Schädel", verlangte der Ritter.

Sein ruhiger Ton ließ vermuten, dass er mich noch nicht als Untoten erkannt hatte. Das konnte jedoch nicht lange dauern. Mir blieben nur wenige Sekunden. Und falls ich diese Schlacht nicht allein gewinnen konnte ...

Ich wandte mich abrupt um und hob die Hand mit dem Schädel an den gekreuzigten Zauberer. In diesem Augenblick hörte ich die Armbrüste der Wachposten klicken. Zwei Geschosse gingen vorbei, ein weiteres prallte von meinem Kettenhemd ab, doch das letzte drang mir in die Hand und schleuderte mir das Artefakt aus den Fingern.

Der Kristallschädel rollte über den Boden, die Kämpfer zogen ihre Kurzschwerter und gingen zum Angriff über.

Sollte ich mich dem Kampf stellen?

Ich zögerte keinen Augenblick, wechselte in den Tarn-Modus und rannte so auf den dichten Mais zu.

Leider nützte mir das nichts.

Der Paladin stieß ein Wort aus, das Licht vom Himmel fallen ließ, so hell, dass die ganze Welt mit dem grenzenlosen Schein erfüllt war. Meine Tarnung wurde in Fetzen gerissen und ich hing auf einmal neben dem toten Zauberer in der Luft, in genau der gleichen Pose.

Wort der Macht: Schutz fehlgeschlagen
Gelähmt: 2:59 ... 2:58 ... 2:57 ...

Oh, nein! Drei Minuten lang keine Bewegung!

Das war endgültig mein Ende! Noch dazu würde ich auf genau dieser Lichtung respawnen und auch beim nächsten Mal höchstwahrscheinlich nichts gegen den Paladin ausrichten können. Er würde mich wieder und wieder töten!

Die Wächter des Ordens umringten mich von allen Seiten, doch der Paladin hatte es mit der Hinrichtung nicht eilig. Er schob sein Schwert wieder in die Scheide, nahm den Helm ab und klemmte ihn sich unter den linken Arm. Der Ritter war noch recht jung, mit hellem, kurzem Bart, doch sein Gesicht wirkte kein bisschen sanft. In seinen blauen Augen lag echter Zorn, den man auch in seiner Stimme hörte.

† Der Weg eines NPCs †

„Was bist du für ein Ungeheuer?", fragte der Paladin.

Ich blieb stumm, aber der Ritter brauchte meine Antwort ohnehin nicht. Er zog einen silbernen Dolch aus der Scheide an seinem Gürtel, doch bevor er zustechen konnte, erschien eine weitere Person auf der Lichtung.

„Lasst ihn!", verlangte eine Elfe mit aschgrauer Haut und schwarzem Haar, das sie mit Haarnadeln zu einem Knoten aufgesteckt hatte.

Wie gesagt, das Spiel brachte Spieler niemals in aussichtslose Lagen.

„Meine Gefangenschaft ist Teil der Handlung, die die NPCs durchspielen", schoss mir durch den Kopf, doch die Elfe stellte sich als Spielerin heraus.

Isabella Ash-Rizt, Dunkelelfe. Priesterin, Level 53.

Unglaublich!

Der Ritter schob seinen Dolch wieder in die Scheide, legte die Hand an den Schwertgriff und erwiderte drohend: „Das geht dich gar nichts an, Hexe! Verschwinde!"

Die Priesterin schüttelte den Kopf und ging auf den Paladin zu. Der Umhang über ihren

† Coter Schurke †

Schultern konnte ihre schlanke Taille nicht verhüllen, während ihr kurzer, eiserner Brustpanzer und der knappe Lamellenrock kaum als zuverlässiger Schutz dienten, sondern vielmehr ihre verführerische Figur betonten. Nicht sehr praktisch, aber sehr, sehr sexy.

In den Händen hielt die Elfe einen Stab, der wie ein Rückgrat geformt und am oberen Ende leicht gebogen war. Auf der Spitze saß ein eiserner Totenschädel.

„Geht mich nichts an? Das werden wir ja sehen ...", sagte die Priesterin und wandte sich an mich. „Hey, Schätzchen, soll ich dir runterhelfen?"

Sofort erschien eine Systembenachrichtigung:

Spielerin Isabella Ash-Rizt bietet ihre Hilfe an

Annehmen*? [Ja/Nein]

Darauf folgte eine Menge Kleingedrucktes, in dem stand, dass eine Zustimmung meine Teilnahme an einer Quest namens „Die Hohepriesterin der Herrscherin des Purpurmonds" nach sich ziehen würde, die einer anderen Spielerin gehörte. Ich hatte keine Zeit, mir alles durchzulesen, sondern stimmte zu.

„Du Ungeziefer!", knurrte der Paladin und zog das Schwert. Die Wachposten stellten sich sofort im Halbkreis um Isabella auf.

Plötzlich gingen seltsame Veränderungen mit der Hexe vor. Der kurze Brustpanzer wurde länger und verschmolz mit dem Lamellenrock zu einer durchgängigen Rüstung, die Spitzenhandschuhe wurden zu Kettenärmeln, die hohen Stiefel bedeckten ihre Beine vollständig. Im Handumdrehen steckte die Elfe in einer Rüstung, die nur den Kopf frei ließ.

„Stirb!", schrie der Paladin, als er vorpreschte.

Das hübsche Gesicht der Priesterin nahm einen dämonischen Ausdruck an. Sie lachte und in ihren dunklen Augen leuchtete das purpurne Feuer der Unterwelt.

Eine Furie!

Die Elfe traf den Ritter mit ihrem Stab, die geschnitzten Knochen bogen sich knackend und verwandelten den Stab in einen Flegel. Diese Waffe wickelte sich um die Klinge des Bastardschwerts, mit dem der Paladin den Angriff abwehren wollte, und der Schädel traf den Ritter im Gesicht, sodass er zu Boden ging. Er wurde nicht nur von den Füßen gerissen, sondern die stählernen Kiefer rissen ihm auch ein Stück Fleisch aus der Wange, aus der Blut auf den Boden strömte.

Die Macht, die mich in der Luft gekreuzigt hatte, verschwand, ich stürzte herab, rollte auf die Seite und aktivierte den Tarn-Modus. Allerdings rannte ich nicht davon, sondern richtete mich auf und hieb mit dem Flammenschwert auf den nächsten Wachposten ein. Sein Brustharnisch gab nach und die gewellte Klinge drang ihm mitten in die Brust.

Ich zog die Klinge heraus, doch es gab keinen Gegner mehr zu bekämpfen. Die Priesterin hatte die anderen ganz allein überwältigt.

Level 53 und noch dazu eine Furie …

Furien waren Kampfpriesterinnen bestimmter Götter, die stärker und schneller wurden, wenn ihre Kampflust geweckt war. Allerdings wählten nur wenige Spieler diese Spezialisierung, da damit automatisch die Fähigkeit zum Heilen verloren ging. Die religiösen Charaktere waren in erster Linie wegen ihrer Heilkünste beliebt.

Isabellas Zauberrüstung nahm wieder die äußerst attraktive Form an und auch der Stab verwandelte sich zurück, während der Schädel blutbefleckt blieb.

„Nun denn", sagte die Drowpriesterin mit einem interessierten Blick auf mich, „die Hälfte hätten wir schon erledigt. Bist du bereit, Schätzchen?"

„Was meinst du damit?" Ich begriff nicht und war plötzlich froh, dass ich das Flammenschwert noch nicht wieder auf dem Rücken verstaut hatte.

Isabella verzog enttäuscht das Gesicht. „Du hast meine Hilfe angenommen, ohne die Bedingungen durchzulesen?"

„Äh ...", zögerte ich und nickte dann. „Naja, ehrlich gesagt schon."

Die Elfe seufzte. „Schätzchen, heute ist dein Glückstag! Ich diene der Herrscherin des Purpurmonds, der Göttin des Todes und der Wiedergeburt, des Zorns und der Leidenschaft. Deine Rettung aus den Klauen des Ordens muss mit einem Tantra-Ritual abgeschlossen werden. Freust du dich?"

„Tantra?" Ich war überrumpelt.

„Jawohl", bestätigte Isabella, die bereits ihren Umhang auf den Boden geworfen hatte und an den Verschlüssen ihres Brustpanzers nestelte. „Wir vögeln und gehen dann unserer Wege. Nichts Persönliches."

Sex war in *Türme der Macht* nicht verboten — ganz im Gegenteil, denn das Spiel war nur für Erwachsene. In jeder anderen Situation hätte ich mich nur zu gern mit der sexy Priesterin vergnügt, aber im Augenblick brachte mich ihre Forderung in eine ziemlich prekäre Lage.

„Ich fürchte, das könnte problematisch werden", gab ich zu und schob meine Kapuze zurück.

Als Isabella mein Gesicht und die Leichenflecken darauf sah, verzog sie die Miene und sagte unglücklich: „Igitt, ein Untoter."

„Es hat sich leider so ergeben ..."

Die Priesterin winkte ab. „Schon in Ordnung, könnte schlimmer sein. Ich werde es irgendwie überstehen."

„Du verstehst mich falsch. Tote haben keinen Blutdruck."

Diese Äußerung gab Isabella ernsthaft zu denken. „Erektionsprobleme?"

„Überhaupt keine Erektion."

„Was ist denn mit der postmortalen Erektion?"

„Bei mir nicht."

Die Priesterin runzelte die Stirn. „Schätzchen, willst du mir etwa sagen, dass ich anderthalb Jahre mit dieser schrecklich komplizierten Quest zugebracht habe, nur um auf einen nutzlosen Toten zu stoßen? Willst du mir das sagen?"

„Versuch es mit jemand anderem", entgegnete ich schulterzuckend.

„Ich kann nicht warten!", knurrte die Frau und hieb mir dann mit aller Kraft den Schädel an ihrem Stab ins Gesicht.

Ich bemerkte noch, wie sich Stacheln auf dem Schädel ausbreiteten, dann explodierte mir einfach der Kopf. Das ist nicht übertrieben — mein Gehirn flog durch die Gegend, sodass rote und graue Masse an den Maisstängeln klebte.

Plötzlicher Angriff: Schutz fehlgeschlagen
Du wurdest von Spielerin Isabella Ash-Rizt getötet.

7

FEUCHTE ERDE, DUNKELHEIT und Maiswurzeln.

Ich brauchte eine Weile, um mich aus dem flachen Grab zu befreien, dann ließ ich mich ausgelaugt auf den Rücken fallen und fluchte. Verdammt noch mal! Wieso wurde ich andauernd mit nur einem Treffer getötet? Immerhin hatte ich mittlerweile mehr als 1.000 Gesundheitspunkte.

Verrücktes Miststück!

Ich stützte mich auf den Ellenbogen und sah dann eine Fackel in der Nähe leuchten. Eine Fackel? Nein, es war der Schädel auf dem Stab der Elfenpriesterin, der mit purpurroter Flamme loderte. Isabella kam an mein Grab und zischte mich hasserfüllt an: „Du Aas ...“

Rasch rollte ich mich auf die Seite und verschwand im Tarn-Modus, doch damit konnte ich die Lichtung nicht verlassen. Als die Priesterin ihren Stab schwenkte, verwandelten sich die Maisstängel plötzlich in eiserne Stangen, während die Blätter zu rasiermesserscharfen Klingen wurden.

Verdammt! Der Zauberspruch „Zaun aus Stahl“ diente eigentlich der Abwehr, doch in meinem Fall wurde er zur tödlichen Falle!

„Ich werde niemals nachgeben“, verkündete Isabella. „Hat dir der eine Tod nicht gereicht? Kein Problem! Früher oder später wirst du sterben, und ich kann diese Aufgabe noch einmal ausführen!“

Ich erschauerte. Die sture Priesterin meinte es völlig ernst. Selbst wenn sie nicht ewig im Spiel bleiben würde, konnte ich auf einen weiteren Todfeind gut verzichten. Außerdem wollte ich einfach nicht noch einmal sterben!

„Hör auf, dich zu verstecken“, befahl die Elfe. „Komm raus!“

Meine Energie schwand, aber nicht sehr schnell, also schlug ich das Systemmenü auf und sah mir an, zu welchen Bedingungen ich die Hilfe der Priesterin angenommen hatte. Dort stand, dass ich definitiv an dem Tantra-Ritual teilnehmen musste — darum kam ich nicht herum.

Verdammt! Welche Liebeskünste hatte ein toter Schurke schon zu bieten?

Andererseits …

Ich entfernte mich noch ein Stück von der irren Priesterin und schaltete den Tarn-Modus aus.

„Isabella, warte!", rief ich ihr zu, als die Priesterin auf mich losging. „Ich bin ein Spieler, ich bin auch auf einer Quest."

Dank meiner Ausweichfähigkeit konnte ich dem Angriff mit dem Stab entkommen. Ich sprang in die Dunkelheit, aktivierte den Tarn-Modus und lief auf die andere Seite der Lichtung.

„Ich kann wieder zum Leben erweckt werden", berichtete ich der Priesterin, als ich dort angekommen war. „Mein Zustand ist nur vorübergehend!"

Isabella hielt inne und bohrte ihren Stab in die Erde, damit sie die Hände frei hatte. „Was redest du da? Was solltest du schon für eine Quest haben?", fragte sie. Ihre Absicht, mich in Hackfleisch zu verwandeln, hatte sie aber immerhin für den Augenblick vergessen.

„Ein Portal zum Königreich der Toten! Kannst du dir vorstellen, wie viel Geld der erste

Spieler sich dort sichern kann?"

„Du spinnst doch, Schätzchen", erwiderte Isabella knapp.

„Soll ich dich einladen? Dann kannst du dir die Bedingungen selbst durchlesen."

Die Priesterin zögerte. Ihre eigene Quest war ihr weitaus wichtiger, aber Zugang zum Königreich der Toten vor den anderen Spielern wäre ein echter Jackpot!

„Wann wirst du wieder lebendig?", fragte die Elfe.

„Ist das so wichtig?"

„Zur Hölle mit dir!", rief Isabella wütend. „Du bist in meine Quest geplatzt und ich kann damit nicht weitermachen, bis das Ritual abgeschlossen ist! Ich will Hohepriesterin werden! Dafür habe ich schon anderthalb Jahre geopfert!"

„Um wieder lebendig zu werden, muss ich ins Königreich der Toten", antwortete ich und sagte ihr damit die reine Wahrheit.

„Bist du wirklich ein Spieler?"

„Ja!"

„Öffne dein Profil", verlangte die Priesterin.

„Nein, nicht so! Wir bilden eine Gruppe."

Die Anfrage erschien — ich zögerte etwas, wollte die Lage aber nicht noch schlimmer machen und willigte ein. Isabella studierte eine

Zeitlang reglos meine Statistiken und fragte dann: „John Doe, wie hast du es geschafft, eine zweite Klasse zu bekommen?"

„Das ist eine individuelle Quest, die zu meiner VR-Kapsel gehört."

„Ein reiches Schätzchen also?", kicherte Isabella. „Okay, schick mir eine Einladung. Aber merk dir eins: Wenn das mit dem Portal nicht stimmt, vernichte ich dich!"

Auf der Stelle schickte ich der Elfe die Einladung, sich der Quest „Den Zauberer des Dorfes finden" anzuschließen, und Isabella prüfte alle damit zusammenhängenden Logs.

„Ich glaube es nicht!", stieß sie überrascht aus. „Mein Schätzchen hat mich nicht angelogen. Ein Portal zum Königreich der Toten, wie cool!"

Ihren herablassenden Ton fand ich unerträglich, aber von einer Spielerin mit einem doppelt so hohen Level war wohl nichts anderes zu erwarten.

„Was musst du mit diesem Glasschädel machen?", fragte Isabella.

„Ich glaube, ich muss ihn dem Toten geben", vermutete ich.

„Na, dann mach mal, Schätzchen! Worauf wartest du?"

Spielerin Isabella Ash-Rizt hat sich der

✟ Toter Schurke ✟

Quest „Den Zauberer des Dorfes finden"
angeschlossen
    Gruppe erstellt. Mitglieder: 2

Mit dem Kristallschädel in der Hand ging ich auf den Toten zu, den man zur Vogelscheuche gemacht hatte, die Priesterin auf den Fersen. Je näher ich dem toten Zauberer kam, desto heller leuchtete der Schädel in meiner Hand. Sein gespenstisches Licht breitete sich schon bald auf der ganzen Lichtung aus, doch das Artefakt strahlte keine Wärme aus, sondern meine Finger wurden spürbar kälter.

Ich zögerte kurz und presste den Schädel dann an die Brust des Dorfzauberers, der daraufhin zuckte und sich am Kreuz hin und her wand. Auf seinem Kopf bildete sich wieder Fleisch, in seinen Augen erschien ein dunkles Licht, dann qualmten die Seile, die ihn fesselten, bis er wie ein Sack zu Boden fiel.

„Lebt er?", fragte Isabella skeptisch und stieß Frederick mit der Stiefelspitze in die Rippen.

Die Quest „Den Zauberer des Dorfes finden"
ist abgeschlossen!
Erfahrung: 80

Der Kristallschädel leuchtete noch heller

und zerfloss dann langsam, bis auf meinen Handschuhen nur noch Raureif lag.

Stöhnend erhob Frederick sich und kam schließlich auf die Füße. Er war ein hagerer Mann mittleren Alters mit kurzem Bart und tiefliegenden Augen. Natürlich war er tot.

„Oh …", stieß er heiser hervor. „Ich bin zurück, gelobt sei der Turm der Verwesung!"

„Ein Portal zum Königreich der Toten", verlangte Isabella sofort. „Könnt Ihr das öffnen?"

„Portal!" Frederick sah auf und nickte dann langsam. „Ja, das kann ich!"

„Dann macht es", verlangte die Priesterin. „Wir warten!"

Der Zauberer schüttelte den Kopf. „Dazu brauche ich die rituelle Silbersichel, die in Pine Log aufbewahrt wird. Ich konnte sie nicht beschaffen."

„Was hat Euch denn daran gehindert?", kicherte Isabella.

„Sie wird von Paladinen bewacht. Helft Ihr mir? Wir müssen jedoch schnell sein, bevor die Sichel in die Zitadelle des Ordens gebracht wird!"

Eine Systembenachrichtigung über die neue Quest „Silbersichel stehlen" erschien, welche die Priesterin für uns beide annahm, ohne mich vorher nach meiner Meinung zu fragen. Ich hatte aber sowieso keine Einwände.

„Schätzchen, du bist doch ein Dieb, oder?"
Isabella musterte mich durchdringend. „Kannst
du diesen Plunder für uns stehlen?"

„Ja, aber nur, wenn du dich um die
Paladine kümmerst."

Die Elfe wandte sich wieder an Frederick.
„Bist du dabei, Zauberer?"

Der Tote verneigte sich knapp. „Ich werde
helfen, so gut ich kann."

UNSER PLAN WAR nicht besonders gewieft.
Isabella und Frederick sollten die Wachposten
ablenken, indem sie die Tore stürmten, damit ich,
wenn die Paladine des Ordens zum Gegenangriff
übergingen und die Sichel unbewacht ließen, in
das Haus des Ältesten eindringen und die rituelle
Klinge stehlen konnte.

So weit, so gut, doch ich musste den
verzauberten Schädel mitnehmen.

Ich konnte ihn schlecht meiner flüchtigen
Bekannten anvertrauen.

Sollte ich ihn verstecken? Leider kam das
auch nicht infrage.

„Ich kann die Tore aufbrechen", verkündete
Frederick nach kurzem Überlegen, als wir das
Dorf erreicht hatten. „Den Rest müsst ihr
erledigen. Wir treffen uns im Maisfeld."

Isabella und ich sahen uns an, und die

Priesterin nickte.

„Macht es!"

Der tote Zauberer trat vor und zog mit einem einfachen Ast einen Beschwörungskreis in den Straßendreck. Anfangs sah Isabella ihm mit offensichtlicher Skepsis zu, dann jedoch wich sie rasch zurück. Kein Wunder, denn selbst ich spürte die Energie, die in der Luft lag, obwohl ich keinerlei magische Fähigkeiten besaß.

Ein geisterhaftes Feuer erleuchtete das komplizierte Diagramm, als der Schlamm anschwoll und sich zur riesigen Gestalt eines aufgequollenen, schleimigen Erdgolems entwickelte. Frederick rief einen heiseren Befehl, dann bewegte sich die schreckliche Kreatur auf das Dorf zu.

Unterwegs fielen große Placken Schlamm und feuchte Erde vom Golem ab, doch er erreichte dennoch die Tore. Die magische Kreatur drückte sie mit dem ganzen Körper ein, bis eines der Tore krachend zu Boden stürzte und das andere schief in den Angeln hing. Dann fiel sie zu einem formlosen Haufen Schlamm in sich zusammen. Im Dorf brach sofort großer Tumult aus — die Hunde fingen an zu bellen, die Wachposten riefen durcheinander und über den Lärm hinweg war entferntes Glockenläuten zu hören.

„Der Rest ist euch überlassen", verkündete der tote Zauberer und verschwand in der Nacht.

Isabella hob ihren Stab, aus dem eine gleißend helle Flamme über ihren Kopf hervorschoss. Rasch lief ich zur Seite und versteckte mich im Gebüsch.

Als Erstes kam etwa ein Dutzend Wachposten durch die Tore gelaufen, doch diese Dorfbewohner waren für die Elfe keine ernstzunehmenden Gegner. Sie warf ihnen eine Feuerkugel entgegen, die explodierte und alle durch die Gegend schleuderte. Niemand verlor sein Leben, doch die Wachen waren nun eingeschüchtert und zogen sich hinter den Zaun zurück.

„Dein Einsatz, Schätzchen", sagte Isabella, als zwei Paladine und ein Dutzend Wächter vom Orden der Feuerhand aus den zerstörten Toren kamen. „Ich halte sie auf, so lange es geht."

Die Ritter stürmten los, als sich die Priesterin in die Dunkelheit zurückzog. Ich ließ die Einheit an mir vorbei und schlüpfte im Schutze meiner Tarnung ins Dorf. Dort herrschte das reinste Chaos: Eilig wurden Milizionäre aufgestellt, Kinder liefen durcheinander und ein verängstigter Dorfältester gab Befehle aus. Nur die angeketteten Wachhunde bemerkten mich, doch auf deren verzweifeltes Gebell reagierte nun niemand.

Frederick hatte das Haus des Ältesten auf der Karte markiert, sodass ich nicht raten musste. Ich musste mich nur auf stille Straßen beschränken, in denen wenig Gefahr bestand, auf Milizionäre zu stoßen oder diese gar zu alarmieren.

Es gelang mir, unbehelligt zu bleiben.

Als ich mein Ziel erreicht hatte, war etwas mehr als die Hälfte meiner Energie verbraucht, doch ich hatte nach wie vor drei Fläschchen in Reserve. Mehr als genug für die Rückkehr. Vor allen Dingen musste ich die Sichel finden.

Neben den Toren war ein Seiteneingang geöffnet, durch den ich vorsichtig in den Hof des Ältesten schlüpfen konnte. Sofort schoss in der Finsternis ein riesiger Wachhund an einer Kette auf mich zu! Mit diesem Angriff hatte ich nicht gerechnet, ich konnte mich nur umdrehen und das Flammenschwert vor mir ausstrecken.

Nun machte sich meine Fähigkeit als Hundetöter bezahlt. Für den Bruchteil einer Sekunde entdeckte ich eine verletzliche Stelle und konnte die Klinge leicht drehen, damit der riesige Köter sich im wahrsten Sinne des Wortes selbst pfählte.

Nachdem ich das blutverschmierte Schwert aus dem Leib des toten Hundes gezogen hatte, schlich ich weiter auf das Haus zu, doch die Hintertür war verschlossen. Ich versuchte es an den Fenstern. Da ich über grundlegende Fähigkeiten als Einbrecher verfügte, gelang es mir zum Glück, eines von ihnen zu öffnen.

Ich stieg in einen winzigen, staubigen Raum, der komplett leer war, aktivierte wieder den Tarn-Modus und betrat erst dann den Korridor. Geräuschlos schlich ich hindurch und spähte vorsichtig ins Wohnzimmer. Die rituelle Sichel glänzte silbrig an Haken, die in die Wand geschlagen waren, doch irgendetwas ließ mich innehalten.

Mit diesem Raum stimmte etwas nicht.

Aufgrund meiner schlechten Wahrnehmung konnte ich nicht richtig einschätzen, was es war, und blieb einfach reglos stehen. Meine Hände zitterten unter dem Gewicht des kampfbereit erhobenen Schwertes, doch an Kraft fehlte es mir eigentlich nicht. Ich musste mich nur richtig konzentrieren. Mit Mühe beruhigte ich mich und das Zittern hörte auf.

Eine Zeitlang geschah nichts, doch dann kam Bewegung in die Schatten. Sie teilten sich und eine dunkle Gestalt in eng anliegender, schwarzer Kleidung erschien. Der Fremde ging sehr leise, die Bodendielen gaben unter seinen Lederstiefeln kein Geräusch von sich. In einer

Hand hielt der wendige Kerl ein Kurzschwert, die andere umklammerte einen Dolch. Beide Klingen waren geschwärzt, auch seine Kleidung hatte keinen einzigen hellen Fleck.

Ein Dieb? Was hatte er hier verloren? War er auch wegen der Sichel gekommen? Oder war es andersherum?

Der Fremde stand mitten im Raum und lauschte. Ich hätte ihn mit Leichtigkeit im Rücken treffen können, doch wenn ich von oben zuschlug, würde die Klinge in der niedrigen Decke hängenbleiben, während ein seitlicher Hieb durch die Wand behindert würde. Ich musste einen Schritt zur Seite machen, wollte mich aber nicht bewegen.

Als die dunkle Gestalt sich umdrehte, spürte ich plötzlich, dass ich entdeckt worden war. Genauer gesagt, dass ich im nächsten Moment entdeckt werden würde.

Ein Schritt zur Seite und eine Drehung mit dem ganzen Körper! Das Flammenschwert traf den überrumpelten Fremden waagerecht, sodass er nicht reagieren konnte. Der Arm, der den Hieb abbekam, wurde komplett durchtrennt, dann drang ihm die Wellenklinge zwischen die Rippen.

Kritischer Treffer! Schaden: 270

Allerdings blieb mein Gegner auf den Füßen und stach mich sogar mit seinem Schwert!

Erlittener Schaden: 40 [536/576]
Vergiftete Waffe: Immunität

Das Flammenschwert steckte dem Fremden in der Seite und als ich mit aller Kraft daran zerrte, drang die Klinge tiefer in seinen Körper und verschlimmerte die Wunde. Ich musste einen Angriff auf meinen Hals hinnehmen, der normalerweise sehr unangenehm gewesen wäre, doch Blutungen und Gift konnten einem Toten nichts anhaben, und die 50 Schadenspunkte waren nicht weiter schlimm.

Ich schleuderte meinen Gegner mit einem Stoß der Parierstange von mir, der ihm die Nase brach. Gerade wollte ich ihm den Rest geben, da rannte er auf einmal davon. Die Schatten wurden dichter und der Fremde löste sich darin auf, doch dann quoll schwarzes Blut hervor, das die Tür hinunterlief. Der Schurke stürzte aus dem Nichts und fiel mausetot zu Boden.

Blutende Wunde! Zusätzlicher Schaden: 3
Der Spion des Ordens der Feuerhand wurde getötet!

† Der Weg eines NPCs †

Die Beziehung zum Orden der Feuerhand hat sich verändert. Aktueller Status: Feind

Verdammt, noch mehr Probleme! Aber das war jetzt egal!

Ich riss die rituelle Silbersichel von der Wand und eilte hinaus auf den Korridor. In einem Raum auf der anderen Seite des Hauses rief bereits jemand um Hilfe, also musste ich so schnell wie möglich das Weite suchen. Nichts wie weg!

Ich trank eins der Fläschchen mit zusätzlicher Energie und lief auf den Ausgang zu, da klirrte der Dolch des Spions unter meinem Fuß. Ich hatte keine Zeit, mich genauer damit zu befassen, sondern stopfte ihn nur in mein Inventar und eilte über den Korridor auf das Zimmer mit dem Fenster zu, durch das ich ins Haus gestiegen war. Ich aktivierte den Tarn-Modus und sprang in den Hof voller undurchdringlicher Schatten.

Gerade noch rechtzeitig! Mit Äxten und Mistgabeln bewaffnete Milizionäre stürmten bereits durch den offenen Seiteneingang. Schlimmer noch: Zwei der Männer hatten Fackeln dabei. Das Dunkel der Nacht erhellte sich, sodass ich eilig auf den Zaun zulief. Ich stieg hinüber, sprang auf die Straße und verharrte einen Augenblick reglos im Gebüsch, doch um mich herum war alles still.

Das war es, schnell weg!

8

ES DÄMMERTE BEREITS, als ich das Maisfeld erreichte. Isabella und Frederick warteten an der vereinbarten Stelle auf mich, auf der Lichtung, auf der die Krähen kürzlich am gekreuzigten Zauberer gepickt hatten.

„Hast du sie mitgebracht?", fragten der Tote und die Priesterin wie aus einem Mund.

Ich reichte Frederick die Sichel, der sie sorgfältig untersuchte und feierlich verkündete: „Das ist sie!"

Durch die Beschwörung am Dorf schien der Zauberer nicht an Stärke verloren zu haben, doch die Priesterin hatte im Kampf mit den Paladinen ziemlich gelitten — ihr Haar war versengt, ihr Gesicht mit zahlreichen Schrammen übersät. Der Attraktivität der Elfe tat das jedoch keinerlei Abbruch.

Isabella bemerkte meinen interessierten Blick und nahm absichtlich eine verführerische Pose ein. „Na, Schätzchen? Regt sich was?"

„Nein", erwiderte ich wahrheitsgemäß.

✝ Der Weg eines NPCs ✝

„Impotenter Nichtsnutz!", stieß die Priesterin aus und marschierte dem Zauberer hinterher, der neben dem Kreuz einen Sack aufschnürte.

Frederick zog ein schwarzes Zicklein hervor und hob die rituelle Sichel.

„Hey, muss das wirklich sein?", fragte Isabella stirnrunzelnd.

Eine Tierfreundin also! Mir gab etwas ganz anderes zu denken.

„Wartet!", rief ich. „Solltet Ihr nicht das Portal in Eurem Dorf öffnen?"

„Nein", entgegnete der tote Zauberer knapp und durchtrennte mit einer einzigen schwungvollen Handbewegung die Kehle des Zickleins.

Das Opfertier wurde zu grauer Asche, der federleichte Staub wirbelte über den Boden, stieg mehr als zwei Mann hoch und verwandelte sich in einen umgedrehten Kegel.

„Ist das alles?", höhnte Isabella.

Fredericks Ritual war jedoch noch nicht beendet. Er murmelte rasch einen komplexen Zauberspruch und bewegte sich dann im Kreis, während der Kegel über seinem Kopf immer breiter wurde und sich mit magischer Kraft füllte.

Die Quest „Silbersichel stehlen" ist

abgeschlossen!

  Erfahrung: +350

  Die Beziehung zu den Untertanen des Herrschers des Turms der Verwesung hat sich verändert. Aktueller Status: Neutral

  Schurke: Du steigst ein Level auf!

Neutral? Fast hätte ich enttäuscht ausgespuckt. Meine Beziehung zu Untoten war sowieso schon neutral!

  Was sollte es — ich erhöhte meine Ausweichfähigkeit auf Stufe 3 und investierte den freien Punkt in Beweglichkeit. Als ich das Menüfenster schließen wollte, erschien eine Systembenachrichtigung.

  Wähle deine Spezialisierung!

  Meine Spezialisierung? Aber mein Schurke war erst auf Level 13! Wurden die 12 Level des Untoten dazugerechnet? Dann kam ich insgesamt tatsächlich auf 25.

  Die Benachrichtigung blinkte weiter, und ich war mir so unsicher, dass ich kaum die richtige Seite im Menü fand.

  Spezialisierungen sollten dazu dienen, die Charakter individueller zu gestalten, und je nach Klasse standen unterschiedliche Berufe zur

Verfügung. Sie richteten sich hauptsächlich nach den Werten und Fertigkeiten, die der Held bis Level 25 erworben hatte. Die meisten Spieler überlegten sich von Anfang an eine Strategie für die Entwicklung ihres Charakters und hielten sich strikt an die Empfehlungen in den vielen Leitfäden, die es dafür gab.

Die beliebtesten Berufe für Schurken waren Assassine, Spion und Ninja, doch es gab auch eine breite Palette an weiteren Spezialisierungen. So existierten im Spiel nicht viele Taschendiebe, doch um ihre besonderen Fähigkeiten rankten sich viele Legenden.

Was also würde einem Charakter mit guter Tarnung, grundlegenden Ausweichfähigkeiten und 12 Untoten-Level angeboten werden? Was könnte das sein?

Ich hatte die schlimmsten Befürchtungen.

Die Systembenachrichtigung blinkte eine ganze Weile weiter, dann jedoch erschien von selbst eine Liste der verfügbaren Berufe. Die Auswahlmöglichkeit war eher gering. Es gab nur drei Alternativen: Grabräuber, Giftmischer und Scharfrichter.

In dieser Reihenfolge sah ich sie durch.

Der Grabräuber war recht gut. Die Toten richteten weniger Schaden an, dazu erhöhte sich die Unempfindlichkeit gegenüber Todeszauber.

✝ Coter Schurke ✝

Die Tarnfähigkeit erhielt in Verliesen einen erheblichen Bonus, und je höher das Level war, desto größer wurde die Chance, dass man von Untoten mit magischen Fähigkeiten nicht wahrgenommen wurde. Das wichtigste Merkmal war jedoch die Fähigkeit Anatom.

Aufgrund deiner Erfahrung mit der Sezierung von Leichen bist du Experte für den Aufbau des menschlichen Körpers. Je weiter sich diese Fähigkeit entwickelt, desto höher ist die Wahrscheinlichkeit kritischer Treffer im Nahkampf. Der Multiplikator für diesen Schaden erhöht sich um einen Punkt. Die Immunität bestimmter Untoter gegenüber kritischen Treffern gilt nicht für den Grabräuber.

Wow! Mit meinem aktuellen Multiplikator kostete ein Treffer 280 Einheiten Gesundheit, also wären es mit dieser Spezialisierung 420! Nur leider waren die übrigen Fähigkeiten des Grabräubers für mich komplett uninteressant. Todeszauber konnte mir sowieso nichts anhaben und vor den Untoten musste ich mich auch nicht verstecken. Neutralität, na toll. Hier gab es auch eine Spezialisierung auf kurze Klingen, während ich dummerweise ein beidhändiges Schwert in meiner Ausrüstung der

Toten hatte. Natürlich konnte ich künftig auf das Set verzichten, aber …

Naja, schauten wir mal weiter!

Beim Giftmischer sah es nicht besser aus. Mit jedem neuen Level gewann dieser Beruf Immunität gegen immer stärkere Gifte, gleichzeitig stieg die Toleranz gegen Säure. Die Hauptwaffen waren vergiftete Dolche, vergiftete Wurfmesser und Giftbehälter, die Hauptfähigkeit bestand in den einzigartigen Wolken des Todes.

Du bist so von Gift durchdrungen, dass du dich in Wolken aus vergiftetem Qualm verstecken kannst, ohne selbst Schaden zu nehmen. Deine Opfer können dich darin nicht erkennen, während jeder Treffer einen kritischen Schaden verursacht.

War das sinnvoll? Im Freien eher weniger, doch in geschlossenen Räumen konnte der Giftmischer mit seinen Fähigkeiten sogar Spieler mit hohen Levels außer Gefecht setzen. Allerdings war ich gegen Gift sowieso schon immun. Und dann war da wieder das Problem mit der Ausrüstung …

Was für ein Dilemma.

Ich musste mir das gut überlegen. Okay, und was hatte es mit dem Scharfrichter auf sich?

Von dieser Spezialisierung hatte ich mir

von Anfang an nicht viel versprochen, und damit hatte ich richtig gelegen. Der Scharfrichter tötete, allerdings nur Feinde, die sowieso schon bewegungslos waren. In diesem Fall verdoppelte sich der Multiplikator für kritische Treffer, außerdem konnte das Ziel unabhängig von seiner Gesundheit mit nur einer Fähigkeit getötet werden. Die Wahrscheinlichkeit eines tödlichen Treffers lag bei einem Gegner des gleichen Levels bei 10 % und erhöhte sich für jedes darunterliegende Level um ein Zehntelprozent, während sie gleichermaßen abnahm, wenn das Ziel ein höheres Level hatte als der Scharfrichter.

Folglich lag die Wahrscheinlichkeit, dass ich einen Level-100-Spieler töten könnte, während ich selbst auf Level 25 war, nur bei zweieinhalb Prozent. Und noch dazu müsste ich zuvor dafür sorgen, dass er sich nicht mehr bewegen konnte. Dieser Teamplay-Charakter war für mich nicht geeignet. Zu schade, denn dazu gab es die Spezialisierung auf beidhändige Schwerter und Äxte.

Dann jedoch öffnete ich die Beschreibung der berufsspezifischen Fähigkeit Inkognito und konnte kaum glauben, was ich da las.

Seit jeher haben Scharfrichter ihr Gesicht hinter Masken verborgen. Du bist ein Meister der

† Der Weg eines NPCs †

Geheimnistuerei. Du kannst deinen Namen und deinen Status jederzeit vor jedem verbergen, wenn du das möchtest. Nur die Alleraufmerksamsten können hinter dein Geheimnis kommen, und die meisten Opfer werden niemals ahnen, wer den tödlichen Treffer verabreicht hat. Doch hüte dich — die Götter sehen alles. Diese Fähigkeit kann nicht verhindern, dass du als Mörder gebrandmarkt wirst.

Wirklich? Man konnte Namen und Status verbergen?

Die ideale Wahl für einen Killerspieler, der … untot ist!

Auch wenn Anonymen der Zutritt zu vielen Gebäuden verwehrt wurde — wen kümmerte es! Die Hauptsache war, dass mir niemand, dem ich über den Weg lief, den Kopf abschlagen wollte.

Beruf ausgewählt: Scharfrichter!

Das System schlug vor, ich sollte den verfügbaren Punkt in die Entwicklung berufsbezogener Spezialfähigkeiten investieren, also sah ich mir die vorhandenen Optionen an — ich konnte entweder Inkognito oder Exekution erhöhen oder in Waffenbeherrschung investieren. Die Icons für Schwerter, Schilde und

Doppelwaffenführung blieben inaktiv, doch die Icons für beidhändige Waffen und einhändigen Kampf mit Kurzklingen blinkten.

Ich wählte beidhändige Waffen und bekam automatisch den Status Fechter, der meine Chancen, einen Hieb zu parieren, erheblich erhöhte und mich dazu eine Spezialbewegung wählen ließ.

Mit dem Krafthieb konnte ich einmal erhöhten Schaden zufügen. Zu der Stärke des Charakters, nach der sich der Schaden berechnete, wurde die Konstitution hinzugerechnet. Darüber hinaus hatten Kämpfer die Möglichkeit, ihre Gegner zu Boden zu strecken oder komplett bewusstlos zu schlagen.

Schnellhiebe waren ideal für Duellanten. Der Spieler wurde schneller und konnte anstelle eines einzigen vollen Hiebs insgesamt drei ausführen, die allerdings nur die Hälfte des üblichen Schadens anrichteten. Die Erfolgsaussichten hingen hier von der Beweglichkeitsstufe ab.

All das wäre sehr schön, aber ich hatte noch gut in Erinnerung, wie leicht die Hundemeute über mich hergefallen war. Deshalb entschied ich mich für Rundumhieb, mit dem ich mehrere Gegner auf einmal treffen konnte. Obwohl sich der Schaden mit jedem Folgetreffer

† Der Weg eines NPCs †

reduzierte, richtete er sich nach der Rüstung der Ziele und der Konstitution des Spielers. Im Kampf gegen Charaktere mit hohem Level war das nicht ideal, aber mit einer Meute kläffender Köter konnte ich es jetzt ohne Weiteres aufnehmen.

Weiterhin gab es drei Unterbereiche für die Weiterentwicklung der Bewegung: Blind-Hieb, Kontrollierter Hieb und Kreishieb, doch diese Beschreibungen las ich mir jetzt nicht durch, sondern öffnete die aktualisierten Charaktereigenschaften.

John Doe, Scharfrichter
Untoter, Fleischfresser. Level 12 / Mensch,
Schurke. Level 13
Erfahrung: [2984/3000] [3028/3600]
Stärke: 20
Beweglichkeit: 16
Konstitution: 24
Intelligenz: 5
Wahrnehmung: 8

Gesundheit: 600
Ausdauer: 550
Energie: 162
Schaden: 80-140

Tarnung: +10

Ausweichen: +3

Kritische Schäden bei Angriffen im Tarn-Modus, Hinterhalten oder Angriffen auf ein gelähmtes Ziel.

Berufliche Fähigkeiten: Inkognito, Hinrichtung

Fechter: Beidhändige Waffen, Rundumhieb

Kreatur der Finsternis: Nachtsicht, Einschränkung im Sonnenlicht, Todesgriff, Aura der Angst, Fürchterlicher Biss

Neutralität: Untote, Untertanen des Herrschers des Turms der Verwesung

Feinde: Orden der Feuerhand

Immunität: Todeszauber, Gift, Verfluchung, Bluten, Krankheit, Heilungen und Segen.

Errungenschaften: Hundetöter Stufe 3

Nachdem ich die Charakterentwicklung beendet hatte, schloss ich alle Systemfenster und sah, dass sich der umgedrehte Kegel mittlerweile über die gesamte Lichtung erstreckte. Der Mais am Rand der Lichtung wurde grau und löste sich auf, er rieselte als gewichtsloser Staub zu Boden.

Isabella beobachtete das Portal mit unverhohlener Angst. Kurz darauf wurde mir klar, dass es keine Angst war — sondern Verwirrung.

Die Priesterin bemerkte meinen Blick und

erklärte: „Das ist ein Einbahnportal!"

„Na und?" Ich zuckte die Schultern. „Wir finden schon einen Weg zurück."

„Du verstehst nicht", knurrte Isabella. „Das Portal führt aus dem Königreich der Toten heraus. Wir kommen nicht hinein."

„Was zum Teufel?", fluchte ich und ging auf Frederick zu.

Der Zauberer lief am Rand der Lichtung entlang und die Macht, die ihm folgte, ließ die Maisstängel vertrocknen und zu Staub zerfallen.

„Zauberer!", rief ich. „Du solltest ein Portal ins Königreich der Toten öffnen, nicht andersherum!"

„Sollte?", lachte der Zauberer. „Ich bin niemandem etwas schuldig!"

„Aber der Älteste hat gesagt, die Dorfbewohner könnten sich im Königreich der Toten vor ihren Feinden verstecken!"

„Genau das wird geschehen!", schnappte Frederick zurück. „Das Königreich der Toten ist bereits hier! Es ist bereits gekommen, obwohl die Sterblichen es nicht verstehen!"

„Die Pest war dein Werk?", ging es mir schlagartig auf.

„Die Menschen erlangen die Ewigkeit nur durch Schmerz und Tod!"

Isabella verzog das Gesicht, in ihren Augen

brannte ein boshaftes Feuer. Die Priesterin verwandelte sich in eine Furie und verkündigte zornig: „Du erlangst gleich selbst deine Ewigkeit, du Stück Aas ..."

Allerdings hatte die Elfe keine Zeit, sich mit dem Zauberer zu befassen. Ein Krieger mit einem rechteckigen Schild und Kurzschwert, der von Kopf bis Fuß in eine schwarze Rüstung gehüllt war, stürzte aus dem Portal. Ihm folgte ein toter Legionär, dann noch einer und immer mehr. Nach Isabellas besorgter Miene zu urteilen waren das selbst für sie ernstzunehmende Gegner.

Aufgrund unserer Neutralität taten sie uns jedoch nichts an.

Nachdem die Legionäre sich aufgeteilt hatten, folgten ihnen seltsame Kreaturen, die an Rüstungen erinnerten, die man unterhalb des Gürtels abgeschnitten hatte. Die fliegenden Wesen hatten keine Beine, sondern unter ihnen hing eine Art Lumpen.

Verlorene Seelen. Von derartigen Kreaturen hatte ich noch nie gehört.

„Fliegt ins Dorf!", befahl Frederick ihnen, und der Schwarm der fliegenden Untoten eilte gehorsam davon. Noch dazu änderte sich der Status des toten Zauberers in das unheilvolle „Todesjünger".

Isabella wich zurück, als wollte sie im Mais

verschwinden, doch dann nahm sie mich wahr und blieb stehen. „Mistkerl! Wo hast du mich hier reingezogen?"

„Ich wusste von nichts!"

„Willst du mir das ernsthaft weismachen, du Stück Aas?"

„Ich brauche nichts dringender als ein Portal zum Königreich der Toten!", schrie ich zurück.

Isabella schüttelte den Kopf. „Ich bin weg."

Doch bevor sie ihre Absicht umsetzen konnte, kamen die ersten verlorenen Seelen zurück. Jede Kreatur brachte einen zu Tode verängstigten Dorfbewohner mit. Die Legionäre nahmen die Gefangenen in Empfang und stellten sie vor dem Zauberer auf. Mit einer Handbewegung verwandelte er sie in Untote.

„Seht die Macht des Herrschers des Turms der Verwesung!" rief Frederick aus. „Berichtet allen, dass sein Heer naht!"

„Wenn irgendjemand herausfindet, dass wir dabei mitgeholfen haben", flüsterte Isabella mir ins Ohr, „wird man uns verstoßen." Dann fing sie sich wieder und höhnte: „Aber das ist für dich kein Problem, oder?"

„Was machen wir jetzt?", fragte ich ratlos.

„Lass uns bei unserem ursprünglichen Plan bleiben." Isabella grinste gefährlich. „Ich werde dich nageln, bis ..."

„Das hilft uns doch auch nicht weiter!", unterbrach ich die Elfe. „Ich könnte wirklich wieder lebendig werden!"

„Aber dazu musst du ins Königreich der Toten?"

„Genau!"

In diesem Augenblick brachten die verlorenen Seelen einen weiteren Trupp Gefangene. Isabella verstummte eine Weile und beobachtete Frederick bei seinem Tun.

„In Ordnung", sagte sie schließlich. „Lass uns versuchen, mit dem Zauberer zu reden."

Allerdings war der Todesjünger so beschäftigt, dass man ihn nicht ansprechen konnte. Sobald wir uns näherten, versperrten uns die toten Legionäre den Weg. Wir waren zwar neutral, aber noch lange keine Verbündeten.

Die Sonne ging bereits über dem Wald auf, als die verlorenen Seelen zum letzten Mal aus dem Dorf zurückkehrten. Sie warfen ihre Gefangenen auf den Boden und bildeten einen Kreis um die Lichtung, um nach Gefahr Ausschau zu halten. Ich war mir sicher, dass die Armee des Ordens der Feuerhand bis zum Mittag hier ankommen würden, unterstützt durch die Spieler von der hellen Seite. Das Schlaueste, was Isabella und ich tun konnten, war so weit wie möglich davonzulaufen ...

In diesem Augenblick hörten wir ein Kind rufen.

„Ich habe dich gesehen", rief ein rothaariger Bursche, der von einem toten Legionär zu Frederick geschleift wurde. „Ich habe gesehen, wie du aus dem Verlies gekommen bist! Ich sage allen, wo du herkommst! Rette mich! Hilf mir!"

Isabella und ich sahen einander an.

„Der Junge weiß, wo der Todesjünger herkommt. Vielleicht kann er uns dorthin bringen."

„Das könnte er." Ich nickte zustimmend.

Isabella lächelte, sodass ihre kleinen, scharfen Zähne zu sehen waren. „Schätzchen, der Junge bittet um Hilfe. Tu doch etwas! Tu etwas, sonst reiß ich dir dein nutzloses Ding ab und verfüttere es an Roger!"

Der Schädel an ihrem Stab klapperte mit den Zähnen, und irgendwie war vollkommen klar, dass die Priesterin nicht scherzte.

Verdammt. Vom Regen in die Traufe.

Kapitel Drei
Verlies der Toten

1

QUIETSCH, PLATSCH. QUIETSCH, Platsch. Quietsch, Platsch.

Zwei hölzerne Ruderblätter senkten sich ins Wasser, erhoben sich wieder, sodass die Dollen rhythmisch quietschten und Wassertröpfchen im Sonnenlicht glitzerten, und sanken dann erneut in den Fluss.

Die Sonne stand hoch am Himmel. Alles war derart in das gleißende Licht getaucht, das sich zudem auf der gekräuselten Wasserfläche spiegelte, dass ich es kaum aushalten konnte und mir die Kapuze tiefer ins Gesicht zog. Das unerträglich grelle Strahlen war überall, wie auf einem überbelichteten Foto. Ich konnte überhaupt nichts erkennen.

Ach, wir Toten waren einfach nicht für sonniges Wetter gemacht. Immerhin verhinderte die Kleidung des Nekromanten, dass die Sonne mich austrocknete, und obwohl die sengenden Strahlen gelegentlich auf meine Haut trafen, stellte das Amulett des Todesjüngers die verzehrte Ausdauer sofort wieder her. Ich würde durchhalten.

Dass der redselige Junge in einen Untoten verwandelt wurde, hatte ich erstaunlich leicht verhindern können. Als ich ihn aus den Armen des toten Legionärs gerissen hatte, hatte der bewaffnete Leichnam sofort jegliches Interesse an seinem Gefangenen verloren. Entweder lag das an meinem neutralen Status oder es war Teil der Geschichte.

Aber das spielte keine Rolle. Wichtig war nur, dass der Junge sich bereit erklärt hatte, uns das Verlies zu zeigen, aus dem der Todesjünger gekommen war.

„Die Flut hatte hier das Flussufer weggespült", erzählte der rothaarige, pockennarbige Kerl, während er stetig die Ruder bediente. „Wir angelten gerade, deshalb haben wir gesehen, wie dieser Mistkerl aus einem Loch am Ufer kam. Naja, eigentlich war es kein Loch, sondern eine große Höhle, mit mannshoher Decke! Es wurde schon dunkel und wir mussten zurück, deshalb sind wir nicht hineingegangen. Wir haben nur eine Silbersichel am Eingang gefunden. Der Älteste hat sie uns dann später weggenommen. Auf dem Landweg kommt man dort nicht hin, man braucht ein Boot ..."

Der Junge plapperte unaufhörlich weiter, während seine dürren Arme mühelos die Ruder bewegten und das Boot ruhig über den stillen Fluss glitt, weiter und weiter weg von dem unglücklichen Dorf. Interessanterweise schien unser Begleiter gar nicht müde zu werden, während Isabella und ich vermutlich schon längst an Stärke verloren hätten, wenn wir an seiner Stelle gerudert wären. Ich ganz bestimmt.

Sonne! Licht! Brennen!

Ich hüllte mich fester in den Umfang und kniff die Augen zusammen, weil die sanften Wellen unerträglich funkelten. Am liebsten wäre ich über Bord gesprungen und tief in die dunkle, kalte Stille eingetaucht.

Doch selbst wenn ich es versucht hätte, wäre es mir nicht gelungen.

Obwohl Isabella eine verführerische Pose nach der anderen einnahm, hätte sie mich mit ihrem Stab ganz sicher erwischt, bevor ich überhaupt die Wasseroberfläche berührt hätte. Und was sollte ich dort unten zwischen den Wasserpflanzen überhaupt anfangen?

Also hieß es tapfer grinsen und durchhalten.

„Und, Schätzchen, regt sich schon was in deiner Hose?", fragte die Priesterin, als sie meinen Blick bemerkte.

„Wir haben ein Kind dabei", erinnerte ich sie.

„Der ist sicher ein ganz braver Junge und guckt solange weg. Also, wie sieht es aus?"

„Nichts."

„Nutzloses Leichenfleisch", fluchte die Elfenpriesterin. Kurz danach ertönte in der Ferne ein finsteres Donnern, dann flackerte hinter uns ein Blitz auf, der für einen Augenblick heller schien als die Sonne.

Ich erschauerte und kauerte mich noch fester zusammen.

„Da sind wir wohl gerade noch rechtzeitig davongekommen", sagte Isabella. Zur Abwechslung klang die Dunkelelfe mal nicht ironisch, sondern erleichtert.

Ja, angesichts unserer komplexen Beziehung wäre es nicht schön gewesen, einen Überfall des Ordens der Feuerhand mitzuerleben.

Man hätte uns verbrannt und die Asche vom Wind verwehen lassen. Und mir wäre das viele Male hintereinander widerfahren.

Wie waren wir nur in diese Lage geraten?

Mit Mühe unterdrückte ich ein düsteres Seufzen. Schlimm genug, dass ich in einer virtuellen Welt festsaß, aber noch dazu im Körper eines Toten! Das war wirklich zu viel des Guten!

Der Wind wehte den Ärmel meines Umhangs ein wenig zurück, und obwohl ich ihn schnell wieder zurecht zog, fing mein Handgelenk sofort an zu zischen und zu qualmen, als die Sonne darauf traf.

Verdammt! Genau das, was ich jetzt brauchte.

Immerhin verspürte ich kaum Schmerzen. Ansonsten wäre ich vollkommen verrückt geworden.

Andererseits ... Hätte mein früherer Boss einen Scharfschützen angeheuert, läge ich bereits in der Leichenhalle, doch so konnte ich mich immerhin noch bewegen. Sobald ich hier raus war, würde ich nicht nur gegen ihn aussagen, sondern sogar noch weitere Straftaten dazuerfinden. Finanzielle Unterstützung für Bin Laden vielleicht? Oh, ja. Etwas in dieser Richtung!

„Ist es noch weit?", fragte Isabella plötzlich.

„Hast du es etwa eilig?", fuhr ich sie an.

„Stell dir bloß vor!" Die Priesterin funkelte mich böse an. „Meine Spielzeit ist schon fast verbraucht!"

„Ohh, wie schade!" Ich schüttelte den Kopf.

Isabella betrachtete den Schädel oben an ihrem Stab und schenkte mir ein hämisches Lächeln.

„Roger?", fragte sie ihre Waffe. „Täusche ich mich, oder macht sich dieser stinkende Leichnam über mich lustig?"

Darauf reagierte ich nur mit einem Schnauben. Ein Kampf in diesem Boot würde unweigerlich dazu führen, dass wir im Fluss landeten. Für mich wäre das kein Problem, aber Dunkelelfen konnten definitiv nicht unter Wasser atmen.

„In etwa fünfzehn Minuten sind wir da", berichtete der Junge, ohne das Rudern auch nur für eine Sekunde zu unterbrechen. „Wir können hier nirgends Halt machen, das ist keine gute Gegend. Sie würden uns fressen."

Die gleißende Sonne verhüllte die gesamte Umgebung. Ich sah nur die blendende Wasseroberfläche, deshalb vertraute ich dem Jungen. Und wieso auch nicht? Schließlich war es gut möglich, dass die Entwickler rund um den Eingang zum Königreich der Toten unangenehme

Überraschungen programmiert hatten. Dass sie das konnten, stand außer Frage — und sicher wollten sie verhindern, dass jemand per Zufall dort hineingeriet.

Wie auf einer gemütlichen Bootstour glitten wir ungestört dahin. Verdächtig mühelos. Hatten wir möglicherweise eine Niete gezogen?

Ich teilte meinen Verdacht nicht mit Isabella. Die Priesterin hatte nur eine Sorge — sie wollte das Ziel erreichen, bevor sie aus dem Spiel gekickt wurde, weil ihre Zeit abgelaufen war.

Ich beschloss, die restliche Fahrzeit sinnvoll zu nutzen, und holte den Dolch hervor, den ich dem Spion des Ordens abgenommen hatte. Die Klinge, die in der Dunkelheit tiefschwarz gewirkt hatte, war in Wirklichkeit rot und schwarz. Dunkle und purpurfarbene Flammenzungen bewegten sich im Sonnenlicht.

Die Eigenschaften der Waffe konnte ich nicht erkennen und der Griff rutschte mir immer wieder aus den Fingern, so fest ich ihn auch packen wollte.

„Was hast du denn da, Schätzchen?", fragte Isabella interessiert.

„Ein Beutestück", erwiderte ich. „Ich habe es einem Spion abgenommen."

„Wirf es weg!", riet Isabella. „Waffen des Ordens können nur Eingeweihte benutzen."

„Kann ich ihn nicht verkaufen?", fragte ich eher unsicher.

„Hast du den Verstand verloren?" Die Dunkelelfe wurde wütend. „Willst du etwa, dass man dir den Kopf abreißt?"

Ich schnaubte. „Ich habe den Status ‚Feind des Ordens'."

„Ein Tiger hat vielleicht Feinde, aber jene, die ihn an den Schnurrhaaren ziehen, zerfleischt er zuerst!"

Damit hatte die Priesterin irgendwie recht, deshalb diskutierte ich nicht weiter mit ihr und warf den Dolch in den Fluss. Das Wasser klatschte leise, dann versank die Waffe.

„Da!", rief der Junge plötzlich. „Dieses Uferstück! Seht ihr das dunkle Loch? Das ist die Höhle!"

Ich konnte nichts erkennen, doch die Elfe, die weiter vorne saß, drehte sich um und atmete erleichtert auf.

„Junge", forderte sie unseren Begleiter auf. „Beeil dich!"

Der Junge hatte übrigens keinen Namen. Wenn ich ihn ansah, erschien als einziger Hinweis „Junge". Für einen Schlüsselcharakter in einer wichtigen Quest war das eine ziemlich dürftige Beschreibung.

Verdammt noch mal! Wenn es in dieser

Höhle kein Portal zum Königreich der Toten gab, würde Isabella durchdrehen und mir den Kopf abreißen. Am besten blieb ich möglichst nahe am Fluss. Wenn es hart auf hart kam, konnte ich dann auf den Boden tauchen und dort ausharren. Einer Furie war ich auf keinen Fall gewachsen. Und dass ich mich in den Schatten verstecken konnte, war auch nicht garantiert. Noch dazu diese verdammte Sonne! Naja, darüber musste ich mir jetzt noch nicht den Kopf zerbrechen ...

ALS DAS BOOT über den Kies kratzte und sein Bug auf den Sand stieß, sprang Isabella als Erste heraus und ging vom Wasser weg, jedoch nicht auf die dunkle Höhlenöffnung zu. Stattdessen malte sie mit ihrem Stab ein kompliziertes Muster in den feuchten Sand. Einen Kreis, einen Stern und ein paar geheimnisvolle Symbole.

„Komm schon, Onkel John!" Der Junge zerrte an meinem Ärmel. „Hier ist es!"

„Kannst du nicht warten?" Ich riss mich los und fragte die Priesterin: „Was machst du da?"

„Ich errichte einen tragbaren Altar", erklärte sie, zog eine Glasflasche aus der Tasche und goss eine rötliche Flüssigkeit auf die Linien im Sand. Sofort leuchteten sie unangenehm purpurrot auf.

✝ Der Weg eines NPCs ✝

Ein tragbarer Altar war nicht zu unterschätzen. Wenn ein Spieler nicht am zuletzt besuchten Turm der Macht respawnen wollte, konnte er bestimmte Schriftrollen oder geraubte Altäre verwenden, doch hochrangige Priester hatten die Möglichkeit, ihre übernatürlichen Patrone persönlich anzurufen. Das machte ihnen das Leben deutlich leichter.

„Toter, soll ich dich auch mit aufnehmen?", fragte Isabella, als sie den Altar fertiggestellt hatte.

„Nicht nötig", erwiderte ich schnell.

Die Priesterin sah mich durchdringend an und fragte dann: „Kannst du in zehn Stunden ins Spiel zurückkehren?"

„Ja."

„Genau hier?"

„Genau hier", bestätigte ich.

Isabella stieß einen Pfiff aus. „Du beeindruckst mich wirklich, Schätzchen! Wie willst du dafür sorgen, dass du genau hier respawnst, wenn ich fragen darf? Mit einer Schriftrolle? Die solltest du dir für später aufheben."

„Die Toten haben ihre eigenen Geheimnisse", grinste ich und ging in den Schatten der steilen Uferböschung.

Sobald ich dem Sonnenschein nicht mehr

ausgesetzt war, konnte das grellweiße Licht meine Wahrnehmung nicht mehr trüben. Ich hörte den Fluss leise plätschern, das Schilf im Wind rauschen und die Lerchen über unseren Köpfen singen. Blauer Himmel, gelber Sand, grünes Laub.

Aah, welche Wohltat!

„Ich habe nur noch zehn Minuten", verkündete Isabella, als sie den Zauberkreis verließ. „Sollen wir uns etwas umsehen?"

„Warte", hielt ich die Priesterin zurück. „Schau dir mal meinen Status an."

„Wozu denn?" Isabella runzelte die Stirn.

„Fällt dir das schwer?"

Isabella rollte die Augen und las vor: „John Doe, Untoter."

„Ist das alles?"

„Level 25, Scharfrichter", fuhr sie fort. „Aber das kommt später."

„Super!" Ich schaltete in den Inkognito-Modus.

Inkognito: Aktiv
Energie: -2 [160/ 162]

„Und jetzt?"

„John Doe, Untoter", wiederholte Isabella.

„Im Ernst?", rief ich aus und forderte sie

wütend auf: „Lies es noch mal!"

„Ooh", stieß die Priesterin aus. „Jetzt bist du nur noch untot! Ohne Namen! Aber ich weiß ja, wer du bist."

„Was ist das für ein Mist!", fluchte ich und trat in die tiefen Schatten. Die Dunkelheit hüllte mich in ihren weichen Mantel ein, kühlte die Hitze des Tages und tauchte die Welt in Halbtöne.

„Unbekannt", rief Isabella aus einer Entfernung von mindestens zwanzig Schritten. „Wie hast du das hingekriegt, Schätzchen?"

„Das ist Mist!", fluchte ich, als ich zu der Elfe zurückging. „Was nützt mir diese Fähigkeit, wenn ich am helllichten Tag niemanden täuschen kann? Wahrscheinlich funktioniert es nachts auch nicht!"

Die Priesterin lachte.

„Habe ich was Lustiges gesagt?", fragte ich zornig.

„Du hast wohl schon länger nicht mehr in den Spiegel geschaut!", höhnte sie. „Schau dich mal im Fluss an, Totengesicht!"

„Was meinst du damit?" Erst begriff ich nicht, doch dann schlug ich mir die Hand vor die Stirn.

Das Inkognito konnte keine Illusionen schaffen — zumindest nicht auf der Grundstufe! Lediglich mein Status wurde verborgen, und da jeder, der mir begegnete, einen Toten sah, würde er mich unweigerlich für untot halten. Wie kompliziert.

Isabella kramte in ihrer Tasche und reichte mir dann eine venezianische Karnevalsmaske, die mit grünen und schwarzen Quadraten verziert war. „Setz die mal auf", bot sie mir an.

Ich lehnte nicht ab und zog die Maske über das Gesicht. „Wie sehe ich aus?"

„Untot", las Isabella meinen Status vor. Dann meinte sie: „Versteck deine Hände!"

Bei einem meiner Tode hatte ich meine Handschuhe eingebüßt, sodass meine mit Totenflecken übersäten Hände jegliche Tarnung zunichtemachten. Ich schloss den Umhang und versteckte die Finger darunter.

„Und jetzt?"

„Unbekannt", erwiderte Isabella. Dann trat sie näher an mich heran, schnupperte, lächelte mitleidig und verkündete: „Untot!"

„Ach, was soll's!"

Die Priesterin lachte und sagte zu ihrem Stab: „Roger, unser Schätzchen ist beleidigt!"

Ich nahm die Maske ab, doch Isabella wollte sie nicht zurücknehmen.

„Behalt sie", gestattete sie mir. „Ich kann dein aufgequollenes Gesicht nicht mehr sehen. Handschuhe bekommst du von mir aber nicht, tut mir leid. Ich kann keine entbehren. Am besten besorgst du dir schnell welche, sonst ist deine ganze Mühe vergeblich. Außerdem solltest du dir Rasierwasser organisieren. Du riechst immer noch wie eine Leiche."

Ich konnte der sarkastischen Elfe ihre Bemerkungen nicht übelnehmen, sondern verzog nur enttäuscht das Gesicht und legte die Maske wieder an. Sie hatte keine besonderen Eigenschaften und diente nur zur Dekoration, also konnte sie nicht viel wert sein.

Die Inkognito-Fähigkeit hatte mich zehn Energieeinheiten gekostet, die das Silberamulett der Toten jedoch zum Teil wiederhergestellt hatte. Ich rechnete kurz nach und ermittelte, dass ich mir etwa 1 Stunde und 45 Minuten Anonymität leisten konnte. Das beantwortete auch die Frage, ob ich lieber in Wahrnehmung oder in Stärke und Beweglichkeit investieren sollte.

Hier hätten mir die Fläschchen zur Wiederherstellung der Energie weitergeholfen, doch leider waren die beiden nicht benutzten Exiliere seit meinem letzten Respawn aus meinem Inventar verschwunden.

„Schätzchen!", riss Isabella mich aus meinen Überlegungen. „Komm schon!"

„Ich heiße John", antwortete ich seufzend.

„Wie du meinst, Schätzchen", erwiderte die

Dunkelelfe abschätzig, lief behände über die Felsen am Höhleneingang und spähte hinein. „Kommst du?"

Mit einem halblauten Fluch folgte ich Isabella.

Dunkelelfen konnten in der Nacht sehen, für mich war selbst die tiefste Finsternis nicht undurchdringlich schwarz, sondern grau — Fackeln brauchten wir also nicht. Nach einigen Schritten wichen die komplexen Stalaktiten grob behauenem Gestein, während die hohe Decke über uns in der Dunkelheit verschwand. Jedes noch so kleine Geräusch hallte von den Wänden des geräumigen Verlieses wider.

Als vor uns ein schwarzes Tor zu erkennen war, ging Isabella vorsichtig auf die zerborstenen Türen zu und blieb dann stehen.

„Sieht aus, als hätte man sie von innen aufgebrochen", vermutete sie.

„Und wir ahnen ja bereits, wer das war."

Die Priesterin kehrte um und sagte: „Weißt du, Schätzchen, wir sollten morgen wieder herkommen. Ich muss jetzt das Spiel verlassen."

Wir gingen hinaus ans Flussufer, wo Isabella sich in den Altarkreis stellte und sofort in einer Wolke aus grauem Staub verschwand, der langsam zu Boden rieselte. Die Linien auf dem Boden blinkten rot.

Mittlerweile wanderte die Sonne langsam auf den Horizont zu, doch ihre Strahlen waren für mich unverändert schmerzhaft. Noch dazu versuchten sie, unter meine Kapuze zu dringen und mir in die Augen zu stechen. Ich ging zurück zur Höhle und setzte mich im Schatten der kahlen Uferböschung auf einen der umgestürzten Steine.

Unser Lotse war nicht weggegangen, sondern saß im Boot und angelte. Solange die Quest nicht beendet war, musste er hier bleiben. Aber was hielt mich zurück?

Mein Wort?

Wieso wartete ich auf die Rückkehr der Elfe, statt direkt in das Königreich der Toten aufzubrechen? Traute ich mir das nicht zu? Immerhin war ich Toten gegenüber neutral.

Trotzdem wollte ich nicht unüberlegt handeln. Obwohl ich der rastlosen Priesterin nicht restlos traute, war nicht von der Hand zu weisen, dass ich ihre Hilfe vielleicht noch gut gebrauchen könnte — ob im echten Leben oder im Spiel. Ja, die Erfahrung mit dem geldgierigen Nekromanten war mich teuer zu stehen gekommen, aber mit Isabella verband mich eine wichtige Quest, und sie hatte ein unmittelbares Interesse an meiner Wiedergeburt. Es wäre dumm, eine solche Verbündete zu verlieren.

Dumm und leichtsinnig.

Aber was die zehnstündige Wartezeit betraf ... Wer sagte denn, dass ich in der Zwischenzeit nichts tun durfte?

Da ich das Gebüsch am Flussufer nicht allein durchkämmen wollte, zog ich das Flammenschwert aus dem Bandelier auf meinem Rücken und packte es mit einer Hand am Griff und mit der anderen an der Fehlschärfe, also den Abschnitt der Klinge, der zwischen der Parierstange und dem geschliffenen Klingenteil lag. Ich versuchte erst einen kurzen Stoß, dann ein paar Hiebe und ließ die Klinge anschließend im Halbkreis um mich herum sausen, während ich den Rundumhieb aktivierte.

Ausdauer: -100 [450/550]

Der Griff flog mir fast aus der Hand, die Schwertspitze neigte sich nach unten und grub sich in den Sand. Verdammt!

Die Fähigkeit „Beidhändiger Schwertkampf" machte mich noch lange nicht zum geschickten Krieger. Ich war deutlich besser als vorher, ich hatte ein Gespür für das Flammenschwert, aber in einem Kampf gegen einen relativ erfahrenen Gegner würde ich damit nicht bestehen. Im Idealfall hätte ich die

Fähigkeit um mindestens einen, am liebsten mehrere Punkte erhöht, aber da ich untot war, konnte ich meine berufsspezifischen Fähigkeiten nicht verbessern.

Seufzend umfasste ich das Flammenschwert so, dass es besser in der Hand lag, und wiederholte den Schlag noch einmal. Das tat ich wieder und wieder. Die Spezialbewegung aktivierte ich dazu nicht, sondern versuchte nur, den richtigen Griff zu finden. Bald hatte ich raus, wie ich das Schwert halten musste, doch dieser Fortschritt fühlte sich wie ein Déjà-vu an und war eindeutig auf die Spielmechanik zurückzuführen. In der Praxis sah es meistens anders aus, da sich die Waffenbeherrschung quälend langsam weiterentwickelte.

Schritt, Stoß! Fußwechsel, Schwung! Positionswechsel, Parade!

Ein toter Charakter wird nicht müde, deshalb war ich froh, dass ich während der endlosen Wartezeit etwas zu tun hatte, zumal ich mit jedem Versuch besser wurde. Zumindest kam es mir so vor.

Schritt, Finte! Ausweichen, blocken! Satz nach vorn, Hieb!

Ich musste beide Hände sowie die Position meiner Füße und meine Körperhaltung richtig steuern. Schon bald war der Sand um mich herum von den Abdrücken meiner schweren Stiefel übersät.

Allmählich wurde es dunkel. Der rothaarige Junge entfachte ein kleines Feuer, spießte die Fische, die er geangelt hatte, auf Stöcke und machte sich daran, sie zu braten.

„Onkel John", rief er mir zu. „Willst du etwas essen?"

„Nein", entgegnete ich. Nachdem ich mich vergewissert hatte, dass das Feuer hinter den Felsen vom Fluss aus nicht zu sehen war, setzte ich meine Übungen fort.

Schritt, Ausfallschritt! Drehung, schräger Hieb! Hand an die Fehlschärfe, abblocken, Stoß mit dem Griff und sofort ein schneller Hieb!

Die Dämmerung wurde zur Nacht, am schwarzen Himmel erschienen unzählige Sterne. Ihr kaltes Licht brannte mir nicht auf der Haut, sondern verlieh mir Stärke. Eine Zeitlang schien ich die Realität des Spiels hinter mir zu lassen und geriet in eine regelrechte Trance, während ich schlug, stieß und auswich. Der Sand knirschte unter meinen Füßen, die Klinge zischte durch die Luft, mein Kopf war leer. Keine Gedanken, nur Reflexe.

Allmählich wurde die dunkle Nacht heller, die Sterne verblassten, während die ersten hellrosa Streifen am Himmel erschienen. Und keine Spur von Müdigkeit, denn die Toten wurden niemals müde.

Plötzlich leuchtete eine Systemnachricht vor meinen Augen auf. Ich fuhr zusammen, das Schwert rutschte ab und prallte auf einen Stein, sodass es mir fast aus der Hand flog.

Was zum Teufel war das?

Du hast die Errungenschaft Beharrlicher Schwertkämpfer erworben!

Ich öffnete die Beschreibung und musste lachen. Die Spielmechanik hatte mein Training mit der Waffe zur Kenntnis genommen und mir einen deutlichen Bonus verliehen, während ich außerdem mein Schwert besser beherrschte.

Blutiges Flammenschwert der Toten: +2 % für Schäden und Genauigkeit

Jedes andere Flammenschwert: +1 % für Schaden und Genauigkeit

War das wenig? Vermutlich. Aber es konnte auf jeden Fall nicht schaden, besonders auf höheren Leveln.

Meine Stimmung verdüsterte sich, ich zog die Maske ab und spuckte verärgert aus.

Auf höheren Leveln? Verdammt! Hoffentlich war ich aus diesem Spiel raus, bevor ich so weit kam!

Plötzlich hatte ich keine Lust mehr, zu trainieren. Ich steckte das Flammenschwert in den Sand und setzte mich auf einen kalten Stein. Die Sonne wurde rasch heller und heller, sodass ich den Umhang des Nekromanten wieder überziehen musste, den ich auf den Boden geworfen hatte. Schon wieder ein neuer Tag ...

Ich erschauerte und fuhr mit der Handfläche über den Griff des Flammenschwerts.

Ob wohl schon jemals ein anderer Spieler so viel Zeit darauf verwendet hatte, sinnlos mit der Klinge herum zu wedeln?

Auf einmal leuchteten auf den Altarlinien, die die Priesterin gezeichnet hatte, rote Flammen, und eine dunkle Gestalt erschien im Kreis. Ich zog mein Flammenschwert aus dem Sand, doch es war nur falscher Alarm — Isabella kehrte ins Spiel zurück.

Die Priesterin lief direkt zurück zur Höhle und rief mir im Vorbeigehen zu: „Bist du bereit, Schätzchen?"

Ich warf einen Blick hinüber zu dem Jungen, der am heruntergebrannten Feuer schlief, und nickte. „Ich bin bereit."

„Dann lass uns keine Zeit mehr

verschwenden!"

Isabella betrat das Loch als Erste. Ich folgte ihr, stieg über einen Felsen am Eingang, duckte mich unter den Stalaktiten an der Decke hindurch und richtete mich dann im hohen Verlies wieder auf.

„Bei normaler Beleuchtung wäre es hier vermutlich ganz schön", schoss mir durch den Kopf.

Vor uns lag das eingestürzte Tor. Isabella wartete dort auf mich und sagte warnend: „Wir gehen zusammen rein."

„In Ordnung", erwiderte ich, dann traten wir gleichzeitig in einen dunklen Korridor zwischen grob behauenen Wänden, einem unebenen Steinbogen und einer hohen Decke.

Die Priesterin blieb stehen. „Seltsam ...", äußerte sie verwundert.

„Was ist los?", fragte ich sie beunruhigt.

„Ich sehe keine Systemnachrichten!"

„Vielleicht kommen sie später."

Isabella gab keine Antwort und musterte das Tor, das hinter uns lag, sehr aufmerksam. „Sehr seltsam", murmelte sie wieder.

Ich zuckte nur die Schultern und ging weiter, während ich aufmerksam in die dichte Finsternis spähte. Der Korridor wurde bald breiter und höher, das Echo meiner Schritte hallte von den Wänden wider. Offenbar war die Höhle unglaublich groß.

Etwas schoss direkt an meinem Gesicht vorbei, streifte mir über die Wange und eilte davon.

Erlittener Schaden: 5 [595/600]

Was zum Teufel war das?

Ich drehte mich um, als mir etwas in den Rücken flog, mich im Nacken kratzte und mit einem krächzenden Geräusch, das in der Finsternis verhallte, wieder im Dunkel verschwand.

Ich zog das Flammenschwert von der Schulter und hieb ins Leere. Trotzdem kassierte ich zwei weitere Schnitte. Der Schaden war zwar gering, aber ich konnte meinen Gegner einfach nicht sehen! Meine Übungen fielen mir wieder ein und ich wirbelte das Schwert in einer Acht umher, doch mein unsichtbarer Feind ließ sich davon nicht aufhalten, sondern kratzte mir über den Rücken. Zum Glück schützte mein Kettenhemd mich diesmal vor Verletzungen.

„Isabella!" rief ich. „Komm her!"

Die Priesterin erschien in der Düsternis und hob ihren Stab hoch über den Kopf. Im Schein des blutroten Feuers, das in den Augen des Schädels loderte, konnte ich erkennen, wie ein Schatten auf mich zugeflogen kam. Ich hieb mit meinem Schwert danach, doch das dunkle Etwas wich meiner Klinge mühelos aus, erwischte mich an der Schulter und flog dann auf die Priesterin zu.

Sie konnte ihm nicht mehr ausweichen und versuchte es auch gar nicht. Ihr Stab bog sich und der Schädel schnappte mit klapperndem Kiefer eine riesige, schwarze Fledermaus aus der Luft.

Was mich fluchen ließ, war nicht die Größe der toten Kreatur. Im Schein des leuchtenden Schädels sah ich, wie viele weitere Schatten unter der hohen Decke des Verlieses kreisten.

Dutzende Schatten. Dutzende Fledermäuse.

Eines der Viecher raste auf mich zu und traf mich mit einem rasiermesserscharfen Flügel, während zwei oder drei andere die Priesterin attackierten. Bald würde uns der ganze Schwarm angreifen, da war ich mir ganz sicher.

„Bleib stehen"", rief Isabella und hob wieder ihren Stab.

Der Schädel öffnete sein Maul, und durch die Höhle schallte ein bizarres, äußerst unangenehmes Geräusch, als würden Hunderte von Mücken direkt vor meinen Ohren summen —

kaum hörbar und gleichzeitig durchdringend.

Aus den koordinierten Kreisbewegungen des Fledermausschwarms wurde ein chaotisches Durcheinander, die Tiere flogen gegeneinander, gegen die Stalaktiten und gegen die Wände, sodass sie herabstürzten und auf dem Boden landeten.

Isabella schoss vorwärts und schubste mich in den Rücken. „Lauf, du Idiot!", rief sie.

Die Priesterin sprintete durch das Verlies, während ich kurz stehenblieb, um eine der Kreaturen zu töten, die sich auf dem Boden wand. Das hätte ich mal besser nicht getan. Kaum war Isabella in einem dunklen Loch in der gegenüberliegenden Wand verschwunden, verstummte ihr Schädel, sodass die Fledermäuse wieder unablässig auf mich einflogen und mir mit den rasiermesserscharfen Flügelspitzen die Haut aufschlitzten.

Ich musste mich zur Seite rollen und den Tarn-Modus aktivieren. Ganz ruhig versuchte ich, mich auf das Loch zuzubewegen, und erlitt sofort ein Dutzend Schnitte! Meine Gesundheit reduzierte sich auf der Stelle um 50 Punkte!

Verdammt! Die Fledermäuse orientierten sich mit Ultraschall! Mit meiner Tarnung konnte ich sie nicht hereinlegen.

Ich eilte auf den rettenden Korridor zu, als

eine Feuerkugel auf mich zugerast kam. Die Flamme versengte mehrere Kreaturen über meinem Kopf, während die anderen schnell zur Decke der Höhle aufstiegen.

„Du bist so ein Loser, Schätzchen!", schimpfte Isabella wütend.

„*Ich* bin ein Loser?", gab ich zurück. „Sieh dich doch an! Eine Priesterin mit Level 53, die vor ein paar Fledermäusen davonläuft!"

„Ja, natürlich!", schnaubte sie. „Die bringen keine Erfahrungspunkte, sondern sind einfach nur lästig! Es reicht jetzt! Geh vor!"

„Wieso ich?"

„Wer von uns ist denn der Schurke?"

„Ich weiß noch nicht, wie man Fallen findet."

„Geh trotzdem vor!", verlangte Isabella. „Los! Ich gebe dir Deckung!"

Ich zuckte die Schultern, denn es hatte keinen Zweck, mit der Priesterin zu streiten. Immerhin würde ich früher oder später wieder respawnen, während sie mit einem gebrochenen Bein wenig anfangen konnte. Isabella hatte keine Heilfähigkeiten. Was konnte man von einer Furie schon erwarten?

Roger leuchtete mittlerweile überhaupt nicht mehr, wir liefen im Stockdunkeln weiter. Dabei ging es über Steine und Kies, doch

Seitengänge oder Stufen gab es auf der Strecke nicht. Auch keine Fallen. Keine fliegenden Feuerkugeln, keine herabstürzenden Decken, die uns zerquetschen sollten, und keine Speere, die aus den Wänden schossen, um uns aufzuspießen.

Für eine Game-Welt war dieses Verlies ungewöhnlich langweilig.

Wollte man uns etwa in falscher Sicherheit wiegen?

„Hörst du das?" flüsterte Isabella mir plötzlich zu. Das waren die ersten Worte, seitdem wir durch die Dunkelheit irrten.

Ich lauschte aufmerksam und nahm ein Plätschern oder Rascheln wahr.

„Ist das Wasser?", fragte ich.

„Klingt so", stimmte die Priesterin mir ausnahmsweise zu und schob mich voran. „Lauf schneller!"

Schon bald sahen wir Wasser die Wände hinunterströmen, während unter unseren Füßen Schlamm quietschte. Dicke Tropfen fielen von der Decke, als würde über uns ein Fluss fließen, dann klang es, als sei eine Quelle in der Nähe, und wir sahen, dass das Wasser in einem Loch im Boden verschwand.

Ich hockte mich hin und blickte hinunter.

„Da sind Stufen!"

„Geh du vor", erwiderte Isabella, als sie neben mir stand.

Ich setzte einen Fuß auf eine Steinstufe, die vom Wasser glatt geschliffen, voller Schlamm und so glitschig war, dass ich fast das Gleichgewicht verloren hätte und Isabellas ausgestreckte Hand packte.

Eine Stufe, dann noch eine. Schlammiges Wasser lief mir den Rücken hinunter, doch das machte mir keine Angst. Ich fürchtete mich mehr vor dem, was uns dort unten erwartete.

Ich ließ Isabellas Hand los und wechselte in den Tarn-Modus.

ʔ

DIE WENDELTREPPE MACHTE ein paar Biegungen und führte uns dann in einen schmalen Raum, in dem sich kleine, hässliche Wesen mit grün-grauen Gesichtern, langen Nasen und großen Ohren befanden. Sie alle trugen Lederkleidung und waren mit Steinhämmern und schwarzen Obsidianklingen bewaffnet. Nur der Größte von ihnen war stolzer Besitzer eines stählernen Helms, einer Brustplatte und einer Streitaxt.

Ein Hinweis mit der Bezeichnung „Kobold-Anführer" leuchtete auf.

† Loter Schurke †

Der Tarn-Modus verbarg mich vor den unterirdischen Gestalten. Ich sprang über das Loch, aus dem das Wasser strömte, und machte einen Schritt zur Seite, um in den Rücken der hässlichen Wesen zu gelangen. Die Kobolde wurden jedoch auf der Stelle aufmerksamer, schnüffelten in der Luft und bewegten die Ohren. Da mir das Erlebnis mit den Fledermäusen noch zu gut in Erinnerung war, wollte ich mich nicht auf meine Schurken-Fähigkeiten verlassen, sondern ging zum Angriff über. Ich aktivierte den Rundumhieb und ließ unmittelbar darauf einen weiteren ausladenden Hieb in die Gegenrichtung folgen.

Der Griff des Flammenschwerts flog mir fast aus der Hand, als die gewellte Klinge auf die Kobolde traf. Sie drang mit Leichtigkeit durch ihre Lederjacken und Schürzen, zerschnitt ihnen das Fleisch und durchtrennte Knochen.

Rote Nachrichten zu kritischen und tödlichen Treffern fluteten den Game Log. Die beiden Wesen ganz am Rand wurden in zwei Teile geschlagen, einem weiteren hieb ich den Kopf ab, sodass sich eine Fontäne aus schwarzem Blut über Boden und Wände ergoss. Ein Armbrustschütze, der nur eine Hand eingebüßt hatte, lief in die entlegene Ecke, wo er hinfiel und verblutete, doch der Anführer überlebte. Weil er sich ganz in der Mitte befand und die Hiebe von den anderen abgefangen worden waren, hatte das Flammenschwert seine eiserne Brustplatte noch nicht durchstoßen.

Mit seiner rostigen Hacke konnte er mein Kettenhemd jedoch mühelos durchbohren.

Der Kobold sprang mich plötzlich an und hackte mir in Windeseile in die Seite, sodass ich auf einen Schlag 150 Schadenspunkte hinnehmen musste. Schnell zog der Anführer die Hacke zurück, doch ich konnte den Griff mit der linken Hand packen, während ich ihm das Heft meines Schwerts mit der Rechten ins offene Maul stieß.

Ich zielte auf die Zähne, doch der Anführer konnte den Kopf zu Seite drehen und den Angriff mit dem Helm abfangen. Das nützte ihm allerdings nichts, denn Isabella kam die Treppe hinunter und hieb mit ihrem Stab nach ihm. Der Schaft drang erstaunlich leicht durch die rostige Eisenrüstung, der Kobold zerfiel zu Staub.

„Was hast du denn hier angerichtet, Schätzchen!" Die Elfenpriesterin pfiff beeindruckt, während sie die Überreste der Kobolde betrachtete, die mein Flammenschwert in Stücke gehackt hatte. „Sind welche entkommen?"

„Nein", erwiderte ich und öffnete die

Spielstatistik.

Obwohl die Priesterin den Anführer der Kobolde getötet hatte, waren mir 300 Erfahrungspunkte für die Tötung von fünf Koboldwächtern und einem Armbrustschützen gutgeschrieben worden. Damit stieg mein Untoter ein Level auf, sodass sich die Frage stellte, was ich erhöhen sollte. Stärke, Beweglichkeit oder Wahrnehmung? Meine Konstitution war schon sehr gut, und mit der Entwicklung meiner Intelligenz wollte ich noch warten.

„Schätzchen", rief Isabella mir zu, während sie auf die weit geöffnete Tür zuging. „Steh da nicht so rum!"

Ich erhöhte meine aktuelle Wahrnehmung um einen Punkt, denn ich wollte mindestens auf 10 kommen, damit ich auch Genauigkeit und die Wahrscheinlichkeit kritischer Treffer sowie das Energie-Level steigern konnte. Je länger ich inkognito bleiben konnte, desto besser.

„Bist du dir sicher, dass keiner entkommen ist?", fragte die Elfenpriesterin misstrauisch, als ich zu ihr an die Tür kam, und spähte in den leeren Korridor.

„Ist das denn so wichtig?"

Isabella schnaubte höhnisch. „'Revolutionäre künstliche Intelligenz' ist nicht nur ein Werbeslogan. Ein Wachposten würde den

ganzen Stamm herholen, dann müssten wir viel
Zeit für einen Völkermord an Kobolden opfern."

„Du willst dir also nicht den Weg
freikämpfen?"

„Nein, Schätzchen, das will ich nicht."

„Ich heiße John", erinnerte ich sie erneut
und ging als Erster durch die Tür. Vorsichtig
schlich ich durch den Korridor, blieb an der Ecke
stehen und aktivierte den Tarn-Modus, doch das
nächste Verlies war leer, deshalb sparte ich mir
die Energie und ging weiter in den Raum.

Isabella stapfte in ein paar Dutzend
Schritten Entfernung langsam hinter mir her.
Der Stab der Priesterin war leicht geneigt, sodass
die leeren Augenhöhlen des Schädels mich immer
im Blick behielten. Das machte mich etwas
nervös.

Auf den leeren Korridor folgte ein zweiter,
dann erstreckte sich der dritte vor uns.
Unbewohnt waren die Verliese jedoch nicht — im
Staub sah man mehr als genug verwischte
Spuren, irgendwo roch es verbrannt, dazu
ertönten hin und wieder gedämpfte Schläge. Bald
kamen wir an einer leeren Brunnenöffnung
vorbei und stießen dann auf eine verlassene
Schmiede. Ich hatte die Vermutung, der
Erdrutsch am Flussufer könnte versehentlich
einen Weg in die Außenbezirke des Koboldreichs

freigelegt haben.

Obwohl wir an der Treppe mühelos gesiegt hatten, blieb ich sehr wachsam und wechselte an jeder Biegung in den Tarn-Modus. Irgendwann tauchten die ersten Kreuzungen auf, an denen die Elfenpriesterin immer eine Zeitlang reglos stehenblieb, bevor sie sich für einen der unterirdischen Wege entschied. Ich hatte keine Ahnung, wie sie sich orientierte, sondern folgte nur ihren Anweisungen und stellte keine Fragen.

Als wir in die nächste Etage des Verlieses hinabsteigen wollten, stießen wir auf einen Koboldwächter. Ein kleiner, hässlicher Kerl stand an der Treppe, die von Fackeln an den Wänden beleuchtet wurde. Er war mit einer Axt aus Obsidian bewaffnet und hatte um die freie Hand das Ende eines Seils gewickelt, das in einem Loch in der Wand verschwand.

„Er darf auf keinen Fall Alarm schlagen", flüsterte Isabella mir ins Ohr.

Die Priesterin sparte sich ihre Kräfte für die höheren Level auf, deshalb musste ich zur Tat schreiten. Ich wechselte in den Tarn-Modus und schlich mich leise an den Wachposten an. Der Kobold wurde unruhig und schnüffelte geräuschvoll in der Luft herum, als nur noch wenige Schritte zwischen uns lagen. Mit einem Satz stand ich neben ihm, griff mir das Seil und grub ihm gleichzeitig die Zähne in den dürren Hals.

Irgendetwas knirschte. Mein Mund füllte sich mit heißem Blut, das sehr unangenehm schmeckte.

Fürchterlicher Biss! Kritischer Schaden! Schaden: 80
Blutende Wunde! Zusätzlicher Schaden: 5
Vergiftung! Zusätzlicher Schaden: 5

Der Kobold wand sich in Krämpfen, doch ich presste ihn so fest an mich, dass er nicht weglaufen oder am Seil ziehen konnte. Er versuchte, zu entkommen, aber die blutende Wunde und das Gift gaben ihm den Rest, und bald wurde sein Körper schlaff.

Durch den Biss konnte ich Gesundheit und Ausdauer wiederherstellen, doch meine Energieanzeige wanderte in den gelben Bereich, was mir Sorge bereitete. Höchstwahrscheinlich würde uns die Dunkelelfe keine Ruhepause gönnen, damit ich meine Kräfte wiederherstellen konnte, also musste ich mich ganz auf das Silberamulett der Toten verlassen.

„Es ist wirklich unappetitlich, dir beim Essen zuzusehen, Schätzchen", merkte Isabella an, als ich den leblosen Körper von mir wegschob.

✟ Loter Schurke ✟

Die Priesterin selbst wirkte für dieses finstere, trostlose Verlies viel zu frisch und sauber.

Ich spuckte das Blut auf den Boden und löste das Seil, das in das Loch führte und das der Wachposten nicht hatte ziehen können.

„Komm, weiter geht's!" verlangte die Priesterin, also stieg ich vor ihr die Treppe hinunter. Als ich unten angekommen war, sah ich, dass der Tunneleingang notdürftig verbarrikadiert war, als wollten sich die Kobolde vor denen schützen, die unter ihnen lebten. Sehr gelungen war die Barriere aber nicht, die Felsen lagen verstreut umher und in der Mitte befand sich ein Loch, durch das sich ein Mensch ohne weiteres quetschen konnte.

„Was ist da unten?", fragte Isabella, als sie zu mir aufgeschlossen hatte.

„Ich kann nichts erkennen", entgegnete ich und wechselte wieder in den Tarn-Modus. Ich sprang von einem Stein zum anderen, schlüpfte durch das Loch und kroch auf die andere Seite. Dort trat ich rasch an die Wand, um den Weg für die Priesterin freizumachen.

Die Dunkelelfe ließ nicht lange auf sich warten, doch sobald sie bei mir war, ertönte ein Kratzen, die Barriere erzitterte, glitt hinab und machte jede Hoffnung darauf zunichte, auf dem gleichen Weg wieder hinauszukommen.

241

✝ Der Weg eines NPCs ✝

„Was zum Teufel war das?", fluchte ich fassungslos.

„Sei still!", fuhr Isabella mich an, schloss die Augen und legte sogar ihre Finger an die Schläfen. „Ich habe zwei Nachrichten, eine gute und eine schlechte", berichtete sie nach einer langen Pause. „Die gute ist, dass der Junge recht hatte. Wir sind am richtigen Ort."

„Und was ist die schlechte?", musste ich einfach fragen.

„Da gibt es zwei", seufzte die Priesterin und schlug die Augen auf. „Wenn man uns tötet, können wir nicht wieder hierher zurückkommen. Und außerdem sind die Mobs so eingestellt, dass sie unserem Höchstlevel entsprechen und nicht einem Mittelwert. Also meinem Level."

Ich stieß einen Pfiff aus. „Was bedeutet da für uns?"

„Entweder du stirbst, was sich auch auf mich auswirkt", erwiderte Isabella schulterzuckend, „oder du sicherst dir eine Menge neue Level. Wenn du stirbst, bringe ich dich noch viele weitere Male um. Verstanden?""

Der Blick der Dunkelelfe loderte so gefährlich, dass ich schnell das Thema wechselte.

„Weshalb habe ich dann keine Benachrichtigungen bekommen?"

„Stell die Benachrichtigungen so ein, dass

dir angezeigt wird, wenn sich der Status deiner aktiven Quests ändert", riet Isabella mir, winkte dann jedoch sofort ab. „Nein! Nicht jetzt! Wir dürfen keine Zeit verschwenden."

Ich nickte und setzte meine Erkundung fort. Auf dieser Ebene war es spürbar trockener, unter unseren Füßen stiegen Staubwolken auf, und auf dem Boden waren keine Spuren mehr zu erkennen. Jeder Schritt konnte eine verborgene Falle aktivieren, doch Korridor folgte auf Korridor, ohne dass etwas passierte. Nur an den Wänden waren Kratzer zu sehen, als hätte man etwas mit Stacheln Besetztes durch diese Gänge geschleift.

Schließlich erreichten wir eine Doppeltür, die aus den Scharnieren gerissen und zerstört worden war.

„Geh!", flüsterte Isabella hinter mir.

Ich wechselte in den Tarn-Modus und schlüpfte als unsichtbarer Geisterschatten in das nächste Verlies. In diesem Augenblick verfing sich mein Fuß in einem Seil, das über den Boden gespannt war.

Ein Seil?

Ich erstarrte, weil ich die Falle nicht auslösen wollte, und zog den Fuß vorsichtig zurück. Allerdings klebte das Seil fest an meinem Hosenbein und wurde mitgezogen.

Sofort hörte ich Krallen herbeieilen.

Mein Bein hing nicht an einem Seil, sondern am Faden eines Spinnennetzes!

Aus der Dunkelheit sprang eine gigantische Spinne, deren so groß war wie ein gut genährtes Wildschwein, auf mich zu. Sie attackierte mich sofort. Ich ließ mein Flammenschwert vorschießen und durchbohrte einige Facettenaugen, doch das konnte das fürchterliche Monster nicht aufhalten. Die Höhlenspinne hatte mich im Handumdrehen erreicht und grub ihr giftiges Mundwerkzeug in mich!

Kritischer Treffer! Erlittener Schaden: 244 [380/624]

Rechtes Knie verletzt! Bewegungstempo reduziert!

Mit einem einzigen Treffer hatte das Biest mir ein Drittel meiner Gesundheit genommen und mir fast den Unterschenkel abgebissen!

Ich packte mein Flammenschwert mit einer Hand am Griff und mit der anderen an der Fehlschärfe, dann hob ich es über den Kopf, um die Spinne auf den Boden zu nageln. Doch ich kam zu spät. Der Schädel auf dem Stab der Elfenpriesterin hieb so heftig in den

Chitinpanzer, dass nicht nur die Hülle zerbarst, sondern das Monster auch zur Seite geschleudert wurde. Die Spinne prallte an die gegenüberliegende Wand und blieb mit krampfhaft zuckenden Beinen auf dem Rücken liegen.

„Lauf!", knurrte Isabella, während sie ihre Kampfgestalt annahm. Ihre Rüstung ließ nur den Kopf unbedeckt, ihr Gesicht zeigte seine dämonischen Züge und ihr Blick leuchtete gefährlich.

Fluchend hüpfte ich auf einem Fuß weiter. Mein verletztes Knie machte mir erheblich zu schaffen, genauso wie die Spinnenfäden auf dem Boden. Ich konnte nicht über alle hinwegspringen, die abgerissenen Enden schlangen sich oft um meine Knöchel und hielten mich auf, weil sie an mir klebten.

Im Dunkeln ertönte ein Rascheln, dann leuchteten Facettenaugen auf.

„Fahr zur Hölle!", rief die Priesterin und schleuderte eine Kugel Lauffeuer auf das unterirdische Monster.

Die Feuerkugel explodierte, wirbelte weitere Spinnen durch die Gegend und versengte die Netze, doch es war aussichtslos, alle Mobs zu erwischen.

„An die Wand!", schrie Isabella, als sie den

nächsten Zauberspruch unmittelbar über dem Boden losschickte. Die Feuerkugel flog durch die ganze Kammer, bis sie auf eine Säule traf und zu Feuertropfen zerbarst, die sämtliche Fäden komplett verbrannten.

Sofort wechselte ich in den Tarn-Modus, während die Elfenpriesterin auf die Tür am anderen Ende zu rannte, hindurchsprang und die rostigen Eisenstangen kurz vor der Spinne zuwarf, die ihr auf den Fersen war.

Ihre Verfolgerin klapperte zornig mit dem Mundwerkzeug, doch der Stab, den die Priesterin durch das Gestänge schob, schleuderte sie zurück wie ein Billardqueue die Kugeln. Die Spinne rollte in die entlegene Ecke und rührte sich nicht mehr, während die anderen Höhlenbewohner rasch in alle Richtungen des Verlieses krochen und sich hinter Steinsäulen vor der Priesterin versteckten. Mich hatten sie nicht bemerkt, weil sie mich ohne ihr Signalnetz nicht orten konnten.

Ganz, ganz langsam bewegte ich mich an der Wand entlang auf die rettende Tür zu. Manchmal musste ich längere Zeit an einer Stelle stehenbleiben und manchmal um Spinnen herumschleichen, um ihnen auszuweichen. Am meisten fürchtete ich, das Gleichgewicht zu verlieren und zu stürzen, doch wie durch ein

Wunder erreichte ich die Eisenstangen der Tür und flüsterte: „Mach auf.“

Isabella ließ mich hinein.

„Du vollkommen nutzloses Stück Aas!“, stieß sie hervor. Ich hatte nichts anderes erwartet.

„Ist das dein Ernst?“, lachte ich, während ich mich auf den Boden fallen ließ. „Alles hier ist gezielt gegen Schurken gerichtet! Fledermäuse, vor denen man sich nicht tarnen kann! Kobolde, die mich trotz Tarnung riechen und hören! Spinnen, die Getarnte in ihren Netzen fangen!“

Die Priesterin musterte mich mit höhnischem Blick von oben bis unten. „Da haben die Entwickler ganze Arbeit geleistet. Ansonsten könnte ein Neuling wie du als Schurke in aller Seelenruhe allein durch das ganze Verlies spazieren.“

Ich stieß einen langen Fluch aus.

„Bist du schlimm verletzt?“, fragte Isabella.

„In ein bis zwei Stunden bin ich wieder der Alte“, erwiderte ich, in Gedanken meine Regenationsgeschwindigkeit durchrechnend. „Mein Knie ist sicher schon vorher wieder in Ordnung.“

Mit einem wütenden Blick fuhr die Elfe mich an: „So viel Zeit dürfen wir nicht verlieren!“

Ich seufzte, erhob mich mit einiger Mühe

und humpelte den Korridor hinunter. Zum Glück erstreckte sich das Gebiet der Spinnen nicht über den versperrten Eingang hinaus, an den Wänden waren keine Netze und keine Kratzer von ihren Krallen mehr zu sehen. Bald neigte sich der Durchgang nach unten und wir gingen an leeren, verrosteten Fackelhaltern vorbei. Ich wurde langsamer und achtete genauer auf das, was sich unter meinen Füßen befand.

Bei meiner Wahrnehmungsstufe war es unwahrscheinlich, dass ich eine Falle rechtzeitig bemerken würde, doch ich wollte auf Nummer Sicher gehen. Zu Recht. Bald schon fiel mir ein Steinquader auf, der etwas weiter hervorragte als seine Nachbarn, und als ich ihn durchdringend musterte, erschien die Silhouette einer entdeckten Falle.

„Vorsicht!", warnte ich die Priesterin. „Geh direkt hinter mir her!"

Ich konnte nicht garantieren, dass ich alle Fallen entdecken würde, und ganz sicher gab es nicht nur die eine. Wenn wir einander jedoch Schritt für Schritt folgten, konnten wir die Gefahr, dass die Abwehrmechanismen des Verlieses aktiviert wurden, auf ein Minimum beschränken.

„In Ordnung", erwiderte Isabella knapp. Sie ließ sich wieder zurückfallen und folgte mir mit

10 bis 15 Schritten Abstand.

Das nahm ich ihr nicht übel, denn ich hätte nur zu gern selbst jemanden gehabt, der mir den Weg wies. So musste ich nach jedem Schritt kurz stehenbleiben, weil ich jederzeit damit rechnete, unter meinen Füßen einen rostigen Mechanismus quietschen zu hören.

Doch nichts passierte. Es gelang uns, ohne Zwischenfälle auf die nächste Ebene hinunterzusteigen.

Die Geländer an der Treppe nach unten bestanden aus Menschenknochen, in die Wände waren Schädel eingelassen, in deren Augenhöhlen ein blaues Feuer flackerte. Sie spendeten nicht viel Licht, schafften jedoch eine unglaublich deprimierende Atmosphäre.

Allmählich wurde mir unbehaglich zumute — dabei ließ sich ein Untoter wahrlich nicht so leicht Angst einjagen.

Hier war die ideale Stelle für eine Falle, trotzdem setzte ich ohne Zögern einen Fuß auf die erste der weißen Marmorstufen. Ich hielt nicht einmal die Luft an.

Ich atmete ja sowieso nicht.

Erste Stufe, zweite Stufe, dritte Stufe, dann war die Treppe schon zu Ende und ich fand mich unverhofft in einem geräumigen Verlies wieder, an dessen hoher Decke glühende Kristalle hingen. Die unebenen Wände waren mit Spinnennetzen übersät, allerdings ganz normalen, nicht zu vergleichen mit den riesigen Fäden und klebrigen Leinen der Mobs aus der oberen Etage.

Ich trat von der Treppe weg und blieb stehen, um auf Isabella zu warten. Plötzlich bewegte sich die Wand! Die Spinnenweben glitten zur Seite und vor meinen Augen erschien der Schädel eines Skeletts, das man in die Wand eingemauert hatte. Es klapperte mit dem Unterkiefer und verlangte unvermittelt: „Töte mich!"

Genau das tat Isabella. Sie schlug den Schädel einfach mit ihrem Stab ein, sodass die grauen Überreste auf den Boden regneten. Das Skelett erschauerte und zerfiel in seine Einzelteile. Ich hob einen Oberschenkelknochen auf und stellte fest, dass kräftige Zähne daran genagt hatten.

„Bist du eingeschlafen, Schätzchen?", fragte die Elfenpriesterin.

Ich schenkte ihr keine Beachtung, sondern wischte den Staub vom nächsten Skelett. Es war genauso angenagt wie sein Nebenmann.

„Schätzchen?"

„Hier hausen irgendwo Ghule oder andere Aasfresser", sagte ich der Priesterin.

✟ Coter Schurke ✟

Isabella rieb sich nachdenklich das Kinn. „Die Skelette sind also nicht nur Dekoration?", fragte sie.

„Das bezweifele ich", lachte ich leise, während ich auf einen Stapel Knochen in einer der Ecken wies. Sie waren in Stücke gebrochen, das Mark war herausgesaugt.

„Tja", seufzte die Priesterin, „jetzt wissen wir wenigstens, was uns erwartet. Wie geht es deinem Knie?"

Meine Gesundheit war noch nicht ganz wiederhergestellt, doch das Knie ließ sich schon wieder beugen und mein Meniskus knirschte nicht mehr bei jedem Schritt. Ich konnte mich normal bewegen.

Genau das sagte ich Isabella.

„Weiter!", befahl sie als Antwort.

Ich sah mich um und ging auf den dunklen Durchgang zu, den ich auf der anderen Seite entdeckt hatte. Als ich an einer Steinsäule vorbeikam, erwachte das daran festgekettete Skelett und bat: „Töte mich!"

Isabella kam diesem Wunsch auf der Stelle nach und schlug ihm den verwitterten, gelben Schädel ein.

„Wie lästig!", beschwerte sie sich.

Wegen dieser Ablenkung übersah ich beinahe eine etwas schräg stehende Steinplatte.

Beim genaueren Hinsehen erkannte ich, dass es sich eindeutig um eine Falle handelte.

„Mach einen Bogen darum!", warnte ich die Priesterin, während ich vorsichtig bis zur Tür ging und in das nächste Verlies spähte. Uns erwartete eine Katakombe mit unzähligen verwüsteten Grabstellen.

Die Grabstellen waren in die Wände eingelassen und erstreckten sich in vielen Reihen bis hinauf zur Decke. Die schmalen Durchgänge waren mit Knochensplittern, Fetzen von Leichenhemden und Trümmern der Steinplatten übersät. Über all dem hing ein Geruch, der weitaus ekelhafter war als der von totem Fleisch …

Ich aktivierte den Tarn-Modus, machte ein paar Schritte und stieg dann über eine Falle, die ich bemerkt hatte. Die Kratzer an den Platten der verwüsteten Grabstellen beunruhigten mich, weil sie so tief waren — es sah aus, als hätte man sie absichtlich in den Stein gemeißelt.

Nur einen einzigen Augenblick lang hatte ich nicht aufmerksam auf den Boden geachtet, doch das rächte sich sofort. Als es unter meinen Füßen knirschte, machte ich schnell einen Satz nach vorne, konnte der Attacke jedoch nicht ganz entgehen. Etwas Schweres fiel herab, traf mich am Kopf und schleuderte mich zu Boden.

✟ Toter Schurke ✟

Verdammt! Irgendwie kam ich wieder auf die Füße und stellte fest, dass mein Kopf seitlich verdreht war. Ein lebender Charakter hätte eine solche Verletzung definitiv nicht überstanden, ich dagegen konnte lediglich den Hals nicht mehr bewegen.

„Alles in Ordnung?", fragte Isabella. Sie stand reglos neben der Steinplatte, die von der Decke gefallen war.

„Geht so", stöhnte ich und packte meinen Kopf, um mein Gesicht wieder nach vorne zu drehen. Als die gebrochenen Wirbel knirschten, ließ ich lieber los. Offenbar konnte sich mein Hals nicht mehr von selbst bewegen.

Schrecklich.

Ich machte einen Schritt und bekam heftige Schlagseite, als würde sich die Verletzung auch auf meinen Gleichgewichtssinn auswirken. Schwankend ging ich etwas weiter und stellte zu meiner Erleichterung fest, dass ich noch die Balance halten konnte.

„Nutzloses Stück Aas", schien es aus der Dunkelheit zu ertönen, doch vielleicht war das nur meine Einbildung. Ich war mir keineswegs sicher, dass Isabella das laut aussprach.

Manche Dinge muss man allerdings gar nicht laut sagen, weil sie einfach offensichtlich sind. Ein Schurke mit Level 26, der eigentlich nur

Level 13 hatte, war nicht die beste Begleitung in einem Verlies, das für Charaktere mit Level 50 ausgelegt war!

Nach einigen weiteren Schritten hatte ich mich einigermaßen an meinen stocksteifen, unbeweglichen Hals gewöhnt, doch als ich auf den Fußboden achten wollte, beugte ich mich zu stark vor und stürzte fast. Ich schwankte, wedelte mit den Händen und bemerkte plötzlich aus dem Augenwinkel eine Bewegung im nächsten Durchgang. Ich drehte mich abrupt um, hob den Arm, um mich zu abzustützen, und wurde fast von einem Aasfresser in die Schulter gebissen!

Das rattengesichtige Wesen mit kräftigen Vorderpfoten war nicht größer als ein Kind, stürzte sich jedoch wie der Blitz auf mich und schleuderte mich mit Leichtigkeit an die Wand.

Ich fiel gegen das unebene Mauerwerk und stieß das Untier mit seinem weit aufgerissenen Maul von mir weg. Die langen Klauen zerfetzten meinen bereits ramponierten Umhang, rutschten vom Stahlgewebe des Kettenhemds jedoch ab. Ich konnte das Monster abwehren, doch es machte in der Luft eine geschickte Drehung, landete auf den Pfoten und stürzte direkt wieder auf mich zu. Ich erwartete es bereits mit dem Flammenschwert, aber die Kreatur konnte der Klinge irgendwie ausweichen und hieb mir die krallenbesetzte

Vorderpfote ins Gesicht.

Mir wurde die Wange bis auf den Knochen aufgeschlitzt und ein roter Warnhinweis leuchtete auf — der Treffer verursachte doppelten Schaden. Außer mir vor Wut setzte ich den Rundumhieb ein und diesmal erwischte die Klinge das Vieh im Sprung, sodass es zu Boden stürzte. Ich hieb mit dem Flammenschwert zu und trennte ihm die Vorderpfote vom Körper.

„Zurück!", rief Isabella, doch ich hörte nicht auf die Priesterin, sondern spaltete dem hässlichen Wesen mit dem nächsten Schwerthieb den Schädel.

Erledigt!

Sofort kam aus dem dunklen Durchgang eine zweite Kreatur auf mich zu geschossen. Das rattenartige Vieh tauchte unter meinem Arm durch, bohrte seine krallenbesetzte Pfote in das Loch, das die Hacke des Kobolds in mein Kettenhemd geschlagen hatte, und alles um mich herum wurde rot.

Klauen der Finsternis. Doppelter Schaden!
Erlittener Schaden: 148 [252/624]
Betäubung: Schutz fehlgeschlagen! 00:29 …
00:28 … 00:27 …

Betäubt? Ich wurde reglos wie eine Statue,

konnte weder Hände noch Füße bewegen!

Ein Kugelblitz traf den Aasfresser im Rücken und riss ihn in Stücke, doch das konnte mich nicht retten. Eine Welle rattenartiger Wesen kam aus der Finsternis gestürzt und begrub mich unter sich, sodass ich in Sekundenschnelle zerfetzt wurde.

Ein besonders grauenvoller Tod …

ℑ

DUNKELHEIT.   BEHAUENER   STEIN. Knochenstücke.

Ich respawnte in einer der Seitennischen und verstaute den Schädel, den ich wieder in der Hand hielt, sofort in meinem Inventar. Mein Kettenpanzer war nicht mehr da. Entweder war er auf meiner Leiche zurückgeblieben oder endgültig zerfallen, weil er seine letzten Haltbarkeitspunkte verloren hatte. Zum Glück waren meine anderen Habseligkeiten unversehrt.

Ich ließ mich von der Steinkante auf den Boden fallen und hörte neben mir einen erstaunten Pfiff.

„Oh, Schätzchen, du steckst voller Überraschungen!", spottete Isabella. „Wie bist du in das Verlies zurückgekehrt? Und behaupte bloß nicht, du hättest einen tragbaren Altar! Die funktionieren hier unten nicht, das habe ich überprüft."

Ich ließ die unangenehme Frage der Priesterin unbeantwortet und wollte lieber selbst etwas wissen. „War ich lange weg?"

„Etwa eine Viertelstunde", entgegnete Isabella. Der Kampf mit den Aasfressern hatte sie ziemlich mitgenommen. „Halte beim nächsten Mal bitte etwas länger durch, in Ordnung?"

„Ich werde es versuchen."

Die Dunkelelfe schnaubte und wandte das Gesicht von mir ab, weil es mit Krallenkratzern zerschnitten war. Über ihrem Kopf leuchtete eine kleine Wolke, zu ihren Füßen lag eine benutzte Schriftrolle der Regeneration.

Plötzlich grinste Isabella und fuhr sich mit der Zungenspitze über die aufgeplatzten Lippen. „Wenn du direkt hier unten respawnen kannst, können wir dich ja als Kundschafter einsetzen ... Und zwar etwas aktiver."

„Wenn man dich so reden hört, könnte man meinen, dass ich bislang gar nichts gemacht hätte!", entgegnete ich empört.

„Doch, hast du", gab Isabella zu, dann hatte sie es eilig. „Komm, wir müssen das Rattennest ausräuchern."

„Bist du dir sicher?"

„Die haben Geschmack an dir gefunden, Schätzchen", erwiderte Isabella. Mit einem Schaudern fügte sie hinzu: „An mir allerdings auch. Wenn wir sie nicht ausrotten, werden sie uns in den Rücken fallen."

Gemeinsam mit der Priesterin verließ ich die Sackgasse und stellte fest, dass der schmale Durchgang mit toten Aasfressern übersät war. Genauer gesagt mit Körperteilen und versengten Eingeweiden.

Isabella spuckte verärgert aus und schien in dem blutigen Haufen nach etwas zu suchen. Bald hatte sie eines der Viecher gefunden, das nicht so stark verbrannt war wie die anderen, zog eine der langen Nadeln aus ihrem Haar und stach sie dem toten Wesen ins Genick.

Der Aasfresser erschauerte, erhob sich wieder auf alle viere und kroch langsam, aber sicher über den blutverschmierten Boden des Verlieses.

„Nekromantin bist du also auch?", fragte ich erstaunt.

„Ich diene der Herrscherin des Purpurmonds, Göttin der Geburt und des Todes", antwortete Isabella und befahl dann: „Na los!"

„Ich schon wieder?"

„Wer sonst? Ich bin kein Tank, Schätzchen, du musst mir Deckung geben."

Dagegen ließ sich nichts einwenden, also folgte ich dem Zombiewesen. Wir durchquerten das Verlies mit den Grabstellen und entdeckten an den Wänden weitere eingemauerte, angekettete Skelette.

„Töte mich!", bat eines von ihnen wie üblich, doch ich ging an ihm vorbei. Hinter mir ertönte ein Krachen, dann verstummte die Stimme.

Das tote Rattending, wie meine Begleiterin diese Geschöpfe nannte, kroch weiter, wenn auch nicht besonders schnell. Ich passte mich seinem Tempo an, folgte ihm und sah mich dabei angespannt um, damit ich beim ersten Anzeichen von Gefahr in den Tarn-Modus wechseln konnte.

Allerdings passierte nichts. Ungehindert durchquerten wir mehrere leere Gewölbe. Doch als wir eine Weggabelung erreichten, ertönte ein dumpfes Geräusch und unser Führer wurde von Klingen, die aus der Wand geschossen kamen, in Stücke gehackt.

„Verdammt!", stieß Isabella hervor.

Aber wir brauchten den trägen Zombie gar nicht mehr. Hinter einer der Säulen entdeckte ich ein Gewölbe, das aussah, als hätten die Aasfresser ihre Behausung direkt in den Fels gegraben.

„Worauf wartest du?", drängte die

Priesterin mich weiter.

Ich begab mich auf alle viere und bewegte mich vorsichtig und ohne Eile auf das Loch zu. Wäre es nur ein kleines bisschen niedriger gewesen, hätte ich leicht darin steckenbleiben können, und das Flammenschwert konnte ich hier auf keinen Fall wie üblich verwenden, sondern höchstens als Stichwaffe.

Das Loch wurde immer enger, und mir wäre der Angstschweiß ausgebrochen, wenn Tote schwitzen könnten. Aber es gab vieles, das Tote nicht konnten.

Zum Glück war das Rattenloch nicht besonders lang, sodass wir schon bald auf einer kleinen Steinplattform am Rande einer geräumigen, dunklen Höhle herauskamen. Seitlich führte eine Treppe mit schmalen, unebenen Stufen nach unten, doch Isabella wollte nicht hinabsteigen.

„Gib mir Deckung!", forderte sie mich auf, während sie irgendeine Zauberei begann. Die Energie, die sich aus den Händen der Priesterin ergoss, hing als leuchtende Linie in der Luft und bildete dann den Umriss einer komplexen Figur, die unter die gewölbte Steindecke der Höhle wanderte. Dort entstand eine gespenstische Wolke, die allmählich eine furchteinflößende purpurrote Farbe annahm. Je heller sie leuchtete, desto lauter wurde das Quieken, Kratzen und Kreischen.

„Halte sie auf!", knurrte Isabella. Das Blut stieg ihr in das graue Gesicht, das vor lauter Konzentration immer dunkler wurde. Dicke Schweißtropfen liefen der Priesterin über die Stirn, während ihre Wangen einfielen und die Augen tiefer in die Höhlen sanken. In ihrem Blick loderte das gleiche dunkle Feuer wie in den Augenhöhlen des Schädels, der auf dem Stab auf ihrem Rücken saß.

Ich ließ mich von Roger oder dem Glühen, das unter der Decke immer intensiver wurde, nicht ablenken, sondern umfasste das Flammenschwert mit beiden Händen und machte mich auf einen Angriff gefasst. Glücklicherweise musste ich lediglich Viecher von der schmalen Treppe stoßen. Dennoch erwischte der erste Aasfresser mich unvermittelt, indem er von der Treppe auf die Plattform sprang und sich geschickt unter der Klinge des Flammenschwerts hinwegduckte. Ein Tritt mit meinem Stiefel schickte ihn jedoch wieder in die Tiefe.

Ich hörte das Echo eines dumpfen Aufpralls, dann erschien das nächste Rattenwesen. Mein Flammenschwert hieb ihm eine Krallenpfote ab, dann stürzte die Kreatur von der Plattform, als sie zurückweichen wollte.

Das nächste Wesen wählte den idealen Zeitpunkt zum Angriff und sprang los, als ich gerade das Schwert heben wollte. Fast wäre es ihm gelungen, mich von der Plattform zu stoßen, doch meine Ausweichfähigkeit rettete mich. Das Untier segelte vorbei in die Finsternis, erwischte allerdings Isabella fast mit den Krallen.

„Pass auf, du Idiot!", rief die Priesterin wütend.

In der glühenden Wolke erschien ein komplexes Muster, das immer deutlicher zu erkennen war. Es erinnerte an eine brennende Heizspirale, die die gewölbte Steindecke der Höhle aufheizte, doch was genau die Elfenpriesterin vorhatte, blieb mir ein Rätsel.

Ich trat den nächsten Aasfresser von der Treppe, doch das wendige Wesen riss mir dabei das Schienbein auf. Sein Nachfolger lief mir im wahrsten Sinne des Wortes in die Klinge und zog meine Waffe hinter sich her, als es sich in Todesqualen wand. Das kam gar nicht infrage!

Fürchterlicher Biss!

Mit den Zähnen riss ich dem widerlichen Vieh mühelos die Kehle heraus und stemmte dann einen Stiefel gegen seinen Leichnam, um das Flammenschwert daraus hervorzuziehen, während ich gleichzeitig weitere Aasfresser von der Treppe verjagen musste. Das ätzende Blut brannte wie Feuer in meinem Mund, doch ich konnte meine Gesundheit wiederherstellen und das Bein heilen, das bis auf den Knochen aufgeschlitzt worden war.

„Weg hier!", rief Isabella plötzlich aus und sprang vor mir in das Loch, ohne auf mich zu warten.

Ich wich von der Treppe zurück und warf einen raschen Blick zur Höhlendecke. Die Wolke aus Zauberkraft war so strahlend hell, dass ich fast blind wurde. Das Gestein war mittlerweile glühend rot, die Stalaktiten bekamen Risse, brachen ab und flogen der Reihe nach von der Decke.

So schnell ich konnte schlüpfte ich in das Loch, doch eine Klauenpfote packte mich am Stiefelabsatz und wollte mich zurückzerren. Ich musste mich auf den Rücken drehen und versuchen, das Untier mit dem Schwert abzuwehren. Ohne Erfolg! In dem niedrigen Rattenloch ließ sich das Flammenschwert nicht sinnvoll einsetzen, und ich wurde langsam herausgezogen. Isabella kam mir zur Rettung. Die starken Hände der Priesterin packten mich unter den Achseln und zerrten mich mit einem Ruck zurück. So fest, dass einer der scharfzahnigen Aasfresser zu uns hineingezogen wurde!

Das Rattenwesen riss das Maul auf, und ich stieß ihm die Klinge mit aller Kraft so fest in den Gaumen, dass der blutige Stahl am Hinterkopf wieder herausdrang.

„Komm!", schrie Isabella mir ins Ohr. „Beweg dich!"

Wir mussten uns wirklich beeilen — in der Höhle war ein wahrer Feuersturm ausgebrochen. Die gespenstische Wolke explodierte in scharlachroten Flammen, geschmolzener Granit regnete herab. Die langen Feuerzungen, die in das Loch drangen, setzten meinen zerrissenen Umhang in Brand, richteten jedoch keinen Schaden an, sondern verzehrten nur den gesamten Sauerstoff. Als Untoter kam ich ohne Luft bestens zurecht, doch Isabella hustete sich die Seele aus dem Leib, als sie eilig aus dem Rattenloch kroch. Kaum war ich nach ihr aufgetaucht, ertönte hinter meinem Rücken ein dumpfer Knall. Aus dem eingestürzten Loch quollen beißender Rauch und unerträgliche Hitze. Eines der Rattenwesen, die uns hatten schnappen wollen, wurde durch den Einsturz zerquetscht und stieß ein ohrenbetäubend schrilles Kreischen aus, als es sich blutend in Krämpfen wand.

Ich stand auf, erhob mein Schwert und hieb es ihm geradewegs ins Genick.

Hinrichtung! Der Graue Aasfresser wurde getötet!
Erfahrung: +140 [3 619/4 320]; +140 [3 663/4 320]
Untoter: Du steigst ein Level auf! Schurke: Du steigst ein Level auf!

Hervorragend! Ich erhöhte meine Wahrnehmung und meine Beweglichkeit und investierte den Zusatzpunkt in die Ausweichfähigkeit. Die berufsspezifischen Fähigkeiten waren schon schwieriger, ich musste mich ausführlich mit den Beschreibungen befassen. Lange schwankte ich und überlegte, ob ich die Inkognito-Fähigkeit verbessern sollte, entschied mich schließlich jedoch dagegen. Außerdem verzichtete ich auf die neuen Bewegungen, die nach dem Rundumhieb zur Verfügung standen, sondern wählte lieber den Krafthieb. Sicher würde es manchmal nützlich sein, einen Gegner mit der vollen Kraft meiner unmenschlichen Stärke zu treffen.

Schließlich löste ich den Blick von meiner Charakterstatistik und sah hinüber zu Isabella, doch sie hatte die Game-Welt geistig gerade ganz verlassen. Vermutlich war ihr Level auch gestiegen, nachdem sie das Untiernest verbrannt hatte, sodass sie ebenfalls über die Punkteverteilung nachgrübelte.

Ich legte mir das Flammenschwert auf die Schulter und ging zur Gabelung der unterirdischen Gänge, hielt mich dort jedoch nicht lange auf, sondern kehrte bald zurück, weil ich die Priesterin nicht allein lassen wollte.

Isabella kam wieder zu sich und stand auf. Ihr Level war tatsächlich auf 54 gestiegen.

„Das war wohl kein besonders mächtiger Zauber, den du da verwendet hast, oder?", fragte ich wie beiläufig.

„Er ist mächtig, aber sehr langsam", sagte die Priesterin kopfschüttelnd. Wie von Zauberhand waren alle Kratzer und Schürfwunden aus ihrem Gesicht verschwunden. „Normalerweise können die Gegner angreifen oder weglaufen, lange bevor sich ein Portal zur höllischen Ebene öffnet und der Feuerregen einsetzt."

„Verstehe."

„Bist du bereit?"

Ich nickte widerwillig und trat in den Korridor. Ein Skelett an der Wand zuckte und bellte mir „Töte mich!" direkt ins Ohr.

„Jetzt reicht es mir aber", fluchte ich über

die unerwartete Störung, stieß den Schädel mit dem Ellenbogen zu Boden und schoss ihn dann mit aller Kraft aus dem Weg. „Was soll das überhaupt?"

„Schau lieber nach unten", forderte Isabella mich auf, lenkte dann aber ein und erklärte mir bereitwillig: „Das ist vermutlich der Geist des Verlieses. Jemand wurde hier eingesperrt, um das Grundwasser zu bewachen und zu verhindern, dass es einstürzt."

„Oh", erwiderte ich überrascht und hielt weiter nach Fallen Ausschau. Diejenigen, auf die wir stießen, waren jedoch allesamt schon ausgelöst worden. Von Zeit zu Zeit lagen in der Nähe verweste Überreste von Aasfressern herum.

Weitere Seitengänge sahen wir nicht, dann neigte sich der Korridor und führte uns immer tiefer in die Erde. Immer, wenn ein Skelett an der Wand um seinen Tod flehte, ging ich stumm daran vorbei, während die Dunkelelfen-Priesterin den Schädel mit ihrem Stab abschlug.

Diese Totenköpfe gingen ihr eindeutig auf die Nerven.

Als vor uns ein gespenstischer Schein zu sehen war, wurde ich langsamer und wechselte schließlich sogar in den Tarn-Modus. Isabella blieb stehen, damit ich die Lage ausspähen konnte, doch diese Vorsichtsmaßnahme stellte sich als unnötig heraus. Wir entdeckten den Abstieg zur nächsten Ebene in einer kleinen, runden Kammer. Von dort kam das blasse, tödlich blaue Licht.

„Das ist alles irgendwie ein bisschen zu simpel", murrte ich und blieb kurz vor der Treppe stehen.

„Meinst du auch, dass da vorne eine Falle lauert?", fragte Isabella.

Ich schüttelte den Kopf. „Das ist es nicht. Es ist nur … geradezu etwas langweilig!"

Die Elfenpriesterin lachte leise. „Glaub mir, in diesem Spiel gibt etliche weitaus komplexere Orte und richtig spannende Quests. Aber interessant ist meistens nicht die Umgebung, sondern die Interaktion mit anderen Spielern. Schlachten, Bündnisse, Intrigen. Alles wie im richtigen Leben, aber ohne moralische Grenzen. Naja, fast ohne."

Ich zog die Nase kraus. „Das ist mir auch schon aufgefallen."

„Möchtest du dich etwa beschweren, Schätzchen?" Isabella verengte die Augen, weil sie meine Bemerkung offenbar auf sich bezog.

„Keine Sorge", wich ich aus. „Mit dir habe ich kein Problem. Das ist nur einfach …"

„Hast du denn sonst schon mit jemandem Probleme bekommen?"

„Ja, allerdings", erwiderte ich stirnrunzelnd, denn ich war mir sicher, dass Garth Deathblade mich niemals in Ruhe lassen würde. Der hartnäckige Nekromant würde ganz bestimmt wieder auftauchen. Auch wenn ich gegen Todeszauber immun war, gab es viele andere Möglichkeiten, einen Untoten in seine Bestandteile aufzulösen.

„Du hast so ein spannendes untotes Dasein, Schätzchen!", lachte die Priesterin und deutete auf die Treppe. „Komm, gehen wir weiter."

Ich wechselte in den Tarn-Modus und nahm mit gezücktem Schwert vorsichtig die Treppe in Angriff. Sie führte auf eine Galerie, die an der Wand einer höhlenartigen Kammer mit einer hohen, kuppelförmigen Decke entlanglief. Die magischen Kristalle an den Wänden tauchten alles in einen bläulichen Schein, während der gesamte Boden mit zertrümmerten Knochen der Skelette von den Wänden übersät war. Hier waren die Aasfresser also auch gewesen.

Ich beugte mich über das Geländer und sah hinab. Die hohen Tore auf der anderen Seite der Kammer waren durch einen Steinschlag versperrt, in der Mitte jedoch befand sich ein Eingang zur Kanalisation, auf dem ein massiver Metalldeckel lag. Rund herum standen wie erstarrt acht dunkle Gestalten. Sie waren vollkommen reglos, aber keine Statuen. Von oben sah ich die Überreste von Aasfressern, die es gewagt hatten, den Wächtern des Verlieses zu nahe zu kommen.

Ich strengte meine Augen gewaltig an, bis über der Gestalt, die mir am nächsten war, eine Systemnachricht mit der Bezeichnung „Knochengolem" aufleuchtete.

Da ich sonst nichts Gefährliches entdeckte, schaltete ich den Tarn-Modus aus und kehrte zur Treppe zurück.

„Isabella!", rief ich die Priesterin, die eilig zu mir kam.

„Was haben wir hier?", fragte die Dunkelelfe, wobei sie endlich einmal auf die Bezeichnung „Schätzchen" verzichtete.

„Knochengolems", berichtete ich. „Acht an der Zahl."

Isabella lehnte den Rücken an eine der Säulen, sah hinunter und fluchte. „Verdammt. Sie tragen schwarzes Mithril! Zwei oder drei könnte ich erledigen, aber acht sind eindeutig zu viele. Kannst du an ihnen vorbeischleichen?"

„Wozu? Sobald ich den Deckel von dem Schacht anhebe, werden sie mich bemerken."

„Da hast du recht", stimmte Isabella zu und lächelte dann plötzlich. „Schätzchen, wir haben unglaubliches Glück!"

„Was soll das heißen?"

„Neutralität! Wir sind gegenüber den Untertanen des Turms der Verwesung neutral."

Ich prüfte den Status der Knochengolems und sie hatte recht — die Kreaturen waren uns nicht feindselig gesinnt.

„Worauf warten wir noch?", erwiderte ich erfreut und wollte auf die nächste Treppe zu gehen, doch die Priesterin hielt mich zurück.

„Stopp!" zischte sie zornig. „Wer weiß, was als Nächstes kommt? Der Weg ist schon fast zu Ende!"

„Was schlägst du denn vor?"

Die Priesterin rollte die Augen und hob die Hände, um einen Segen zu sprechen. Die Luft um sie herum flackerte, doch mit mir passierte überhaupt nichts. Segen hatten auf Untote keine Wirkung.

Immunität!

„Du Stück Aas!", knurrte Isabella und wechselte in ihre Kampfform. Ihre Rüstung umschloss ihren Körper ganz und gar, nur der Kopf blieb ungeschützt. Dem Schädel an ihrem Stab wuchsen scharfe Stacheln, in seinen leeren Augenhöhlen loderte ein purpurrotes Feuer.

Das schien der Priesterin jedoch nicht zu reichen, denn sie rief ihre Göttin an. „Herrscherin des Purpurmonds, ich rufe dich an! Tränke mich mit deinem heiligen Zorn!"

Im ersten Augenblick geschah nichts, doch dann strahlte Isabella einen besonderen Schein aus und ihre Gesichtszüge wurden kantig und raubtierhaft.

„Los!", befahl die Priesterin mit einer fremdartigen Stimme, während sie eine große, schwebende Flammensphäre erschuf, die sie dann mit den Händen zu einer deutlich kleineren, aber helleren Feuerkugel formte.

Irgendwie wurde es langsam ... unangenehm, mit Isabella unterwegs zu sein. Ich hielt mich nicht weiter damit auf, sondern legte mir das Flammenschwert auf die Schulter und stieg von der Galerie hinunter. Die Golems regten sich nicht, als ich auftauchte.

Aus der Nähe wirkten sie noch weitaus imposanter als von oben. Die plumpen Gestalten waren anderthalb Mal so groß wie ein normaler Mensch und bestanden aus Knochen, doch im Gegensatz zu den Skeletten, denen ich bisher im Spiel begegnet war, bewegten sie sich nicht durch Zauberei, sondern über schwarze Metalldrähte, die als Sehnen dienten. Ihre Brustplatten, ihre Helme mit geschlossenem Visier und die blattförmigen Spitzen ihrer Speere bestanden aus dem gleichen Metall. Ich konnte erkennen, dass die Golems aus unterschiedlichen Knochen zusammengesetzt waren, die nicht immer zusammenpassten, doch dadurch wirkten diese schwarzen Kreaturen noch brutaler.

„So viel schwarzes Mithril!" Isabella stieß einen ungläubigen Pfiff aus.

„Ist das teuer?"

„Das kannst du dir gar nicht vorstellen!", nickte die Priesterin und trieb mich wieder an. „Los, weiter!"

Sie blieb vorsichtig und näherte sich den Golems nicht zu hastig.

Die Knochengolems standen in einem gleichmäßigen Kreis. Ich trat ganz langsam und behutsam in diesen unheilvollen Ring. Sofort flammte in den Visieren ein orangefarbenes Feuer auf und krächzende, heisere Geräusche ertönten, doch ansonsten zeigten die Golems keine Reaktion auf mein Eindringen.

Status? Neutral!

Erleichtert stieß ich eine Reihe von Flüchen aus. Ich blieb verschont!

„Los!", drängte Isabella mich weiter.

„Soll ich ihn aufklappen?", fragte ich, als ich den Deckel des Schachts im Boden erreicht hatte.

„Ja, versuch es", wies die Priesterin mich an und kam eilig zu mir. Auch sie konnte ohne Probleme in den Kreis gelangen.

Ich schob das Flammenschwert wieder in mein Bandelier, packte den Griff und zog an dem massiven Deckel. In diesem Augenblick brach die Hölle über uns herein!

Auf der Stelle war die Neutralität der Verlieswächter spurlos verschwunden und die Knochengolems zückten ihre Speere. Eine ohrenbetäubende Explosion ertönte, rings um mich herum flogen Knochensplitter und Mithril!

Isabella hatte den ersten Treffer gelandet, ich jedoch konnte keine nennenswerten Erfolge verbuchen. Sobald ich den Deckel losgelassen hatte, aktivierte ich den Tarn-Modus, doch bevor ich mich bewegen konnte, hatte das Monster direkt neben mir bereits blindlings seinen Speer geschleudert. Die blattförmige Spitze drang in meinen Körper und trat hinter den Schulterblättern wieder heraus.

Sofort verlor ich die Hälfte meiner Gesundheit, außerdem war ich auf der gezackten Klinge aufgespießt wie ein Fisch auf einer Harpune. Es gab kein Entkommen!

Einer der anderen Golems kam auf mich zu und würde mich im nächsten Moment töten, deshalb packte ich die Speerstange mit beiden Händen und zog sie mit aller Kraft noch tiefer in meinen Körper hinein. Ein lebendiger Mensch wäre dazu niemals in der Lage gewesen, doch

✝ Toter Schurke ✝

Untote verspürten keine Schmerzen. Jetzt war ich dem Golem so nahe, dass ich ihn mit meinem Schwert treffen konnte, obwohl meine Gesundheit dadurch weit im roten Bereich landete.

Ich zog das Flammenschwert vom Rücken und setzte im letzten Augenblick meinen neu erworbenen Krafthieb in Verbindung mit dem Rundumhieb ein, denn ich wusste, dass mir keine Zeit für einen zweiten Angriff bleiben würde.

Die schwere Klinge schwang im Zickzack nach vorne, zertrümmerte das Gelenk der Schulterschutzes und schnitt quer in den schwarzen Brustharnisch. Als die Wellenklinge mitten in die Brust des Golems drang, wurde es hinter den Visierschlitzen auf der Stelle dunkel, während in der zersplitterten Brustplatte eine Flamme aufloderte und Funken aus dem Riss stoben.

Kombination Sense des Todes!
Ausdauer: -300 (316/616)
Strukturschaden! Der Knochengolem wurde zerstört!

Mir blieb keine Zeit mehr, dem Golem den Speer, der in meinem Leib steckte, aus den knochigen Händen zu ziehen. Irgendetwas traf mich am Hinterkopf und mein Bewusstsein tauchte in undurchdringliche Finsternis ein.

4

DUNKELHEIT. KALTER STEIN. Knochensplitter.

Ich respawnte in der gleichen Steinnische wie zuvor, doch diesmal war von Isabella keine Spur zu sehen. Ich bezweifelte sehr, dass sie immer noch im Verlies war.

Nachdem ich den Hals von einer Seite zur anderen gereckt hatte, sprang ich auf den Boden und schlug wieder den vertrauten Weg zur Halle mit den Knochengolems ein.

„Töte mich!", verlangte eines der Skelette, und ich schlug ihm ohne zu zögern mit dem Schwertgriff den geschwätzigen Schädel ein. Meine Stimmung war auf dem Nullpunkt.

Ich erreichte die Galerie im Tarn-Modus und duckte mich sofort hinter das Geländer, doch die verbliebenen Golems schienen sich nicht darum zu scheren, was dort oben geschah. Vier Wachposten waren übriggeblieben. Sie alle hatten recht schwere Verbrennungen und bei einer der Gestalten schienen die Mithril-Sehnen geschmolzen zu sein, denn sie war seitlich verdreht.

Ich stieß einen Fluch aus. Ohne Isabellas Unterstützung würde ich niemals auf die untere Etage gelangen, und die trocknende Blutlache und die Haarnadeln, die sie verloren haben musste, ließen vermuten, dass sie nicht davongelaufen war, sondern zu ihrer Respawn-Stelle befördert wurde. Selbst wenn die Priesterin bereits respawnt war, würde die Blockade sie daran hindern, hier hinunter zu gelangen!

Und ich ... ich war im Verlies gefangen! Höchstwahrscheinlich für immer. Wieder und wieder würde ich in einer schmalen Steinnische auf den Knochenresten anderer Kreaturen zum Leben erweckt werden.

Dieser Gedanke brannte in mir schlimmer als Feuer. Ich hieb mit aller Kraft gegen die Wand, riss mich dann jedoch sofort wieder zusammen und öffnete das Spielmenü. Obwohl ich 1.000 Erfahrungspunkte für die Erledigung des Knochengolems bekommen hatte, reichten sie nicht aus, um das nächste Level zu erreichen.

Und selbst wenn ... Auch dann hätte ich es nicht mit vier Golems aufnehmen können!

Der Tarn-Modus war meine einzige Hoffnung.

Leise stieg ich von der Galerie und blieb auf der letzten Stufe misstrauisch stehen, doch da ich unsichtbar war, nahmen die Golems mich nicht wahr. Ich ging zu der Stelle mit dem getrockneten Blut und hob die Haarnadeln der Priesterin auf, möglichst langsam und ohne abrupte Bewegungen. Die Wachposten blieben reglos. Kaum hatte ich jedoch eine Hand an einen der Speere gelegt, die sie fallengelassen hatten, drehten sich die Helme gleichzeitig in meine Richtung. Im Augenblick sahen sie noch nichts, doch es fehlte nicht mehr viel, dann ...

Ich verharrte vollkommen reglos, löste dann vorsichtig die Finger und wich zur Seite. Die mechanischen Wächter starrten weiter auf den Speer, den ich auf dem Boden gelassen hatte.

Glück gehabt ...

Ich schlich zum Deckel über dem Schacht, ging in die Hocke und legte beide Handflächen auf den Metallgriff. Das geringste Zögern würde bedeuten, dass sie mich sofort in Stücke rissen. Meine einzige Überlebenschance bestand darin, so heftig wie möglich am Deckel zu ziehen und mich in das Loch zu stürzen, bevor die Golems angreifen konnten.

Genau das machte ich. Zog am Deckel, sprang und flog dann mit einem Speer in der Seite zu Boden!

„Werfen können sie also auch!", war der letzte Gedanke, der mir durch den Kopf schoss, bevor ein zweiter, kräftigerer Treffer mich zum Respawnen schickte.

ICH VERSUCHTE ES. Ich versuchte es wieder und wieder. Letztendlich spielte es keine Rolle, wie oft ich getötet wurde, bevor ich mein Ziel erreichte, doch nach dem vierten Versuch war mir klar, dass es aussichtslos war. Die Verlieswächter waren einfach zu schnell.

Konnte ich die Golems der Reihe nach töten? Auch das versuchte ich. Mit der Sense des Todes sollte es mir im Tarn-Modus eigentlich gelingen, einen meiner Gegner zu zerschlagen, doch der Levelunterschied war schlicht zu groß. Die mechanischen Mobs konnten mein Flammenschwert stets mit einem Speer oder einer Armschiene parieren oder einfach ausweichen, so anmutig, wie man es derart riesigen Kreaturen niemals zutrauen würde. Mehr als ein paar Kratzer in der schwarzen Rüstung konnte ich ihnen nicht zufügen.

Die reinste Zeitverschwendung …

DUNKELHEIT. STEIN. GRABSTAUB.

Ich stieg aus der Nische und trottete wie ein Verdammter zurück in die Halle mit den Golems. Ich wusste nicht mal mehr, zum wievielten Mal. „Das Spiel bringt dich niemals in aussichtslose

Lagen", „das Spiel bringt dich niemals in aussichtslose Lagen", „das Spiel ..." ging es mir wie ein Mantra durch den Kopf.

Das stimmte. Die Lage war nie aussichtslos. Für Spieler.

Aber ich war kein richtiger Spieler. Und ganz eindeutig kein NPC. Sondern irgendein Mittelding.

Für mich galten die üblichen Regeln nicht.

Verdammt noch mal!

Plötzlich klirrte es unter meinem Fuß und ein Stachel, der aus der Wand schoss, hätte mich fast durchbohrt. Im letzten Augenblick konnte ich ausweichen, sodass die Spitze an mir vorbei in die Steinwand fuhr, ohne Schaden anzurichten.

Ich blieb stehen, atmete tief durch und ging dann weiter, wobei ich nun sorgfältiger darauf achtete, was sich unter meinen Füßen befand. Dann jedoch regte sich ein Skelett an der Wand.

„Töte mich!", verlangte es mit klapperndem Unterkiefer.

„Mit Vergnügen", erwiderte ich zornig und hob das Schwert.

„Nicht hier!", sagte der Schädel plötzlich. „Ich kann helfen!"

Mit erhobenem Flammenschwert hielt ich abrupt inne.

„Was hast du gerade gesagt?", fragte ich. Dass ich mit einem Skelett sprach, ließ mich völlig kalt. „Du kannst helfen? Mir helfen?"

Das Skelett klapperte mit dem Kiefer. „Ich helfe dir. Und dann tötest du mich."

„Wieso hast du bisher nichts gesagt?"

„Wenig Stärke. Nicht genug ... Hilfe ..."

„Erklär es mir", bat ich.

Das Skelett rasselte mit den Knochen und kam zur Sache. „Ich verrate dir, wie du nach unten kommst, dann tötest du mich. Einverstanden?"

Möchtest du die Quest „Hüter des Verlieses töten" annehmen?
[Ja / Nein]

Was blieb mir anderes übrig? Ich stimmte zu.

„Zähle die Säulen auf der rechten Seite der Galerie. Unter der siebten findest du einen Gang zur untersten Ebene, den die Aasfresser gegraben haben. Du kommst an einem Sarkophag heraus, in dem es ein Geheimfach gibt. Du nimmst den Knochenhaken, der sich darin befindet, und tötest den Mann, der dort in der Wand eingemauert ist. Du tötest mich! Aber hüte dich vor dem Hauptmann der Wache ..." Der Schein in den Augenhöhlen des Schädels wurde schwächer.

Schnell schüttelte ich das Skelett. „Stopp! Wo ist das Portal zum Königreich der Toten?"

„Hier ist es nicht ...", erwiderte das Skelett und fiel zu einem Knochenhaufen zusammen. In der Hand hielt ich nur noch ein Schlüsselbein.

Kein Portal zum Königreich der Toten? Isabella würde mich in Stücke reißen!

Natürlich nur, falls ich jemals lebend hier herauskommen sollte ...

DEN GANG NACH unten fand ich genau an der Stelle, die der Hüter des Verlieses beschrieben hatte. Er war so niedrig, dass ein Mann in voller Rüstung sich kaum hätte hindurchquetschen können, denn selbst für mich war es schon sehr eng, obwohl ich kein Kettenhemd trug.

Unten war es überraschend kalt. Die beiden Sarkophagreihen waren mit Raureif bedeckt, auf den Wänden und Säulen der Krypta sowie auf dem Boden lag eine dünne Eisschicht. Das bläuliche Licht der magischen Kristalle spendete keinerlei Wärme und Eisklümpchen saßen auf den funkelnden Steinen.

Ich brach einen davon aus einer Nische in der Wand, entfernte das Eis und stellte fest, dass der kalte Schein nicht von einem magischen

Kristall ausging, sondern von einem Schädel, der sorgfältig aus einem einzigen Kristallstück gehauen war. Er sah genauso aus wie das Artefakt, mit dem ich den Todesjünger wieder zum Leben erweckt hatte.

Nach kurzem Zögern legte ich den Schädel in mein Inventar und widmete mich dann den Sarkophagen. Alle bis auf einen waren aufgebrochen, ihre Steindeckel waren zerstört, angenagte Knochen lagen überall verstreut. Interessanterweise glühte neben jedem Sarkophag ein Kristallschädel, nur nicht neben dem einzigen, der unversehrt geblieben war. Die Wandnische daneben war leer.

Ein seltsames Gefühl sagte mir, dass der Todesjünger hierhergekommen war. Er musste das magische Artefakt mitgenommen haben.

Ich versuchte, den Deckel des unversehrten Sarkophags zur Seite zu schieben, doch er war viel zu schwer. Als ich die Eisschicht darauf mit dem Griff meines Flammenschwerts aufbrechen wollte, ertönten schwere Schritte. Ein Schatten schoss vorbei. Im Eingang erschien die dunkle Gestalt eines Knochengolems. Der Hauptmann der Wache hielt in jeder Hand ein gebogenes Schwert und trug eine fünfzackige Krone auf dem Kopf, deren Zacken jeweils wie ein tödlicher Dolch aussahen.

† Der Weg eines NPCs †

Der Golem ging zwischen den Gräbern hindurch. Ich kauerte mich rasch hinter den Sarkophag. Als das furchterregende Monster an seinen Wachposten zurückgekehrt war, entfernte ich das Eis viel leiser und vorsichtiger als zuvor. Dann versuchte ich, die Steinplatte mit dem Rücken wegzuschieben, konnte sie jedoch nur ein kleines Stück bewegen. Ob darin Fallen lauerten?

Nein, alles in Ordnung.

Der Inhalt des Sarkophags war durch den schmalen Spalt nicht zu erkennen, also musste ich die Steinplatte noch ein bisschen verrücken und allen Mut zusammennehmen, um die Hand hineinzustecken. Einen Knochenhaken fand ich nicht, konnte jedoch ein komplexes goldenes Amulett hervorziehen.

Dem Klimpern nach zu urteilen lagen dort noch viele ähnliche Dinge, und es würde mich geschätzt eine gute Stunde kosten, sie alle nach und nach hervorzuziehen. Also musste ich es riskieren, die Aufmerksamkeit des Wächters zu erregen, und schob die Steinplatte komplett zur Seite.

Im Sarkophag befanden sich keine menschlichen Überreste, dafür war er randvoll mit den verschiedensten Amuletten. Die Intelligenz meines Charakters reichte nicht aus,

✟ Coter Schurke ✟

um ihre Eigenschaften zu ermitteln, deshalb packte ich die gesamte Beute in mein Inventar. Als letzten Gegenstand holte ich einen geschliffenen Knochenhaken mit komplexen Gravuren hervor.

Sofort erschienen mehrere Systembenachrichtigungen.

Ausrüstung der Toten: Geändert
Ausrüstung der Toten: Gespeichert

Was zum Teufel ...? Ich öffnete die Angaben zu dem gefährlich aussehenden Haken und stieß einen Fluch aus.

Knochenhaken „Seelentöter" (Ausrüstung der Toten: 4 von 13)
Schaden: 2-4
Besondere Eigenschaft: Wird eine Wunde vergrößert, erhöht sich der Schaden exponentiell und entspricht dem Schaden durch Seelenmagie
Status: Einzigartig

Exponentielle Erhöhung? Verdammt! Mit diesem Haken konnte man niemals eine normale Rüstung durchbohren! Was sollte diese Progression? Wozu brauchte ich diesen Plunder? Wen sollte ich damit aufspießen?

Andererseits lag der Griff der seltsamen Waffe sehr angenehm in der Hand, ganz gleich, wie ich ihn fasste. Allerdings war er unangenehm warm, fast so, als wäre er lebendig, deshalb steckte ich ihn schnell in den Gürtel, beziehungsweise schob ihn in den zweiten Waffenslot. Ich wollte ihn nicht wegwerfen, schließlich musste ich noch die Quest beenden. Und außerdem war die verdammte Ausrüstung gerade gespeichert worden.

Ich bewaffnete mich wieder mit dem Flammenschwert und stellte fest, dass die Klinge zwar immer noch rostig, nun aber mit einigen sehr deutlichen Runen versehen war, während auf dem Griff schwarze Gravuren erschienen waren. Auch die Werte hatten sich erneut verbessert.

Wenn ich irgendwann die vollständige Ausrüstung der Toten zusammengesammelt hatte, würde das Flammenschwert vermutlich eine tödliche Waffe sein, die mit einem Hieb 400 Gesundheitspunkte rauben konnte.

Nicht schlecht. Solange die anderen Teile der Ausrüstung nicht so nutzlos waren wie dieser Knochenhaken.

Jetzt war eindeutig nicht der richtige Zeitpunkt, um sich darüber Gedanken zu machen, deshalb schlich ich auf den Eingang zur nächsten Kammer zu. Im Raureif hinterließ ich deutliche Spuren, aber das war jetzt egal — ich konnte mein Ziel schon sehen. In der gegenüberliegenden Wand war ein Mann eingefroren, der mich mit offenen Augen direkt ansah, als könnte er mich durch den Nebel der Unsichtbarkeit erkennen.

Vielleicht konnte er das tatsächlich?

An der Treppe rührte sich ein Schatten. Der Hauptmann der Wache wirkte beunruhigt und sah sich mit brennenden Augenschlitzen im Raum um. Ich habe keine Ahnung, wieso, doch ich trat rasch hinter eine Säule.

Da sah ich sie. Ihn. Es.

Auf einem niedrigen Podest funkelte ein Bündel aus reinem Licht, und als ich es erblickte, begann mein Herz zu rasen. Zu rasen und wie wild zu pochen!

Ich konnte kaum glauben, was geschah, deshalb legte ich mir die Hand auf die Brust. Doch nein, mein Herz schlug nicht. Irgendetwas zitterte und klopfte im Rhythmus des pulsierenden Lichts.

Eine Seele?

Von dem Podest führten gespenstische Fäden zu dem Toten an der Wand, als würde das Lichtbündel dem Hüter des Verlieses Kraft spenden. Ich konnte mich nicht zurückhalten, schob das Flammenschwert in die Scheide auf meinem Rücken, nahm den Haken in die Hand und lief direkt auf das Podest zu.

Der Golem stürzte sofort vor, um mich abzufangen, doch ich konnte ihn überholen und das strahlende Licht packen, dessen Kälte mich versengte. Kaum hatte ich mich auf den Toten in der Wand geworfen, traf mich ein gebogenes, schwarzes Schwert im Rücken und versetzte mir einen zusätzlichen Stoß. Ich machte noch zwei Schritte, dann versagten mir die Beine und ich konnte dem Hüter des Verlieses nur noch im Sturz die Spitze des Seelentöters in die Brust bohren. Meine Hand zog den Haken mit hinab und riss das gefrorene Fleisch und die Rippen unheimlich leicht auf, wie ein Messer, das durch Butter gleitet.

Sofort erloschen die brennenden Augen des Toten, dann sah ich das zweite gebogene Schwert hoch über meinem Kopf, doch die Klinge sollte mich nicht erwischen. Die Wände gaben nach und die Decke stürzte ein.

Diesmal wurde ich zermalmt. Zu Brei.

SAND. SAND. SAND.

Je verzweifelter ich mich bemühte, aus dem Grab zu klettern, desto mehr Sand rutschte von oben nach. Ich befürchtete schon, auf ewig lebendig begraben zu werden, doch dann begann jemand, mich auszubuddeln. Die Hilfe war mir sehr willkommen, denn ich hatte auch so noch große Mühe, mich heraus zu kämpfen.

Als ich von dem Loch, dessen Kanten nachgaben, wegkrabbelte, stellte ich fest, dass mein Helfer der Junge war, der uns hierhergeführt hatte. Kaum zu glauben, aber der rothaarige Bursche hatte auf Isabella und mich gewartet, obwohl er nach dem Einsturz des Verlieses hier überhaupt nichts mehr zu tun hatte.

War unsere Aufgabe überhaupt abgeschlossen?

Ich rief die aktuellsten Systembenachrichtigungen auf und kratzte mich verwirrt am Hinterkopf.

Die Quest „Hüter des Verlieses töten" ist abgeschlossen.
Erfahrung: +1000
Untoter: Du steigst ein Level auf! Schurke: Du steigst ein Level auf!

Du hast eine neue Quest bekommen: Seelensphäre

Das war alles. Was zum Teufel?

† Der Weg eines NPCs †

Ein Tritt in die Seite riss mich aus meinen Gedanken. Die scharfe Stiefelspitze erwischte mich direkt unterhalb der Rippen, sodass ich zusammenzuckte und mich zu Isabella umwandte, die sich unbemerkt genähert hatte.

„Was ist mit dem Portal zum Königreich der Toten?", wollte sie wissen.

„Ganz ruhig!", erwiderte ich, sprang auf die Füße und zog ein paar der Haarnadeln hervor, die sie im Verlies verloren hatte. „Die hast du liegenlassen."

Isabella nahm die Nadeln und brachte ihr Haar in Ordnung. Allerdings ließ sie sich davon nicht ablenken. „Was ist mit dem Königreich der Toten?", wiederholte die Priesterin.

Gab sie denn niemals Ruhe?

Da ich ein Zusammentreffen zwischen Roger und meinem Kopf vermeiden wollte, trat ich vorsichtshalber einen Schritt zurück und tat so, als würde ich nach dunkleren Schatten suchen.

„Hast du nicht gesehen, dass sich der Quest-Status geändert hat?", fragte ich mit gespielter Überraschung.

„Es gab keine Meldungen", versicherte die Elfenpriesterin mir. Sie öffnete das Menü und fluchte. „Was zum Teufel? Die Quest „Königreich der Toten" ist inaktiv! Sie ist nicht abgeschlossen, sondern inaktiv!"

„Was ist denn mit der neuen?"

„Ich habe keine neuen Quests", fuhr Isabella mich wütend an.

Ich überlegte kurz, ob ich die Hilfe dieser launischen Elfe wirklich brauchte. Da ich jedoch noch nicht mit anderen Spielern interagieren wollte, schickte ich Isabella eine Einladung zur Seelensphären-Quest.

„Fang!"

Die Priesterin stand einen Augenblick still und sagte dann: „Die kann ich nicht annehmen. Ich brauche irgendeine Scherbe."

Nach kurzem Zögern holte ich das strahlende Lichtbündel aus meinem Inventar. Sein Schein war nicht so durchdringend wie er in der Dunkelheit des Verlieses gewirkt hatte, aber dennoch deutlich erkennbar. Raureif lief mir über die Finger, ließ mein Handgelenk erfrieren und kroch weiter. Ich hatte keine Ahnung, wie es ausgegangen wäre, wenn Isabella mir das Artefakt nicht aus der Hand genommen hätte.

„Schätzchen, hast du den Verstand verloren?", rief die Priesterin aus. „So etwas darfst du nur mit dem richtigen Schutz herausnehmen!"

Ich hatte keine Ahnung, was mir in die Finger gekommen war, also musste ich fragen.

✝ Der Weg eines NPCs ✝

„Hast du so einen?"

Isabella sah mich herablassend an. „Schätzchen, ich genieße den Schutz der Herrscherin!"

„Ja, ja", erwiderte ich stirnrunzelnd. „Was ist jetzt mit der Quest?"

„Ich bin bereits beigetreten", entgegnete Isabella, „aber ich verstehe immer noch nicht, was das mit dem Königreich ..." Plötzlich brach sie ab und stieß überrascht hervor: „So ist es, nicht wahr?"

„Was?"

„Unterbrich mich nicht!", fuhr die Priesterin mich an und setzte sich in den Sand.

Ihrem abwesenden Blick nach zu urteilen sah Isabella gerade Spielforen durch oder chattete mit jemandem, deshalb wollte ich sie nicht stören, sondern beschäftigte mich mit meinen Level-Fortschritten.

Wie immer war es leichter, die Punkte für meine untote Seite zu vergeben. Ich erhöhte einfach die Beweglichkeit um einen Punkt, alles andere änderte sich von selbst. Auch meine Gestalt wandelte sich. Wie zuvor erfuhr mein untotes Wesen bei Leveln, die sich durch fünf teilen ließen, eine Veränderung, und die mitfühlende Spielmechanik machte aus mir nun einen Grabschänder.

✝ Toter Schurke ✝

Auf einmal war ich nicht mehr aufgequollen, sondern hager, um nicht zu sagen totendürr. Meine Augen sanken tiefer in den Schädel, während meine Nägel so schwarz und scharf wurden wie die Klauen eines Aasgeiers. Die Leichenflecken verschwanden nicht vollständig, sondern ähnelten nun eher Tätowierungen und bedeckten meinen Körper mit dünnen, dunklen Linien.

Noch dazu hatte ich jetzt eine neue Fähigkeit — Klauen der Finsternis. Genau die Fähigkeit, mit der die Rattenwesen mich im Verlies angegriffen hatten. Jede Kralle, die ein Opfer kratzte, verursachte einen Grundschaden von einem Punkt und konnte einen Gegner auch lähmen und betäuben.

Somit war ich künftig nie mehr unbewaffnet!

Meinen Schurken entwickelte ich weiter, indem ich zunächst Stärke und Ausweichfähigkeit erhöhte. Dann jedoch grübelte ich sehr lange über die berufsspezifischen Fähigkeiten nach, denn ich war mir nicht sicher, welchem Bereich ich den Vorzug geben sollte. Ich überlegte sogar, die Inkognito-Fähigkeit zu steigern, doch sie konnte nur bis auf Level 35 erhöht werden. Nach längerem Zögern wählte ich eine der Bewegungen, die mir zur Verfügung standen, seitdem ich den Krafthieb erlernt hatte.

Mit KO-Experte, Zertrümmerer und Mauerbrecher konnte ein Charakter einen Gegner niederschlagen und entwaffnen sowie Schilder und Rüstungen durchbrechen, ich gab jedoch dem Kraftvollen Ausfallschritt den Vorzug, weil man damit durchdringende Treffer erzielen konnte.

Sollte ich irgendwann jemandem mein Flammenschwert in den Bauch rammen, wäre der kritische Schaden erheblich, da die Klinge beidseitig geschliffen und mit Wellen versehen war.

John Doe, Scharfrichter
Untoter, Grabschänder. Level 15 / Mensch,
Schurke. Level 15
    Erfahrung: [4 619/5 184] [4 663/5 184]
    Stärke: 21
    Beweglichkeit: 18
    Konstitution: 24
    Intelligenz: 5
    Wahrnehmung: 10

    Gesundheit: 720
    Ausdauer: 675
    Energie: 225
    Schaden: 119-176

✝ Toter Schurke ✝

Tarnung: +10
Ausweichen: +5

Kritische Schäden bei Angriffen im Tarn-Modus, Hinterhalten oder Angriffen auf ein gelähmtes Ziel.
Berufliche Fähigkeiten: Inkognito, Hinrichtung
Fechter: Beidhändige Waffen, Rundumhieb, Krafthieb, Kraftvoller Ausfallschritt
Kreatur der Finsternis: Nachtsicht, Einschränkung im Sonnenlicht, Todesgriff, Aura der Angst, Fürchterlicher Biss, Klauen der Finsternis
Neutralität: Untote, Untertanen des Herrschers des Turms der Verwesung
Feinde: Orden der Feuerhand
Immunität: Todeszauber, Gift, Verfluchung, Bluten, Krankheit, Heilungen und Segen.
Errungenschaften: Hundetöter Grad 3, beharrlich

Der Anblick meiner Levelerhöhungen steigerte mein Selbstbewusstsein ganz erheblich. Insgesamt ergab sich immerhin Level 30! Außerdem blendete die Sonne mich etwas weniger. Ich würde also weiterkämpfen.

Aus unerklärlichen Gründen beschäftigte

sich Isabella ziemlich lange mit der neuen Aufgabe.

Was, wenn sie gar nichts mit dem Königreich der Toten zu tun hatte?

Ich verbannte diesen beunruhigenden Gedanken und ging auf die Dunkelelfe zu, doch sobald ich den Schatten des Flussufers verließ und in die Sonne trat, wurde die Welt eine Feuerwüste. Meine Haut fing an zu zischen und dampfen, meine Ausdauer wurde rasch aufgezehrt.

Leider hatte ich meinen Umhang sowie mein Kettenhemd im Verlies lassen müssen, während Isabellas Maske nur mein Gesicht vor den brennenden Strahlen schützte.

Ich musste zurück in den Schatten springen.

„Hey!", rief ich unserem Begleiter zu. „Junge!"

Der rothaarige Kerl blickte von seiner Angelrute auf und wandte sich zu mir um. „Ja, Onkel John?"

„Im Boot lagen ein paar Lumpen. Wirf sie mir hinüber!"

„In Ordnung."

Das, was der Junge mir brachte, stellte sich als zerrissener Fischermantel heraus, für den sich eine Vogelscheuche geschämt hätte. Ich konnte aber leider nicht wählerisch sein, legte ihn um und zog mir die Kapuze über den Kopf.

Schon besser. Zumindest konnte ich mich jetzt in die Sonne wagen.

Plötzlich kam Isabella zu sich und erhob sich mit fließenden Bewegungen.

„Schätzchen", sagte die Dunkelelfe kopfschüttelnd, „du steckst voller Überraschungen."

„Was soll das heißen?", fragte ich, während ich mein Flammenschwert im Bandelier zurechtrückte.

„Entspann dich", kicherte Isabella. „So schlimm steht es ja gar nicht."

Der Schädel auf ihrem Stab klapperte mit dem Unterkiefer, um die Worte seiner Herrin zu bestätigen, doch ich blieb misstrauisch.

„Was hast du herausgefunden?"

„Unser Verlies war nicht einzigartig, es gibt viele Höhlen dieser Art. Kein Wunder, dass sie dir zu einfach vorkam. Der Legende nach hat der Herr der Toten seine Jünger überall versteckt, damit sie zum richtigen Zeitpunkt aus ihrer Lethargie erwachen und eine Armee der Toten zusammenstellen."

„Und was hat es mit der Seelensphäre auf sich?"

„Seelensphären sind die Fokussierlinsen

des Turms der Verwesung. In jedem Versteck wurde eine Scherbe hinterlegt, und wenn die Sphäre komplett zusammengesetzt ist, kann ein Weg in das Königreich der Toten geöffnet werden. In Auktionen werden für ein kleines Stück schon zehntausend oder sogar mehr geboten. Die Preise steigen ständig. Der Erste, der eine Sphäre zusammensetzt, wird einen Raubzug starten. Die Anführer der besten Clans können es kaum erwarten."

„Kann das nicht verhindert werden, wenn jemand eine der Scherben behält?"

„Es gibt viele davon. Man braucht sie nicht alle", erklärte Isabella und ließ ein seltsames Lächeln aufblitzen. „Im Moment ist ein regelrechter Machtkampf im Gange. Genau der richtige Zeitpunkt, um im Trüben zu fischen!"

Mir blieb fast das Herz stehen. „Du hast doch wohl nicht etwa vor, die Scherbe zu verkaufen, oder?"

„Was für ein Unsinn", schnaubte die Dunkelelfe. „Die ist unsere Eintrittskarte ins Königreich der Toten. Wir schauen uns die Machtverhältnisse an und bieten sie demjenigen an, der sie am dringendsten braucht!"

Ich nickte zustimmend und fragte: „Wie stellst du dir das vor?"

Isabella zog mit der Spitze ihres Stabs eine

✝ Toter Schurke ✝

Linie in den Sand und verkündete: „Ich werde ein Portal zum Turm der Finsternis öffnen."

Der rothaarige Junge machte vor Freude fast einen Luftsprung. „Wir reisen in die Hauptstadt der dunklen Seite? Hurra!"

„Wir?"

Vielsagend blickte ich hinüber zu Isabella, die im ersten Moment genauso überrascht aussah wie ich. Dann jedoch wurde ihre Miene gleichmütig, während sie mit ihrem Stab ein kompliziertes Muster zeichnete.

„Schätzchen, der Junge hängt an dir", sagte die Priesterin und füllte das Portal, das sie vorbereitete, mit Macht. „Jetzt musst du für ihn sorgen."

„Warum zum Teufel?"

„Die Verlies-Quest ist noch nicht vollständig abgeschlossen und der Junge gehört dazu. Das können wir nicht ändern. Wir sind für unsere Haustiere verantwortlich."

Ich fluchte.

„Schätzchen, man flucht nicht vor Kindern!"

Ich fluchte erneut, diesmal jedoch im Stillen. Vermutlich war die Quest nicht ordnungsgemäß abgeschlossen, weil das Spiel mich als NPC betrachtete, was wiederum bedeutete, dass sie vermutlich eingefroren war, bis ich wieder zum Leben erweckt wurde. Bedeutete das etwa, dass wir den Jungen die ganze Zeit im Schlepptau haben würden? Man würde ihn nicht einmal töten! Kinder waren in diesem Spiel gegen sämtliche Schäden immun.

Na toll!

Mir wurde schwer ums Herz, und am Flussufer fühlte ich mich irgendwie unbehaglich. Die Sonne erreichte langsam den Zenit und die Schatten wurden zu dünnen Streifen, deshalb wollte ich so schnell wie möglich zum Turm der Finsternis. Das war die Hauptstadt der dunklen Seite der Welt.

Ich hatte keine Ahnung, ob ein Spieler inkognito zugelassen werden würde, aber sicher war es nicht viel schlimmer als im Laufstall, wo ein hilfloser Untoter wieder und wieder von hyperaktiven Neulingen getötet wurde.

„Fertig!", verkündete Isabella, als das komplizierte Diagramm im Sand mit schwarzem Feuer zu brennen begann. „Schätzchen, bleib nicht zurück!"

Die Priesterin verschwand als Erste in der schwarzen Flamme, der Junge ließ seine Angelrute fallen und lief hüpfend auf mich zu. Ich wartete nicht auf ihn, sondern trat ins Portal.

Einen Augenblick später wurde ich zu Boden geschleudert und rollte durch den Sand!

✝ Loter Schurke ✝

Angriff einer gefesselten Seele!
Todeszauber: Immunität

Ich stützte mich verwirrt auf ein Knie, nahm einen Schimmer in der Luft wahr und rollte mich zur Seite. Der Geist verfehlte mich, doch dann folgte ein zweiter, der vom Fluss herbeigeflogen kam, und sich einen Weg durch das Schilf bahnte.

Ich aktivierte den Tarn-Modus und rollte mich wieder in den Sand.

Angriff einer gefesselten Seele!
Todeszauber: Immunität
Tarn-Modus: Aus

Verdammt! Geister konnten mir nichts anhaben, doch den Tarn-Modus setzten sie erfolgreich außer Gefecht! Sie sahen die Unsichtbaren!

Ich sprang wieder auf die Füße, war aber nicht schnell genug. Aus dem Schilf kam ein Feuerball geflogen, der explodierte und einen tiefen Krater mit geschmolzenem Sand zurückließ.

Die Explosion kostete mich auf der Stelle ein Viertel meiner Gesundheit. Der Regenumhang fing an zu brennen, deshalb musste ich mich über den Boden rollen, um die Flammen zu löschen. Ich rollte direkt weiter auf das Portal zu, doch eine gefesselte Seele wartete schon auf mich und traf mich vor die Brust, sodass ich zurückgeworfen wurde. Bei jeder Bewegung auf den Fluss zu hieb ihr Begleiter mir in die Seite!

Ich sprang in eine andere Richtung, aktivierte den Tarn-Modus und versuchte, wegzulaufen … Egal wohin! Ein weiterer Treffer in den Rücken schleuderte mich in den Sand. Der Geist drückte mich zu Boden und ein erneuter Feuerball traf sein Ziel. Ich stand in Flammen, und ein magisches Feuer ließ sich nicht so leicht löschen.

Bald war ich von Kopf bis Fuß verbrannt und hatte nur noch 100 Gesundheitspunkte übrig. Es stand schlimm, unglaublich schlimm …

„So trifft man sich also wieder!", rief Garth Deathblade mir aus dem Schilf zu. Er hatte mittlerweile Level 35 erreicht und den Beruf des Seelenfängers erworben. Der weißhaarige Nekromant hielt einen Stab mit komplexen Gravuren in den Händen, auf dem ein leuchtender Kristall saß. „Die Vorbereitung hat mich einiges gekostet, du Mistkerl, aber glaub mir, es hat sich gelohnt!"

Gelohnt? Kein Wunder! Garth wollte

meinen Schädel an Kogans Truppe verkaufen und der Banker würde nur zu gern dafür bezahlen, den Hauptzeugen der Anklage gegen ihn zum Schweigen zu bringen.

Verloren. Ich war verloren!

Garth öffnete wieder den Mund, doch ich hörte ihm nicht zu, sondern lief unvermittelt los und schaltete dabei direkt in den Tarn-Modus. Die gefesselten Seelen wollten mich abfangen, bevor ich ihren Herrn erreichte, während sich Zombies aus dem Sand um ihn herum erhoben. Einen Selbstmordangriff hatte ich aber gar nicht im Sinn. Im letzten Augenblick konnte ich einer Seele ausweichen, die meine Beine angreifen wollte, holte den verzauberten Schädel aus meinem Inventar und schleuderte ihn mitten in den Fluss. Weit weg. Dorthin, wo das Wasser am tiefsten war.

Die zweite gefesselte Seele warf mich sofort von den Beinen und eine brennende Flamme schoss auf mich zu. Bevor ich zum nächsten Respawn verschwand, hörte ich noch, wie Garth „Neeeeinn!" schrie, weil seine Beute ihm schon wieder durch die Lappen gegangen war.

Ja!

Kapitel Vier
Im Kreis des Todes

1

ES HEISST, DIE TOTEN würden niemals müde.
Von wegen!

Sie wurden sogar unfassbar müde.

Je länger ich rannte, desto weiter sank
meine Ausdauer in den roten Bereich. Der
schmale Pfad schlängelte sich zwischen steilen
Hügeln hindurch, doch ich konnte nicht
hinaufklettern — meine Verfolger würden mich
viele hundert Mal mit Pfeilen durchbohren, bevor
ich den Gipfel erreichte.

Das wütende Bellen kam immer näher.

Diesmal waren es keine Dorfköter, sondern grausige Jagdhunde aus der Hölle.

Sie jagten mich.

Dabei hatte alles so gut angefangen …

ZÄHER FLUSSSCHLAMM, ALGEN und die Wellen des Flusses über meinem Kopf.

Ich war unter Wasser.

In Pfützen war ich schon häufiger respawnt, doch in solcher Tiefe hatte ich bislang noch keinen Wiedereinstieg ins Spiel erlebt. Vorerst blieb ich reglos im Flussschlamm liegen und ordnete meine Gedanken. Ich wartete.

Wasser schwächte körperlose Wesen, deshalb konnten die gefesselten Seelen mich niemals aus der Tiefe hervorholen. Allerdings würde der hartnäckige Nekromant ganz sicher irgendeinen Weg finden, das heiß ersehnte Artefakt aus dem Wasser zu fischen.

Meinen Schädel.

Als ein langer Schatten auf die Wasseroberfläche fiel und die kleinen Fische ängstlich davonstoben, rührte ich mich nicht. Schließlich hatte ich schon einmal erfolgreich einen Schurken ertränkt und war nur zu gern bereit, diese heimtückische Tat zu wiederholen. Krieg ist Krieg.

Die Unterseite eines Bootes näherte sich.

Ein Seil, an dessen Ende ein Stein geknotet war, sank zu Boden. Erst trieb die Strömung das Boot ein wenig flussabwärts, dann jedoch straffte sich das Seil und hielt es fest. Nun sprang jemand über Bord.

Garth schwamm eine Zeitlang über den Flussboden, um nach meinem Schädel zu suchen, und tauchte dann wieder auf. Er musste mit aller Kraft gegen die Strömung anpaddeln. Bald hatte er das Boot erreicht und kletterte an Bord, sprang dann jedoch erneut ins Wasser und tauchte noch tiefer. Diesmal entschied sich der Nekromant für die richtige Richtung und entdeckte den weißen Schädel zwischen dem Wasserkraut. Zu meiner großen Enttäuschung ging er jedoch auf Nummer Sicher und stieg wieder an die Oberfläche auf. Erst nachdem er kräftig Luft geholt hatte, machte er sich mit energischen Armschlägen und Beinstößen auf den Weg zu dem ersehnten Preis.

Ich schoss wie ein Unterwassermonster aus dem zähen Schlammbett hervor. Garth wollte mir ausweichen, reagierte jedoch zu spät, sodass ich ihn um die Taille packen und zu Boden ziehen konnte. Anfangs schlug der Nekromant verzweifelt um sich, doch dann erkannte er offenbar, dass es sinnlos war, und versuchte stattdessen, mich mit seinem Dolch zu treffen.

Auch das hatte keinen Erfolg — seine Bewegungen waren im Wasser so langsam, dass er nicht fest zustoßen konnte. Die Klinge hinterließ nur einen oberflächlichen Kratzer.

Während ich den Nekromanten mit einer Hand umklammert hielt, spreizte ich die Finger der anderen und hieb mit meinen schwarzen Krallen, die mühelos durch sein Fleisch schnitten, auf ihn ein.

Klauen der Finsternis! Schaden: 110
Betäubung! 00:06 ... 00:05 ...

Sofort hörte der Nekromant auf, zu zucken, sein Körper wurde schlaff, aus seinem Mund stieg eine Reihe kleiner Bläschen Richtung Wasseroberfläche auf. Ich wartete nicht, bis die Betäubung meines Gegners nachließ, sondern zog ihn an mich und grub ihm die Zähne in den hageren Hals.

Fürchterlicher Biss!

Mit einem Kieferruck riss ich ein großes Stück Fleisch heraus, sodass sich das Wasser blutrot färbte. Trotz seiner schweren Verletzung kam der Nekromant wieder zu sich. Ich musste ihn erneut mit beiden Armen umfassen und meine gesamte Kraft einsetzen, um den letzten Rest Luft aus seiner Lunge zu pressen.

Mit Erfolg, denn Garth zuckte kurz, riss den Mund auf und ertrank.

Spieler Garth Deathblade wurde getötet!
Erfahrung: +1500 [6119/6220]; +1500 [6163/6220]
Untoter: Du steigst ein Level auf! Schurke: Du steigst ein Level auf!

Jämmerliche 3.000 Erfahrungspunkte für einen Nekromanten auf Level 35?

Vermutlich hatte es irgendeinen Abzug gegeben, weil ich innerhalb kürzester Zeit zweimal den gleichen Spieler getötet hatte.

Wenn mein Mund nicht voller Wasser gewesen wäre, hätte ich enttäuscht ausgespuckt.

Verdammt!

Ich durchsuchte den leblosen Körper meines Feindes und fluchte erneut, denn ich fand lediglich seinen Geldbeutel. Immerhin besser als gar nichts.

Ich verstaute meinen verzauberten Schädel wieder im Inventar und stieß mich mit den Füßen vom Flussboden ab, um an die Wasseroberfläche zu gelangen. Leider vergeblich, ich musste bis zum Anker kriechen und über das Seil hinauf zum Boot klettern. Kaum war ich aus dem Wasser gestiegen und hatte mich ins Boot gehievt, hörte ich es hinter mir platschen. Ich fuhr zusammen und griff zum Flammenschwert, doch es war nur falscher Alarm — der rothaarige Junge kam auf mich zu geschwommen.

„Onkel John", rief er, als er das Boot erreicht hatte. „Das Portal hat sich geschlossen!"

„Verstehe", seufzte ich resigniert, legte das Schwert zur Seite und öffnete das Spielmenü.

Seitdem sich das Portal geschlossen hatte, war ich von Isabella mit Privatnachrichten bombardiert worden, die nach und nach immer zorniger klangen. Ich hätte nur zu gern geantwortet und sie beruhigt, doch leider hatte ich auf Privatnachrichten wie alle Game-Chatrooms nur Lesezugriff.

„Was machen wir jetzt?", fragte der Junge, als er ins Boot stieg.

„Wir fahren über den Fluss zum Turm der Finsternis", antwortete ich ohne Zögern, denn schließlich hatte die Priesterin die Scherbe der Seelensphäre bei sich.

„Wie cool!" Der Junge übernahm erfreut die Ruder. „Das dauert ungefähr vier Tage! Was für ein tolles Abenteuer!"

Allzu gut kannte ich mich mit der Geografie von *Türme der Macht* nicht aus, aber wenn ich mich richtig erinnerte, lag die Hauptstadt der dunklen Seite auf mehreren Inseln im Delta des Azurflusses verteilt. Gut möglich, dass wir uns gerade auf einem der vielen Nebenflüsse befanden.

Der Junge ruderte, während ich mich eingehend der Spielstatistik widmete. Mit den Punkten, die ich für die Levelerhöhung bekommen hatte, verbesserte ich Stärke, Beweglichkeit und Ausweichfähigkeit, doch bei den berufsspezifischen Fähigkeiten tat ich mich wieder schwer. Jede fortgeschrittene Kampfbewegung eröffnete eine ganze Palette an weiteren Moves, die man dann kombinieren konnte. Für die Weiterentwicklung meines Charakters boten sich so viele Möglichkeiten, dass ich schlichtweg überfordert war.

Plötzlich leuchtete an dem Uferstück, auf dem wir kampiert hatten und das mittlerweile schon recht weit hinter uns lag, ein roter Blitz auf. Auch, wenn ich mir nicht sicher sein konnte, ging ich stark davon aus, dass Garth gerade ins Spiel zurückgekehrt war. Offenbar hatte er sich abgesichert und vorab festgelegt, wo er respawnen würde.

Verdammt.

Der Nekromant würde mich problemlos ausfindig machen, und dann konnte kein Fluss mich mehr retten. Ich durfte nicht den Fehler machen, meinen Gegner zu unterschätzen und mich für besonders schlau zu halten. Das war der sichere Weg ins Verderben.

Ich fluchte noch einmal. Dann musterte ich den rothaarigen Jungen. Ihm konnten weder Garth noch seine gefesselten Seelen etwas anhaben, denn die Entwickler hatten ihm Immunität verliehen. Ob er auch vor Diebstahl geschützt war, wusste ich nicht, aber wer sollte schon einen kleinen Bengel ausrauben?

„Äähm ...", räusperte ich mich. „Kleiner, ich möchte dich etwas fragen ..."

„Ja, Onkel John?"

„Kannst du etwas für mich aufbewahren?"

„Ja, natürlich, lass es ruhig bei mir", erwiderte der Junge unbekümmert.

Diese Sorglosigkeit tat mir etwas weh, da es für mich immerhin um Leben und Tod ging, doch nach kurzem Überlegen rief ich dennoch das Menü zur Quest-Erstellung auf.

Bewahre den Schädel auf, bis ich ihn wieder an mich nehme. Erreiche den Turm der Finsternis. Finde Isabella Ash-Rizt.

Schließlich legte ich als Belohnung ein Goldstück fest und speicherte die Bedingungen.

✝ Der Weg eines NPCs ✝

„Das werde ich alles erledigen, Onkel John", versprach der rothaarige Junge und schenkte mir ein strahlendes Lächeln.

Ich trennte mich so ungern von dem Schädel, dass ich mit den Zähnen knirschte, gab mir jedoch einen Ruck und überreichte ihn dem Jungen. Sofort durchfuhr mich ein Schrecken und ich vergewisserte mich, dass ich nicht versehentlich den Kristallschädel weggegeben hatte. Doch nein, der war noch in meinem Inventar. Ich hatte ihn behalten, um ihn zu verkaufen, wenn wir wieder in zivilisierten Gefilden waren.

„Ruder uns an Land", bat ich den Jungen und sprang aus dem Wasser ins seichte Ufergewässer. Ich teilte das Schilf mit den Händen und ging auf den Sandstreifen zu.

„Onkel John! Wo gehst du hin?", fragte der Junge verzweifelt.

„Ruder weiter!", verlangte ich. „Wir sehen uns später."

Die Miene des Jungen verdüsterte sich, doch ich musste ihn nicht zweimal bitten, sondern er griff wieder zu den Rudern. Das Boot schwamm davon.

Mir war schwer ums Herz, doch ich riss mich zusammen und machte mich auf den Weg. Bald hatte ich das Schilf hinter mir gelassen und kam durch das hohe Riedgras am Flussufer etwas besser voran.

Ich musste so schnell es ging möglichst weit weg von hier.

Und zwar sofort!

Garth konnte nicht 24 Stunden lang im Spiel bleiben. Wenn ich durchhielt, bis der Nekromant seine Verfolgungsjagd unterbrechen musste, konnte ich dem Jungen und damit auch meinem verzauberten Schädel einen oder zwei Tage Vorsprung sichern. Dann war es egal, ob der Nekromant mich aufspürte oder nicht. Selbst wenn er mich einholte und tötete, würde ich viele Kilometer weit entfernt wieder zum Leben erweckt werden. Eine Win-Win-Situation!

Je weiter der Junge davonrudern konnte, desto schwerer würde es für Garth, uns beim nächsten Mal zu finden. Deshalb musste ich unbedingt dafür sorgen, dass eine möglichst große Strecke zwischen uns lag ...

NIEMAND WAR MIR auf den Fersen. Hin und wieder sah ich mich um, konnte aber keine Verfolger entdecken und lief in gleichmäßigem Tempo weiter. Wenn meine Ausdauer in den roten Bereich rutschte, ging ich eine Zeitlang langsamer, doch stehen blieb ich nicht eine Sekunde.

✝ Der Weg eines NPCs ✝

Ich rannte und ging. Ging und rannte. Und entfernte mich immer weiter vom Fluss.

Aus den Auen wurden Felder mit Obstbäumen. Ich trabte eine Straße voller Wagenspuren entlang, jederzeit bereit, mich beim ersten Anzeichen von Gefahr im hohen Gras zu verstecken, doch die Umgebung war menschenleer. Hier und da stieg schwarzer Rauch in den Himmel — dort brannten Dörfer und Gehöfte.

Obwohl ich versuchte, Schlachtfeldern aus dem Weg zu gehen, gelang mir das nicht immer. Ich stieß auf Leichen, die an Bäumen am Wegesrand baumelten, und die Überreste von Scheiterhaufen voller menschlicher Knochen. Ein zertrampeltes Weizenfeld war mit toten Pferden und Rittern in Rüstung übersät, darüber kreisten fette Krähen am Himmel. An einer Kreuzung zwischen zwei Landstraßen lag die Standarte des Ordens der Feuerhand im Schlamm. Etwas weiter weg trieben in einem Graben Leichenteile, dann noch mehr und immer mehr. Einige der abgetrennten Gliedmaßen bewegten sich noch.

Der Herrscher des Turms der Verwesung wollte weitere Landstriche in seine Gewalt bringen, doch als in der Ferne steile, bewaldete Abhänge auftauchten, wurde deutlich, dass sich die Armee der Toten nicht besonders gut schlug.

✝ Toter Schurke ✝

In der Luft lag dichter Qualm, der über dem Boden schwebte, von Zeit zu Zeit schossen Feuerfontänen in den Himmel, und jenseits der Bäume waren lautstarke Explosionen zu hören. Schreie und das Klirren von Stahl tönten durch die Luft. Immer mehr Straßensperren blockierten die Wege. Neben den schwarz gesäumten orangefarbenen Bannern des Ordens der Feuerhand waren hin und wieder die schwarz-weißen Banner des Nachtbunds zu sehen. Die Paladine des Lichts riefen Feuergewalten zur Hilfe, während die Anhänger der Finsternis höllische Bestien aus anderen Daseinsebenen heraufbeschworen, die jedes Opfer gleichermaßen zerfetzten, ob tot oder lebendig. Die riesigen Dämonen, die in gebückter Haltung durch den hohen Weizen streiften, verbreiteten mit ihrer bloßen Erscheinung Angst und Schrecken. Sie waren von einer spürbaren Aura der Angst umgeben.

Tote konnten sich nicht fürchten? Da war ich mir nicht so sicher ...

Wandelnde Leichen waren nur sehr wenige unterwegs. Entweder kamen sie erst nachts aus ihren Behausungen gekrochen oder die Armee des Lichts hatte hier die unangefochtene Vorherrschaft übernommen. Die Todesjünger, denen ich hin und wieder begegnete, schenkten mir aufgrund meiner Neutralität keine Beachtung. Größere Schwierigkeiten hatte ich mit Erkundungstrupps, die aus Spielern der Seite des Lichts bestanden. So manches Mal konnte ich mich nur vor einer Entdeckung retten, indem ich im letzten Augenblick ins Gebüsch oder ins hohe Gras sprang.

Als es dunkel wurde, musste ich die Straße schließlich verlassen und direkt über die Felder laufen. An jeder Kreuzung, die auch nur im Entferntesten von Bedeutung war, brannten Feuer, und die Gefahr, an einen besonders aufmerksamen Wachposten zu geraten, war einfach unverhältnismäßig groß. Zauberer konnten auch Unsichtbare entdecken, deshalb würde möglicherweise selbst der Tarn-Modus nicht helfen.

Sollte ich die Inkognito-Fähigkeit nutzen? Schwer seufzend musterte ich die langen, schwarzen Klauen an meinen Händen. Erst musste ich mir ein Paar Handschuhe beschaffen.

Als ich die zertrampelten, verbrannten Felder mit den faulenden Leichen hinter mir gelassen hatte, ging ich tief in den Wald, suchte mir eine Tierfährte, die sich zwischen den Bäumen hindurch schlängelte, und begann wieder zu rennen. Nachts im dichten Wald waren zufällige Begegnungen eher unwahrscheinlich, und selbst wenn ich auf jemanden stoßen sollte, konnte ich mich sicher noch rechtzeitig im Gebüsch verstecken. Für normale Menschen war es im Schatten der Bäume zu dunkel.

Hin und wieder störte ich unter den Bäumen Tiere auf, ließ mich davon jedoch nicht ablenken, sondern trabte gleichmäßig weiter. Erst, als ich vor mir Schreie hörte und der Pfad auf eine Waldlichtung führte, in deren Mitte der Eingang zu einem verlassenen Bergwerk gähnte, blieb ich stehen. Dort war eine Schlacht zwischen zwei Gruppen von Spielern im Gange. Sie waren eifrig bei der Sache, ließen Angriffe zu, die sie das Leben kosteten, kehrten dann jedoch in Sekundenschnelle an den Altären, die sie ganz in der Nähe aufgestellt hatten, ins Spiel zurück und stürzten sich einfach wieder ins Getümmel. Das feindliche Lager wagte kaum, jemand anzugreifen, da die Respawn-Stellen mit äußerst starkem Zauber geschützt waren.

Es war ausgeschlossen, dass die Schlacht rein zufällig an diesem seltsamen Ort stattfand. Höchstwahrscheinlich ging es bei dem Kampf um den unheimlichen Stollen. Vielleicht beherbergte er sogar ebenfalls einen Todesjünger mit einer weiteren Scherbe der Seelensphäre.

Als ich mich gerade zu dem Verlies schleichen wollte, kam eine Feuerkugel aus der

Lichtung geflogen und schlug neben mir in eine Kiefer ein, sodass der riesige Baum wie ein Streichholz in Flammen aufging. Deshalb kehrte ich um und rannte davon.

Und rannte weiter und weiter. Die ganze Nacht hindurch.

Tote mussten nicht schlafen, doch als der Morgen graute, konnte ich nicht mehr klar denken. Ich setzte nur noch mechanisch einen Fuß vor den anderen und ließ den Blick gedankenlos hin und her schweifen.

24 Stunden auf den Beinen — das würde jeden um den Verstand bringen!

Mittlerweile hatte der Pfad mich zu den Ausläufern der Hügel geführt, sodass ich mich nicht mehr für eine Richtung entscheiden musste. Ich konnte nur an den Bergen entlanglaufen, bis ich auf eine Kreuzung stieß. Da ich keine Karte hatte, musste ich einfach auf gut Glück weitergehen.

Vor Müdigkeit übersah ich das mit Gras umwickelte Seil, das über den Pfad gespannt war, und bemerkte nur einen Widerstand, hörte den Baum knarren und Laub rascheln. Jetzt machte sich bezahlt, dass ich in die Ausweichfähigkeit investiert hatte. Mein Körper bewegte sich instinktiv zur Seite und duckte sich so tief, dass der Holzklotz, der an einem Seil aus der

Dunkelheit geschossen kam, an mir vorbeiflog.

Auf einmal war alle Apathie wie weggeblasen, ich glitt ins Gebüsch und aktivierte den Tarn-Modus.

Gerade noch rechtzeitig!

Der Bärtige mit der Axt in der Hand, der auf den Pfad gesprungen kam, sah sich verwirrt um, entdeckte mich jedoch nicht. Ich überlegte nicht lange, ob er ein Bandit oder ein schlichter Jäger war, sondern trat hinter ihn und hackte ihm mit dem Flammenschwert vom linken Schlüsselbein bis hinunter zum Solarplexus. Der Halunke fiel zu Boden, sein Blut spritzte in alle Richtungen.

Ich wurde durch die Wucht des Schlags herumgewirbelt und sah mich zwei Vagabunden gegenüber, die von hinten auf mich losgingen. Einer war mit einem Jagdspeer bewaffnet, während der andere eine Keule mit Metallstacheln schwang.

Mir fehlte nur noch wenig Erfahrung, um das nächste Level zu erreichen, deshalb lief ich nicht davon, sondern packte mein beidhändiges Schwert fester und setzte dazu an, meine Gegner mit dem Rundumhieb zu attackieren. Ich hatte bereits einen Schritt auf sie zu gemacht, da wurde ich stutzig.

Die Banditen stießen keine Rufe aus und knirschten auch nicht mit den Zähnen. Ihr Blick war leer. Und tot.

Es waren Untote!

Was war mit meiner Neutralität geschehen?

Ich spürte etwas Kaltes im Rücken, wirbelte herum und fing den Schatten, der aus dem Gebüsch geflogen kam, mit einem Hieb des Flammenschwerts ab. Die Wellenklinge traf ihr Ziel genau, verursachte jedoch keinerlei Schaden. Schlimmer noch — sie wurde herumgewirbelt und mir aus den Händen gerissen!

Gefesselte Seele: Immunität gegen Schäden!

Der wütende Geist griff schon wieder an. Ich schlug mit meiner Krallenhand zurück, doch diese fuhr einfach durch den Geist hindurch, während ich auf den Rücken geworfen wurde.

Ich stürzte neben die Banditen auf den Pfad und riss dem Bärtigen mit dem Speer sofort die Füße weg. Von dem anderen Ganoven musste ich mich wegrollen, bevor er seine Keule einsetzen konnte. Ich landete im stacheligen Gebüsch, wo die nächste gefesselte Seele mich angriff, als ich versuchte, mich aus den Dornen zu befreien. Meine Hand landete auf dem Knochenhaken, also zog ich ihn aus dem Gürtel und hieb blindlings auf den Geist ein.

Die gefesselte Seele löste sich einfach in

Luft auf!

Die Runen auf „Seelentöter" leuchteten gespenstisch und der Griff wurde spürbar wärmer, als hätte die Waffe fremde Wärme in sich aufgenommen.

Ich brach aus dem Gebüsch hervor und sah mich nach dem zweiten Geist um, dem es jedoch gelang, mich von hinten zu treffen und ins Gras zu werfen. Diesmal kam ich nicht rechtzeitig wieder auf die Beine — Garth erschien aus dem Nichts und stach den Eschenpfahl, den er in den Händen hielt, direkt in meinen Leib, sodass das spitze Holz mich auf dem Boden festhielt.

Die Esche durchbohrte mir die Lungen und zerdrückte meine Rippen. Mein ganzer Körper war gelähmt, obwohl meine Wirbelsäule unversehrt geblieben war.

Ich konnte weder Hände noch Füße bewegen!

Was zum Teufel war das?

Natürliche Abstoßung von Nichtleben: Schutz fehlgeschlagen!

Furchtlos hockte sich Garth Deathblade neben mich und streckte die Hand aus, um mir in die Wange zu kneifen. Dann überlegte er es sich anders und richtete seinen staubigen

Umhang, ging jedoch nicht weg.

Wieso sollte er auch? Das Holz, das mit Druidenzauber getränkt war, hatte mir auf der Stelle meine gesamte Ausdauer geraubt und Wurzeln geschlagen. Knospen und Blätter begannen, zu wachsen, die Ausleger durchbohrten mir die Lungen und saugten sämtliche Flüssigkeit aus mir heraus. Sie töteten mich noch nicht einmal, sondern nutzten mich nur schamlos aus.

„Es gibt viele Methoden, einen wandelnden Leichnam umzubringen, und ich habe mir eine ausgesucht, die für das Opfer besonders unangenehm ist", vertraute der Nekromant mir an. „Ich musste eine ganze Menge Gold opfern, denn die Druiden lassen sich ihre Dienste teuer bezahlen, aber für dich war mir der Beste gerade gut genug. Das hier ist erst der Anfang. Wenn ich deine neue Respawn-Stelle festgelegt habe, wirst du meinen guten Geschmack erst richtig zu schätzen wissen, das kann ich dir versichern!"

Garth zog seinen Dolch und öffnete meinen Brustkorb, konnte mir jedoch nicht das Herz herausschneiden, weil es bereits von Wurzeln umgeben war.

„Willst du etwa behaupten, du hättest den Schädel irgendwo unterwegs weggeworfen, sodass du anderswo respawnen wirst? Nein! Du bist so schnell wie möglich davongelaufen! Und außerdem kannst du dich sowieso nicht vor mir verstecken. Du bist für mich ein offenes Buch und ich kann dich mit Leichtigkeit durchschauen. Du brauchst gar nicht zu hoffen, dass der Schädel in einem Vulkan landet! So glimpflich kommst du mir nicht davon. Ich werde dafür sorgen, dass du in einem gemütlichen Verlies landest. Deine Freunde werden sich nicht lumpen lassen und nur zu gern für meine Dienste zahlen, und dafür bekommen sie von mir Online-Streams. Das wird sie gut unterhalten."

Ich hätte ihm verraten können, dass ich keine Schmerzen spürte, aber dazu war ich nicht in der Lage.

Lähmung, verdammt noch mal.

EHRLICH GESAGT SPIELTE das auch keine große Rolle. Garth jagte mir tatsächlich Angst ein. Ich wusste, dass er nicht nur Sprüche klopfte. Er würde seine Drohung wahr machen.

Zumindest, wenn er es könnte. Diesmal jedoch nicht.

Die Wurzeln am Eschenpfahl, die sich in mir ausbreiteten, erreichten meinen Kopf, vor meinen Augen wurde es dunkel und dann stand der nächste Respawn an — der wievielte es war, vermochte ich nicht zu sagen.

✝ Der Weg eines NPCs ✝

Bevor schließlich alles in Dunkelheit versank, erhielt ich eine Systembenachrichtigung.

Vendetta: Garth Deathblade

Vermutlich war der Spielmechanik aufgefallen, wie häufig wir einander schon getötet hatten.

ϡ

SCHLAMM. SCHILFWURZELN. TRÜBES Wasser. Ich kletterte aus dem Sumpf an eine relativ trockene Stelle und ließ mich kraftlos ins Riedgras fallen.

Es war Morgen und die Sonne hatte sich bereits über den Horizont erhoben, stand jedoch noch nicht besonders hoch. Das Gebüsch am Flussufer schützte mich vor ihren brennenden Strahlen. Außerdem hatte ich immer noch Umhang und Maske. Zumindest etwas Positives — neben der Tatsache, dass es mir schon wieder gelungen war, den wahnsinnigen Nekromanten zu überlisten. Wenn ich nur herausfinden könnte, wo ich war …

„Onkel John?", ertönte es ganz aus der

Nähe. „Bist du schon zurück?"

„Ja, ich bin zurück", bestätigte ich, stützte mich auf den Ellenbogen und fragte den Jungen dann: „Hast du meinen Schädel noch? Du hast ihn doch nicht etwa verloren?"

„Wie könnte ich?", erwiderte der Junge vorwurfsvoll. „Er ist hier. Willst du ihn zurück?"

„Nein, behalte ihn noch." Ich blickte an mir herab und stellte fest, dass ich von Kopf bis Fuß mit Schlamm aus dem Sumpf bedeckt war. „Wo sind wir?"

„In der Nähe von Stone Harbor. Das ist eine Stadt am Verschlungenen See."

Ich rief die Weltkarte auf und fand heraus, dass der Verschlungene See ein großes Gewässer mit vielen Inseln war und zwei Tage vom Turm der Finsternis entfernt lag. Der Azurfluss floss von einer Seite hinein und aus der anderen wieder hinaus bis zum Meer.

Die Stadt Stone Harbor lag auf einer Insel im Fluss und war über zwei Brücken mit dem Festland verbunden. Ich wollte dort keine Zeit verschwenden, deshalb fragte ich: „Was ist mit dem Boot passiert?"

„Der Boden ist auf Felsen gelaufen", schniefte der Junge. „Wir können damit aber sowieso nicht weiterfahren. Auf dem Verschlungenen See herrscht so ein Unwetter, dass sich nicht einmal größere Schiffe darauf wagen."

Mit Mühe unterdrückte ich einen Fluch und murmelte nur: „Verstehe …"

Verstand ich wirklich? Eigentlich nicht. Ich hatte keine Ahnung, was ich jetzt tun sollte. Wir durften uns nicht lange hier aufhalten, sondern mussten weiter, sonst würde der irre Nekromant uns einholen. Andererseits wäre es unglaublich dumm, zu Fuß um den Verschlungenen See herum zu laufen. Garth konnte sich in jede Stadt auf meinem Weg teleportieren und in einem Hinterhalt auf uns lauern.

Teleportieren?

Ich schnippte mit den Fingern. Richtig! Teleportieren!

In Stone Harbor musste es einen Turm der Macht geben, was bedeutete, dass man dort ein Teleportationsportal nutzen konnte. Eine Teleportation bis in die Hauptstadt wäre zwar ziemlich teuer, aber wenn ich die Amulette verkaufte, sollte ich genug Geld haben. Hoffentlich …

„Los!", rief ich dem Jungen zu. „Wie kommen wir in die Stadt?"

Der rothaarige Kerl warf einen wehmütigen Blick auf die Riedhütte und die Fische, die an Stöcken über dem Feuer hingen, vergaß sie dann jedoch sofort und marschierte am Ufer entlang.

„Wir müssen bis zur Brücke laufen", erklärte er mir im Gehen. „Dort steht eine Wachmannschaft, die keine Vagabunden mag, aber wenn wir in der Stadt etwas zu erledigen haben, werden sie uns durchlassen ..."

„Eine Wachmannschaft?", fragte ich misstrauisch.

„Ja, weil die Armee der Toten irgendwo in der Nähe ist."

Das passte mir überhaupt nicht! Die heranrückende Armee des Herrschers vom Turm der Verwesung machte mir keinerlei Sorgen, aber wie sollte ich über die Brücke gelangen? Durch den Fluss kamen wir auf keinen Fall, denn er war hier deutlich schmaler und das Wasser toste wild schäumend über die Felsen. Jeder Versuch würde uns sofort in den See spülen. Das gegenüberliegende Ufer fiel fast senkrecht ab, man hätte Bergsteiger sein müssen, um dort hinaufzuklettern.

Folglich musste ich mich auf mein Inkognito verlassen ...

Ich warf einen skeptischen Blick auf meine schwarzen Klauen, seufzte und suchte nach meinem Geldbeutel. Daraus zog ich eine große Silbermünze hervor, reichte sie dem Jungen und bat ihn: „Geh in den Laden, kauf ein Paar

Handschuhe und komm wieder zurück. Ich warte hier auf dich."

Das entsprechende Menü öffnete sich automatisch, ich musste die Quest nur bestätigen und schon rannte der Junge hüpfend den Pfad am Ufer entlang.

Ich blieb eine Weile stehen, grübelte über meine aktuelle Lage nach und ging dem Jungen dann hinterher. Ich kletterte auf einen kleinen Hügel mit Haselnussbäumen, von dem aus die Brücke zu sehen war, und stellte fest, dass sie aus massivem Stein bestand und auf der anderen Seite zwei Wachtürme hatte. Dazwischen lagen keine Tore, doch nach den straffen Ketten zu urteilen, konnten die Wächter den hinteren Teil der Brücke hochziehen. Die Banner an den Turmspitzen flatterten im schneidenden Wind, der vom See herüberwehte. Die Wachposten waren nicht zu sehen, vermutlich hatten sie sich wegen des schlechten Wetters in den Turm zurückgezogen. Die Wolken standen nämlich tief am Himmel, dazu fiel ein unangenehmer Nieselregen.

Davon wurde mein Fischerumhang nicht trockener, also stieg ich vom Hügel, rückte das Flammenschwert auf meinem Rücken zurecht und ging zurück zur Riedhütte. Dort war ich vor dem Regen geschützt.

Ich fühlte mich unbehaglich und ließ die Knöchel knacken. Die Verzögerung war mehr als ärgerlich.

Ärgerlich war noch untertrieben.

Zur Ablenkung öffnete ich das Fenster mit den Angaben zu meinem Charakter und starrte gedankenverloren auf den Punkt für berufsspezifische Fähigkeiten, den ich noch nicht vergeben hatte.

Was könnte ich damit anfangen?

Plötzlich fiel mir wieder ein, wie gut der Knochenhaken den körperlosen Geist vernichtet hatte, deshalb sah ich mir den Bereich zur einhändigen Schwertkunst genauer an. Hier standen die gleichen Fähigkeiten zur Verfügung wie für die Führung von beidhändigen Waffen, allerdings mit einigen kleinen Unterschieden. So gab es zum Beispiel zwei neue Bewegungen auf der Liste: „Präziser Hieb" und „Plötzlicher Hieb".

Die erste dieser Bewegungen sorgte dafür, dass ich mit der Klinge genau die richtige Stelle traf und mein Gegenüber mit höherer Wahrscheinlichkeit außer Gefecht setzte. Die zweite konnte für Spielermörder nützlich sein. Wenn ein Scharfrichter damit einen Kampf anzettelte, würde er auch ohne Tarn-Modus einen kritischen Treffer landen. Allerdings erhöhte sich der Schaden nicht immer. Das hing von der relativen Beweglichkeit des Kämpfers und der Wahrnehmung des Opfers ab.

Ich investierte meinen Punkt in einhändigen Schwertkampf, und dadurch wurden zu meiner großen Überraschung auch die Bewegungen für beidhändige Waffen freigeschaltet. Ich fügte „Plötzlicher Hieb" hinzu.

Immerhin war ich ein Schurke!

Nur zu schade, dass dieser Trick nicht für beidhändige Waffen zur Verfügung stand.

DER REGEN PLÄTSCHERTE leise auf das Dach der Hütte, drang aber nicht durch das Dach, sodass mein Umhang allmählich trocknete. Der Sumpfschlamm verschwand allerdings nicht. Ich sah aus wie ein Landstreicher. Eine richtige Vogelscheuche!

Deshalb ging ich aus der Hütte hinunter zum Wasser und machte mich daran, meine Kleidung zu waschen. Richtig sauber wurde sie nicht, doch der Umhang sah nach einer Weile ganz akzeptabel aus. Schließlich war das Wetter furchtbar, und wer auf Reisen war, wurde unweigerlich schmutzig.

Nachdem ich mir die Hände gewaschen hatte, stand ich wieder auf und ging zurück zur Hütte, doch plötzlich kam dahinter ein großer Elf in grünen Kniehosen und brauner Jacke zum

Vorschein, der einen Langbogen auf dem Rücken trug. Der Bogenschütze war genauso überrascht wie ich und im ersten Moment völlig überrumpelt.

Jäger, Level 27, konnte ich von dem Hinweis erhaschen, der in meinem Augenwinkel erschien, dann stürmte ich los. Das war jedoch ein Fehler. Ich hätte lieber in den Tarn-Modus wechseln und den Gegner erst später angreifen sollen, denn so war ich dem Bogenschützen ganz nahe, als seine Begleiter auftauchten — ein Priester mit Level 23 und ein Level-28-Duellant.

„Da habe ich mir ja etwas Schönes eingebrockt", schoss mir durch den Kopf. Jetzt konnte ich mich nur noch durch Weglaufen retten, denn bei einem Sprung in den Fluss würden mich die spitzen Felsen zerschmettern.

Also sprang ich nicht hinunter, sondern schickte den Elfen abwärts. Ich packte ihn einfach und schleuderte ihn mit aller Kraft in den wilden Strom. Dank meiner überlegenen Stärke und Konstitution flog der dürre Jäger aus meinen Armen wie ein Geschoss aus einem Katapult. Er konnte nur noch schreien.

Der Priester hob einen Stab mit einem leuchtenden Kristall über den Kopf, doch ich stieß ihn mit einem kräftigen Tritt unter die Brust von den Beinen und zog das Flammenschwert.

Sofort hieb ich die Wellenklinge in den Duellanten, heulte jedoch vor Wut auf. Der Kämpfer hatte Doppelsäbel zücken können, die er kreuzte, um den Angriff abzuwehren.

Ich machte einen Schritt zurück, griff dann jedoch erneut an, diesmal mit dem Rundumhieb. Das Flammenschwert schoss durch die Luft, aber der Kämpfer parierte meine Klinge mit dem Säbel und wich mit einer raschen Pirouette zur Seite, während er mich mit seiner Waffe an der anderen Hand verletzte.

Der Schaden war nicht weiter schlimm, deshalb ging ich auf meinen Gegner los, den ich mit einem mächtigen Hieb erledigen wollte, bevor sich der Priester aus dem Schlamm befreit hatte. Wieder zeigte der Duellant Schwertkünste, die für mich einfach unglaublich waren. Irgendwie gelang es ihm, meiner Klinge auszuweichen, dann verwandelten sich seine Doppelsäbel in Propellerklingen.

Eins! Zwei! Drei! Die raschen Hiebe kosteten mich fast ein Drittel meiner Gesundheit. Da ich im Rücken getroffen wurde, waren die Wunden nicht verkrüppelnd, doch ich wurde trotzdem langsamer und die lange, schwere Klinge zitterte in meinen Händen.

Verdammt! Ein Schurke sollte sich niemals auf einen Kampf mit einem Krieger einlassen. Die

Schwertkunst war nicht zu unterschätzen!

Ich sprang zurück und aktivierte den Tarn-Modus. Jetzt rächte sich die einseitige Spezialisierung des Kriegers — seine Wahrnehmung reichte nicht aus, um mich zu entdecken. Der Duellant zog sich zurück und hieb mit den Säbeln ins Leere.

Erwischt!

Mit einem Satz war ich neben ihm und zielte mit dem Flammenschwert auf sein Schlüsselbein.

Im letzten Augenblick konnte der Duellant die Schulter heben, sodass sein Schulterschutz meine Klinge abfing. Somit wurde mein Gegner nicht vollkommen vernichtet, sondern büßte nur die Hälfte seiner Gesundheit ein.

Er hob die Säbel, schnitt mir mit dem einen in den Hals und spaltete mir mit dem anderen fast den Schädel. Meine Ausweichfähigkeit rettete mich, trotzdem wurde mein linkes Auge blind. Ich musste zurückweichen und wollte wieder in den Tarn-Modus wechseln.

Auch der Duellant vergeudete keine Zeit, zog eine Flasche hervor und schluckte einen Heiltrank.

„Licht!", schrie er, so laut er konnte.

Was sollte das denn?

Ich aktivierte den Tarn-Modus und hob das

Flammenschwert, als ich hinter mir einen hellen Blitz wahrnahm. Sämtliche Schatten verschwanden, sodass ich selbst zu einem Schatten wurde. Ein hässlicher, verzerrter Schatten zwar, der jedoch mit bloßem Auge einwandfrei zu erkennen war.

Der Duellant ging auf mich los, wich dem Flammenschwert mühelos aus und schwang seine Säbel. Ich musste die linke Klinge mit der Parierstange abwehren, während die andere mir bis auf den Knochen in die Hüfte fuhr.

Im ehrlichen Kampf hatte ich gegen einen geschickten Krieger keine Chance, deshalb drehte ich mich um und eilte auf den Priester zu, dessen leuchtender Stab alles um uns herum in unerträgliches Licht tauchte.

Geschliffener Stahl traf mich im Rücken und katapultierte meine Gesundheit sofort in den roten Bereich, doch der Duellant hatte meine Geschwindigkeit unterschätzt und setzte mir mit einer Verzögerung nach, die für einen erfahrenen Kämpfer unverzeihlich war. Ich konnte entkommen.

Der Priester starrte mich mit vor Entsetzen weit aufgerissenen Augen an, denn vermutlich hatte er mit seinen Feinden nur selten von Angesicht zu Angesicht zu tun. Ich fasste das Flammenschwert an Fehlschärfe und Griff, streckte es wie einen Speer vor mir aus, doch dann flog mir aus dem Ried ein Pfeil ins Genick.

Verdammt noch mal, jetzt mischte sich auch der Jäger in den Kampf ein!

Ich hatte nur noch drei Schritte zurückzulegen, und die Pfeile in meinem Körper konnten mich nicht töten.

„Lauf!", rief der Duellant dem schockierten Priester zu, doch es war zu spät.

Ich investierte meine ganze Kraft in den letzten Versuch und aktivierte den Krafthieb. Die Klinge des Flammenschwerts drang mühelos durch die Soutane des Priesters und trat aus seinem Rücken wieder aus. Blut spritzte ihm aus dem Mund und mischte sich dann mit Stücken der Gehirnmasse, die aus meinem Schädel flog, als er mir mit einem Säbelhieb gespalten wurde ...

Nicht gerade ein gutes Geschäft ...

3

GRAS. STEIN. REGEN.

Steine waren nicht so schlecht, wenn man nicht selbst ein tiefes Grab in felsigen Boden graben musste. Sich daraus zu befreien war weitaus leichter.

Nachdem ich die Grasfläche durchbrochen hatte, kletterte ich heraus und kullerte sofort einen steilen Abhang hinunter, stieß jedoch sehr bald an einen Felsen und blieb mit ausgebreiteten Armen auf einem schmalen Bergpfad liegen.

Der rothaarige Junge sah erstaunt auf mich herab. „Onkel John! Ich wollte dir gerade die Handschuhe bringen."

„Gib sie her", verlangte ich. „Nein, das Wechselgeld kannst du behalten."

Der Fischerumhang hatte mehrere neue Löcher bekommen und die Hälfte seiner Haltbarkeit eingebüßt, konnte zusammen mit der Maske und den Handschuhen aber noch gut verbergen, dass ich ein Untoter war. Und im Inkognito-Modus würde das sowieso niemand bemerken. Naja, zumindest hoffte ich das.

Ich zog die Handschuhe an, rückte die Maske zurecht und stand auf. Ich hatte spürbar weniger Geld im Geldbeutel und einige der erbeuteten Amulette waren verschwunden, ansonsten jedoch war mein jüngster Tod ohne schlimmere Folgen geblieben. Ganz im Gegenteil sogar — nun musste ich mich nicht mit den Wachposten auf der Brücke herumärgern.

Und noch etwas ….

Ich öffnete den Game Log und sah mir die

Nachrichten an, die nach meinem Tod erschienen waren. Offenbar hatte ich den Priester nicht mit einem Schlag töten können, doch er war anschließend verblutet. Dafür bekam ich 800 Punkte für beide Klassen und sicherte mir Level 34.

Die meisterhaften Schwertkünste des Duellanten hatten mich nachhaltig beeindruckt, deshalb erhöhte ich meine Fähigkeit der beidhändigen Waffenführung um eine Stufe. Neue Bewegungen konnte ich leider nicht lernen.

Sofort kamen mir Zweifel. Vielleicht sollte ich lieber nichts überstürzen? Ein Scharfrichter war einem Duellanten im offenen Kampf nicht gewachsen, also wäre es möglicherweise besser gewesen, besondere Bewegungen zu lernen? Mit dem Priester war ich sehr gut fertig geworden.

Ach, was sollte es! Ich schüttelte den Kopf und fragte den Jungen: „Ist es noch weit bis zur Stadt?“

„In zehn Minuten sind wir da“, berichtete er.

„Sind dort viele Leute?“, erkundigte ich mich, weil ich mir nicht sicher war, ob ich sofort mein Inkognito nutzen sollte.

„Nein“, winkte der Junge aber. „Da ist gar keiner.“

„Und warum nicht?“, fragte ich erstaunt.

„Sie sind alle weggelaufen!"

„Vor wem?"

„Die Armee der Toten kann jetzt jeden Tag kommen", erläuterte der Junge die örtlichen Gegebenheiten, „deshalb sind sie weggelaufen. Aber das ist noch nicht alles. Die zweite Brücke wurde von der Flut weggespült und über dem See tobt ein Unwetter. Wer noch nicht abgehauen ist, hat mit der Organisation der Abwehr zu tun. Aber nur ein Viertel der Einwohner ist noch da. Und die Fremden kann man an einer Hand abzählen."

Mit Fremden meinte der Junge offensichtlich Spieler, und diese Nachricht hob meine Stimmung ganz entschieden. Weniger Spieler — weniger Probleme. Das Unwetter über dem See war mir egal — ich würde sowieso mit dem Portal in die Hauptstadt reisen.

Wir stiegen den Hügel hinauf und betrachteten von dort aus unsere Umgebung. Neben dem Bergpfad führte auch eine richtige Straße hier hinauf, der Junge hatte nur die Abkürzung durch die Hügel gewählt. An den Wachtürmen brannten Feuer und ich sah ein Militärlager, doch die Kreuzung war schwach verteidigt. Außerdem hatte ich den Eindruck, dass sich dort fast nur NPCs befanden.

Die Zugbrücke würde die Armee der Toten aufhalten. Ob sie überhaupt jemals hier ankommen würde?

Wolkenfetzen flogen dicht über unseren Köpfen und berührten fast die Baumwipfel, während die heftigen Böen uns beinahe vom Pfad wehten. Ich senkte den Kopf und zog meine Kapuze zurecht. Am Abhang des nächsten Hügels lag ein Bauernhof, doch die Fenster des niedrigen Hauses waren zugenagelt, der Viehstall war leer und die Tore zur Scheune weit geöffnet.

Die Stadt selbst war gar nicht so groß und lag direkt am See, dessen graues, unruhiges, endloses Wasser sich bis zum Horizont erstreckte. Riesige Wellen rollten über die Mole, spritzten auf und zerplatzten zu weißem Schaum. Hin und wieder wurde Stone Harbor überflutet, sodass das Wasser die Hauswände erreichte und die gepflasterten Straßen überspülte.

Die beiden Türme ragten hoch über der Stadt auf, die zum größten Teil aus zweistöckigen Häusern bestand. Auf dem Hauptplatz erhob sich ein schwarzes Gebäude, auf einer Landzunge stand dem wilden Wasser zugewandt ein Leuchtturm. Sein Feuer brannte nicht und auf seiner Spitze stand eine silbrige Figur mit Flügeln.

So genau ich die Straßen von Stone Harbor auch musterte, ich konnte keine Bewohner entdecken. Nur aus etwa einem Dutzend Häuser stieg Rauch auf.

Alles wirkte trostlos und verlassen.

Doch das war mir egal! Ich hatte sowieso nicht die Absicht, zu viel Zeit in diesem Kaff zu verbringen. Ich würde zum Turm der Macht marschieren und sofort das Portal verwenden, weiter nichts.

Teuer? Ja, aber es würde schnell gehen und Zeit war im Augenblick Gold wert.

Wie lange würde man meinen Körper im Krankenhaus am Leben erhalten? So lange, wie meine Krankenversicherung zahlte, oder noch länger? Selbst wenn der Staat für meine Kosten aufkam — je länger ich im Koma lag, desto schwieriger würde es werden, wieder ins normale Leben zurückzukehren.

Zeit ist Geld? Oh nein! Zeit ist Leben!

Der rothaarige Junge machte sich an den Abstieg vom Hügel, und ich folgte ihm. Der Wind heulte zwischen den Felsen und wehte uns fast von den Füßen, auf halbem Weg hinab beruhigte er sich jedoch, sodass mein Umhang nicht mehr so heftig flatterte.

Bald schon entdeckte ich einen weiteren verlassenen Bauernhof, während sich der Pfad zwischen Haselnussbäumen hindurch schlängelte, deshalb musste ich die Scharfrichter-Fähigkeit Inkognito nutzen. Das kostete mich zwar Energie, doch hier waren Untote sicherlich nicht gern gesehen, und jedes Zusammentreffen mit Ortsansässigen oder anderen Spielern würde zwangsläufig in einem Kampf enden.

Der gewundene Pfad führte rasch von den Hügeln hinunter und mündete in die Straße, der ich dann folgte. Bald erstreckten sich Obstgärten neben der Straße, dann sahen wir strohgedeckte Hütten vor uns. Wenig später tauchten Steinhäuser auf, die hier am Stadtrand meistens vereinzelt standen, mit zugenagelten Fenstern und Türen.

Das war wirklich ein trostloser Ort …

Die schmalen Straßen von Stone Harbor waren erstaunlich unübersichtlich, und obwohl der massige Turm der Macht irgendwo über den Dächern aufragte, musste ich durch zahlreiche feuchte Gassen irren, bis ich endlich durch einen dunklen Torbogen auf den Hauptplatz gelangte.

Sofort leuchtete eine Systemnachricht auf:

Aufgabe „Verteidigen oder Sterben" erhalten!

Überrascht hielt ich inne und sah mich um, doch der Platz war leer bis auf die Schatten, die sich am Fuße des Turms ballten, noch dunkler und dichter, als man es selbst an einem stark bewölkten Tag erwartet hätte.

Ich öffnete das Fenster mit den Bedingungen der Aufgabe. Diese waren ziemlich lakonisch: Die Spieler sollten die Bürger der Stadt dabei unterstützen, Stone Harbor gegen eine Armee der Toten zu verteidigen. Wer sich daran beteiligte, bekam die Errungenschaft „Verteidiger von Stone Harbor", bei einer Flucht drohte die Brandmarkung als „Deserteur". Mit den verschiedenen Bonusleistungen und Strafen hielt ich mich nicht weiter auf, sondern ging weiter zum Turm der Macht.

Aus der Ferne wirkte er schwarz, doch je näher ich kam, desto deutlicher war ein rötlicher Schimmer zu erkennen. Es war, als wäre das Gebäude früher weiß gewesen und dann mit Dunkelheit überschüttet worden, unter der die frühere Farbe durchschien und die Finsternis in einem düsteren Dunkelrot überdauerte.

Bald breiteten sich zwischen den Steinplatten auf dem Boden dunkle Venen aus, die den Platz wie ein Geflecht aus Blutgefäßen oder das silbergraue Netz einer Riesenspinne überzogen. Der Himmel hatte sich verdunkelt, die Masse des Turms erfüllte alles um ihn herum. Die Schatten, die um das Gebäude schwirrten, teilten sich in einzelne Bündel aus Finsternis, die auf mich zu schwebten.

„Fort!", durchschnitt ein gespenstischer Ruf die Stille des Platzes. „Verschwinde! Kämpfe oder stirb!"

Die dichten Schatten verwandelten sich in körperlose Marionetten, Diener des örtlichen Herrschers. Sie waren furchteinflößend, mit Gliedmaßen, die sich in seltsamen Winkeln bogen, und von beeindruckender Macht.

„Ich brauche das Portal!", rief ich, doch ohne Erfolg.

„Hinweg!", donnerte die Antwort. „Kämpfe oder stirb!"

Die Phantommarionetten kamen näher, und ich eilte zurück zum Torbogen. Die Schatten folgten mir. „Kämpfe oder stirb!", sang es tausendfach mit Stimmen aus einer anderen Welt. „Kämpfe oder stirb!"

Ich konnte es nicht mehr ertragen, drehte mich um und eilte davon. Die Kreaturen folgten mir dicht auf den Fersen.

Offenbar wollten sie sichergehen, dass ich nicht davonlief.

Aber wie sollte ich? Das Portal konnte ich nicht nutzen, die eine Brücke war zerstört und die andere …

Ich schnippte mit den Fingern. Genau!

Die Zugbrücke war noch nicht

hochgezogen, und vermutlich würden die Wachposten niemanden auf der Insel festhalten. Ich konnte ohne Weiteres hinübergehen und eine andere Stadt am Seeufer aufsuchen. Im Gegensatz zu gewöhnlichen Spielern hatte ich mit den toten Untertanen des Herrschers vom Turm der Verwesung keine Probleme.

Der rothaarige Junge wartete im Torbogen auf mich. Näher an den Turm hatte er sich nicht herangewagt.

„Warum bist du hier geblieben?", fragte ich, als der Junge zu mir kam.

„Wir können nicht näher kommen, Onkel John", erwiderte der Junge. „Unser Herr will niemanden sehen!"

Ich fluchte, trat durch den Torbogen und blieb abrupt stehen. Die Straße war von einer kleinen Gruppe Spieler versperrt. Eine Blondine in glänzender Kleidung in Begleitung von vier Kriegern in Rüstung, die alle in einen weißen Schein getaucht zu sein schienen.

Das helle Licht ließ meine Augen tränen, und so sehr ich mich auch anstrengte, ich konnte ihren Status nicht erkennen. Allerdings stellte mein Inkognito die Zauberin vor Schwierigkeiten.

„Was bist du für eine Kreatur?", fragte sie mit unverhohlener Verachtung.

Die Art zu sprechen kam mir irgendwie

bekannt vor, doch bevor ich genauer überlegen konnte, kamen die Schatten, die mir gefolgt waren, aus dem Torbogen hervor.

„Weg hier!", zischten sie. „Du gehörst nicht hierher! Hinfort!"

Rund um die weiße Hexe breitete sich Frost über das Kopfsteinpflaster und die Häuser aus. Es wurde spürbar kälter. Das Strahlen der schlanken Gestalt wurde unerträglich, doch die Diener des örtlichen Herrschers dachten nicht an Rückzug. Ganz im Gegenteil, die gespenstischen Marionetten strömten aus den Türen und zugenagelten Fenstern und verschmolzen zu einem einzigen finsteren Wesen, das mit tausend Stimmen zu sagen schien:

„Hinfort! Hinfort! Hinfort!"

Da der örtliche Herrscher Schlachten zwischen Spielern ausdrücklich missbilligte, musste die weiße Hexe nachgeben. Ihre Leibwächter schützten sie mit Schilden und traten den Rückzug an, und als sie um die Ecke bogen, drehte ich mich um und eilte in die entgegengesetzte Richtung. Die Schatten schenkten mir keine Beachtung und krochen durch die feuchten, dunklen Höfe.

4

ICH HATTE IMMER noch vor, aus Stone Harbor zu verschwinden, deshalb ging ich zur Kreuzung. Leider war das die reinste Zeitverschwendung, denn die Zugbrücke war bereits hochgezogen und die Wachposten standen in voller Kampfmontur auf den Wachtürmen, von denen sie gelegentlich Pfeile ans andere Ufer schossen. Ich konnte nicht erkennen, auf wen sie zielten, doch zweifellos würde die Belagerung einige Zeit andauern.

Verdammt! Wieso war ich ausgerechnet in dieser gottverlassenen Stadt gefangen?

Auch die zweite Brücke hatte überlebt. Nachdem ich den Jungen befragt hatte, kam ich jedoch zu der traurigen Schlussfolgerung, dass sich der Weg dorthin nicht lohnte. Der Fluss war wegen des schlechten Wetters über die Ufer getreten und hatte das Umland in einen undurchdringlichen Sumpf verwandelt.

Außerdem ging mir allmählich die Energie aus. Ich konnte nicht mehr lange inkognito bleiben, sondern musste mir einen Unterschlupf in einem der verlassenen Bauernhäuser suchen oder mir in einem Gasthof in der Stadt ein Zimmer mieten.

Kälte und Regen waren mir egal, doch der

Gedanke an die weiße Zauberin bereitete mir Sorge. Ich wollte lieber kein Risiko eingehen und nicht schon wieder in Schwierigkeiten geraten.

Spieler, die in Stone Harbor festsaßen, würden sich irgendwie die Zeit vertreiben, und ich wollte nicht die Hauptattraktion im Spiel „Töte den Untoten" sein. Wer wusste schon, wer die verlassenen Höfe durchforsten würde? In einem Hotelzimmer wäre ich jedenfalls vor unerwünschten Gästen geschützt. Der örtliche Herrscher regierte offensichtlich mit strenger Hand und duldete in seiner Stadt keine Gesetzlosigkeit.

DIE ERSTEN BEIDEN Gasthöfe, auf die ich stieß, waren geschlossen. Kein Wunder, denn es waren weder Ortsansässige noch Spieler unterwegs. Die gesamte Stadt war wie ausgestorben.

Als ich mich dem Hauptplatz näherte, fiel mir ein Schild mit einer seltsamen, geflügelten Kreatur ins Auge. Das Gasthaus hieß Zum Silberphönix. Hinter den vergitterten Fenstern sah ich Kerzenschein, während aus dem Schornstein auf dem Dach Rauch aufstieg.

Am Eingang stand ein riesiger Mann in Rüstung, der einen durchnässten Umhang trug. Der Krieger hatte keinen Helm auf dem Kopf, sein langes Haar war verklebt und verfilzt.

„Krieger, Level 30", sagte ich automatisch.

Mein Erscheinen schien den Mann zu freuen. Er legte eine Hand an den Griff seines Zweihänders. „Hey, du! Wer bist du?", wollte er wissen.

Das war ein starkes Stück!

Da mir langsam die Energie ausging, hatte ich keine Zeit für Auseinandersetzungen und gegenseitige Beleidigungen. Ich wechselte in den Tarn-Modus. Der Große drehte sich mit gezogenem Schwert um und wartete auf einen Angriff.

War das dumm? Eigentlich nicht, denn im Zweikampf mit einem Schurken kam es vor allem darauf an, dass man den ersten Angriff überlebte und den zweiten parierte, ohne dass der unsichtbare Angreifer entkam und im Schatten verschwand. Fast alle Schurken-Berufe waren für Dolche und Kurzschwerter ausgelegt, daher waren Treffer zwar schmerzhaft, vermochten einen Spieler mit einem hohen Level aber nicht sofort zu töten.

Für mein Flammenschwert galt das jedoch nicht. Ein einziger Treffer konnte den stärksten Gegner vernichten.

Ich griff den Krieger nicht an, sondern schlich mich nur hinter ihn und flüsterte ihm ins Ohr: „Buh!"

Er fuhr zusammen, sprang zur Seite und drehte sich mit erhobenem Schwert um, ohne jedoch nach mir zu schlagen. Wer in einer solchen Situation zuerst zuschlug, hatte schon verloren. Selbst, wenn man gewann, wurde man unweigerlich als Spielermörder markiert, während der Feind sauber blieb, wenn er Erfolg hatte. Im Nirgendwo spielte das keine Rolle, doch hier achtete man sehr auf Ordnung, wie ich noch feststellen sollte. Wer als Spielermörder gebrandmarkt war, konnte ungestraft von jedermann angegriffen werden. Das war nicht zu unterschätzen.

„Mistkerl!", rief der Krieger, der noch immer nicht zum Angriff überging. „Dummer Idiot!"

Ich ignorierte die Beleidigungen und trat ruhig auf die Veranda. Dort sammelte ich mich kurz und drückte dann die Tür auf. Mir blieb einfach nichts anderes übrig — der Inkognito-Modus drohte, mir die letzte Energie zu rauben.

Der geräumige Speisesaal war schwach beleuchtet. Nur auf einem der Tische flackerten Kerzen, außerdem brannte in einem großen Kamin ein Feuer.

Mir fiel sofort eine bestimmte Stelle an der Wand ins Auge. Es sah aus, als wäre dort früher einmal eine Art Wandgemälde gewesen.

Was auch immer dort gemalt gewesen sein

mochte, konnte meine Aufmerksamkeit nicht lange fesseln. Mehr Interesse weckten die Spieler, die sich im Gasthaus aufhielten. Insgesamt waren es fünf, alle mit Level 30 bis 40. Ein Bogenschütze, zwei Krieger, eine Schurkin und ein Druide.

Zum Glück waren weder die drei, mit denen ich am Ufer gekämpft hatte, noch die Zauberin oder ihre schrecklichen Leibwächter darunter.

Als die Spieler sich umwandten, weil die Tür hinter mir ins Schloss fiel, entschied ich mich für ein kühnes Auftreten und winkte der Gruppe lässig zu, während ich zur Bar ging. Dort stand ein älterer Ork, dessen Gesicht mit rituellen Narben übersät war. Mein Inkognito schien zu funktionieren, denn niemand griff nach seiner Waffe.

„Was für eine Vogelscheuche!", hörte ich.

Ein rothaariger Krieger stieß einen überraschten Pfiff aus, als er mich sah, blieb jedoch am Tisch sitzen. Sein Druidenfreund rührte sich auch nicht vom Fleck. Bislang war noch alles im grünen Bereich. Schließlich war es nicht verboten, seine Identität zu verbergen.

Ich tat so, als hätte ich die Beleidigung nicht gehört, und beugte mich über die Theke. „Ich brauche ein Zimmer."

Der Ork kratzte sich mit den Klauen an der

grünlichen Wange und deutete auf den Jungen hinter mir. „Gehört der zu dir?"

„Ja."

„Ein Goldstück pro Tag."

Ich hatte keine Zeit zum Handeln, deshalb legte ich eine schwere Goldmünze auf die Theke, während der Ork einen mächtigen Schlüssel hervorholte, in den die Nummer „7" eingeprägt war.

„Erster Stock", sagte er.

Ich nahm den Schlüssel und ging zur Treppe. Der rothaarige Krieger flüsterte seinem Druidenfreund etwas zu, doch ich schenkte den beiden jetzt keine Beachtung.

Die Treppe hoch, schnell, schnell ...

Ich drückte die Tür hinter mir zu, schob den Riegel vor und legte mich aufs Bett. Sobald ich die Augen schloss, bekam ich eine Systembenachrichtigung.

„Soll diese gemietete Unterkunft deine neue Login-Stelle werden?"

Leider war meine Freude nicht von Dauer — ich konnte weder annehmen noch ablehnen, beide Möglichkeiten waren inaktiv. Also musste ich das Fenster schließen.

Zum Teufel damit. Ich wollte sowieso nicht

lange hier bleiben.

Auf keinen Fall.

MEIN PLAN WAR ziemlich simpel. Ich würde Stone Harbor verlassen, die Hauptstadt aufsuchen und dort Isabella ausfindig machen. Ich hoffte, dass sie die Scherbe der Seelensphäre bereits benutzt hatte. Falls nicht, konnten wir es gemeinsam tun. Ich musste ins Königreich der Toten und würde dort hinkommen. Vielleicht war es nur der erste Schritt zur Befreiung aus der virtuellen Realität, aber auf diesen ersten Schritt kam es an. Ich würde es schaffen.

Mir blieb nichts anderes übrig.

„Tick-tack." Die Zeit zerrann mir zwischen den Fingern. „Tickedi-tack."

Sobald ich den Inkognito-Status aufgehoben hatte, stellte das Silberamulett der Toten meine Energie rasch wieder her. Endlich konnte ich ausruhen, die Hände hinter dem Kopf verschränkt und den Blick an die Decke gerichtet.

„Ausruhen" im eigentlichen Sinne war es trotzdem nicht. Ich war weder müde noch brauchte ich Ruhe. Mein Gehirn gewöhnte sich allmählich daran, ein Stück totes Fleisch zu lenken, und das machte mir am meisten Angst.

Der rothaarige Junge bemühte sich, mich

nicht zu stören, und schaute still aus dem Fenster hinaus in den strömenden Regen.

Ich saß auf dem Bett und sah mir alle möglichen Kombinationen an. Wie effektiv sie im Kampf sein würden, konnte ich nur vermuten. Bislang hatte ich lediglich herausgefunden, dass die Kombinationen weitaus mehr Ausdauer kosteten als die Aktionen, aus denen sie sich zusammensetzten, jeweils einzeln verbrauchten. Dieser Umstand schränkte meine Fähigkeiten ziemlich ein. Eine oder zwei Kombinationen, dann war ich erledigt.

Nicht gut.

Das Zimmer war ziemlich eng. Mit einem beidhändigen Schwert konnte ich hier auf keinen Fall trainieren. Statt den Schwertkampf zu üben, studierte ich daher die aktualisierten Fähigkeiten meines Untoten.

Der Todesgriff raubte meinen Opfern nach wie vor nur Ausdauer und Gesundheit, doch bei der Aura der Angst gab es nun auch die Möglichkeit, den Schrecken, den mein Umfeld verspürte, genauer zu justieren. Das war nicht zu verachten.

Natürlich war es toll, dass ich Tiere verscheuchen oder bewirken konnte, dass Zauberer mich nicht so leicht mit einem Fluch oder Zauber belegten. Gleiches galt für die

Fähigkeit, einen feindlichen Krieger im Kampf zu lähmen. Manchmal war es jedoch weitaus sinnvoller, Gegner ohne ihr Wissen manipulieren zu können. Wer weiß, vielleicht musste ich schon bald stärker und furchteinflößender wirken als ich tatsächlich war?

Als meine Energie komplett wiederhergestellt war, erhob ich mich vom Bett.

„Hast du Hunger?", fragte ich den Jungen.

Er sprang vom Fensterbrett und lachte. „Und ob, Onkel John! Natürlich!"

„Dann komm."

Wir gingen hinaus auf den Korridor. Als wir den Treppenaufgang zur ersten Etage erreicht hatten, hielt ich den Jungen an der Schulter zurück. „Warte!"

Im Speisesaal befanden sich nun deutlich mehr Spieler. Sie hatten sich um den Tisch in der Mitte versammelt, an dem ein riesiger, breitschultriger Barbar mit Bier und Brotkrumen eine Art Schaubild erstellte. So primitiv es auch war, niemand machte Scherze darüber. Der Riese, der nur einen Lendenschurz trug, war ein Berserker mit Level 47 und gehörte zum Clan der Schwarzen Spürhunde. Zwei weitere Clanmitglieder, allerdings mit niedrigeren Levels, hatten ebenfalls im Gasthaus Schutz vor dem Regen gesucht.

„Das ist ein Nebenfluss des Azurflusses", verkündete der Berserker und malte mit dem Finger eine gewundene Linie auf den Tisch. „Er ist die Grenze zwischen denen, die Licht und Finsternis dienen. Das Ufer der Finsternis ist überflutet, also können die Untoten nichts unternehmen, selbst, falls sie schon dort sein sollten."

„Hilfe können wir von dort auch nicht erwarten", höhnte ein Halbelf, auf dessen rasiertem Kopf eine raffinierte Tätowierung zu sehen war.

„Genau." Der Berserker schnippte mit den Fingern. „Bei diesem verdammten Unwetter kann einfach keine Verstärkung übers Wasser kommen!"

„Was ist denn mit dem Portal im Turm der Macht?" Eine zierliche Schurkin, die ganz in schwarzen Samt gekleidet war, stellte die Frage, die auch mir auf der Zunge lag.

„Die Todesjünger blockieren den Stadtturm mit ihrer Magie", berichtete der Ork-Wirt, als hätten die Worte des Mädchens ein Drehbuch in ihm aktiviert. „Niemand kann die Stadt über das Portal verlassen oder hineingelangen."

Tatsächlich? Das war ja immerhin mal eine gute Nachricht. Selbst wenn Garth mich ausfindig machen sollte, konnte er nicht nach

Stone Harbor kommen, so sehr er es sich auch wünschte. Die Kreuzung war gesperrt und das Portal nicht in Betrieb.

Die Worte des Gastwirts überraschten hier fast niemanden.

„Wenn man stirbt, kehrt man nicht in Stone Harbor ins Spiel zurück, sondern am vorherigen Turm der Macht", sagte der einzige Zauberer im Gasthaus, ein kleiner Mann in einem himmelblauen Gewand, der Level 25 hatte. „Wer nicht gegen die Untoten kämpfen will, muss sich also einfach nur selbst die Kehle durchschneiden."

„Nicht nötig. Deserteuren reiße ich höchstpersönlich den Kopf ab!"

Ripper, der rothaarige Krieger, der mich als Vogelscheuche bezeichnet hatte, streckte aufmüpfig das Kinn vor. „Hey, Grakh! Wieso kommandierst du eigentlich alle herum? Wer hat dich zum Anführer bestimmt, hä?"

Der Berserker blickte aus seiner beeindruckenden Höhe auf ihn herab und fletschte genauso unfreundlich die Zähne. „Möchtest du dich irgendwie beschweren, mein Bester?"

Der Krieger sah sich um, doch keiner der anderen Spieler schien ihn unterstützen zu wollen. Selbst mithilfe seines Druidenfreundes würde er diese Auseinandersetzung nicht für sich entscheiden können. Sowohl der Ripper als auch der Dornenmeister hatten nur Level 35, sodass der Berserker im Zorn mit beiden kurzen Prozess machen konnte. Vermutlich deshalb zuckte der Krieger nur die massigen Schultern und blieb stumm.

„Na siehst du!", lachte der Berserker und hob dann den Kopf in meine Richtung. „Willst du hier runterkommen?"

Ich schüttelte den Kopf. „Von hier oben sehe ich besser. Fahrt fort."

Grakh durchbohrte mich mit einem durchdringenden Blick, ließ mich aber in Ruhe. Er malte einen weiteren Bogen auf den Tisch. „Die Anhänger des Lichts haben alle Kreuzungen in den Bergen blockiert und drängen die Armee der Toten in Richtung See." Mit einem Stück Brot markierte er die Position von Stone Harbor. „Feuerhand und Nachtbund interessieren sich nicht für Politik. Ihnen geht es nur darum, wer mehr Tote erledigt, aber es wird ihnen definitiv nicht gelingen, alle rechtzeitig zu töten. Die Stadt wird sehr bald gestürmt werden. Die Einheiten der Untoten haben bereits die Kreuzung erreicht."

Der Zauberer, der die Vorteile eines Selbstmords betont hatte, tippte mit den Fingern auf das Diagramm. „Wir sind hier und sie sind dort. Wir verschwenden nur unsere Spielzeit. Die Armee des Lichts wird die Untoten von hinten angreifen und in den Fluss werfen."

Der Berserker schüttelte den Kopf. „Wenn die Seite des Lichts das vorhätte, wäre der Angriff schon längst erfolgt."

Der Bogenschützte mit dem tätowierten Kopf lachte bitter auf. „Die Seite des Lichts hat die Untoten mit Absicht hierher gedrängt. Sie wollen nur Stone Harbor zurück!"

Also hatte ich es mir nicht nur eingebildet, dass durch die dunkle Farbe des Turms der Macht eine hellere Schicht hindurchschimmerte. Das letzte Update hatte es ermöglicht, feindliche Türme einzunehmen, wodurch zahlreiche Grenzkonflikte entstanden waren. In diesem nicht erklärten Krieg hatte die dunkle Seite vier Türme für sich gewonnen und nur einen der eigenen verloren. Ursprünglich hatte die Herrin des weißen Schweigens über die Steinwüste geherrscht, doch sie war nun durch den Herrn der Schattenmarionetten ersetzt worden — eine Nebenfigur im Kosmos der dunklen Seite.

Bei Spielbeginn waren Spieler weder der hellen noch der dunklen Seite zugeordnet. Sie konnten sich für eine der beiden entscheiden, indem sie sich einem Clan anschlossen oder sich unter den Schutz eines der Götter der Spielwelt stellten. Alle, die im Gasthaus versammelt waren, dienten entweder der dunklen Seite oder hatten sich noch nicht entschieden. Spieler der Lichts waren in der Stadt nicht zu sehen — der örtliche Herrscher konnte sie einfach nicht dazu zwingen, sich an der Verteidigung zu beteiligen.

„Leute, wir sind verloren!", stieß der Zauberer in dem blauen Gewand hervor. Er war offenbar der geborene Pessimist. „Wenn die Zombies uns nicht töten, gibt die Seite des Lichts uns den Rest!"

„Sei still", knurrte Grakh ihn an, während er Aufgaben zuteilte. Daraufhin artete die Diskussion in einen Streit aus, den selbst der Berserker nicht schlichten konnte. Es wurde so ernst, dass ich ins Erdgeschoss hinabstieg, dem Gastwirt ein Silberstück zuwarf und auf den Jungen deutete. „Gib ihm etwas zu essen."

„Hey, Vogelscheuche!", rief Ripper. „Ist das dein Haustier, das dich immer begleitet?"

„Quest", antwortete ich einsilbig, während ich meine Aura der Angst aktivierte. Sofort machten sich Unsicherheit und Unbehagen breit, sodass Ripper mich nicht mehr belästigte, sondern zu seinem Druidenfreund ging.

Die beiden wirkten irgendwie merkwürdig und verschlagen — und das war noch vorsichtig ausgedrückt. Falls sie tatsächlich gern andere Spieler angriffen, waren die Spielermörder-Zeichen jedoch bereits verschwunden. So etwas ließ sich selbst im Inkognito nicht verbergen.

Der Junge bekam vom Gastwirt eine Schüssel Eintopf, mit der er sich in eine Ecke setzte. Der Ork wollte das Wechselgeld abzählen, doch ich lehnte ab.

„Versorg den Kleinen nur weiter", bat ich und wies auf meinen Begleiter. „Einverstanden?"

Der Gastwirt nickte.

„Ist das Wetter hier schon länger so schrecklich?", erkundigte ich mich neugierig, weil der Wind laut heulte. Strömender Regen schlug gegen die Fenster. Das gewaltige Unwetter schien die Gebäude von den Grundmauern bis zum Obergeschoß durchzurütteln.

Der Ork kratze sich nachdenklich an der vernarbten Wange und zuckte die Schultern. „Das Unwetter tobt, seitdem der Leuchtturm ausgegangen ist."

Der kleine Zauberer in der himmelblauen Kleidung kam zu uns und bemerkte mit düsterer Miene: „Hör auf zu schwatzen, Grüner! Schenk mir lieber ein Bier ein!"

Als der Gastwirt sich zum Bierfass umdrehte, lachte der so pessimistische Zauberer auf. „Natürlich ist der Leuchtturm ausgegangen!

Ist doch klar. Der Sturm hat das Licht ausgeblasen."

„*Karl Blitzschlag, Level 25, Donnerbote*", las ich.

Na toll. Mit abschätzigem Schmunzeln wandte ich mich von ihm ab.

Der Zauberer nahm einen Krug Leichtbier entgegen und ging davon. Entweder bewirkte meine Aura der Angst, dass er sich unbehaglich fühlte, oder er legte keinen Wert auf Gesellschaft.

Stattdessen wollte der riesige Berserker ein paar Worte mit mir wechseln.

„Willst du nicht dein Profil öffnen?", fragte er, weil ihm meine Ausrüstung offenbar Rätsel aufgab. Ein beidhändiges Schwert, ein zerrissener Umhang und keinerlei Rüstung waren im Spiel eine ungewöhnliche Kombination.

Ruhig schüttelte ich den Kopf. „Nein, will ich nicht."

Grakh bestand nicht darauf. „Wie gut beherrscht du dein Schwert?"

„Besser als die Untoten", antwortete ich so ehrlich wie möglich.

Der Berserker drehte sich um, hob die Hand und schnippte mit den Fingern. „Victor! Mia! Kommt mal her!"

Die Schurkin und der Halbelf mit dem tätowierten Kopf kamen zu uns. Sie hatte unverhältnismäßig große Augen, blasse Haut und spitze Ohren, sodass sie vermutlich aus einem Nachtvolk stammte. Victor war mit einem Langbogen bewaffnet, aus dem Köcher auf seinem Rücken ragten schwarze Pfeile hervor. Mia hatte eine kleine Armbrust bei sich.

Eine Jägerin und ein Unsichtbarer, Level 33, beziehungsweise 35.

Der Berserker wandte sich wieder an mich. „Wie heißt du?"

„John", antwortete ich.

„Nun, John Vogelscheuche, du hältst diesen beiden den Rücken frei und bürgst für sie mit deinem Kopf, verstanden?"

„Mach ich", versprach ich, während ich meine Schützlinge gründlich musterte.

Der Halbelf war groß und drahtig, sein Gesicht ziemlich nichtssagend. Sein rasierter Schädel war komplett mit der aufwendigen rot-blauen Tätowierung bedeckt, die farblich zu seiner Kleidung passte und unter seiner Jagdjacke verschwand.

Die Schurkin war zierlich und sehr hübsch. Sie hatte ganz offensichtlich eine Vorliebe für schwarzen Samt, der ihr auch gut stand. Leider waren ihre Manieren nicht die besten.

Mia holte deutlich hörbar Luft und verzog das Gesicht. „Bäh ... du stinkst aber,

Vogelscheuche."

Im ersten Augenblick schämte ich mich zutiefst, dann jedoch fiel mir die passende Antwort ein: „Nach zehn Zombies riechst du auch nicht mehr nach Rosenwasser, Süße."

„Hast du schon gegen die Untoten gekämpft?", fragte Victor interessiert. Der Halbelf hatte merkwürdige Augen mit einer violetten Iris.

„Ja. Auf dem Weg in die Stadt bin ich mit ihnen aneinandergeraten", erwiderte ich und wandte mich dann wieder an den Gastwirt. Ich wollte dieses Gespräch so schnell wie möglich hinter mich bringen. „Ist schon jemand auf den Leuchtturm gestiegen? Sollte er nicht repariert werden?"

Der Ork zuckte die Schultern. „Er leuchtet nicht."

Gesprächig war der grünhäutige Bursche nicht gerade. Trotzdem hatte ich mein Ziel erreicht: Die erfahrenen Kämpfer ließen mich in Ruhe und setzten sich an einen Tisch. Ich war jetzt allein an der Bar.

Von Zeit zu Zeit kamen andere Spieler in den Speisesaal, von denen es einige kaum erwarten konnten, die Angriffe der Untoten abzuwehren, während andere die Entwickler dafür verfluchten, dass sie uns in diesem traurigen Kaff gefangen hielten. Dem Ratschlag des weinerlichen Zauberers, man sollte am besten Selbstmord begehen, wollte jedoch niemand so schnell folgen. War man erst einmal als Deserteur gebrandmarkt, wurde das Spiel weitaus schwieriger — das kostete nicht nur wertvolle Erfahrungspunkte, sondern ruinierte auch die Beziehung zu den Untertanen der dunklen Seite.

Im Gasthof wurde es zunehmend lauter, da man an den Tischen rege diskutierte, doch der Barbar erwies sich als großes Organisationstalent. Er schenkte dem Widerwillen anderer keinerlei Beachtung, teilte die Spieler in Gruppen auf und wies ihnen Aufgaben zu, wobei er die jeweiligen Positionen auf der Karte markierte. Sein furchteinflößendes Äußeres und der schlechte Ruf der Berserker trug dazu bei, dass alle gehorsam nach seiner Pfeife tanzten, weil sie sich nicht mit ihm anlegen wollten. Selbst der aggressive Ripper und sein kleiner Druidenfreund muckten nicht auf.

Der Inkognito-Modus zehrte an meiner Energie, deshalb beschloss ich, wieder in mein Zimmer zu gehen. Kaum hatte ich jedoch die Bar verlassen, hörte ich draußen eine Glocke läuten. Das Gebimmel nahm einfach kein Ende.

5

NIEMAND WOLLTE IM Gasthof zurückbleiben. Ausnahmslos alle stürzten hinaus, um den Angriff der Untoten abzuwehren. An der Tür kam es zu einem regelrechten Gedränge.

Ich rannte nach oben zu meinem rothaarigen Begleiter. „Lauf in die Hügel, dorthin, wo wir uns getroffen haben, und warte dort auf mich. Los!"

Dann eilte ich den Spielern hinterher. Draußen empfingen mich Dunkelheit, stürmischer Wind und Regen. Auf der Straße zur Brücke leuchtete eine lange Reihe von Fackeln, großes Durcheinander herrschte allerdings nicht — der Berserker hatte die Einheit geschickt in Dreier- und Vierergruppen aufgeteilt. Ich entdeckte Victor und Mia, holte sie ein und schloss mich ihnen an, während ich meine Ausdauer und Energie im Auge behielt, die stetig weniger wurden.

Die Straße schlängelte sich durch die Hügel. Der Regen lief die felsigen Abhänge hinunter und bildete tiefe Pfützen und reißende Bäche, über denen notdürftige Behelfsbrücken lagen. Der direkte Weg war zwar weitaus kürzer, doch selbst für mich mit meiner

Nachtsichtfähigkeit eine ziemliche Herausforderung. Normale Spieler würden sich trotz ihrer Fackeln nur zu leicht das Genick oder die Beine brechen.

Wir sollten trotzdem rechtzeitig kommen.

Wir *kamen* rechtzeitig.

Als unser bunt zusammengewürfelter Haufen die Kreuzung erreichte, waren auf den oberen Plattformen der Türme Armbrusttrupps im Einsatz. Bogenschützen nahmen Bündel von Pfeilen entgegen, während sich die Stadtwächter mit ihren Hellebarden im Schutze der hochgezogenen Zugbrücke aufstellten.

Da ich wusste, wie reißend der Fluss und wie tückisch die Klippen waren, konnte ich mir nicht vorstellen, dass man die Stadt erfolgreich stürmen würde, doch Grakh rief den Spielern sofort Befehle zu und kommandierte sie auf ihre vorab festgelegten Positionen. Wir, beziehungsweise Victor und Mia, mussten einen Hügel links der Straße erklimmen. Weitere drei Bogenschützen und der Zauberer, der ihnen zur Verstärkung zugeteilt worden war, stiegen auf den benachbarten Hügel. Die restlichen Spieler trugen nur Nahkampfwaffen bei sich und bezogen für den Fall, dass die Untoten tatsächlich eindringen würden, hinter den Hellebardenträgern Stellung.

„Was für eine Zeitverschwendung hier im Regen", knurrte ich und ließ mich auf einem Felsen nieder.

Die Schurkin schnaubte: „Etwas Wasser würde dir nicht schaden."

Ich blieb stumm, pflückte einen Stängel Wermut ab und zerrieb die Blüten zwischen den Fingern, um den Gestank zu überdecken. Dass Nicht-Menschen so einen feinen Geruchssinn haben mussten!

Zu meiner allergrößten Überraschung gefiel Mia mir. Unter anderen Umständen hätte ich sie nur zu gern besser kennengelernt. So jedoch musste ich Distanz wahren. In meiner aktuellen Lage konnte ich mich im Spiel nicht weiter vergnügen.

Schließlich war es alles andere als ein Spiel.

Ich hörte die Armbrüste klicken, dann flogen Geschosse mit orangefarbenem Schein auf die andere Seite. Darauf folgte ein lauter Schlag. Die Erde bebte unter unseren Füßen. Die Todesjünger hatten eine dunkle Wolke herübergeschickt, um die Verteidiger der Stadt ihrerseits anzugreifen, doch offenbar waren die Türme von einer dunkleren Macht geschützt, denn die Finsternis innerhalb der Wände saugte den Angriffszauber mühelos auf.

Dann erbebte der Berg, als vibrierte er unter den Schritten eines unsichtbaren Riesen. Die Armbrüste schickten weitere Geschosse los, die an das andere Ufer flogen.

Schließlich hörten wir ein unmenschliches Heulen. Die Spieler unter uns lachten und scherzten, obwohl sich vom Hügel her etwas auf die Kreuzung zubewegte, das so groß war wie ein zweistöckiges Haus.

Hatten die Todesjünger einen Belagerungsturm errichtet?

Doch es war kein Turm. Ein riesiger Bergtroll betrat die Brücke. Er war tot und von der Verwesung aufgebläht.

Die Bogenschützen auf den Türmen ließen eine Flut von Pfeilen auf das Ungeheuer herabregnen, die ihn in ein riesiges Nadelkissen verwandelten. Doch das brachte den Troll nicht einmal aus dem Tritt.

Bumm! Die Erde erbebte unter ihm. *Bumm!*

„Zauberer!", schrie Grakh aus Leibeskräften. „Tu doch was!"

Doch was konnte ein einfacher Donnerbringer auf Level 25 schon ausrichten? Gar nichts. Erfahrene Kampfmagier gab es in unserer Gruppe leider keine.

Der Troll ging über die Zugbrücke und trat in die Lücke. Allerdings stürzte er nicht hinein, sondern packte mit seinen geschwollenen Fingern die gegenüberliegende Kante, sodass sein Körper den fehlenden Teil der Brücke ersetzte.

Sofort nutzten die Untoten die neue Querung. Geschickte Skelette sprangen aus der Deckung der Holzschilde und stürmten hinüber. In ihren leeren Schädeln strahlte ein giftgrüner Schein, der immer stärker wurde. Obwohl die Bogenschützen sie mit einem Treffer erledigen konnten, erreichten einige der schnellen Kreaturen den Troll und sprangen über ihn hinweg auf den hochgezogenen Brückenabschnitt zu.

Ich hörte ein Krachen. Die dicken Bohlen flogen in scharfen Splittern umher, die fast die gesamte erste Reihe der Hellebardiere niedermähten. Die zweite Reihe wurde sofort von den Toten zermalmt, die durch die Tore gestürmt kamen. Sie waren zwar langsam und durch die Verwesung aufgequollen, dafür aber sehr zahlreich.

„Attacke!", brüllte Grakh.

Die Truppe der Spieler stürmte mit lauten Schreien und Pfiffen in die Menge der Zombies. Erhobene Schwerter und beidhändige Streitäxte prasselten auf die Untoten ein.

Victor und Mia schossen mit Pfeilen auf den Feind, die Bogenschützen auf dem benachbarten Hügel waren genauso schnell. Selbst der Zauberer warf hin und wieder stachelige Blitzkugeln hinab.

Es war ein heftiges Gemetzel und dennoch nur der Auftakt zu einem noch schlimmeren Massaker.

„Verdammt noch mal!" Ich scherte mich nicht um die Anweisungen des Berserkers, sondern eilte den Hügel hinunter. „Zurück! Zieht euch zurück!"

Niemand hörte mich.

Dann ragten aus der chaotischen Masse der Untoten plötzlich die Spitzen langer Speere hervor. Die toten Legionäre traten hinter den ehemaligen Bauern hervor, hinter denen sie sich versteckt hatten, und pfählten auf der Stelle fast die Hälfte der unvorsichtigen Spieler.

Mit einem markerschütternden Heulen sausten zwei Dutzend verlorene Seelen über den Fluss. Die fliegenden Untoten ließen Pfeile auf die Bogenschützen in den Türmen regnen, doch diese leisteten unbeirrt Widerstand. Sie widmeten sich sofort diesen neuen Zielen in der Luft, deren rostige Rüstung sie nicht vor den Pfeilen schützte.

Die überlebenden Verteidiger der Kreuzung ließen sich zurückfallen. Sofort drängten sich die untoten Legionäre an den unbeholfenen Zombies vorbei, bezogen Stellung und legten ihre rechteckigen Schilde zu einer Wand zusammen. Die Speerspitzen bildeten einen todbringenden Zaun, als die Untoten geschlossen zum Angriff übergingen.

Gegen diese Formation konnte Grakh nichts ausrichten. In der Schlacht zeichneten sich die Berserker durch ihre Wildheit und Unempfindlichkeit aus, doch den geschlossenen Aufmarsch konnte der Barbar nicht durchbrechen. Die Speere hätten ihn einfach durchbohrt.

„Warte!", knurrte ich, lief auf den Platz und wechselte in den Tarn-Modus. Ich bezog vor der feindlichen Formation Stellung und griff sie mit einer Reihe einstudierter Kombinationen an. Dabei zielte ich jedoch nicht auf die Legionäre, die von einer Wand aus Schilden geschützt waren, sondern auf die Schäfte ihrer schwarzen Speere.

Die Sense des Todes kostete mich über die Hälfte meiner Ausdauer, doch das war es wert — die wilden Hiebe des Flammenschwerts rissen beträchtliche Lücken in den Zaun aus Speeren und schnitten die Spitzen mühelos ab.

Wieder hob ich die Wellenklinge und ließ sie auf meinen nächsten Gegner sausen. Das Schwert zertrümmerte das Schild und warf den Legionär von den Füßen. So entstand eine Lücke in der Formation. Und ich — ich lief davon!

Dank meiner Ausweichfähigkeit konnte ich einem Speer entgehen, der mich in die Seite treffen sollte. Der wild brüllende Grakh sprang mit einigen schnellen Schritten neben die Legionäre und durchbrach ihre Reihen. Er wirbelte seine riesige beidhändige Axt im Halbkreis herum, sodass Rüstungen zerbarsten und die Toten verstümmelt und niedergemäht wurden. Die Spieler schöpften neuen Mut und eilten dem Berserker hinterher.

Die Formation der Legionäre löste sich auf. Nun zeigte sich die individuelle Überlegenheit der lebendigen Krieger. Die feindlichen Kämpfer in ihren massiven, schwarzen Rüstungen wurden zu den Toren gedrängt und der Reihe nach getötet. Der Druide entpuppte sich als ziemlich guter Heiler und beschwor einen Heilzauber nach dem anderen herauf. Der grüne Schein seiner Zauberkunst blitzte allerorten auf.

Ich beteiligte mich nicht an dem allgemeinen Gemetzel, sondern kehrte an den Fuß des Hügels zurück. Einige der Untoten hatten sich in der Umgebung verteilt und versuchten, meine Verbündeten zu eliminieren. Ich erwischte einen von ihnen von hinten und schlug einem weiteren den Schädel ein. Dafür bekam ich so gut wie keine Erfahrungspunkte.

Auf dem Platz lief es für uns sehr gut. Unter der Führung des riesigen Berserkers drängten die Spieler die toten Legionäre auf die Brücke, während die Bogenschützen sämtliche fliegenden Seelen zerstört hatten und nun ihre Pfeile im hohen Bogen auf die Verstärkung schossen, die den Toten zur Hilfe kommen wollte. Unzählige Untote stürzten von der Brücke in den Fluss.

„Auf sie!", rief Grakh, während er einen Legionär von den Füßen stieß und seine schreckliche Axt schwang. Allerdings griff er nicht den wehrlosen Krieger an, sondern die Finger des Bergtrolls, der die Brücke zusammenhielt.

Einmal, zweimal, dreimal hieb er auf ihn ein, ohne sich durch die Treffer der Kurzschwerter beirren zu lassen, die aus allen Richtungen auf ihn einprasselten. Der Druide sorgte dafür, dass der Berserker immer wieder geheilt wurde.

Die malträtierte Hand des toten Trolls rutschte von der Brücke. Nun hing er nur noch an einem Arm. Die Legionäre verloren das Gleichgewicht und fielen ins Wasser, während der Berserker dem Monster mit mehreren kräftigen Hieben das andere Handgelenk durchtrennte.

Der riesige Körper ließ die Brücke fahren

und stürzte hinab.

Die untoten Kämpfer zogen sich zurück und wurden durch Skelett-Armbrustschützen ersetzt, doch die Bogenschützen oben auf den Türmen konnten die Untoten rasch verjagen.

Der Status Quo war wiederhergestellt.

Nur hatten wir bereits die Hälfte unserer Kämpfer und auch die Tore verloren, bevor sich die Todesjünger überhaupt ins Kampfgeschehen eingemischt hatten.

OHNE EILE KEHRTEN wir in den Gasthof zurück. Wir waren müde und durchnässt, aber dennoch zufrieden. Weitestgehend zufrieden. Einige waren so schwer verletzt, dass der Druide sie nicht richtig heilen konnte: Sie brauchten göttliche Heilung oder ärztliche Behandlung. Allerdings vergaßen selbst die Verletzten ihre Leiden, als sie sich die Spielstatistik ansahen. Nichts interessierte sie mehr als der Fortschritt der Quest „Verteidigen oder Sterben".

Erstaunlicherweise war meine grüne Anzeige fast zur Hälfte gefüllt, obwohl ich keine besonders starken Untoten getötet hatte. Das beste Ergebnis hatten einer der Bogenschützen und einige andere Krieger, die sich im Kampf auf der Brücke hervorgetan hatten. Nicht zu vergessen Grakh natürlich. Er allein hatte sich in der Schlacht drei Viertel der Erfahrungspunkte gesichert, die für den Abschluss der Quest nötig waren.

Der rothaarige Junge kam zu mir, als wir das Gasthaus schon fast erreicht hatten, und ich schickte ihn sofort ins Bett. Ich selbst wollte auch hinauf in mein Zimmer, doch Grakh klatschte mehrmals in die Hände, um sich die Aufmerksamkeit der Spieler zu sichern.

„Bis heute Abend müssen alle zurückkommen", verkündete er. „Tagsüber werden sie die Stadt nicht stürmen, also verschwendet eure Spielzeit nicht. Morgen werden wir sie nicht so leicht zurückschlagen!"

„War ja verdammt leicht", meinte einer Verwundeten, als sich die müden Spieler in ihre Zimmer zurückzogen.

Nur Victor und ich blieben im Speisesaal zurück.

„Warum seid ihr noch hier?" Der Berserker starrte uns an. Seine Haut war mit wulstigen frischen Narben übersät.

Der Halbelf strich sich über den tätowierten Kopf und erklärte: „Meine Kapsel ist gemietet und die Zeit ist noch nicht um."

„Bei mir ist es genauso", log ich.

Der Berserker nickte und rief dem Gastwirt zu: „Hey, Chef! Bring uns Bier! Die Runde geht auf mich!"

„Das ist nicht nötig", wollte ich ablehnen, doch der Berserker hörte nicht auf mich. Er sah auf mich hinab und schlug mir auf die Schulter. „Du hast uns sehr geholfen, John! Ich hatte schon mal gehört, dass Krieger mit beidhändigen Schwertern Speerformationen aufbrechen können, indem sie die Schäfte abschneiden."

Victor setzte sich an unseren Tisch und lachte. „Nur hatten die Legionäre keine Speere."

„Ich meinte nicht heute", winkte der Berserker ab. Er griff sich einen der Bierkrüge, den der Gastwirt gebracht hatte, und prostete uns zu. „Auf den Sieg!"

Der Halbelf nahm einen Schluck, ich dagegen nicht.

„Ich trinke das in meinem Zimmer", sagte ich.

„Du willst die Maske nicht abnehmen?" Grakh verengte die Augen.

„Nein", bestätigte ich.

Der Berserker zuckte nur die Schultern und trank weiter. Nach einer Weile wischte er sich mit dem Handrücken den Mund ab und schüttelte den Kopf. „Du bist mir ein Rätsel, John. Läufst mit einem beidhändigen Schwert herum, hast aber keine Rüstung ..."

Ich setzte mich auf einen Stuhl und

seufzte. „Ich hatte mal eine Rüstung. Sie liegt irgendwo auf einem Feld."

„Warum kaufst du dir keine neue?", fragte der Berserker erstaunt.

„Wo denn? Die Stadt ist wie ausgestorben."

Victor leerte seinen Bierkrug und riet: „Am Pier gibt es ein Waffengeschäft. Ich habe mir dort Pfeile gekauft."

„Na bitte!" Grakh deutete auf mich. „Besorg dir, was du brauchst. Ansonsten bist du nach wenigen Treffern erledigt, dabei können wir zähe Burschen wie dich gut gebrauchen. Übrigens, wollt ihr zwei euch nicht einem Clan anschließen? Ihr scheint vernünftige Kerle zu sein."

Victor und ich sahen uns verblüfft an. Clans waren gut. Allerdings musste man sich damit für die helle oder die dunkle Seite entscheiden, und ich hatte von den Schwarzen Spürhunden noch nie gehört.

Verdammt. Was sollte ich in einem Clan? Ich war ein wandelnder Leichnam! Im Augenblick unterhielten wir uns nett, doch wenn die Wahrheit ans Licht kommen sollte, würden meine Trinkkumpanen sofort die Waffen zücken.

Das war ganz und gar nicht gut. Ich war kein Undercover-Polizist, der sich in eine Bande einschleichen wollte, und auch kein Geheimagent in einem Terroristenlager. Ich war eine Leiche. Alles andere als romantisch.

Victor und Grakh tauschten Kontaktangaben aus, während ich nur versprach, mir das Angebot des Berserkers durch den Kopf gehen zu lassen.

„Glaubst du, wir können die Stellung halten?", fragte ich.

Erstaunlicherweise antwortete der Berserker ganz ehrlich. „Nein. Wenn wir keine Verstärkung bekommen, sind wir geliefert." Er ließ den Blick durch den leeren Saal schweifen. „Aber behalte das für dich, verstanden?", warnte er mich.

Ich lachte. „Ich schweige wie ein Grab!"

Victor runzelte die Stirn. „Wieso sollten wir es nicht schaffen? Wir haben uns heute doch ziemlich gut geschlagen!"

„Heute waren keine Todesjünger dabei", wandte der Barbar ein. „Mit ihrer Zauberkunst würden sie uns vernichten. Wir haben nur einen wenig erfahrenen Zauberer und einen Druiden in unserem Team, die können nicht viel ausrichten."

Ich nickte. „Ja, mir ist auch aufgefallen, dass sich keine Magier haben blicken lassen. Wirklich komisch."

„Allerdings", stimmte Grakh zu. „Wir

hatten einige! Irgendwie sind sie jedoch alle verschwunden."

„Magier und Priester können Portale errichten", bemerkte Victor.

„Aber wo wollen sie hin, wenn sie als Deserteure gebrandmarkt sind?", kicherte der Berserker. „Na, wer weiß schon, wie Magier ticken. Sie können jeden bestechen. Mit Geld kann man hier alles kaufen. Sofern man genug davon hat."

„Ja. Übrigens", fiel mir wieder ein, „habt ihr die weiße Zauberin gesehen? Ich konnte sie nicht richtig erkennen, aber ihr Level muss ziemlich hoch sein. Sie hatte vier Krieger als Leibwächter. Vermutlich Söldner-NPCs."

„Nein, ich habe sie noch nie gesehen", antwortete Grakh nach kurzem Überlegen und sah dann den Bogenschützen an. „Was ist mit dir, Victor?"

Der Halbelf schüttelte stumm den Kopf. Dann wurde es still.

Ich stellte eine Frage, um das unbehagliche Schweigen zu brechen. „Was ist mit dem Herrscher des örtlichen Turms — dem Herrn der Schattenmarionetten oder wie er heißt? Könnte der uns nicht helfen?"

„In der Stadt wird er uns helfen", sagte Grakh. „Aber für den Straßenkampf sind wir zu wenige. Wir können die Stadt nicht halten."

„Mir reicht es mit diesen Untoten!", fluchte Victor. „Verdammt noch mal, hätten sich die Entwickler nicht etwas Besseres einfallen lassen können? Eine Art Dämon? Succuben?"

Der Berserker zuckte die mächtigen Schultern. „Immerhin ist etwas im Gange. Hell und Dunkel haben sich schon vorher bekämpft, doch jetzt ist eine neue Macht im Spiel."

Der Bogenschütze war anderer Meinung. „Eine neue Macht?", schnaubte er verächtlich. „Was ist das schon für eine Macht? Kanonenfutter! Wie können sich Spieler der Seite der Toten anschließen? Sich zu fühlen wie ein Leichnam! Ein Zombie auf Level 5, pah! Die zerquetscht man im Handumdrehen."

„Überleg mal genauer", riet Grakh. „Gegenwärtig werden alle Türme der Macht von Göttern des Lichts oder der Finsternis kontrolliert, die in Wirklichkeit künstliche Intelligenz und Moderatoren sind. Aber was ist mit dem Turm der Verwesung? Wer bekommt ihn, wenn das Königreich der Toten fällt?""

Victor runzelte nachdenklich die Stirn und winkte dann ab. „Man wird ihn dem nächstbesten Dahergelaufenen geben."

„Nicht unbedingt", meinte der Berserker mit einem Kopfschütteln. „Ein Clan könnte ihn in

Beschlag nehmen."

„Wozu sollte das gut sein? Die Sprösslinge der Finsternis und die Söhne des Lichts sind Projekte der Entwickler. Das weiß doch jeder!"

„Es gibt noch andere Clans", wandte Grakh vielsagend ein.

Victor und ich mussten lachen. Die Söhne des Lichts und die Sprösslinge der Finsternis kämpften seit dem ersten Tag um die Vorherrschaft im Spiel, während die Klingen des Chaos, der drittstärkste Clan, keine Chance auf die Führungsposition hatten.

Victor erhob sich vom Tisch. „Ich muss los."

Auch ich verließ den Speisesaal und ging in mein gemietetes Zimmer. Ich fühlte mich abscheulich.

Eine Spielwelt war eine neue Welt. Man levelte nicht nur Charaktere hoch und vernichtete Mobs, sondern interagierte auch mit anderen Spielern, fand neue Freunde oder verliebte sich sogar.

Und ich? Bei mir ging es nur ums Überleben. Ich gab mein Bestes. Ich versteckte mich.

Wie im richtigen Leben.

Ach, was sollte es …

6

IM ZIMMER ANGEKOMMEN schickte ich den Jungen ins Bett — ich musste mir wirklich endlich mal einen Namen für ihn einfallen lassen! —, hockte mich dann auf die Fensterbank und starrte in die Nacht hinaus. Das Unwetter tobte nach wie vor, Wasser klatschte gegen die Fensterscheiben.

Mir war das vollkommen gleichgültig. Unter Gelenkschmerzen litten nur die Lebenden!

Nachdem ich den Inkognito-Modus deaktiviert hatte, füllte sich mein Energievorrat allmählich wieder. Doch selbst das konnte meine Laune nicht heben. Stone Harbor war nicht besonders groß, ich konnte also jederzeit zurück ins Hotel und mich wieder erholen. Aber was sollte ich tun, wenn ich die Hauptstadt erreicht hatte? Sollte ich in einer dunklen Ecke hocken, bis meine Energie sich regeneriert hatte? Das war ein ziemliches Problem.

Trotzdem musste ich unbedingt dorthin.

Ich zuckte die Schultern und verbannte die düsteren Gedanken. Sobald ich Level 35 erreicht hatte, würde ich auf jeden Fall die Inkognito-Funktion verbessern. Vielleicht benötigte sie dann weniger Energie.

✠ Toter Schurke ✠

Das wäre wirklich schön.

AM NÄCHSTEN MORGEN bezahlte ich den Ork für die folgende Nacht und verließ das Gasthaus. Die Sonne stand bereits über den Dächern, doch am Himmel hingen dicke Wolken. Das trübe Wetter hatte immerhin den Vorteil, dass mir kein helles Licht in den Augen brannte. Es nieselte und der Wind peitschte den Regen von einer Straßenseite auf die andere. Mein Umhang war auf der Stelle durchnässt.

Als hinter mir die Tür in Schloss fiel, drehte ich mich um und sah Mia, die ebenfalls aus dem Gasthaus kam.

„Stehst du immer so früh auf?", fragte ich lächelnd.

„Wasch dich lieber mal, Vogelscheuche!" Die Diebin marschierte an mir vorbei, wobei sie demonstrativ die Nase rümpfte. Kurz bevor sie um die Ecke bog, drehte sie sich noch einmal um und rief: „Und wenn du sauber bist, komm zur Brücke! Das wird bestimmt lustig!"

Fast wäre ich ihr gefolgt, überlegte es mir jedoch gerade noch rechtzeitig anders. Ich schüttelte den Kopf und ging in Richtung Pier.

Dieser elende Gestank nach Verwesung! Er war schuld, dass wir wandelnden Leichen keine sozialen Kontakte knüpfen konnten!

† Der Weg eines NPCs †

Gestern Abend hatte ich mir die Stadt nicht richtig angesehen, deshalb verlief ich mich jetzt schon bald und landete schließlich ausgerechnet am Turm der Macht — oder vielmehr an den Häusern rund um den Hauptplatz. Auf den Platz selbst gelangte man nur durch einen der vier Torbögen, einen anderen Zugang gab es nicht. Die Wände hatten keine Fenster. Es war die reinste Festung.

Ich ging weiter, bis ich auf einen kleinen Markt kam. Dort begegnete ich den ersten Stadtbewohnen. Sie wirkten - wie soll ich sagen? - ziemlich eingeschüchtert.

Außerdem stieß ich auf das unzertrennliche Pärchen Ripper und Dornenmeister. Ich wollte die beiden ignorieren, doch der Krieger bemerkte mich und rief: „Hey, Vogelscheuche! Kommst du zur Brücke?"

„Später!", sagte ich, bevor ich in eine Seitenstraße abbog. Der Druide störte mich nicht, aber sein Freund ging mir auf die Nerven. Oder hatte ich Angst vor ihm? Ich wusste einfach nicht, was ich von ihm halten sollte.

Sofern die beiden mir gefolgt waren, mussten sie schnell aufgegeben haben. Ich wanderte noch ein wenig durch die gewundenen Seitengassen, bis ich schließlich eine gerade Straße erreichte, von der aus ich das graue

Wasser des Verschlungenen Sees sehen konnte.

Genau das, was ich gesucht hatte.

Je näher ich dem See kam, desto heftiger wurde der Wind. Jetzt spielte er nicht mehr mit mir, sondern blies in kräftigen Böen über die tosenden Wellen, die über das Pier krachten und das Kopfsteinpflaster mit weißem Schaum bedeckten.

Das Wasser stieg. Der untere Teil der Haustüren war vorsorglich zugenagelt. Ich trat zwischen den Häusern hervor und wurde vom Wind fast umgeworfen. Die Bucht war leer, keine Spur von Booten oder Ortsansässigen. Auf einer nahegelegenen Klippe ragte der erloschene Leuchtturm auf. Jetzt bei Tageslicht hatte ich den Eindruck, als wäre er von einem düsteren, grauen Nebel umgeben. Es war weder Dunkelheit noch Schatten, sondern etwas ganz anderes.

Aber vielleicht bildete ich mir das auch nur ein.

Ich sah mich um und entdeckte das Schild eines Waffenschmiedes, das im Wind schwankte. Eilig ging ich hinüber. Die Tür war nicht versperrt. Hinter der Theke stand ein Zwerg mit geflochtenem, grauem Bart, dem ein gebogener Dolch im Gürtel steckte. Auf der Theke lag griffbereit eine kleine Axt.

Er schien sich über meinen Besuch nicht

zu freuen.

„Ich glaube, ich kann euch heute nicht weiterhelfen, Fremder", nahm er jede Frage vorweg. „Die Stadtwache hat meinen gesamten Bestand beschlagnahmt. Und bei diesem schrecklichen Unwetter kann ich nichts nachbestellen!"

„Ja, das stürmt wirklich heftig", stimmte ich zu. Trotzdem hatte ich es nicht eilig, wieder zu gehen. Ich musterte die leeren Regale. Waffen oder Rüstungen gab es so gut wie gar nicht, doch in den Fässern an der Theke steckten reichlich Pfeile und Bündel mit Armbrustbolzen.

„Kommt ein anderes Mal wieder", riet er mir.

„Habt Ihr nicht vielleicht eine Rüstung für mich?", fragte ich.

„Hmm", erwiderte der Zwerg nachdenklich. „Ich habe da so ein Ding, das niemandem passt."

Er griff unter die Theke und zog das feinste Kettenhemd hervor, das ich jemals gesehen hatte. „Das ist aus doppeltem Elfengewebe!"

Ich stieß einen Pfiff aus, verlor dann jedoch sofort das Interesse. Für das Hemd galt die Einschränkung „Nur für Krieger des Lichts". Also konnte ich damit nichts anfangen.

„Tja, wie Ihr meint." Der Zwerg zuckte die Schultern. „Ich hatte ja gesagt, dass mein

Angebot sehr eingeschränkt ist."

„Ich wollte ein Geschenk für einen Nekro kaufen", sagte ich. „Habt Ihr zufällig etwas aus dem Ausrüstungsset der Toten?"

Wie erwartet schüttelte er den Kopf. „Ich könnte euch ein paar Läden nennen, wo Ihr danach fragen könnt", sagte er, „aber die haben jetzt alle geschlossen. Elendes Unwetter!"

Ich seufzte schwer. „Und was ist mit dem Leuchtturm?"

„Der elende Leuchtturm! In dem Augenblick, in dem er ausging, fing das Unwetter an."

Ich nickte und ging. Ich hatte nicht einmal versucht, ihm meine erbeuteten Amulette anzubieten. Vielleicht konnte Isabella sie identifizieren, dann musste ich keinen Zauberprofi dafür bezahlen. Außerdem konnte man in der Hauptstadt vermutlich einen besseren Preis erzielen.

Der Wind toste nach wie vor. Er blies, heulte, riss an mir und peitschte mir eimerweise Regenwasser ins Gesicht. Der Regen wiederum wurde ab und an kurz schwächer, nur um dann umso heftiger wieder einzusetzen und unterschiedlich große Tropfen auf mich einprasseln zu lassen.

Was sollte ich bis zum Abend tun? Die

aufgezwungene Langeweile machte mich ganz verrückt. Ein wenig aufheitern konnte mich nur die Tatsache, dass mein „bester Freund" Garth keinesfalls in die Stadt gelangen würde, so sehr er es auch versuchen mochte. Und sobald die Belagerung ein Ende genommen hatte, würde ich mich schnurstracks in die Hauptstadt begeben.

Und wenn es zur Niederlage kam? Egal. Selbst wenn die Toten die Stadt übernahmen, hatte ich nichts zu befürchten. Die Untertanen des Herrschers vom Turm der Verwesung konnten mir nichts anhaben. Trotzdem hoffte ich, dass es bald weiterging.

Ich betrachtete den Leuchtturm. Sollte ich ihn genauer unter die Lupe nehmen, solange mir die Inkognito-Funktion noch nicht die gesamte Energie geraubt hatte?

Ich fand es seltsam, dass die Ortsansässigen ihn immer wieder erwähnten, wenn sie mit mir sprachen. Wollte man mich damit vielleicht auf etwas hinweisen?

Gerade wollte ich mich dorthin begeben, als aus der Ferne ein Dröhnen herüberschallte.

Was zum Teufel war das? Das klang wie eine gewaltige Explosion! Und offenbar kam es von der Brücke!

Ich stieß einen Fluch aus und eilte quer durch die Stadt zur Brücke. Nun war ich froh, dass ich das Kettenhemd nicht gekauft hatte, denn mein Umhang schränkte meine Bewegungsfreiheit nicht ein und kostete mich so gut wie keine Ausdauer. Mit einer kompletten Rüstung hätte es ganz anders ausgesehen.

Schon von Weitem sah ich den Rauch. Der Wind trieb Wolken von schwarzem Qualm vor sich her, doch selbst als sie sich auflösten, blieb ein grünlicher Schein zurück. Hier musste ein starker Zauber im Spiel sein, und zwar kein angenehmer.

Todeszauber.

Als ich den letzten Hügel umrundet hatte und auf den Platz vor der Brücke zueilte, stand nur noch einer der Türme. Der andere lag als rauchender Trümmerhaufen am Boden und war zum Teil in den Fluss gestürzt.

Die dürftige Besatzung der Brücke rannte durcheinander wie kopflose Hühner und bereitete sich auf den Angriff der Totenarmee vor. Neben ihnen erwarteten fünf Spieler die Attacke. Die zwei Bogenschützen und drei Krieger würden den Ausgang der Schlacht aber kaum beeinflussen können.

Mia war nicht dabei. War sie so schlau gewesen, zurück in die Stadt zu gehen?

Auf dem verbleibenden Turm schnappten Bögen, als die Verteidiger der Brücke auf die

Toten feuerten. Diese hatten einige dicke Kiefernstämme mitgebracht und hievten sie auf die Brücke, um sie zu reparieren. Die Verteidiger töteten zwar alle, doch für diejenigen, die in den Fluss gestürzt waren, kamen hinter der Anhöhe immer neue Zombies hervor. Sie schleppten die Kiefernstämme zum beschädigten Teil der Brücke. Die Verteidiger setzten Brandgeschosse ein. Trotz des Regens fingen die Stämme direkt Feuer und zwangen die Toten zum Rückzug.

Die Spieler johlten. Vom anderen Ufer aus feuerten Katapulte hölzerne Fässer in den Fluss. Ich duckte mich hinter einen Felsen, weil ich damit rechnete, dass sie explodieren würden, doch die Geschosse fielen bei der Landung auseinander, sodass Holzstücke und menschliche Knochen durch die Gegend flogen. Eine Zauberwirkung hatten sie nicht.

Obwohl ...

Kaum waren die Gebeine auf dem Boden gelandet, fügten sie sich zusammen und bildeten menschliche Gestalten.

Knochengolems.

Mist!

Eine neue Salve der Katapulte hatte weitere Fässer auf unser Ufer geschleudert. Ich eilte den Spielern zur Hilfe. Sie hatte sich aufgeteilt: Zwei Krieger mit Schilden waren nach vorne gekommen und schlachtete die Untoten ab, ein Lanzenreiter stach mit seiner Waffe von hinten auf die Zombies ein, während die Bogenschützen auf den Hügel stiegen, von dem aus sie mit geringem Erfolg einen Pfeil nach dem anderen abschossen.

Ich tarnte mich, lief hinter die feindlichen Reihen entlang und hieb von dort aus mit dem Flammenschwert auf die Gegner ein. Zu meiner Überraschung schnitt die Wellenklinge bemerkenswert leicht durch ihr Rückgrat. Die Golems stürzten als Knochenhaufen zu Boden.

Die Spieler hatten die beiden verbleibenden Skelette erledigt und durchsuchten sie schnell, weil sie auf Beute hofften. Ich starrte enttäuscht auf die Erfahrungspunkte, die ich gerade für das Töten bekommen hatte.

Kein Vergleich zu den Verlieswächtern in den schwarzen Rüstungen!

Weitere Fässer landeten auf dem Boden, weitere Knochen regten sich. Das bemerkten die Spieler und machten sich eilig daran, die Skelette der Reihe nach zu vernichten, während ich den Bogenschützen, die von Stein zu Stein sprangen, zurief: „Habt ihr Mia gesehen?"

„Die kleine Diebin?", antwortete ein Elf und schob sich das geflochtene Silberhaar zu Seite. „Sie war gerade noch hier!"

„Wo ist sie hin?"

„Habe ich nicht gesehen!"

Die dritte Salve Fässer schoss über den Platz und zerbarst am Abhang über uns.

Zwischen den Steinen flammten magische Feuer auf. Die Bogenschützen brachten sich eilig vor den Skeletten in Sicherheit. Diesmal entdeckte ich unter ihnen einige Todesjünger. Die Krieger mit den erhobenen Schilden stiegen die Anhöhe hinauf, während ich darum herum lief, weil ich von der anderen Seite auf den Hügel klettern und die Untoten von hinten angreifen wollte.

Als ich den Platz verließ, stieß ich auf Ripper und Dornenmeister und rief ihnen im Vorbeilaufen zu: „Habt ihr Mia gesehen?"

„Komm mit!", bedeutete der Krieger mir. „Sie ist da drüben!"

Wir eilten die Straße hinunter und bogen dann auf einen im Gebüsch versteckten Pfad ab, der uns schon bald auf ein felsiges Plateau führte, von dem aus er sich in einer steilen Schlucht weiterschlängelte.

Plötzlich bemerkte ich, dass ich allein war. Die Spieler hatten sich zurückfallen lassen.

Was zum Teufel sollte das?

Ich bog um eine Kurve und stieß fast mit einem Todesjünger zusammen, der in den langen

Zweigen eines Dornbusches feststeckte. Die Dornen hatten sich tief in sein totes Fleisch gebohrt. Ernsthaften Schaden konnten sie ihm nicht zufügen, sondern hielten ihn nur an Ort und Stelle.

Der Kristallschädel auf seinem Stab begann, blau zu leuchten. Instinktiv wich ich zurück, doch zu spät: Der magische Dornbusch versperrte mir bereits den Rückzug und wurde von Sekunde zu Sekunde größer.

Das war das Werk des Druiden! Diese Mistkerle!

Todeszauber: Immunität!

Der Zauberspruch des toten Hexenmeisters fuhr durch mich hindurch und brannte ein Loch in den Dornbusch. An den versengten Stellen sprossen auf der Stelle neue Schösslinge.

Der Druide und sein Kumpel waren nicht vor der Schlacht geflüchtet, sondern hatten mich in eine Falle gelockt. Gegen einen Todesjünger hatte ein gewöhnlicher Spieler keine Chance.

Etwas weiter weg sah ich einen Fetzen schwarzen Samt. Nach Mia musste ich also nicht mehr suchen.

Diese Mistkerle! Sie lockten andere Spieler in eine Falle und plünderten dann die Leichen!

Abschaum.

Wie gern hätte ich die beiden in Stücke gehackt!

Statt gegen den ständig wachsenden Busch anzukämpfen, zog ich Seelentöter und ging in aller Ruhe auf den Jünger zu, der noch weitere Kampfzauber in meine Richtung schleuderte. Ich grub ihm den Haken unter das Schlüsselbein und zog mit meinem ganzen Körpergewicht daran, sodass die Verletzung besonders groß wurde. Der Haken drang durch das tote Fleisch und die Knochen. Ich ließ los, schnitt dem Monster dann die Kehle durch und brach ihm das Rückgrat.

Sein Kopf sank ihm auf die Brust. Er ließ seinen Stab fallen, den ich gerade noch rechtzeitig auffangen konnte. In meinen Händen zerfiel er. Nur zu gern hätte ich noch einen Kristallschädel in meiner Sammlung gehabt, doch auch dieser löste sich in Staub auf.

Egal.

Ich schob mir den Haken wieder in den Gürtel, zog das Flammenschwert aus seiner Scheide und lief den Pfad hinunter. Mittlerweile waren die Dornenzweige schon so zusammengeschrumpft, dass ich sie mit einem einzigen Schwerthieb zerschlagen konnte.

Ich tarnte mich und kehrte auf die Straße

zurück. Die beiden Mistkerle waren nirgends zu sehen. Schade. Ich hatte ernsthaft vor, sie in Stücke zu reißen. Ob ich dafür als Spielermörder gebrandmarkt wurde, war mir egal. Das hätte ich bereitwillig in Kauf genommen.

Leider hatten die beiden zwielichtigen Gestalten schon die Biege gemacht. Mein Zorn ebbte allmählich ab, ich ging wieder in Richtung Platz und blieb dann mit offenem Mund wie angewurzelt stehen.

Der mächtige Wind toste über den Platz. Staubwirbel tanzten um die Leichen und Knochen und bildeten einen gigantischen Tornado, aus dem schließlich ein Knochendrachen in den Himmel aufstieg.

Die Bogenschützen auf dem verbliebenen Turm versuchten, ihn abzuschießen. Das bemerkte die untote Kreatur und stieß die Abschussplattform, auf der sie standen, mit einem kräftigen Flügelschlag in den Fluss.

Die Brücke war gefallen. Damit stand der Armee der Toten der Weg in die Stadt offen.

7

DIE TOTEN HATTEN weder tagsüber noch bei Sonnenuntergang angegriffen. Erst bei Einbruch der Dämmerung marschierten ihre Truppen in die Schlucht zwischen den Hügeln. Bis dahin waren die meisten überlebenden Spieler bereits in das Gasthaus zurückgekehrt. Die Moderatoren hatten den Verteidigern der Stadt absichtlich genug Zeit gelassen, wieder zu Kräften zu kommen. Dennoch hatten unsere dezimierten Reihen nicht die geringste Chance, die Invasion zurückzuschlagen.

Doch obwohl Stone Harbor nicht von Stadtmauern umgeben war, verschwendete Grakh keinen Gedanken daran, den Rückzug anzuordnen.

„Das ist ein Haufen hirntoter Zombies!", verkündete er lautstark über das Stimmengewirr hinweg. „Die können sich kaum bewegen. Sofern wir nicht in Panik geraten, löschen wir sie aus!"

Irgendwie zweifelte ich daran, dass seine beherzte Ansprache irgendjemandem Mut machte. Immerhin wurde er nicht ausgelacht, denn schließlich musste man sich an der aussichtslosen Schlacht beteiligen, wenn man Verteidiger von Stone Harbor werden wollte. Kam man dabei ums Leben, so verlor man lediglich seine Erfahrungspunkte. Für alle Anwesenden war es nur ein Spiel.

WIR HATTEN BESCHLOSSEN, uns den Toten an

der Straßensperre am Stadtrand zu stellen. Unsere Krieger gingen hinter der hohen Barrikade in Deckung, die Bogenschützen stiegen auf die umliegenden Dächer.

Grakh ließ mich in der Reserve. Während die Vorbereitungen für die Schlacht im Gange waren, suchte ich nach Ripper und Dornenmeister, konnte sie jedoch nirgends entdecken.

Zu schade.

Schon bald hatten wir Wichtigeres zu tun. Die erste Welle der Toten brach über uns herein. An der Barrikade fand ein regelrechtes Massaker statt. Mit den dummen, unbeholfenen, unbewaffneten Zombies wurden die Spieler mühelos fertig. Allerdings bildeten die nur die Vorhut für die Legionäre, auf die wiederum die verlorenen Seelen folgten. Unsere Bogenschützen auf den Dächern waren mit den feindlichen Bogenschützen beschäftigt und konnten unsere Krieger nicht mehr unterstützen.

Pfeilsalven prasselten jenseits der Barrikade auf den Boden. Jemand schrie vor Schmerz auf. Bei einem anderen Krieger prallte eine Pfeilspitze von der robusten Rüstung ab. Zum Glück war ich durch meine Ausweichkraft vor dem tödlichen Regen geschützt, denn ich schien im Voraus zu wissen, wo die Geschosse landen würden, und bewegte mich wie von selbst genau so, dass sie mich nicht trafen.

Und dann mussten wir feststellen, dass die Armee der Toten es ernst meinte. Während die Legionäre den Großteil unserer Streitkräfte beschäftigten, schwärmten die Toten in die umliegenden Straßen aus und griffen die wenigen Verteidiger der Stadt an den Flanken an. Diese konnten nicht viel Widerstand leisten und zogen sich in Panik zum Turm der Macht zurück.

„John!", rief Grakh. „Bring mehr Leute her! Sie dürfen uns nicht umzingeln!"

Mehr Leute? Wir waren nur noch eine Handvoll: der blutüberströmte Lanzenreiter, ein Krieger, dessen linker Arm nutzlos herabhing, und ein Ritter, der zwar mächtig, in seiner mit Pfeilen und Armbrustbolzen übersäten Rüstung aber viel zu unbeholfen war. Dazu kam ich.

Da uns nichts anderes übrigblieb, wandte ich mich an meinen angeschlagenen Trupp. „Folgt mir!"

Wir eilten die Straße hinunter, bogen um eine Ecke und stießen direkt auf eine Horde Zombies. Das hatte uns gerade noch gefehlt! Da sie nur rostige Schwerter und Streitäxte bei sich hatten, konnten wir sie überwältigen und weiter zur Kreuzung laufen. Von dort aus führte eine gerade Straße direkt zum Hauptplatz.

Allerdings lockte dieser strategisch wichtige Ort nicht nur uns an. Ein blasser Schein lag in der nächtlichen Dunkelheit.

„Zurück!", rief ich.

Zu spät. Die Kugel aus gespenstischem Licht traf den Lanzenreiter, der taumelte und sich mit erhobener Waffe zu uns umdrehte. In seinen Augen leuchtete ein bedrohlicher, hellblauer Schein. Angreifen konnte uns der neuerschaffene Zombie jedoch nicht, denn der Ritter, der hinter ihm lief, zerschmetterte ihm mit der behandschuhten Faust den Schädel.

Blut und Gewebe flogen durch die Gegend.

Ich stürmte vor und fing den nächsten Angriff selbst ab. Meine Immunität gegen Zauberkraft ließ mich nicht im Stich. Die nächste Attacke versengte mich mit einer Welle der Kälte, konnte mir jedoch nichts anhaben.

Der blassgesichtige Zauberer, lang wie eine Bohnenstange, hob erneut den Stab. Ich tarnte mich rasch, holte mit dem Flammenschwert aus und verpasste ihm einen gewaltigen Hieb, bei dem der Schaden durch meine Konstitution verstärkt wurde. Im allerletzten Augenblick bemerkte er meinen Angriff, sodass mir kein kritischer Treffer gelang, doch die Wellenklinge hieb ihn in zwei Teile, vom linken Schlüsselbein zum rechten Oberschenkel. Ich hatte ihn im wahrsten Sinne des Wortes durchtrennt.

Der Nächste bitte!

Erfahrung: +300 [7 694/8 950]; +300 [7 738/8 950]

Untoter, du steigst ein Level auf! Schurke, du steigst ein Level auf!

Du erhältst die Errungenschaft „Gewohnheitstäter"!

Mein Erfolg beflügelte mich. Ich ließ mich nicht beirren, köpfte ein Skelett, das mit einer Hellebarde ausgerüstet war, und ließ dann einem Zombie-Armbrustschützen das Schwert auf den aufgequollenen Kopf krachen, auf dem ein rostiger Stahlhelm aus dem Zweiten Weltkrieg saß.

Der gigantische tote Bergtroll bog um die Ecke. Sein Kopf reichte bis zu den Fenstern in der zweiten Etage, seine massigen Schultern blockierten die gesamte Straße.

Als er seine Klauenhand hob, duckte ich mich unter der aufgequollenen Faust hinweg und zog ihm das Flammenschwert über sein ungeschütztes Knie. Das Schwert drang erstaunlich leicht in das verwesende Fleisch, jedoch nicht bis auf den Knochen. Ich musste seinem nächsten Angriff ausweichen und mich zurückziehen.

Dennoch wusste ich jetzt, dass ich es schaffen konnte.

Der tote Troll war riesig und stark, aber schrecklich langsam. Er konnte einfach nicht schnell genug auf meine Attacken reagieren. Bei dem Versuch, ihm mit jämmerlichen Dolchen die Haut zu durchbohren, wäre jeder andere Schurke gescheitert. Ich jedoch nicht.

Ich hatte mein Flammenschwert.

Verdammt! Der Ritter folgte meinem Beispiel, hob sein beidhändiges Schwert und stürzte sich furchtlos ins Getümmel. Der Troll packte ihn um die Taille und schleuderte ihn mit dem Kopf voran gegen die Wand, quetschte seine Leiche dann zusammen und warf sie beiseite wie eine leere Tube Zahnpasta, sodass sich der Boden rot färbte.

Ich zog dem Ungeheuer das Flammenschwert über die aufgequollene Hand und trennte dabei seinen kleinen Finger ab. Eiter sickerte aus der Wunde. Der Troll drehte sich unbeholfen um und bot mir damit die ideale Gelegenheit zum nächsten Angriff auf seine Beine. Diesmal verwendete ich den „Kraftvollen Hieb". Das Schwert durchschnitt das Fleisch und traf die Kniescheibe. Fast wäre es mir dabei aus der Hand geflogen, doch der Troll erlitt einen

✝ Der Weg eines NPCs ✝

„Verkrüppelnden Treffer".

Seine massige Gestalt neigte sich bedrohlich zur Seite. Ich konnte ihm gerade noch ausweichen, dann schlug er auf das Pflaster auf. Mit einer Hand griff er in ein Fenster im ersten Stock, um wieder auf die Füße zu kommen, doch es gelang ihm nicht. Er steckte fest.

Diese Chance ließ ich mir nicht entgehen. Ich schoss zurück zu ihm und versenkte die Spitze des Flammenschwerts in seinem hervorquellenden Auge. Die Waffe drang ohne Widerstand bis in das Gehirn des Monsters.

Der Troll öffnete das Maul, sodass seine fauligen Zähne zum Vorschein kamen. Er erschauerte und starb, diesmal endgültig.

Hinrichtung! Der Tote Bergtroll wurde getötet!

Ich heulte triumphierend auf und zog das besudelte Schwert aus seiner Augenhöhle. Aus Gewohnheit warf ich einen Blick auf meine Erfahrungspunkte.

Großer Fehler. Ein letzter Schauer lief durch den Körper des Trolls. Seine Hand, die noch immer im Fenster hing, zuckte. Das Mauerwerk gab nach und stürzte direkt über mir zusammen.

✝ Toter Schurke ✝

RASEN. STEINE. NIESELREGEN.

Ich war im Morgengrauen auf einem Hügel respawnt.

„Guten Morgen, Onkel John!", begrüßte der Junge mich. Er saß auf einem moosbewachsenen Felsen neben einem Busch.

Von den herabgestürzten Steinen dröhnte mir noch der Kopf, doch ich brachte ein Lächeln zustande. „Hey, Kleiner. Mach doch bitte Feuer."

„Hier ist ein Drache in der Nähe."

Damit konnte er nur einen meinen: den Knochendrachen.

Ich ging zum Rand des Steilhangs. „Wo ist er?"

„Jetzt sehe ich ihn gerade nicht", sagte der Junge. „Normalerweise kreist er um den Turm. Aber ab und zu fliegt er auch über den Fluss."

Von diesem Hügel aus hatte man einen hervorragenden Ausblick auf Stone Harbor. Zu meiner großen Überraschung war die Schlacht in der Stadt noch immer im Gange. Häuser brannten, Kampfzauber zuckten durch die Luft. Die Armee des Lichts versuchte, direkt hinter dem Feind den Fluss zu überqueren. Dennoch leisteten die Toten Widerstand und kämpften im wahrsten Sinne des Wortes bis in den Tod. Die Luft vibrierte vor magischer Energie, ein gespenstischer Schein erstreckte sich über den

Boden und stieg dann in den Himmel auf.

Offenbar hatten die Untertanen des Turms der Verwesung diese Runde für sich entschieden. Früher oder später würden sie die wenigen Verteidiger der Stadt erledigen. Die Armee des Lichts würde sich schwer damit tun, die Verteidigung zu durchbrechen.

„Kommen die Toten nicht hierher?", fragte ich den Jungen, als ich etwa 20 düstere Gefangene entdeckte, allesamt Stadtbewohner, die von einem Todesjünger und einem halben Dutzend Zombie-Armbrustschützen irgendwo hingeleitet wurden.

„Nein", erwiderte der Junge. „Das trauen sie sich nicht. Nur der Drache fliegt herum."

Ich setzte mich neben ihn auf einen Felsen und streckte die Beine aus.

„Onkel John, willst du deinen Schädel zurück?", fragte der Junge. „Der ist irgendwie komisch. Manchmal wird er innen richtig kalt."

„Es wäre mir lieber, wenn du ihn noch etwas behältst", bat ich und öffnete die Spielstatistik. Ich musste meine neuen Punkte verteilen. Und was war das für eine komische Errungenschaft, „Gewohnheitstäter"?

Ich öffnete die Beschreibung. Wow!

25 Level mit einer Waffe!

✦ Toter Schurke ✦

Blutiges Flammenschwert (Ausrüstung der Toten)

+3 % bei Schaden und Genauigkeit

Hatte ich gerade ‚Wow' gesagt? Das war einfach unglaublich!

Zusammen mit meinen bisherigen Errungenschaften waren Schaden und Genauigkeit jetzt um 5 % erhöht. Das war nicht zu verachten!

Und wenn ich mein Schwert 50 Level lang behalten konnte, welche Belohnung würde ich dann wohl bekommen?

Schnell klopfte ich auf den nächsten Baum, da ich es nicht verschreien wollte.

Auf gar keinen Fall.

Normalerweise entwickelten sich Spieler in einem Spiel anfangs recht schnell weiter. Hatte man jedoch erst einmal Level 50 erreicht, musste man sich jeden kleinen Bonus hart erkämpfen. Selbst mit echtem Geld konnte man dann nur wenig erreichen. Vermutlich war ich einfach ein Sonderfall. Vielleicht dauerte es eine Weile, bis ich die Höchstgrenze erreichte, doch das war nur eine Frage der Zeit.

Ich erhöhte die Beweglichkeit um einen Punkt und überlegte dann hin und her, bevor ich den anderen Punkt in Wahrnehmung investierte, die sich direkt auf meine Energiereserve auswirkte. Ich musste unbedingt dafür sorgen, dass ich so lange wie möglich inkognito bleiben konnte.

Aus der Liste der Fähigkeiten suchte ich mir „Angriffen entgehen" aus. Statt die Kampffähigkeiten zu verbessern, erhöhte ich lieber Inkognito, das mir jetzt angeboten wurde.

Und da erlebte ich eine große Enttäuschung. Dummerweise hatte ich geglaubt, dass diese Fähigkeit nun weniger Energie kosten würde, doch das Gegenteil war der Fall.

Inkognito II
Mittlerweile bist du so geübt darin, dich vor unerwünschten Blicken zu schützen, dass du sie spüren kannst.
Wahrnehmungsbonus: Die Fähigkeit „Aufmerksamer Blick", mit der du spürst, wenn jemand die Augen auf dich gerichtet hat.
+10 % Tarnung

War das alles? So viel zu meinen Hoffnungen! Hätte ich mal lieber eine neue Kampf- oder Fechttechnik gelernt! Wirklich ärgerlich!

Leider konnte ich meine Entscheidung nicht rückgängig machen.

Was sollte es. Ich würde es überleben.

„Da kommt der Drache", sagte der Junge plötzlich und zog sein feuchtes Hemd fester um seine zitternde Gestalt.

Ich riss mich aus meinen Grübeleien. „Wo siehst du ihn?"

Dann entdeckte ich ihn selbst, einen grauen Schatten, der über die Landschaft huschte.

Der Knochendrachen flog auf die Stadt zu. Er glitt sehr tief dahin, folgte dem Verlauf der Hügel wie eine Rakete mit magischen Flügeln. Eine Art Nebel hüllte ihn ein und verbarg seine Konturen, sodass er eine formlose Masse bildete. Hinter ihm welkte das Gras, Bäume zerfielen zu federleichtem Staub, der sich auf die versengte Erde legte.

Selbst aus dieser Entfernung war noch ein Hauch des Todeszaubers zu spüren, den er versprühte, verlockend und abstoßend zugleich. Genau das hatte ich bereits mit dem Stück der Seelensphäre erlebt.

Der Drache schoss auf die Stadt zu. Als er die Außenbezirke erreicht hatte, stieg er hoch in die Luft, schlug einen scharfen Bogen und tauchte dann im Schutze des Qualms, der in der Luft lag, hinab zum Turm der Macht.

Die Schatten schlossen sich über ihm,

doch die Kreatur durchbrach sie erstaunlich mühelos und flog weiter. Im ersten Augenblick realisierte ich gar nicht, was geschehen war, denn das Monster wirkte vollkommen unversehrt. Dann jedoch zerfiel es zu Knochenstaub, der auf die umliegenden Dächer herabregnete.

Der Herr der Schattenmarionetten hatte sein innerstes Wesen zerstört.

So etwas hatte ich noch nie gesehen!

Ob es den Toten gelingen würde, die Stadt einzunehmen, bevor die Mächte des Lichts sie vernichteten? Oder war mit Verstärkung für die dunkle Seite zu rechnen?

Fraglich. Das Wetter wurde immer schlimmer. Der Himmel hatte sich verdunkelt, die Böen des schneidenden Winds brachten noch mehr Regen.

Der Wind riss mir die Kapuze vom Kopf. Ich hielt sie fest und überlegte, was ich nun tun sollte. Lohnte es sich, zum Turm der Macht zu gehen und dann wie alle anderen Spieler als Held zu sterben? Was würde ich ihnen nützen? Vermutlich gar nichts.

Hier auf dem windgepeitschten Hügel konnte ich allerdings auch nicht bleiben.

Wie wäre es mit dem Leuchtturm? Ich spähte hinüber zu dem weit entfernten Turm, der von Blitzen umzuckt wurde. Nach einigem Zögern beschloss ich, mich dort umzusehen. Der Turm war schon so oft in so vielen Gesprächen erwähnt worden, das konnte kein Zufall sein.

Und selbst wenn, was hatte ich schon zu verlieren? Zeit? Schließlich hatte ich keine dringenden Termine.

„Na komm", sagte ich zu dem durchnässten Jungen. Über einen schmalen Pfad liefen wir den Hügel hinab und stiegen dann direkt den nächsten hinauf.

Der Hof vor dem Bauernhaus war mit toten Zombies übersät. Ich aktivierte den Inkognito-Modus — auch wenn ich keine Energie verschwenden wollte, blieb mir nichts anderes übrig, um in die Nähe des Portals zu gelangen. Kinkerlitzchen wie die Errungenschaft „Verteidiger von Stone Harbor" würden mir dort nicht weiterhelfen.

Die Anzeige für diese Errungenschaft lag nach wie vor nur bei 75 %. Sollte ich vielleicht ein paar Tote erledigen?

Lieber nicht. Die Untertanen des Turms der Verwesung machten einen großen Bogen um die Hügel. Und sie in der Stadt oder an der Brücke anzugreifen, war viel zu riskant.

Damit stand die Entscheidung fest. Ich musste zum Leuchtturm.

ICH FOLGTE DEM Gewirr aus Pfaden, die sich über steile Hügel zogen, und kam meinem Ziel allmählich näher. Der Himmel über mir verfinsterte sich bedrohlich. Immer wieder trafen Blitze die silbrige Figur auf dem Dach des Leuchtturms. Die schwarzen Gewitterwolken drehten sich zu Spiralen, während uns die Windböen fast von den Füßen wehten.

Der Regen machte die Situation nicht besser. Ich war bis auf die Haut durchnässt.

Hin und wieder warf ich einen Blick auf den Jungen, doch ihm schien nichts etwas auszumachen. Barfuß lief er durch die Pfützen, ohne sich über Kälte oder Wind zu beklagen.

Mist. Irgendwie hatte ich mir angewöhnt, ihn als Menschen zu betrachten. Dabei war er nur ein Haufen Pixel. Verwendete man hier überhaupt Pixel? Naja, das spielte keine Rolle. Jedenfalls war er nur Teil eines Programmcodes, nützlich zwar, mehr aber auch nicht. Ein Programmcode fror nicht.

Ich allerdings auch nicht.

Ein nasser, missmutiger Scharfrichter war ein jämmerlicher Anblick, das stand außer Frage.

Der Wind wurde immer heftiger. Der Himmel war mittlerweile dunkel. Jetzt trafen die Blitze auch die Bäume neben dem Leuchtturm. Der Gedanke, dass der Griff des Schwerts auf meinem Rücken als Blitzableiter dienen könnte, war nicht gerade beruhigend. Ich konnte gut darauf verzichten, von einem Mega-Millionen-Volt-Treffer bei lebendigem Leib gegrillt zu werden. Keine angenehme Vorstellung.

Ich zog die Schultern hoch und beschleunigte mein Tempo. Der Pfad führte den Hügel hinauf. Der Leuchtturm ragte vor mir in den Himmel, seine Spitze bohrte sich in die tiefstehenden Wolken.

Der unablässige Donner dröhnte mir in den Ohren. Von den zahllosen Blitzen brannten mir die Augen. Eilig lief ich durch die weit geöffnete Tür, ohne vorher auf mögliche Fallen zu achten.

Schlimmer als die Blitze konnten sie nicht sein.

Der Boden im Leuchtturm war mit Fußabdrücken übersät. Es sah aus, als hätte hier ein ganzer Trupp Kämpfer Zuflucht gesucht. Das Gefühl, beobachtet zu werden, jagte mir Schauer über den Rücken. Ich sah mich um, entdeckte aber niemanden, deshalb betrat ich die Wendeltreppe, die an der Innenwand des Turms entlanglief. Nach unten führten ebenfalls Stufen, doch dort hatte ich nichts verloren.

„Warte hier", sagte ich zu dem Jungen und stieg hinauf.

Der Leuchtturm war ziemlich hoch. Sehr

hoch sogar. Von außen hatte er nicht einmal halb so groß gewirkt. Ich stieg die schmale Treppe hinauf, an der es keinerlei Geländer gab. Hin und wieder stieß ich auf schmale Schlitze in der dicken Wand. Erst konnte ich noch die Dächer unter mir, die Hügel und den tosenden See erkennen, dann verdeckten die Fetzen der niedrigen Wolken und die Blitze, die um die Turmspitze zuckten, jede Aussicht.

Der Donner wurde noch lauter. Es roch nach Ozon. Die Luft war so elektrisch aufgeladen, dass mir die Haare zu Berge standen. Am liebsten wäre ich nicht weitergegangen — aber auf halber Strecke umzudrehen kam mir ziemlich albern vor. Ich hatte schon so viel Zeit verschwendet, dass ich genauso gut weiterlaufen konnte.

Als ich die obere Ebene erreicht hatte, kroch ich fast auf allen vieren. Der Wind schlug mir mit aller Macht ins Gesicht und hätte mich fast in den bodenlosen Turm geworfen. Ich hatte wahnsinnige Angst.

Nur ein Spiel? Ganz und gar nicht!

Wie lange war ich schon hier? Einen Monat? Hier kam mir alles viel zu echt vor. Beunruhigend echt.

Ich erreichte den Durchgang und wagte einen Blick hinaus.

Der Kristall auf seinem Podest war so groß

wie der Kopf eines Bergtrolls. Er war grau und reglos. Tot, würde ich sagen. In seinem Inneren pulsierte noch immer seine Kraft, doch sein Zauber strahlte nicht mehr, sondern schien vielmehr alles um ihn herum mit seiner seltsamen Krankheit anzustecken. Es war, als würde die Welt vergiftet und dadurch düster und abweisend.

Für mich galt das jedoch nicht. Schließlich war ich sowieso schon tot. Mausetot.

Doch selbst ein Toter wie ich fühlte sich neben diesem abscheulichen Ding unbehaglich.

Ich wich zurück. Erst krabbelte ich die Stufen rückwärts auf allen vieren hinunter, dann erhob ich mich auf die Füße und eilte hinab.

Vermutlich wäre es schneller, einfach hinunterzuspringen. Ich verdrängte den ketzerischen Gedanken und lief schneller, wobei ich die Stufen zählte.

Eins, zwei … irgendwann verlor ich den Faden und hörte auf. Sinnlos. Und als ich endlich unten angekommen war, starrte ich misstrauisch auf die finstere Öffnung zum Keller.

Sicher hatten die zahllosen Spieler vor mir bereits alles erbeutet, was sich auch nur im Geringsten lohnte. Es war die reinste Zeitverschwendung, dort hinabzusteigen. Andererseits — warum nicht?

Schließlich war hier alles nicht echt. Vielleicht hielt das Spiel eine Überraschung für mich parat?

Vorsichtig trat ich auf die schlammige Stufe.

„Onkel John!", rief der Junge. „Kann ich mitkommen? Allein ist es hier so unheimlich."

Die Atmosphäre im Leuchtturm war tatsächlich erstaunlich bedrückend. Der Wind pfiff durch die Fensterrahmen. Die mächtigen Wände erzitterten jedes Mal, wenn das Gebäude von einem Blitz getroffen wurde. Der Kleine tat mir leid.

„Na, dann komm", sagte ich, doch dann fiel mir ein: „Ist es dort nicht zu dunkel für dich? Ich habe keine Lampe."

Der Junge zog eine Fackel aus ihrer Wandhalterung und steckte sie mit geübten Griffen mithilfe einer Zunderbüchse an.

„Erledigt!", grinste er breit.

Wir gingen die Treppe hinunter. Im flackernden Schein der Fackel entdeckte ich Brandspuren an der Steindecke. Dann stießen wir auf eine dicke Tür, die man aus den Angeln gerissen hatte. Etwas weiter unten war der Durchgang einst offenbar von rostigen Stäben versperrt gewesen, die nun aufgebogen waren. In der Nähe lag auf der Treppe ein geknacktes

Schloss.

Wir stiegen weiter hinab. Die Wendeltreppe schien tief hinunter in den Berg zu führen. Die Stufen waren mit Erdklumpen übersät, die die Stiefel früherer Passanten, menschlich oder nicht, breitgetreten hatten. Immer wieder sah ich misstrauisch hinauf zur Decke, doch das Mauerwerk wirkte stabil.

Woher die Erde kam, blieb ein Rätsel.

Schließlich führte uns die Treppe zu einem Gang, der geradeaus weiterlief. Ich bedeutete dem Jungen, er sollte stehenbleiben, und lauschte. Die Stille war undurchdringlich. Nicht einmal das Gewitter war noch zu hören.

Ich horchte eine Weile, dann gingen wir vorsichtig weiter. Sorgfältig betrachtete ich den Boden unter unseren Füßen, entdeckte aber keine Spur von Fallen. Der Tunnel war von halb abgebrannten Fackeln gesäumt, die an den Wänden hingen. Der Junge zündete alle, an denen wir vorbeikamen, wieder an. Schon bald leuchtete hinter uns eine lange Reihe von Lichtern.

Vor uns lag nur undurchdringliche Dunkelheit.

Aus unerklärlichen Gründen machte mir das zu schaffen. Jagte mir sogar Angst ein.

Das war nicht normal. Ein Toter sollte sich

---

nicht im Dunkeln fürchten.

Andererseits konnte man nicht ahnen, wer oder was sich in diesem trockenen, dunklen Keller versteckt haben mochte.

Oder sollte ich es eher als *Krypta* bezeichnen? Das war kein gewöhnlicher Keller. Es war ein Grab.

Hier waren die Wände mit leeren Grabkammern gesäumt. Nach einiger Zeit stießen wir auf einige Gräber, die einst offenbar verschlossen und versiegelt gewesen waren. Auf den Steindeckel prangten die verschiedensten Namen und anderen Symbole, am häufigsten ein Phoenix.

Je weiter wir kamen, desto kunstvoller wurden die Gravuren, als wären die späteren Bestattungen erfolgt, als sich die Stadt bereits im Niedergang befand.

„Onkel John, werden hier die Leuchtturmwärter begraben?", fragte der Junge.

Ich zuckte die Schultern. Zumindest sah es danach aus.

Eine Zeitlang fürchtete ich, wir könnten auf Grabräuber stoßen, aber offenbar hatte man keines der Gräber angerührt. Weder Schädelstücke noch angenagte Knochen lagen umher. Ich sah nur Fußabdrücke auf dem Boden.

Dann weitete sich der Korridor zu einer großen, unterirdischen Halle mit gewölbter Decke. Der Junge ging die Wand entlang und zündete die Fackeln an. Ich brauchte kein Licht und näherte mich direkt dem tiefen Loch in der Mitte des Bodens.

Hier waren die komplexen Marmorfliesen zerbrochen, der Boden mit Steinstücken und Erdklumpen übersät.

„Was ist das, Onkel John?", fragte der Junge, nachdem er seine Runde beendet hatte.

Ich blickte in das aufgerissene Loch. Es schien knapp zwei Meter tief zu sein.

Ich zuckte die Schultern. „Ein Grab?"

Es war tatsächlich ein Grab. Und man hatte es erst kürzlich ausgeraubt. Die Fußabdrücke auf dem schmutzigen Boden waren noch sehr frisch. Vermutlich war es keine Woche her, dass die Räuber hier gewütet hatten. Nach den üppigen Gravuren zu urteilen ruhte hier eine sehr wichtige Person. Aber wieso um alles in der Welt hatten die Räuber nicht nur den Schmuck, die Waffen und die kostbare Rüstung, sondern auch den Sarg selbst mitgenommen?

Oder war da etwa kein Sarg gewesen?

Ob Sarg oder nicht, hier musste ein Toter gelegen haben, so viel stand fest.

Ich wollte mich schon zum Gehen wenden,

---

als hinter meinem Rücken ein gespenstisches Stöhnen ertönte.

Ich zog das Flammenschwert — doch mein Gegner stellte sich als Geist heraus. Nur eine schimmernde, weiße Wolke.

Na toll. Wo war mein Seelentöter?

„Hilf mir!", jammerte der Geist. „Hilfe!"

„Halte dich fern", warnte ich ihn und ging rückwärts zur Tür.

„Alles in Ordnung, Onkel John?", fragte der Junge besorgt. „Was ist los? Mit wem redest du?"

Ich warf ihm einen raschen Blick zu. Das bemerkte der Geist.

„Er kann mich nicht sehen", erklärte er mit normaler Stimme. „Mit der Welt der Geister können nur diejenigen sprechen, die über magische Fähigkeiten verfügen."

Ich lachte. Ein Magier war ich nun wahrlich nicht. „Das ist nicht dein Ernst!"

„Und Tote auch. Aber sie reden meistens nicht gern."

Damit hatte er einen wunden Punkt getroffen, deshalb wechselte ich schnell das Thema. „Was willst du?"

„Ich will, dass du meinen Körper zurück in mein Grab bringst!", verlangte der Geist.

Sofort erschien eine neue Systemnachricht, die mir die Quest „Geraubte Überreste" anbot.

Ich hatte es jedoch nicht eilig, sie anzunehmen. „Was springt dabei für mich heraus?", fragte ich.

„Ich bin der erste Leuchtturmwächter und der Großmeister des Ordens des Silberphoenix!", verkündete er.

Falls er mich damit beeindrucken wollte, war er jämmerlich gescheitert. „Du *warst* der erste Leuchtturmwächter", grinste ich. „Jetzt bist du nur noch ein Haufen Knochen. Im wahrsten Sinne des Wortes."

Seine Aura begann, zu funkeln und zu wabern. Dennoch hielt der Geist seinen Ärger im Zaum und erläuterte mir die Belohnungen. „Wenn du meine sterblichen Überreste zurückbringst, lasse ich dich am heiligen Wissen des Ordens teilhaben."

Ich schnaubte höhnisch.

Meine Skepsis war unübersehbar. Der Geist erhöhte den Einsatz. „Der Welt der Geister wurde vieles enthüllt. Ich weiß, dass du dich für die Ausrüstung der Toten interessierst. Wenn du mir hilfst, beschaffe ich dir eines der Bestandteile."

„Welches?", wollte ich wissen.

„Das, das du am nötigsten brauchst."

Das Versprechen war, gelinde gesagt, sehr vage, aber meine Neugier war geweckt. Ehrlich gesagt: Dieser Typ wusste, wie er mich ködern musste.

„Einverstanden!", sagte ich und akzeptierte die Quest. „Wo sind deine Knochen jetzt?"

„In den Hügeln östlich von hier", verriet der Geist mir. „Nicht sehr weit weg. Vermutlich nur einen guten Kilometer. Sie liegen in einer Art Verlies. Den genauen Ort kenne ich jedoch nicht."

Der Schein verblasste, als der Geist die Grabkammer verließ. Ich hatte auch nicht vor, noch länger dort zu bleiben.

„Onkel John", wollte der Junge wissen, der vor Neugier fast platzte. „Mit wem hast du gerade geredet?"

Dann jedoch verstummte er und stieß hervor: „Onkel John!"

„Aufmerksamer Blick"!

Meine neue Fähigkeit fuhr mir wie eine eisige Nadel ins Herz. Ich wirbelte herum. Ein schwarzer Schatten glitt unter der Fackelreihe durch den Korridor.

Offenbar war dem Fremden klar, dass ich ihn entdeckt hatte. Ruhig trat er in die Grabkammer. Es war Karl Blitzschlag, der Zauberer aus dem Gasthof.

Er grinste und sagte ohne Umschweife:

„Hör zu, Vogelscheuche! Zufällig habe ich dein Gespräch mitgehört. Hast du etwas dagegen, wenn ich mich dir anschließe? Zusammen wird es einfacher."

Er war dürr und hochgewachsen, wie ein erfahrener Spieler wirkte er nicht. Aber wenn es eine Spielerklasse gab, die man nicht nach ihrem Äußeren beurteilen sollte, waren es Zauberer.

Ich zögerte kurz und nannte dann meine Bedingungen. „Die Ausrüstung der Toten gehört mir. Mit dem heiligen Wissen kannst du anfangen, was du willst. Einverstanden?"

„Klar." Er akzeptierte meine Bedingungen und streckte mir die Hand entgegen, da er die Absprache offenbar rasch besiegeln wollte. „Du kannst mir die Einladung schicken."

Irgendetwas glitzerte in der Hand des Zauberers. Sofort regte sich meine tote Seite. Statt zurückzuweichen und ihn zu befragen, ging ich zum Angriff über.

Meine Attacke war schnell und kraftvoll.

„Plötzlicher Hieb"! „Kraftvoller Hieb"! „Klauen der Finsternis"!

Ich investierte alle Kraft in einen Stoß in seine Magengrube, fuhr ihm mit der Hand tief in den Bauch und schloss die Finger um etwas

Weiches, Schleimiges. Als ich die Hand wieder hervorzog, zerrte ich ein Bündel bläuliche Eingeweide heraus.

Der Zauberer erstarrte, den Mund in stummer Qual aufgerissen. Aus seiner schlaffen Hand fiel ein Amulett auf den Boden.

Betäubung: 00:24 ... 00:23 ...

Zwanzig Sekunden waren reichlich.

Ich zog das Flammenschwert hinter dem Rücken hervor, holte weit aus und zielte waagerecht auf seinen dürren Hals. Wie ein geübter Scharfrichter hieb ich ihm auf einen Schlag den Kopf ab. Eine Blutfontäne schoss hinauf zur Decke. Der geköpfte Zauberer blieb noch einen Augenblick stehen, dann fiel er unter Krämpfen zu Boden.

„Kritischer Treffer"! Spieler Karl Blitzschlag wurde getötet!

Erfahrung: +1 094 [9 678/ 10 750]; +1 094 [9 722/ 10 750]

Untoter, du steigst im Level auf! Schurke, du steigst ein Level auf.

Als Spielermörder markiert: 06:00:00 ... 05:59:59 ...

Das Verhältnis zum Clan „Schwerter des

Chaos" hat sich verändert. Aktueller Status: Feind.

Was zum Teufel war das? Dass ich jetzt Spielermörder war, konnte ich verstehen, denn schließlich hatte ich zuerst angegriffen. Aber das war doch kein Grund, mich zum Feind des Clans zu machen! Der Zauberer war zwar offenbar ein Clanmitglieder gewesen, aber es ging etwas zu weit, mich auf die schwarze Liste zu setzen!

Mist!

Fluchend trat ich gegen den kopflosen Körper. Dann riss ich mich zusammen und hob das Amulett auf. Mein Intellekt reichte nicht aus, um die komplizierten, schwarzen Symbole auf der silbrigen Oberfläche zu entschlüsseln. Außerdem machte es meine Finger taub, deshalb verstaute ich es eilig in meinem Inventar.

Ich war mir nach wie vor sicher, dass er mich hatte töten wollen. Ich hatte ihm nur keine Gelegenheit dazu gegeben.

Wie dem auch sei, jetzt war es nicht mehr zu ändern.

Ich seufzte und durchsuchte die Leiche. Neben dem Amulett und etwas Geld wurde ich stolzer Besitzer einer Lederjacke ohne Zauberkraft oder besondere Eigenschaften. Ich versuchte nicht einmal, sie anzuziehen.

Eigentlich wollte ich sie schon wegwerfen, als mir einfiel, dass der Junge anwesend war.

Ich warf ihm die erbeutete Kleidung zu. „Komm, probier die mal an!"

Sofort gehorchte er. Obwohl ihm die Jacke bis zu den Knien reichte, war er überglücklich. „Vielen Dank, Onkel John!"

Der Anblick der geköpften Leiche schien ihn nicht im Geringsten aus der Ruhe zu bringen.

Mich selbst auch nicht. Viel mehr Sorgen bereitete mir die Tatsache, dass ich nun ein Feind des drittmächtigsten Clans in der Gegend war. Und auch die Markierung als Spielermörder, die selbst im Inkognito sichtbar blieb, machte mir zu schaffen.

Allerdings würde ich in den Hügeln nicht auf andere Spieler stoßen. Also auf zur Suche nach den geraubten Überresten des Geistes! Zuerst jedoch musste ich mich um meine Statistik kümmern.

8

DIESMAL ÜBERLEGTE ICH nicht lange, in was ich investieren sollte, sondern erhöhte Stärke, Beweglichkeit und den Schutz vor Angriffen. Bei den berufsspezifischen Fähigkeiten entschied ich mich wieder für das Fechten mit beidhändigen Waffen, sodass ich dort die dritte Stufe erreichte. Damit war ich zwar noch keine Kampfmaschine, aber immerhin auch kein jämmerlicher Anfänger mehr. Außerdem war es eine passive Fähigkeit, stand also nicht nur bei Bedarf, sondern jederzeit zur Verfügung. Da sie noch dazu keine Ausdauer verbrauchte, hatte sie nur Vorzüge und keinerlei Nachteile.

Nun war im Bereich für beidhändige Waffen auch das Icon für „Präziser Hieb" aufgetaucht. Dafür würde ich mich beim nächsten Mal entscheiden. Zunächst jedoch musste ich die Beschreibung durchlesen.

Wie sich herausstellte, war die Quest, mit der der Geist mich beauftragt hatte, doch nicht so einfach, wie ich zuerst gedacht hatte. Auf der Karte entdeckte ich keine neuen Markierungen, nur rund um den Leuchtturm war ein Umkreis mit einem Radius von etwa achthundert Metern aufgetaucht. Es konnte unendlich lange dauern, die umliegenden Hügel nach den entweihten Überresten des ersten Leuchtturmwärters zu durchkämmen. Zudem wurde das Unwetter draußen immer heftiger.

Ich sah mich noch ein wenig in der Grabkammer um, in der Hoffnung, etwas — irgendetwas — zu finden, das mir als

Anhaltspunkt dienen konnte, entdeckte jedoch nichts. Also ging ich wieder hinaus. Es goss wie aus Eimern. Der Regen hatte die Spuren der Grabräuber schon längst weggespült.

Na toll.

Ich zog mir die Kapuze tief ins Gesicht und trat aus der Tür. Im Handumdrehen war ich komplett durchnässt. Ich beneidete den Jungen sogar ein wenig um seine neue Lederjacke, denn eine Art Regenmantel, am besten wasserfest, hätte ich gut gebrauchen können.

Allerdings konnte das Wasser vom Himmel einem Toten nichts anhaben. Schließlich war es nicht heilig.

Ich verzichtete auf den Inkognito-Modus, weil ich keine Energie verschwenden wollte. Außerdem blieb ich ohnehin als Spielermörder erkennbar. Sollte ich auf andere Spieler stoßen, war ein Kampf also unumgänglich — allerdings bezweifelte ich, dass es dazu kommen würde.

Der Regen hatte die Brände gelöscht, die überall in der Stadt getobt hatten, doch in den Straßen von Stone Harbor blitzte nach wie vor Kampfzauber auf. Die Toten hatten den Turm der Macht noch nicht in ihre Gewalt gebracht. Vermutlich waren die Spieler alle noch dort.

An einer Weggabelung bog ich auf den Pfad in die Hügel ab. Er schlängelte sich eine Weile hin und her, bis ich auf eine Straße gelangte, die zur Kreuzung führte.

Sofort erschienen hinter der Biegung ein Todesjünger und zwei tote Legionäre. Sie nahmen den Jungen ins Visier, doch sobald ich seine Hand ergriff, verloren die Diener des Turms der Verwesung jegliches Interesse an ihm und gingen weiter in Richtung Stadt.

So liefen wir eine Weile weiter. Am verlassenen Bauernhof sagte ich dem Jungen, er sollte auf den Dachboden einer leeren Scheune klettern, und marschierte allein weiter.

Zunächst war der Schlamm auf der Straße mit zahlreichen frischen Fußabdrücken übersät, doch als ich um eine Kurve bog, waren auf einmal alle Spuren verschwunden. Das ließ bei mir sämtliche Alarmglocken schrillen. Dennoch ging ich eine Weile weiter, bis ich es mir anders überlegte. Ich drehte um und lief zurück.

Die Fußabdrücke verschwanden in einer großen Regenpfütze am Straßenrand. Ein schmaler Pfad führte in das angrenzende dichte Gebüsch. Eigentlich war es kein Pfad, sondern vielmehr ein Spalt zwischen zwei steilen Abhängen. Dorthin bog ich ab und fand mich schon bald am Rand einer Schlucht wieder, an deren Ende sich ein düsterer Eingang zu einer Mine befand.

Schon wieder ein Verlies? Wie außerordentlich originell.

Die hölzernen Streben des Tunnels waren morsch und verrottet. Trotzdem ging ich ohne Zögern hinein. Selbst falls alles über mir zusammenstürzen sollte, würde ich nicht hier respawnen, sondern auf dem Bauernhof, auf dem der Junge mit meinem Schädel auf mich wartete.

Dunkelheit umgab mich. Trotz meiner Nachtsicht konnte ich keine Einzelheiten erkennen und stürzte fast in eine offene Bodenklappe. Im letzten Augenblick spürte ich die Leere unter mir und blieb stehen. Ich tastete nach einer Leiter und stieg damit hinunter, musste jedoch feststellen, dass der Zugang zur unteren Ebene durch eine offenbar ganz frisch angelegte Fallgrube versperrt war. Am anderen Ende schimmerte ein Licht, das für eine Fackel oder Öllampe viel zu hell und stetig war.

Elektrizität?

Von wegen Elektrizität! Das war Magie!

Tatsächlich stammte das Licht aus Kristalladern, die sich durch das Erz zogen. Je weiter ich ging, desto heller und unheimlicher wurde der Schein.

Am Eingang zu einer unterirdischen Halle standen reglos zwei Knochengolems in Mithril-Rüstung. Ich näherte mich sehr vorsichtig, doch sie rührten sich nicht einmal. Als ich die geräumige Halle betrat, musste ich meine Augen mit der Hand vor dem durchdringenden Lichtschein schützen. Alles war unglaublich hell und klar, aber gleichzeitig seltsam verzerrt.

Groteske Gestalten warfen scharfe Schatten auf den Boden. Ich erkannte lediglich einen Todesjünger, ein paar Zombie-Armbrustschützen und eine Wanne voll Blut, die aus einem ganzen Kristall bestand.

Dahinter stand ein toter Zauberer, dessen Haut sich straff über seinem Schädel spannte. Er hatte keine Nase und seine Lippen waren blutleer.

Lich.
Der verwandelte Leuchtturmwärter

Im ersten Augenblick war ich verblüfft. Das musste der Leuchtturmwärter sein, der vor einigen Tagen verschwunden war. Und was war mit den Überresten des ersten Wärters? Wo waren die?

Ich entdeckte sie in der Kristallwanne. Sobald ich sie erblickte, erschien eine neue Nachricht:

Verteidigen oder sterben!

✟ Der Weg eines NPCs ✟

Neues Ziel: Das Ritual abbrechen

Ein Kinderspiel, klar! Und was war mit meiner Neutralität gegenüber den Untertanen des Turms der Verwesung?

Sobald ich sie angriff, würde ich ihr Todfeind werden. Und im Inkognito-Modus würden die Knochengolems mich zu Hackfleisch verarbeiten, weil sie dann den Status Neutralität nicht erkennen konnten.

Aber wozu mit ihnen kämpfen? Ich konnte doch einfach sterben.

Ich würde die Überreste stehlen. Dadurch würde das Ritual automatisch abgebrochen. Und auch wenn nicht, wäre zumindest eine der Quests abgeschlossen.

Allerdings konnte ich diese vielversprechende Idee nicht umsetzen. Im Zauberlicht der Grotte gelang es mir nicht, mich zu tarnen.

Diese verfluchte Spielbalance! Wozu levelte man mit viel Mühe einen Schurken hoch, wenn die Entwickler an jeder Ecke verhinderten, dass man Fortschritte machte?

Was also sollte ich jetzt tun?

Ich konnte es mir nicht erlauben, meine Neutralität gegenüber den Untertanen des Turms der Verwesung aufs Spiel zu setzen. Schließlich bestand mein Hauptziel darin, mir eine Schriftrolle der Wiedergeburt zu beschaffen. Die paar alten Reliquien waren nebensächlich, ganz zu schweigen von der Verteidigung von Stone Harbor. Allerdings lieferten diese zusätzlichen Quests nicht nur Erfahrungspunkte, sondern eröffneten auch neue Möglichkeiten. Wenn doch nur alles gleichzeitig möglich wäre!

Heureka! Ich schnippte mit den Fingern und eilte davon.

00:00:03 ... 00:00:02 ... 00:00:01 ...

Sobald die Markierung als Spielermörder verschwunden war, wurde ich aktiv. Mittlerweile hatte die Armee der Toten fast ganz Stone Harbor erobert. Hier und da in der Stadt gab es noch kleinere Gefechte, doch die Angreifer gingen ihnen einfach aus dem Weg und konnten es kaum erwarten, den Turm der Macht anzugreifen.

Da der Haupteingang zum Gasthof verbarrikadiert war, musste ich den Hintereingang nehmen. Ich aktivierte den Inkognito-Modus, schlich mich zur Tür und klopfte leise. Im Gebäude klirrte eine Rüstung, als jemand zur Tür kam.

„Ich bin's, John!", sagte ich. „John, die

✝ Der Weg eines NPCs ✝

Vogelscheuche!"

Seltsamerweise wurde sofort geöffnet. Ich hatte Glück, denn der Wachposten an der Tür kannte mich.

„John?" Victor riss erstaunt die Augen auf, als er mich hereinließ. „Ich hatte gehört, du wärst unter einem Haus begraben!"

„Ich konnte mich befreien", erwiderte ich und schob den Riegel vor. „Sind viele von uns im Spiel?"

„Ungefähr ein Dutzend. Wieso?"

„Wir müssen reden. Komm."

Die Atmosphäre im Speisesaal war düster. Die wenigen glücklichen Überlebenden der gestrigen Schlacht spähten trübsinnig durch die Schlitze in den zugenagelten Fenstern und sahen sich hin und wieder den Fortschritt der Quest „Verteidigen oder Sterben" an. Grakh war nicht dabei. Die meisten Überlebenden waren Bogenschützen auf den Dächern gewesen.

„Grakh wurde von Legionären getötet", sagte Victor und rieb sich über den tätowierten Schädel. „Hier herrscht jetzt ein Machtvakuum."

Das machte die Sache etwas komplizierter. Ich beschloss, niemanden zu überreden, sich mir anzuschließen. Stattdessen schickte ich den Spielern Einladungen zu der Quest, die ich in der Kristallgrotte bekommen hatte.

„Ein neues Ziel!", verkündete ich laut. „Jeder, der mitmacht, bekommt garantiert die Errungenschaft Verteidiger!"

Eilig studierten sie die Anforderungen.

„Aber dazu muss man die Stadt verlassen", sagte einer enttäuscht.

Zum Glück war Victor meiner Meinung. „Unsere Hauptkräfte stürmen gerade den Turm der Macht", erklärte er. „Wir können es schaffen. Ich bin dabei."

Ein paar Bogenschützen und einige Gladiatoren schlossen sich sofort an. Da sie einige Tage lang nicht im Spiel gewesen waren, hatten sie den ganzen Spaß verpasst und nutzten jetzt die Gelegenheit, sich die begehrte Errungenschaft zu sichern.

Meine kleine Notlüge bereitete mir keinerlei Gewissensbisse.

Für die anderen war es nur ein Spiel, während es für mich um Leben und Tod ging.

Das klang vielleicht nach der typischen Ausrede sämtlicher Schufte der Weltgeschichte, aber das war jetzt nebensächlich. Ich wandte mich an die übrigen Spieler. „Und ihr? Wollt ihr euch wirklich weiter hier langweilen?"

Ein dunkelhäutiger Kopfgeldjäger in Lamellenrüstung nickte zustimmend. „Okay, du hast mich überzeugt. Lasst uns etwas Spaß haben!"

Danach lief es wie am Schnürchen. Niemand wollte im Gasthof zurückbleiben. Letztendlich bestand unsere Kamikazeeinheit aus elf Personen: zu wenige, um sich zum Turm der Macht durchzuschlagen, aber durchaus genug für einen Blitzüberfall hinter den feindlichen Linien.

„Ich gehe in Tarnung und übernehme die Vorhut", sagte ich, als sich alle am Hintereingang versammelt hatten. „Wenn ich Tote entdecke, gebe ich euch Bescheid. Greift vorher niemanden an!"

„Schon klar, schon klar", stimmte Victor zu und legte einen Pfeil auf seinen Langbogen. „Kommt jetzt! Ich muss mich bald ausloggen!"

Ich stieß die Tür auf und trat ins Freie.

SELTSAMERWEISE KONNTEN WIR die Stadt problemlos verlassen. Im Zentrum tobte nach wie vor die Schlacht, sodass die Außenbezirke verlassen waren. Unterwegs lief uns niemand über den Weg, weder Tote noch Lebendige.

Mit einer Ausnahme: Als wir bereits in den Hügeln waren, erschien aus dem Nichts ein Todesjünger in Begleitung von zwei Legionären. Mit diesen machten wir kurzen Prozess. Der Kopfgeldjäger sprang blitzschnell auf den

Zauberer zu und spaltete ihm mit einem Krummsäbel den Schädel, während die Bogenschützen die Legionäre mit Pfeilen durchlöcherten.

„Der Eingang zur Grotte wird von zwei Golems bewacht", warnte ich die anderen, als wir uns dem Tunnel näherten. „Seid vorsichtig."

Sie nickten leichthin. Doch sobald wir die untere Ebene erreicht hatten, stürzten sich die Gladiatoren auf die Golems und versperrten den Bogenschützen die Schusslinie. Ein Gladiator fing eines der Ungeheuer in seinem Netz, sodass die anderen Spieler es mit ihren Schwertern in Stücke hacken konnten. Leider mussten sie ihre Unvorsichtigkeit sofort teuer bezahlen. Ein Zauberspruch schoss aus der Höhle und ließ graue Funken herabregnen, die sie auf der Stelle verbrannten.

Der übriggebliebene Golem kam auf uns zu. Bogensehnen sirrten. Der Golem stolperte, fiel jedoch nicht und blieb so gut wie unverletzt. Der Kopfgeldjäger trat vor, parierte den Speer des Golems und verpasste ihm mit seinem Kurzschwert einen grauenvollen Hieb auf den Helm. Ich schlüpfte an dem mechanischen Mob vorbei und eilte in die Grotte.

Der Todesjünger trat mir in den Weg. Von seinen Händen ging ein gespenstischer Schein aus, der meine Brust traf, aber keinen Schaden anrichtete. Aufgrund der niedrigen Decke konnte ich mit dem beidhändigen Schwert nicht richtig ausholen, deshalb stieß ich ihm meine Waffe mit aller Kraft in den Leib. Er landete auf dem Rücken, ich riss das Schwert hervor und hieb ihm mehrere Male auf den Kopf.

Erlittener Schaden: 48! 67! 42! 55! 63!

Eine Gruppe von fünf Zombies schoss ihre Armbrüste auf mich ab. Auf die kurze Entfernung trafen die Bolzen mich trotz meiner neuen Fähigkeit, Angriffen zu entgehen. Ich taumelte, fand jedoch das Gleichgewicht wieder und sprang zur Seite.

Gerade noch rechtzeitig. Eine zweite Gruppe schoss ebenfalls, wo die Bolzen auf die Wände trafen, stieben Funken.

Ein schwarzgefiederter Pfeil flog an mir vorbei, traf die leere Augenhöhle des nächsten Zombies und schickte ihn zu Boden. Ich ignorierte die Zombies, die ihre Armbrüste bereits neu luden, und ging auf den Lich zu.

„Sense des Todes"!

Die Wellenklinge traf den untoten

Leuchtturmwächter und prallte zurück, sodass ich sie kaum umklammert halten konnte. War er etwa gegen normale Waffen immun?

Im nächsten Augenblick packte der Zauberer meine Hand und drückte sie so fest, dass meine Finger wie trockene Zweige brachen.

„Berührung des Todes!"
„Lähmung": Verteidigung intakt.

Die Leiche hätte mich fast gelähmt. Und da ihr mit normalen Waffen nichts anzuhaben war, musste ich den „Seelentöter" verwenden. Mit der linken Hand konnte ich nur schlecht zielen, sodass der Knochenhaken den Toten kaum berührte, doch er wich zurück wie der Teufel vor einem Exorzisten.

Schaden zugefügt!

Mit dem nächsten Hieb riss ich ihm den Oberschenkel auf, dann zielte ich auf seinen Hals, den ich allerdings verfehlte. Stattdessen erwischte ich sein Schlüsselbein. Ein Armbrustbolzen traf mich im Rücken und raubte mir weitere 50 Gesundheitspunkte, doch das zwang mich nicht zum Rückzug.

Wie von Sinnen stürzte ich wieder auf meinen Gegner los. Töte den Mistkerl! Schlitz ihn auf! Mach ihn fertig!

Selbst, als der tote Leuchtturmwärter schon zusammengebrochen war, hieb ich den Haken immer weiter in sein unnachgiebiges Fleisch. Nimm das! Und das!

Der Lich wurde getötet! Die Aufgabe „Das Ritual abbrechen" ist abgeschlossen!
Erfahrung: +2 000 [11 978/ 12 900]; +2 000 [12 022/ 12 900]
Untoter, du steigst ein Level auf! Schurke, du steigst ein Level auf!

Ich wandte mich von der zerfetzten Leiche ab. Mittlerweile hatten die anderen bereits sämtliche Armbrustschützen vernichtet. Allerdings hatten auch nur vier unserer Bogenschützen überlebt.

Ich schob mir den Haken in den Gürtel und versuchte, das Flammenschwert vom Boden aufzuheben, doch meine gebrochenen Finger gehorchten mir nicht. Verdammt!

Wie als Echo meiner Gedanken ertönte hinter mir eine Stimme:

„Was soll das denn? Die Aufgabe steht noch bei 99 %!"

Ich sah den beunruhigten Victor an. „Warte noch ein wenig. Ich erledige das jetzt." Den Bogenschützen rief ich zu: „Verlasst den Raum!"

Sie ignorierten mich und plünderten weiter die Toten. Fluchend legte ich mir das Flammenschwert auf die Schulter und ging als Erster aus der Grotte.

Victor lief mir hinterher. „John? Bist du dir sicher, dass das klappt?", fragte er besorgt, als er mich im Tunnel eingeholt hatte.

„Mach dir keine Gedanken."

Wir stiegen aus dem Tunnel zurück ins Freie. Der Halbelf blieb abrupt stehen und stieß einen überraschten Pfiff aus. „Das Unwetter ist vorbei!"

Tatsächlich hatte der Regen aufgehört. Die Wolken waren verschwunden, die Bäume am Rande der Schlucht bogen sich nicht mehr im Wind.

„Es hat funktioniert!", rief Victor aus, während er die grob in den Stein gehauenen Stufen hinaufstieg.

Ich konnte ihm mit der gebrochenen Hand nicht so leicht folgen, deshalb ließ ich alle anderen Spieler vor und kletterte ihnen erst dann hinterher. Von oben bot sich ein verheißungsvoller Anblick. Der Wind hatte nachgelassen. Lange Schiffe glitten über das ruhige Wasser des Sees. Bis auf die strahlende Sonne am Himmel war das Bild perfekt. Als Toter waren mir düstere Unwetter ehrlich gesagt lieber.

Das Sonnenlicht tat meinen Augen gar nicht gut.

„Seht nur!", rief einer der Spieler. „Die Verstärkung kommt!"

Tatsächlich erschien eine neue Systemnachricht, sobald das erste Schiff in den Hafen eingelaufen war.

Die Aufgabe „Verteidigen oder Sterben" ist abgeschlossen!

Erhaltene Errungenschaft: „Verteidiger von Stone Harbor" Stufe 1.

Erfahrung: +2 500 [14 478/ 15 350]; +2 500 [14 522/ 15 350]

Untoter, du steigst ein Level auf! Schurke, du steigst ein Level auf!

Beeindruckend. Zwei weitere Level verdient. Wenn ich nicht befürchtet hätte, in die Schlucht zu stürzen, hätte ich vor Freude getanzt. Die anderen jedoch waren weniger zurückhaltend. Ihr Pfeifen und fröhliches Johlen klingelte mir in den Ohren.

„Lasst uns Zombies abschlachten!", rief jemand, sobald die ersten Kampfzauber am Pier aufblitzten.

„Und ein paar von den Lichtkämpfern", stimmte Victor zu.

Alle eilten den Hügel hinunter, doch er

✟ Toter Schurke ✟

blieb bei mir stehen. „John? Kommst du nicht mit?"

„Nein, ich muss mich gleich ausloggen", log ich.

Aber war das wirklich gelogen? Jetzt, da die Belagerung von Stone Harbor vorüber war, konnte Garth ohne Weiteres hierherkommen. Ich musste mich davonmachen.

„Verstehe", nickte er. „Und wohin gehst du als Nächstes?"

Ich hatte keinen Grund, meine Pläne zu verheimlichen, deshalb antwortete ich ganz ehrlich: „Zum Turm der Finsternis."

„Was, in die Hauptstadt? Dann sehen wir uns. Ich bin vielleicht in einer Woche dort. Grakh hat mich gefragt, ob ich dem Clan beitreten möchte."

Ich lachte nur. „Ich glaube, es ist nicht sehr wahrscheinlich, dass wir uns in der Hauptstadt über den Weg laufen."

„Wieso denn nicht? Wir haben schließlich eine Quest zusammen abgeschlossen. Jetzt können wir immer sehen, wo sich der andere aufhält. Also, man sieht sich!"

Eilig lief er den anderen hinterher. Ich blieb wie erstarrt mit offenem Mund stehen.

Was hatte er da gerade über den Aufenthaltsort gesagt?

Das konnte nicht sein.

Ich öffnete die Spieleinstellungen und sah mich gründlich um. Victor hatte tatsächlich recht. Man konnte zu allen Quests, die man abgeschlossen hatte, zurückkehren und die Spieler ausfindig machen, die daran beteiligt gewesen waren.

Verdammt!

So hatte Garth mich also immer gefunden! Schließlich hatte er den Schädel für mich aus dem Laufstall befördert!

Und die vielen Lügen, die er mir erzählt hatte! Ich wäre für ihn ein offenes Buch. Ich könnte mich nicht vor ihm verstecken. Er würde mich immer finden …

Dabei war die Antwort so einfach.

Ich fand die richtige Quest und suchte auf der Karte nach meinem Verfolger. Leider war Garth mir schon sehr nahe gekommen. Seine Markierung befand sich ganz in der Nähe der Brücke, die gerade von den Toten und der Armee des Lichts umkämpft wurde. Zum Glück hatte Garth den Fluss noch nicht überquert.

Ich musste hier weg.

Dennoch unterdrückte ich den ersten Impuls. Ich entfernte den Haken von dem Feld, das ihm erlaubt hatte, mich zu verfolgen. Erst dann kletterte ich den Abhang hinunter, langsam und vorsichtig. Sehr langsam und sehr vorsichtig.

Ein dummer Tod könnte all meine Pläne zunichtemachen. Ich konnte es mir nicht erlauben, mehrere Stunden mit einem Respawn zu verschwenden.

¶

IN DER KRISTALLGROTTE fischte ich die geraubten Überreste aus der Wanne voll Blut, wischte mir rasch die Hände ab und war schon auf dem Weg zum Ausgang, als mir das Achselstück eines Knochengolems ins Auge fiel — das zerbeulte Stück Mithril musste in die Wand geflogen sein. Ich wollte es nicht herumliegen lassen, sondern verstaute es in meinem Inventar und begab mich schnell zum Leuchtturm. Unterwegs hielt ich am verlassenen Bauernhof an und rief nach dem Jungen, der sich auf dem Dachboden versteckt hatte.

Irgendwo ganz am Rand meines Gesichtsfelds erschien eine neue Nachricht: Das Angebot, mein Charakterlevel zu erhöhen. Ich hatte jedoch Wichtigeres zu tun, als mich mit der Statistik zu beschäftigen. Das konnte warten. Alles konnte warten. Bis auf die Flucht.

Ich fragte mich, ob sich der Zeitaufwand für die Rückgabe der Überreste lohnte oder ob ich lieber schnell zum befreiten Turm sollte. In der Stadt tobte nach wie vor der Kampf. Die Spieler, die auf den Schiffen gekommen waren, hatten sich ohne Zögern ins Getümmel gestürzt, weil sie sich unbedingt ihren Anteil an Ruhm und Erfahrungspunkten sichern wollten. Und die Toten konnten sich nirgends zurückziehen.

„Onkel John!", rief der Junge. „Das Leuchtfeuer brennt wieder!"

Tatsächlich, die oberste Etage des Turms war nun in einen gleichmäßigen Schein gehüllt, der selbst in der Sonne zu sehen war.

Der Junge folgte mir in den Keller des Leuchtturms. Ich hatte ihn nicht weggeschickt. Das war mir jetzt egal. Es musste unbedingt schnell gehen und ich wollte keine Zeit mit sinnlosen Diskussionen verschwenden.

Die Dunkelheit der Grabkammer war mir so willkommen, als gehörte ich hierher. So sehr, dass ich mich am liebsten auf die unterste Stufe gesetzt und kurz die Augen geschlossen hätte, die vom Licht im Freien brannten. Ich riss mich jedoch zusammen, humpelte in die Krypta und warf den Haufen Knochen in das ausgeraubte Grab.

„Und?", rief ich, weil keine

Systemnachricht erschienen war.

„Begrab sie!", raschelte eine gespenstische Stimme.

Mein gebrochener rechter Arm ließ sich noch immer nicht bewegen, deshalb bot der Junge an, mir beim Schaufeln zu helfen. Als Erdklumpen auf die Knochen fielen, stieg ein silbriger Schein unter die gewölbte Decke.

„Ich bin der Großmeister des Ordens des Silberphoenix!", verkündete der Geist feierlich. „Ich bin untrennbar mit dem Leuchtturm verbunden, dem letzten verbliebenen Rückzugsort des Ordens. Der Abtrünnige hat versucht, die Stadt mithilfe meiner sterblichen Überreste mit einem Fluch zu belegen. Er beschwor Unwetter und Stürme herauf. Ihr beide habt ihn aufgehalten und verdient eine angemessene Belohnung."

„Wir beide?" Ich runzelte verwirrt die Stirn, doch dann stürzte eine der Steinplatten in sich zusammen und offenbarte ein Versteck in der Wand. Darin befand sich ein langes Kettenhemd aus einem silbrigen Metall.

Ausrüstung der Toten: Geändert.
Ausrüstung der Toten: Gespeichert.

Hervorragend. Der Geist hatte mich nicht

angelogen. Ich bekam tatsächlich einen Teil der Ausrüstung.

Silberrüstung (Ausrüstung der Toten: 5 von 13).
Rüstung: 15
Tarnung: +5.

Ich legte das Kettenhemd direkt an. Obwohl es mir bis zu den Knien reichte, schränkte es meine Bewegungsfreiheit nicht ein, da es an den Seiten bis zu den Hüften weit ausgeschnitten war. Über die Ärmel wunderte ich mich, denn der rechte ging nur bis zum Ellenbogen, während der linke komplett fehlte. Merkwürdig.

„Das ist noch nicht alles", verkündete der Geist feierlich. „Ihr habt die große Ehre, die alte Größe des Ordens wiederzubeleben! Bitte nehmt das heilige Wissen des Silberphönix entgegen!"

Ein silbriger Blitz flackerte auf. Ein stechender Schmerz durchfuhr meinen Kopf.

Verdammt! So etwas hatte ich noch nie verspürt!

Achtung! Aufgrund deiner Rasse, deines Berufs oder deiner Religion darfst du dem Orden des Silberphoenix nicht beitreten.

✠ Toter Schurke ✠

Die Aufgabe „Geraubte Überreste" ist abgeschlossen!

Erfahrung: +3 000 [17 478/ 18 100]; +3 000 [17 522/ 18 100]

Untoter, du steigst ein Level auf! Schurke, du steigst ein Level auf!

Ich las die Systemnachricht und lachte laut auf. Irgendwie bezweifelte ich, dass der Orden keine Menschen aufnahm — oder keine Scharfrichter. Vermutlich stand in der Satzung „Nur für lebendige Wesen". Ganz schön diskriminierend!

Dann jedoch sah ich den rothaarigen Jungen an und brach in Gelächter aus.

Er war von einem hellen, silbrigen Glanz umgeben.

Bumm! Das Wort „Junge" verschwand aus seiner Beschreibung, stattdessen stand dort:

Neophyt des Ordens des Silberphönix. Level 1.

Was zum Teufel! Du verdammter Geist, was hast du getan?! Mach das alles sofort wieder rückgängig!

Doch der Geist hatte uns bereits verlassen, ich konnte nur noch sein Skelett ausgraben, ihm

---

die Gelenke durchschütteln und ihm das Knochenmark heraussaugen.

Das tat ich jedoch nicht. Ich hätte es tun sollen, aber ich tat es nicht.

„Hey, Junge", sagte ich misstrauisch. „Wie heißt du ... Neophyt ... Neo! Gib mir meinen Schädel zurück!"

„Natürlich, Onkel John", sagte der Bursche, kam zu mir und tat wie befohlen.

Als wollte es sich über mich lustig machen, hatte das Spielsystem eine neue Zeile mit seinem Namen zu seiner Beschreibung hinzugefügt. *Neo.* Jetzt hieß der Junge Neo.

Ihr Mistkerle! Ihr solltet alle zum Teufel gejagt werden!

Kinder genossen in *Türme der Macht* uneingeschränkte Immunität. Niemand konnte ihnen etwas anhaben. Doch das galt nur für Kinder. Und die Kategorie des Jungen hatte sich gerade geändert. Von nun an war er Neophyt des Ordens des Silberphönix, damit konnte jeder Dreckskerl ihn umbringen und meinen Schädel an sich nehmen.

Der miese Leuchtturmwärter hatte mir wirklich übel mitgespielt. Zu gern hätte ich ihn wieder zum Leben erweckt, nur um ihn noch einmal umzubringen!

Mit Mühe riss ich mich zusammen,

knirschte vor sinnloser Wut mit den Zähnen und stürmte zum Ausgang.

„Komm schon, Neo!", rief ich dem Jungen zu, der hinter mir her hüpfte.

Oh, Gott. Jetzt musste ich mich auch noch um ihn kümmern!

Würde er respawnen, falls er starb? Das bezweifelte ich sehr.

Ein kalter Schauer lief mir den Rücken hinunter. Sicher, Neo war nur Teil des Programmcodes, aber ich war schon so lange mit ihm unterwegs, dass ich ihn nicht einfach sang- und klanglos abschreiben konnte. Das brachte ich nicht übers Herz.

Als wir aus dem Keller auf die Straße traten, kochte ich innerlich. Ich wusste einfach nicht, was ich tun sollte. Ich hatte keine Ahnung. Und noch dazu musste ich den Schädel mit mir herumschleppen!

Von der Klippe aus konnte man den Großteil der Stadt überblicken. Ich schirmte mit der Hand die Augen ab und blinzelte, konnte im gleißenden Sonnenschein aber nicht viel erkennen.

„Neo!", rief ich. „Haben sie die Stadt schon eingenommen?"

Der Junge kam zu mir. „Ja, die Toten wurden in die Hügel vertrieben."

„Sehr gut!" Mit einem leisen Lachen betrat ich den Pfad. „Dann komm!"

Wir mussten Stone Harbor verlassen, solange es noch möglich war. Das Hochleveln konnte warten. Wir mussten fliehen.

Fliehen!

Neo trottete neben mir her. „Onkel John, wohin gehen wir?"

Ich hatte schon vergessen, wie ein normales Gespräch ablief, deshalb antwortete ich ohne Zögern: „Erst zum Turm der Macht und dann mit dem Portal in die Hauptstadt."

Der Junge blieb abrupt stehen. „Das kann ich nicht."

„Was soll das heißen?", fragte ich. „Wieso? Wolltest du nicht in die Hauptstadt?"

Neo schniefte und schüttelte den Kopf. „Ich kann da nicht hin, Onkel John. Ich habe eine Quest!"

„Was zum Teufel redest du da?"

Wie auf Befehl erschien eine Systemnachricht:

Möchtest du dich der Quest „Tempel des Silberphönix wiederherstellen" anschließen?
[Ja / Nein]

Ich fluchte halblaut und bestätigte dann in

der Hoffnung, die Frist für die Quest selbst festlegen zu können, doch es änderte sich nichts. Neo war nach wie vor dafür zuständig.

Während wir den Hügel hinunterstiegen, redete er weiter von dem Tempel. Ich konnte ihn nicht davon abbringen.

Sollte ich den Jungen allein gehen lassen? Und wie lange würde ein Charakter auf Level 1 außerhalb des Laufstalls überleben? Fünf Minuten? Oder zehn?

Aber ich konnte es mir nicht erlauben, Zeit für eine dumme Quest zu verschwenden! Die Ruinen des verfluchten Tempels befanden sich eine ganze Tagesreise entfernt im Schwemmland des Flusses. Bis wir dort hingelangt und wieder zurückgekehrt waren … nein.

Außerdem hatte ich keine Ahnung, wie lang es dauern würde, den Tempel wiederherzustellen. Zur Hölle damit! Zur Hölle mit dem Phönix!

Der Pfad führte uns zur Straße. Ich entschied mich für eine kleine Notlüge.

„Pass auf", bot ich dem Jungen an. „Wir gehen erst zum Turm der Macht und …"

„Aufmerksamer Blick"!

Ich ließ mir nicht anmerken, dass ich Gefahr erkannt hatte, und drehte mich nicht um.

445

Ich hauchte nur „Lauf!" und umfasste den Griff meines Flammenschwerts. Zum Glück heilte meine rechte Hand allmählich, die Finger konnte ich schon wieder bewegen.

Neo schoss die Straße hinunter. Ein Pfeifen durchschnitt die Luft. Automatisch duckte ich mich, um dem Angriff zu entgehen. Ein Pfeil sauste mir über den Kopf und blieb mit zitternden Schaftfedern in einem Baum stecken.

Ich machte einen Schritt zur Seite und duckte mich, als ein weiterer Pfeil ins Laub flog. Eilig wechselte ich in die Tarnung. Mein Kettenhemd nahm eine seltsam dumpfe, graue Farbe an und lag wie ein Strickoverall an meinem Körper, bestand jedoch aus stählernen Schuppen.

Ich wirbelte herum, doch bevor ich davonlaufen konnte, gingen zwei gefesselte Seelen auf mich los. Meine Fähigkeit, Angriffen zu entgehen, hatte sich nun schon mehr als bezahlt gemacht, da ich den bösartigen Phantomen mühelos ausweichen konnte. Sie drehten sich um, hatten jedoch allen Schwung verloren. Ich hob den Knochenhaken, hieb eines von ihnen in zwei Stücke und verwundete das andere.

Beide tot!

Der kurze Kampf hatte mich meine Tarnung gekostet. Ich wich zur Seite, konnte die

Bogenschützen jedoch nicht täuschen. Sie trafen mich beide. Eine stachelige Pfeilspitze traf meine Brust, prallte aber von meinem Kettenhemd ab. Die andere durchbohrte meine ungeschützte linke Schulter.

Das tat zwar nicht weh, doch das komplexe Muster aus magischen Runen auf dem Pfeilschaft begann purpurrot zu glühen und aktivierte einen Zauber, der meinen Tarn-Modus blockierte.

Ich geriet weder in Panik noch aus dem Gleichgewicht. Vielmehr stürzte ich mich ins Gebüsch und schlug dann sofort die Gegenrichtung ein, sodass mich die nächsten beiden Zauberpfeile verfehlten. Im Weiterlaufen hob ich den Arm und biss den Schaft mit meinen scharfen Zähnen mühelos durch.

Das Holz zerbarst. Ich war frei und kauerte mich in den Schatten.

Nun war ich wieder unsichtbar. Und der Nekromant brauchte sicher eine Weile, um seine gefesselten Seelen wieder zu sich zu rufen.

Allerdings war meine Freude nur von kurzer Dauer.

„Lasst die Höllenhunde auf ihn los!", rief Garth Deathblade. „Los! Ich brauche den Schädel!"

Mit einem Knall öffneten sich irgendwo in der Nähe die Tore zur Hölle. Ich jagte davon.

† Der Weg eines NPCs †

Hinter mir ertönte ein markerschütterndes Heulen.

Kapitel Fünf
Der verfluchte Tempel

1

ICH RANNTE. Hinter mir heulten die Höllenhunde,
sie kamen immer näher. Also musste ich rennen.

In einer Hinsicht hatte ich Glück gehabt:
Dem Dämonologen war es nicht sofort gelungen,
die infernalischen Kreaturen unter seine
Kontrolle zu bringen. Als sie die Verfolgung
aufnahmen, hatte ich bereits eine beträchtliche
Strecke zurückgelegt. Dennoch machte ich mir
nicht die Mühe, sie in die Irre zu führen, sondern
eilte einfach so schnell ich konnte die Straße
entlang.

✝ Der Weg eines NPCs ✝

Der Fluss. Das war meine einzige Chance. Tief im Wasser konnte mich kein Höllenhund der Welt erreichen.

Nun ja, aber wie sah es mit amphibischen Söldnern aus? Verdammt! Hoffentlich war Garth nicht auf die schlaue Idee gekommen, Taucher anzuheuern. Ob er daran gedacht hatte?

Trotz dieser bangen Überlegungen kam ich nicht aus dem Tritt. Ich sprintete wie wahnsinnig und versuchte dabei, nicht auf meine rapide fallende Ausdaueranzeige zu achten.

Ich musste die Biester abschütteln, nur das zählte.

Doch das gelang mir nicht. Und bis zum Fluss kam ich auch nicht.

Die Höllenhunde waren viel schneller als ich. Ihre gespaltenen Schlangenzungen zitterten vor Aufregung, in ihren Augen glühte ein feuerroter Schein, der giftige Speichel schäumte und tropfte zischend auf das Kopfsteinpflaster. Mit echten Hunden hatten diese sehnigen, langbeinigen Mobs mit den scharfen Krallen und breiten Kiefern voller spitzer Zähne nur wenig gemeinsam. Keine Ahnung, weshalb sie im Spiel als Hundewesen bezeichnet wurden. Obwohl sie mich nicht sahen, sorgten ihre Instinkte aus einer anderen Welt dafür, dass sie meine Spur nicht verloren. Man konnte ihnen nicht entkommen und sich auch nicht vor ihnen verstecken.

Da ich meine letzten kostbaren Ausdauerpunkte nicht sinnlos verschwenden wollte, zog ich mich an einem Busch, der am Abhang wuchs, auf einen hohen Felsen. Von Felsen zu Felsen kletterte ich den steilen Hügel hinauf. Doch sobald ich den Pfad erreichte, den ich von der Straße aus gesehen hatte, sprang das erste der dämonischen Viecher schon behände hinter mir her.

Die Bogenschützen, der Nekromant und der Dämonologe waren zurückgefallen. Ich zog mein Flammenschwert und wandte mich zu meinem Verfolger um. Der Höllenhund bleckte sein schreckliches Gebiss, heulte auf und sprang rasch und furchtlos auf mich zu.

Zu furchtlos und nicht rasch genug.

Die geschwungene Klinge trat die infernalische Kreatur im Sprung und trennte ihr den Vorderlauf am Gelenk ab. Schwefelgeruch stieg auf und schwarzes, dämonisches Blut tropfte ins Gras, das sofort in Flammen aufging.

„Verkrüppelnder Hieb"!

Ja! Wer hätte gedacht, dass sich meine Fähigkeiten als Hundetöter noch einmal so bewähren würden?

Ich machte einen Schritt zurück und suchte nach einer weiteren empfindlichen Stelle, doch die verkrüppelte Kreatur hatte an dem steilen Abhang das Gleichgewicht verloren und rollte zurück auf die Straße zu ihrem ungeduldig heulenden Freund.

Sofort rannte ich los und folgte weiter dem Pfad, in der Hoffnung, den Gipfel zu überqueren und mich auf der anderen Seite des Hügels vor meinen Verfolgern zu verstecken. Doch schon landete der erste Pfeil auf dem felsigen Boden. Der Aufprall ließ die Luft erzittern. Ich musste mich in den Schatten verstecken. Kaum hatte ich das getan, hörte ich Garth Deathblade schreien: „Den Schädel! Ich zahle nur für den Schädel! Wer mir den Schädel bringt, bekommt eine Belohnung!"

Die Bogenschützen hielten mit gespannten Bogen inne und starrten in den Schatten, um die leiseste Regung im Dickicht zu erhaschen. Der Dämonologe behielt den verletzten Hund bei sich und schickte den anderen mit irgendeiner Anweisung weg. Und als wäre das noch nicht genug, kamen drei schwarze Gladiatoren mit Netzen und Dreizacken hinter mir her gestiegen.

„Das war's, du elende Kreatur!", rief Garth. „Jetzt bist du endgültig erledigt! Ich werde dich vernichten!"

Zu gern wäre ich hinabgestiegen, um Hackfleisch aus ihm zu machen. Doch ich regte mich nicht. Die Gladiatoren kletterten rasch und behände den Abhang hinauf und kamen immer näher. Ganz offensichtlich jagten sie nicht zum ersten Mal eine unsichtbare Beute.

Ein getarnter Spieler konnte sich durch vieles verraten: Das Echo seiner Schritte, das Zittern eines Zweiges oder auch durch seinen Geruch.

Zisch! Ein langer Pfeil bohrte sich zwei Handbreit neben meinem Kopf in den Boden. Auch die Bogenschützen mit ihrer hervorragenden Wahrnehmung konnten ein großes Problem werden.

„Den Schädel!", brüllte Garth unten. „Er darf den Schädel nicht verstecken!"

Fluchend lief ich weiter, denn ich wollte so schnell wie möglich die Spitze des Hügels erreichen. Meine Eile wurde mir fast zum Verhängnis, weil ich abrutschte und beinahe den Abhang hinuntergerollt wäre.

Kaum hatte ich das Gleichgewicht wiedererlangt, hörte ich über mir das siegessichere Heulen eines Höllenhundes. Das verdammte Vieh hatte die Hügelkuppe vor mir erreicht.

Damit hatte das Untier mir erfolgreich den Rückzugsweg abgeschnitten. Die Gladiatoren waren mir dicht auf den Fersen. Die Bogenschützen warteten nur darauf, mich mit Pfeilen zu spicken und mich in ein Stachelschwein zu verwandeln.

Was blieb mir in dieser Lage übrig?

Gar nichts. Ich konnte wohl nur den Heldentod sterben.

Alternativ konnte ich den verzauberten Schädel verstecken, damit meine Verfolger ihn nicht fanden. Aber wie sollte ich das anfangen? Wo konnte ich ihn verbergen?

Ausgerechnet Garth brachte mich auf eine Idee.

„Eine doppelte Belohnung für denjenigen, der mir den Steinschädel bringt!", schrie er unablässig, um die Gladiatoren anzuspornen.

Den Steinschädel?

Wirklich?

Ich holte den Schädel aus meinem Inventar. Natürlich nicht meinen eigenen, sondern den aus Kristall. Denjenigen, den ich aus dem Verlies des Todesjüngers gerettet hatte. Aus der Ferne waren sie unmöglich zu unterscheiden, besonders, wenn man sie nie zuvor gesehen hatte.

Ich holte mit aller Kraft aus. Das Kristall

glitzerte in der Sonne. Und genau in diesem Augenblick traf ein weiterer Pfeil auf den Schädel und schleuderte ihn mir aus der Hand. Das Artefakt rollte den Hügel hinab und hüpfte von Stein zu Stein. Die Söldner vergaßen mich vollkommen, sondern eilten hinterher, um sich das nutzlose Kristallding zu schnappen.

Ich kletterte weiter. Der Höllenhund über mir zischte und spuckte Gift — doch der Nekromant, der ihn heraufbeschworen hatte, war jetzt zu sehr damit beschäftigt, das Gras nach seinem Artefakt zu durchstöbern. Der Köter versuchte, mich mit seiner Kralle zu erwischen; stattdessen bekam er meine Kralle ab, den „Seelentöter". Der Knochenhaken bohrte sich tief in das Fleisch der Kreatur. Ich zerrte heftig daran und schleuderte das Monster den Hügel hinunter.

Die Ausgeburt der Hölle rollte hinab, sodass Fetzen ihres Fells an den Felsbrocken hingeblieben. Das ungeduldige Geheule war verstummt, stattdessen ertönte ein jämmerliches Winseln. Ich stellte einen Fuß auf einen gespaltenen Felsen und stemmte mich nach oben.

Sofort hörte ich vom Fuße des Hügels einen Aufschrei: „Das ist der falsche Schädel!"

Mein Herz setzte einen Schlag aus. Mein

cleverer Schachzug hatte mir leider keinen großen Vorsprung verschafft.

Allerdings war die Macht der menschlichen Gier nicht zu unterschätzen.

„Bezahl uns jetzt!", verlangte einer der Söldner.

„Aber das ist nicht der richtige Schädel! Das ist nicht der, den ich brauche!"

„Das ist uns egal! Schließ die Quest jetzt ab, du Anfänger!"

Wie die Diskussion weiterging, hörte ich nicht mehr, sondern stieg den Hügel schnellstens wieder hinunter. Zum Glück war es auf der anderen Seite nicht so steil.

Irgendwo in der Ferne hörte ich Metall klirren und das Geräusch einer Explosion, weil jemand einen Kampfzauber aktiviert hatte.

Das war mir vollkommen gleichgültig. Ich warf nicht mal einen Blick zurück.

Ich hatte es eilig.

꩜

ES HATTE SEINE Vorteile, wenn man mit NPCs unterwegs war: Während meiner Flucht vor den Söldnern hatte Neo schon ein Boot organisiert.

Organisiert? Hmm ... mir war klar, dass der

Junge kein Geld hatte. Also musste er es gestohlen haben.

Allerdings konnte ich mich im Augenblick nicht mit moralischen Fragen aufhalten. Mit letzter Kraft erreichte ich endlich die zerstörte Brücke.

„Onkel John!" Der Junge winkte mir zu. „Hier bin ich!"

Bislang hatte ich mir nicht die Mühe gemacht, Neos Aufenthaltsort auf der Karte allzu genau zu verfolgen. Deshalb war das Boot eine angenehme Überraschung.

Ich ließ mich hineinfallen. „Nichts wie weg!"

Neo stieß das Boot vom Flussufer ab und griff zu den Rudern.

„Alles in Ordnung, Onkel John?", fragte er, während er das Boot von den eingestürzten Brückenpfeilern wegmanövrierte.

Ich stützte mich auf einen Ellenbogen, ließ den Blick über das verlassene Ufer schweifen und grinste. „Ja, im Augenblick schon."

Ich hoffte nur, dass sich die Söldner und der Nekromant nicht einigen konnten und deshalb gegenseitig niedermetzelten. Oder dass Garth zumindest wieder zurück zu seinem Respawn-Punkt musste. Und wenn die Gilde der Söldner ihn auf die schwarze Liste setzte ... das wäre hervorragend. Ganz allein war er ein absoluter Niemand. Außerdem würde er künftig meinen Standort nicht mehr auf der Karte ermitteln können. Er würde mich niemals finden.

Das wollte ich nur zu gern glauben. Wirklich.

Aber es gelang mir einfach nicht.

Wenn man erst einmal einen Todfeind hatte, dem jedes Mittel — wirklich jegliches Mittel — Recht war, um den Gegner zu vernichten und ein für alle Mal zu erledigen, sollte man sich niemals in Sicherheit wiegen. Ein einziger Fehler konnte das Ende bedeuten. In einem Spiel landete man viel zu leicht auf einer schwarzen Liste: Ein Wort gab das andere, irgendwann knallte einer der Beteiligten zornig eine Keule auf den Tisch einer Taverne, und schon war die Hölle los. Hier ging es wenig diplomatisch zu, denn alle moralischen Grundsätze blieben in der realen Welt zurück. Niemand musste Konsequenzen fürchten.

Normalerweise wäre mir das ziemlich egal gewesen, nur leider war das hier für mich kein Spiel mehr.

WIR BEFANDEN UNS schon mitten auf dem Fluss, als die beiden verwundeten Höllenhunde am Ufer erschienen. Ihr Geheul schallte über das Wasser, doch sie wagten es nicht, hinter uns her zu schwimmen. Sie standen nur da und heulten.

Ehrlich gesagt kümmerte mich das herzlich wenig.

Wir fuhren weiter, und allmählich wurde mir klar, weshalb aus dieser Richtung keine Verstärkung gekommen war. Der Fluss hatte das Tal überflutet und in einen undurchdringlichen Sumpf verwandelt. Aus dem Wasser ragten Baumwipfel hervor. Dort, wo der Pegel etwas niedriger war, konnte ich ab und an sogar Dächer, Schornsteine und schiefe Zäune erkennen.

Eine Armee konnte hier unmöglich durchkommen. Die Krieger würden im Sumpf versinken, Treidelschiffe im Handumdrehen auf Grund laufen.

Für unser kleines Boot dagegen galt das nicht.

Neo ruderte weiter. Er hielt so gut es ging Abstand zu den Bäumen und steuerte das Boot über Schluchten und Auen. Gelegentlich hatte der Junge mit der Strömung zu kämpfen, doch insgesamt kamen wir im ruhigen, schlammigen Wasser gut voran.

Die Sonne glitzerte auf der Wasseroberfläche, sodass ich die Augen abschirmen musste, wenn ich mich nach unseren Verfolgern umsah. Nach einer Weile achtete ich dann verstärkt auf unsere Umgebung, insbesondere die Büsche, die über dem Wasser aufragten.

Schließlich war das hier eine vollkommen unbekannte Gegend. Wer konnte schon ahnen, was im Hinterhalt lauern mochte?

Doch alles wirkte vollkommen ruhig. Ich legte mein Flammenschwert zur Seite und beschloss, mich meiner Statistik zu widmen. Ich musste einige Punkte vergeben und sollte mir auch eine Strategie fürs Hochleveln überlegen. Künftig würde ich nicht mehr so schnell neue Level erreichen, deshalb musste ich allmählich an die Zukunft denken.

Nach intensivem Grübeln beschloss ich schließlich, es nicht zu kompliziert zu machen, sondern mich auf Stärke, Beweglichkeit und Wahrnehmung zu konzentrieren. Weder Taschendiebstahl noch Schlösserknacken interessierten mich besonders. Meine Tarnung war dank des Kettenhemds ebenfalls erheblich besser geworden, sodass ich dem Vermeiden von Angriffen den Vorrang geben konnte.

Wie üblich bereiteten mir die berufsspezifischen Fähigkeiten die größten Probleme. Die einzelnen Kampftechniken ließen sich nämlich nach Belieben zu den verschiedensten Kombinationen verbinden —

und mit jedem neuen Hieb, den man erlernte, eröffneten sich viele weitere Kombinationsmöglichkeiten.

Die Auswahl war erschlagend.

Mir erschien es am klügsten, eine möglichst nützliche Fähigkeit zu wählen. Als Erstes befasste ich mich eingehend mit dem „Präzisen Hieb". Dieser richtete zwar keinen besonders großen Schaden an, half jedoch dabei, genau die schmalen Spalten in der Rüstung eines Gegners zu erwischen oder das Schwert exakt in den Sehschlitz zu schieben.

Meine Auswahl hatte mir eine Reihe von weiteren Kampftechniken eröffnet, also investierte ich meinen neuen Punkt in den „Verkrüppelnden Hieb". Aus gutem Grund, denn heute hatte ich dem Höllenhund nur mit viel Glück ein Bein abgehackt. Ich hatte nicht damit gerechnet, dass meine Fähigkeit als „Hundetöter" mir zugutekommen würde. Wäre der Hieb danebengegangen, hätten die Söldner mich vermutlich erwischt. Außerdem hatte ich das komische Gefühl, dass ich ihnen noch nicht endgültig entkommen war. Vor diesem Hintergrund war es viel wert, wenn ich einen besonders schnellen oder besonders aufmerksamen Verfolger verkrüppeln konnte.

Diese passive Fähigkeit war zwar keine

Garantie dafür, dass man seinem Gegner eine Hand oder einen Fuß abhieb, doch sie wurde mit dem „Präzisen Hieb" verknüpft und kostete keine zusätzliche Energie. Für einen unerfahrenen Banditen war das als Bonus nicht schlecht.

ANSCHLIESSEND ÖFFNETE ICH „Rundumhieb" und investierte meinen letzten Punkt in einen „Blind-Hieb" der Stufe 2. Dieser bot den Vorteil, dass sich die Genauigkeit erheblich erhöhte, wenn man nichts sehen konnte oder es vollkommen dunkel war. Außerdem eignete er sich für Angriffe auf unsichtbare Kreaturen.

Wieso ich das brauchte? Immerhin hatte ich doch die Fähigkeit, fremde Blicke zu spüren.

Sicher, ein getarnter Schurke konnte mich nicht überraschen. Aber mit einem Angriff zu rechnen war etwas ganz anderes, als vorsorglich zuzuschlagen. Ein Dolch gegen mein Flammenschwert? Ganz sicher konnte ich jedem hinterhältigen Mistkerl eine böse Überraschung bereiten!

Ich speicherte die Änderungen und bewunderte meine neuen Eigenschaften.

John Doe, Scharfrichter.
Untoter. Nachtjäger. Level: 22 / Mensch,
Schurke. Level: 22

✝ Loter Schurke ✝

Erfahrung: [17 478/18 100]; [17 522/18 100]

Stärke: 26

Beweglichkeit: 25

Statur: 24

Intelligenz: 5

Wahrnehmung: 12

Leben: 1056

Ausdauer: 1100

Interne Energie: 374

Schaden: 192-288

Verdeckte Bewegung: +10

Abwehr von Angriffen: +11

Kritische Schäden bei Angriffen im Tarn-Modus, Hinterhalten oder Angriffen auf ein gelähmtes Ziel.

Berufliche Fähigkeiten: „Inkognito", „Hinrichtung", „Henker".

Fechter: Beidhändige Waffen (3), Waffen in einer Hand, „Rundumhieb", „Kraftvoller Hieb", „Kraftvoller Ausfallschritt", „Plötzlicher Hieb", „Präziser Hieb", „Verkrüppelnder Hieb" und „Blind-Hieb".

Kreatur der Finsternis: Nachtsicht, Einschränkung im Sonnenlicht, „Todesgriff", „Aura der Angst", „Fürchterlicher Biss", „Klauen der Finsternis", „Sprint".

Neutralität: Untertanen des Herrschers vom

✝ Der Weg eines NPCs ✝

Turm der Verwesung

Feinde: Orden der Feuerhand, Clan Schwerter des Chaos.

Immunität: Todeszauber, Gift, Verfluchung, Bluten, Krankheit, Heilungen und Segen.

Errungenschaften: „Hundetöter" Stufe 3, „Beharrlich", „Gewohnheitstäter", „Verteidiger von Stone Harbor" Stufe 1.

Wow, was für eine Veränderung! Nun war ich Nachtjäger und noch dazu auch Henker!

„Onkel John!", rief Neo. „Du bist ja größer geworden. Und deine Arme sind auch länger!"

Ich erhob mich von der Bank. Tatsächlich, mein ganzer Körper fühlte sich größer und leichter an. Offenbar war ich auch schneller geworden.

Ich setzte mich wieder und nahm die Maske ab. „Du hast Angst, nicht wahr?"

Neo zuckte nur die Schultern. Er holte tief Luft und griff wieder zu den Rudern. „Es ist auch nicht schlimmer als vorher. Nur bist du jetzt ziemlich dünn."

Das war mir auch aufgefallen. Mein aufgequollenes Fleisch war zusammengeschrumpft, die blasse Haut spannte über den Knochen. Auch die Leichenflecken waren nun verschwunden, stattdessen war mein gesamter Körper mit einem komplexen Netz aus feinen, schwarzen Linien überzogen, die an eine heidnische Tätowierung erinnerten.

Egal. Besonders hübsch war ich noch nie gewesen. Weitaus interessanter war für mich, welche mörderischen Fähigkeiten die Eigenschaft „Nachtjäger" für mich bereithielt.

Und der Nachtjäger enttäuschte mich nicht. Was er für Möglichkeiten bot! Im Dunkeln und in Verliesen ohne Sonnenlicht war ich damit um 25 % schneller, in Verbindung mit dem „Sprint" also fast übernatürlich schnell. Nur bei Tageslicht funktionierte dieses tolle Extra nicht so besonders gut.

Trotzdem gar nicht schlecht. So, und was hatte es mit dem Henker auf sich?

Henker

Im Gegensatz zu einem Scharfrichter, der sein Opfer entweder rasch und schmerzlos töten oder aber seine Todesqualen über Tage oder gar Wochen hinweg herauszögern kann, sind Henker nicht für Finesse oder Selbstbeherrschung bekannt. Sie haben reichlich Blut an den Händen. Henker töten ohne zu zögern und so grausam wie möglich.

Keine Ahnung, welchen Bonus

† Der Weg eines NPCs †

Scharfrichter dafür bekamen, dass sie mit besonderer Finesse straften, aber ein Henker erzielte mit höherer Wahrscheinlichkeit einen „Verkrüppelnden Treffer" und konnte zudem bewirken, dass sein Opfer vor Schmerzen bewusstlos wurde.

Ich war flink und tödlich.

Wie cool war das denn?

Während ich so beschäftigt war, brach die Dämmerung herein. Am Himmel über Stone Harbor zuckten nach wie vor goldene und purpurrote Blitze. Offenbar war die Schlacht noch immer in vollem Gange. Entweder war die Armee der Toten besonders widerspenstig oder die Mächte von Licht und Finsternis kämpften in der Stadt gegeneinander.

„Onkel John!", rief Neo. „Ich bin müde! Und hungrig."

Mir fiel die Kinnlade herunter.

Er war *was*? *Müde?*

Konnte das daran liegen, dass er eine neue Entwicklungsstufe erreicht hatte? Dass menschliche Spieler essen und trinken mussten, verstand sich von selbst. Doch offenbar galt das auch für NPCs.

Also musste ich an seiner Stelle die Ruder übernehmen. Was die Verpflegung anging ... Tja, wir hatten leider keine.

„Fang dir doch ein paar Fische", schlug ich vor.

„Ich habe aber keine Angel."

Verdammt! Ich musste ans Ufer schwimmen, einen langen, geraden Ast von einem Busch schneiden und ein Ende anspitzen. Diese Behelfsharpune gab ich dem Jungen, der im trüben Wasser sofort nach Fischen Ausschau hielt. Zweimal verfehlte er sein Ziel, doch bald hatte er den Bogen raus, sodass sich nach kurzer Zeit etliche große Fische auf dem Boden des Bootes wanden.

Seufzend sah ich mich nach einer Angestellte um. Ich persönlich hätte ohne Weiteres die ganze Nacht hindurch weiterrudern können, da das Amulett der Toten meine Ausdauer im Handumdrehen wiederherstellte. Doch mittlerweile kamen wir nur noch mühsam vorwärts. Statt durch tiefes Wasser fuhren wir über überflutete Felder. Hin und wieder schaukelten flache Wellen das Boot hin und her. Ich wollte mir gar nicht ausmalen, welche Mobs in den trüben Tiefen lauern mochten.

Als Nachtquartier suchten wir uns einen überschwemmten Bauernhof aus. Das Haupthaus stand auf einer Anhöhe inmitten des überfluteten Flusses und war innen trocken. Wir konnten sogar ein Feuer entfachen.

Neo machte sich daran, die Fische zu putzen, während ich die Zimmer inspizierte und mich dann mit dem Flammenschwert auf dem Schoß auf der Veranda niederließ. Die Grillen zirpten, am Nachthimmel funkelten Abermillionen von Sternen.

Ob ich mich gut fühlte? Allerdings.

Trotz der malerischen digitalen Kulisse wäre ich jedoch viel lieber in meiner virtuellen Kapsel aufgewacht, hätte mich rehabilitiert und dann vor Gericht ausgesagt. Irgendwann würde ich dann vielleicht sogar wieder in die Welt von *Türme der Macht* zurückkehren, aber sicher nicht so bald. Auf keinen Fall.

Die Dunkelheit — die für normale Menschen undurchdringlich wirken musste — war für mich eine breite Palette an Grautönen. Als Nachtjäger hatte ich ein so feines Gehör, dass ich die leisesten Geräusche wahrnehmen konnte. Unverhoffte Angriffe mussten wir also nicht fürchten. Ich lehnte mich an die Wand und sah mir an, wie sich meine Ausrüstung der Toten verändert hatte. Wie üblich hatten sich die Eigenschaften aller Gegenstände verbessert, weil ein neuer hinzugekommen war.

Dann wollte ich aus reiner Neugier nach Garth sehen. Allerdings war der gerissene Nekromant meinem Beispiel gefolgt und hatte mich blockiert. Der Gedanke, dass er jetzt irgendwo lauern konnte, jagte mir unbehagliche Schauer den Rücken hinunter. Ich versuchte, den Gedanken zu verdrängen.

Es war mir vollkommen gleichgültig. Wichtig war nur, dass niemand *mich* ausfindig machen konnte.

Oder war das vielleicht doch möglich? Vor Schreck blieb mir den Mund offen stehen.

Was war ich doch für ein Idiot! Ich hatte schließlich bei „Verteidigen oder Sterben" mitgemacht. Garth konnte einen beliebigen anderen Teilnehmer um Hilfe bitten.

Schnell sah ich mir die Aufgabe an. Zu meiner großen Erleichterung waren alle Felder, die eine Nachverfolgung erlaubten, deaktiviert.

Natürlich! Ich war bereits inkognito gewesen, als ich die Aufgabe angenommen hatte. Und danach hatte ich niemandem mein Profil gezeigt. Jetzt würde Garth mich niemals finden.

Ich betrachtete das deaktivierte Feld neben dem Namen Victor. Der Halbelf und ich hatten uns ziemlich gut verstanden. Die Gefahr, dass Garth ihn benutzte, um mich zu kriegen, war jedoch zu groß. Ich konnte ihn ohne Weiteres später noch ausfindig machen. Wenn es hart auf hart kam.

„Onkel John!", rief Neo. „Essen ist fertig!"

„Ich habe keinen Hunger", erwiderte ich. „Iss etwas und leg dich dann hin. Wir haben einen langen Tag vor uns."

J

IM MORGENGRAUEN SCHÜTTELTE ich den herzzerreißend gähnenden Jungen wach und schickte ihn sich waschen, während ich das Boot vom Ufer wieder in den Fluss zerrte. Wir waren vor Eindringlingen verschont geblieben, doch im Schlamm entdeckte ich zahlreiche Spuren von nächtlichen Besuchern. Hier im Altwasser hausten Riesenkrokodile — sofern es wirklich Krokodile waren.

Diesmal setzte ich mich direkt an die Ruder und bewegte sie ruhig und gleichmäßig. Das Boot durchquerte die überschwemmte Ebene und folgte einem stillen Wasserlauf. Rund um uns herum lagen weite Sumpfflächen, aus denen wassergetränkte Büsche und Gräser hervorragten. Ein achtloser Schritt zur Seite, und man konnte in den Morast gezogen werden und spurlos verschwinden.

Ich ruderte ohne Eile und warf hin und wieder einen Blick auf die Karte. Seltsamerweise kam die Markierung, die den Standort des alten

Tempels anzeigte, viel zu langsam näher. Sofern sie überhaupt näher kam.

Sollte ich die ganze Sache einfach vergessen und nach Stone Harbor zurückfahren?

Der Gedanke war wirklich verlockend. Nur meine Angst hielt mich davon ab, wieder in die Stadt zurückzukehren. Ganz sicher würde Garth nichts unversucht lassen, um mich zu finden. Einige Tage würde er bestimmt am Turm der Macht auf mich warten.

Und mein Inkognito?

Was brachte mir das schon, wenn ich nach wie vor in diesem schäbigen Umhang herumlief? Es wäre schon einmal ein guter Anfang, wenn ich etwas anderes zum Anziehen hätte.

Also fuhr ich letztendlich nicht zur Stadt zurück, sondern weiter in Richtung Tempel.

Neo nickte immer wieder ein und störte mich nicht. Ich hörte Wasser plätschern und Vögel singen. Die helle Sonne machte mir allmählich zu schaffen und kostete mich Stärke. Nur wenn das Boot längere Zeit im Schatten der nassen Baumwipfel dahinglitt, ging es mir etwas besser. Im Halbdunkel des dichten Laubs war es angenehm kühl.

Je weiter wir uns vom Fluss entfernten, desto weniger überschwemmte Häuser und Felder sahen wir. Gegen Mittag entdecken wir überhaupt keine mehr. Nur einmal kamen wir an einer Klippe vorbei, auf die jemand mit Kohle ein großes, schiefes M gemalt hatte.

Ich sah mich argwöhnisch um, aktivierte den Inkognito-Modus jedoch nicht. In dieser entlegenen Gegend war die Gefahr, auf andere Spieler zu stoßen, nicht besonders groß.

Bald wurden die Sümpfe weniger, das Land trockener und die Bäume höher. Ihre dichten Kronen wuchsen über unseren Köpfen zu einem undurchdringlichen, dunklen Dach zusammen. Dort, wo einige Bäume umgestürzt waren, fielen Lichtsäulen durch die Lücken.

Aus dem kleinen Fluss war ein schnell fließender Bach geworden. Mittlerweile fiel es mir schwer, gegen die Strömung anzurudern. Da der Boden mit einer dichten Schicht nassen Laubs bedeckt war, konnten wir nicht erkennen, ob das Marschland bereits hinter uns lag. Außerdem bereitete uns das Rascheln im Gebüsch Sorge. Für einen Kampf mit Waldbewohnern hatten wir wirklich keine Zeit. Und vielleicht waren sie sogar giftig? Mir konnte das egal sein, aber um Neos Gesundheitswerte stand es jetzt nicht mehr besonders gut.

Nach und nach wurde der Wasserlauf immer flacher und steiniger. Irgendwann konnten wir beim besten Willen nicht weiterrudern, sondern mussten das Boot an Land ziehen.

„Bleib bei mir!", ermahnte ich Neo und folgte dann dem Waldweg. Unter den Bäumen war es warm und feucht, ein fauliger Verwesungsgeruch lag in der Luft. Wirklich unpassend, dass sich mein Geruchssinn gerade jetzt verfeinerte.

Der Weg führte eine Zeitlang am Wasser entlang und machte dann eine Biegung. Bald war unter dem verwesenden Laub hier und da roter Granit zu sehen.

Eine Zeitlang schniefte Neo hinter mir unglücklich, dann klagte er: „Ich habe Blasen an den Füßen."

Damit stand fest: Wir mussten eine Pause einlegen. Aus Lederfetzen von der Jacke bastelte ich ein Paar Sandalen und bekam dafür die Errungenschaft „Schuhmacher". Leider brachte sie keine besonderen Vorteile. Ein Schuhmacher ist ein Schuhmacher, na toll.

„Passen sie dir?", fragte ich den Jungen.

Neo schnürte die Sandalen zu und machte probeweise ein paar Schritte. „Ja", lächelte er glücklich.

Gut. Wir mussten weiter.

MITTLERWEILE WAR DER Wald eher tropisch, die

Luft schwül und stickig. Zwischen den Kletterpflanzen blühten exotische Blumen. Hin und wieder stießen wir auf Getier, das sofort davonhuschte, sobald es uns sah. Das Rascheln im Unterholz hallte dann jedes Mal durch den Wald.

Der Weg führte allmählich aufwärts, sodass wir hoffen durften, die feuchte Schwüle der Ebene bald hinter uns lassen zu können. Der Fäulnisgestank wurde jedoch stärker und stärker. Immer häufiger sahen wir abgestorbene Bäume mit faulenden, moosbewachsenen Stämmen. Hinter jeder Biegung ragten trockene Äste und kahle Zweige auf.

„Das ist ein übler Ort", sagte Neo plötzlich.

Ich blieb stehen. „Wieso meinst du das?"

„Ich weiß nicht. Er ist einfach übel."

„Tja, du hast uns hierhergeführt", lachte ich. „Mach dir keine Gedanken, sondern halt einfach die Augen offen."

Einem Toten konnte die düstere Atmosphäre keine Angst einjagen. Obwohl ich keine echte Bedrohung wahrnahm, zog ich für alle Fälle mein Flammenschwert und legte es mir auf die Schulter. Nur zur Sicherheit.

Doch als etwa fünf Minuten später abgestorbenes, schwarzes Gras unter meinen Füßen knisterte, spürte ich es auch. Ich blieb stehen und lauschte, schnüffelte in der Luft und sah mich dann um.

Nichts wirkte bedrohlich, doch ein Bauchgefühl hinderte mich am Weitergehen, weil es mir leise ins Ohr flüsterte: „Lauf weg! Lauf! Lauf!"

Ich rührte mich nicht. Stattdessen sah ich mir die knorrigen Stämme der abgestorbenen Bäume genauer an.

Tod! Ja, ich konnte hier den Tod spüren.

Neo zupfte mich vorsichtig am Ärmel.

„Onkel John!", flüsterte er. „Schau mal!"

Ich sah in die Richtung, in die er deutete. Erst jetzt bemerkte ich einen Totempfahl der Orks unter den verdorrten Stämmen. Die geschnitzten Dämonenfratzen starrten in alle Richtungen.

„Das ist nicht richtig", sagte Neo plötzlich. „Der darf hier nicht stehen. Wir müssen ihn umstürzen!"

„Und damit den halben Wald aufwecken?", schnaubte ich.

Der Junge hörte nicht auf mich. Furchtlos verließ er den Pfad und wollte ans Werk gehen.

„Brich dir nicht die Knochen", lachte ich.

Da spürte ich, dass mich ein durchdringender Blick im Nacken traf.

Das war kein Bauchgefühl. Hier war meine

Scharfrichter-Fähigkeit am Werk.

Aus dem Dickicht erschien eine Gruppe gedrungener Orks, die Pfeile schussbereit auf den kurzen Bogen. Auf mich zielte keiner von ihnen. Schnell stürzte ich auf Neo zu und schirmte ihn mit dem Rücken ab, sodass die knöchernen Pfeilspitzen den Jungen nicht durchbohrten, sondern an meinem Kettenhemd abprallten.

Ich drehte mich um und stellte fest, dass die Bogenschützen bereits neue Pfeile aus den Köchern zogen. Mittlerweile hatte sich ihr Schamane zu ihnen gesellt, in dessen struppiges Haar schmutzige, rote Bänder geflochten waren. Zwischen seinen ausgebreiteten Handflächen wirbelte ein dünner, grauer Nebel.

„Sprint"!

Diese besondere Fähigkeit des Nachtjägers ließ mich vorwärtsschießen, schob mich durch die stickige Luft und warf mich dann wenige Schritte vor dem grünhäutigen Hexenmeister auf die Erde. Als mein Arm herabstürzte, landete das Flammenschwert mit Wucht auf dem Kopf des Schamanen, sodass er zu Boden ging. Dabei rutschte mir die Waffe fast aus der Hand, doch mittlerweile war ich im Umgang mit beidhändigen Schwertern schon etwas erfahrener. Ich nutzte das Drehmoment, um zu den Bogenschützen herumzuwirbeln und sie mit einem „Rundumschlag" niederzustrecken.

Grünes Blut spritzte in alle Richtungen. Die Orks wanden sich auf dem Boden. Als die Anspannung von mir wich, geriet ich ins Taumeln. Meine Knie versagten. Nur das Flammenschwert, das im Boden steckte, verhinderte, dass ich auf dem fauligen Mulch zusammenbrach.

„Onkel John!" Neo kam zu mir geeilt.

„Schon in Ordnung", sagte ich. „Mir ist nichts passiert."

„In dir steckt ein Pfeil!"

Ich schob den Pfeilschaft durch meinen verletzten Knöchel und musterte dann die Orks, die auf dem Boden lagen. Einer der Bogenschützen lebte noch, aber ich musste ihm nicht den Rest geben, da er schon bald verbluten würde.

„Was machen wir mit dem Götzenbild?", fragte Neo, als ich die Leichname untersuchte.

„Was willst du damit machen?"

„Wir müssen es vernichten!"

Ich warf einen Blick auf den mit Dämonenfratzen übersäten abgestorbenen Baumstamm, zuckte die Schultern und reichte dem Jungen eine Ork-Axt. „Wenn es dir so wichtig ist, musst du es erledigen."

Neo packte die Axt mit beiden Händen und ging fest entschlossen auf das Götzenbild zu. Ich sammelte weiter Beute ein und sicherte mir einige Goldnuggets und einen Edelstein — offenbar einen Rubin —, den ich mit dem Knochenhaken aus dem Stab des Schamanen holte.

Die Axt traf auf den abgestorbenen Baum. Ich sah eine Zeitlang zu, wie Neo das Götzenbild vernichtete, dann zuckte ich die Schultern, ging zurück auf den Weg und blickte mich aufmerksam um.

Ich hatte keine Lust, dem sturen Jungen zu helfen. Wer konnte schon ahnen, was ihm als Nächstes einfallen würde. Ich war nicht dazu verpflichtet, jede seiner Launen mitzumachen.

Etwa fünf Minuten später hörte ich ein Krachen, als der Totempfahl auf die umstehenden Bäume stürzte. Er wurde von den dichten Ästen abgefangen und glitt dann langsam zu Boden.

Glücklich kam Neo mit der Axt angerannt.

„Wirf sie weg", verlangte ich.

„Das ist meine Waffe!", beharrte der Junge.

„Wir besorgen dir später eine bessere", versprach ich. „Komm, wir müssen weiter. Die Sonne geht schon unter!"

Mit einem wehmütigen Seufzten ließ Neo die Axt ins Gras fallen und lief hinter mir her.

Allmählich wurde der Pfad breiter. Unterwegs stießen wir immer wieder auf Schädel — von Tieren, von Orks und auch von Menschen —, die den Weg zu säumen schienen.

Es war, als wollten sie sagen: *„Ihr seid hier nicht willkommen! Kehrt um!"*

Aber das taten wir nicht. Der verlassene Tempel befand sich hier ganz in der Nähe. Wir hatten nur noch eine oder zwei Stunden vor uns. Mit etwas Glück würden wir ihn vor Einbruch der Dunkelheit finden.

Dieses Glück hatten wir allerdings nicht.

4

NACHDEM WIR DIE Lichtung mit dem Götzenbild hinter uns gelassen hatten, schlängelte sich der Pfad eine Weile durch den Wald, machte dann eine scharfe Biegung und führte am Fuß einiger steiler Klippen entlang.

„Orks!", schrie Neo verängstigt auf.

Ich packte ihn an der Hand und zerrte ihn zurück ins Gebüsch.

Zwischen den Klippen klaffte eine enge Schlucht. Der Durchgang war durch einen klapprigen Palisadenzaun versperrt. Daneben ragten zwei Wachtürme auf, hinter denen die Dächer von riedgedeckten Ork-Hütten zu sehen waren.

Orks waren dort natürlich auch.

Am halb geöffneten Tor hielt ein gedrungener Lanzenträger Wache, in den Türmen hockten zwei äußerst gelangweilte Bogenschützen. Hinter dem Zaun stieg eine dünne Rauchsäule in den Himmel auf.

„Was machen wir jetzt, Onkel John?", flüsterte Neo. „Wir kehren doch nicht um, oder? Bitte nicht! Ich muss zum Tempel!"

„Nein, wir kehren nicht um", beruhigte ich ihn. Drei dreckige Waldorks würden mich sicher nicht dazu veranlassen, meine Pläne zu ändern. Der Tempel des Silberphönix faszinierte mich, und je länger ich darüber nachdachte, desto dringender wollte ich ihn gründlich durchsuchen.

Aber was war nun mit den Orks?

Wäre ich allein gewesen, hätte ich mich im Schutze der Nacht heimlich an den Wachposten vorbeigeschlichen. Mit Neo war das jedoch nicht möglich.

Sollten wir uns den Weg freikämpfen? Und wenn die Orks Verstärkung holten? Das hier war nicht die Hauptsiedlung, sondern nur ein

Vorposten. Sobald die Wächter mit ihrer Schlachttrommel — oder was auch immer Orks benutzten — Alarm schlugen, würde die gesamte Horde angerannt kommen. Und mit einem ganzen Stamm konnte ich es nicht allein aufnehmen.

Neo zupfte mich wieder am Ärmel. „Also, was machen wir?"

„Wir warten", erwiderte ich knapp.

Ich hatte schon eine gewisse Ahnung, wie ich vorgehen wollte. Die Erfolgsaussichten waren zwar eher gering, aber falls mein Plan fehlschlagen sollte, konnten wir immer noch auf Totschlag setzen.

ALS DIE SONNE hinter den Felsen untergegangen war und die Umgebung im Dämmerlicht lag, näherten wir uns dem Außenposten. Jetzt, da das helle Licht meinen Augen nicht mehr zusetzte, waren meine Bewegungen auffallend geschmeidig und deutlich exakter und schneller. Ich hatte mich gegen eine Tarnung entschieden und ging ganz offen auf den Vorposten zu, nachdem ich Neo angewiesen hatte, mit gesenktem Kopf hinter mir zu bleiben.

Auf halber Strecke bemerkten die Wachposten mich. Schnell verriegelten sie das Tor, schossen jedoch nicht. Offenbar fühlten sie sich vollkommen sicher.

Ich trat vor die Palisade, nahm die Maske ab und sagte: „Ich werde hereinkommen, ob ihr das Tor öffnet oder nicht."

Die unsichtbare „Aura der Angst" umgab uns und drang durch den Zaun, sodass die Orks erstarrten und vor Schreck zurückwichen.

Wie gut ich sie verstehen konnte. Auch mich hätte Panik ergriffen, wenn ich ein solches Monster gesehen hätte.

Während die Orks Menschen als kleine Leckerbissen sahen, die sich leicht schnappen ließen, hatten Wesen wie ich nichts gegen ein Häppchen sorglosen Ork einzuwenden.

Hinter der Palisade raschelte es eine Weile, dann tauchte über dem Rand ein zerzauster, mit rituellen Tätowierungen übersäter Kopf auf. Der alte Schamane stimmte exorzistische Gesänge an, doch sobald ich ihn böse angrinste, verlor er den Faden und verstummte.

Grinsen? Na ja, eigentlich war es mehr ein finsterer Blick.

„Öffnet das Tor", schlug ich ihm ein Geschäft vor, „dann rühre ich niemanden von euch an. Oder ich dringe von selbst ein und töte euch alle."

„Was willst du?", fragte der Schamane seiner Angst zum Trotz.

„Ich will durch die Schlucht."

„Wohin?"

„Das geht dich nichts an!", knurrte ich. „Ich muss in die Berge!"

Das Höchstmaß an „Aura der Angst" verbrauchte meine innere Energie erstaunlich schnell, deshalb wollte ich die Verhandlungen nicht unnötig in die Länge ziehen. „Und?"

Der Riegel quietschte. Die Türen öffneten sich einen Spalt. Ich drückte das Tor auf und starrte den Schamanen an, der sich in eine Riedhütte zurückzog.

„Ich habe dein Wort!", erinnerte er mich.

Ich setzte die Maske wieder auf und ging den Pfad entlang. Neo folgte mir.

Der alte Ork bemerkte den Jungen und rief hinter ihm her: „Überlass ihn uns!"

„Den werde *ich* fressen!", knurrte ich und fuhr den Verblüfften Jungen an: „Komm schon, mach voran!"

Neo rannte so schnell er konnte hinter mir her.

„Du hast doch bloß Spaß gemacht, nicht wahr, Onkel John?", fragte er, als er mich eingeholt hatte.

Ich schnaubte nur höhnisch.

DIE SCHLUCHT WAR feucht, dunkel und eng. Die

moosbewachsenen Wände stiegen steil auf, als wäre der Fels von einem gewaltigen Schwerthieb zerteilt worden. Hier gab es keine Abzweigungen, keine Verstecke. Wir mussten uns beeilen.

Als wir die Schlucht hinter uns gelassen hatten, zog Neo mich zu einigen breiten Stufen, die ins Gestein gehauen waren. „Hier lang, Onkel John!"

„Los, steig hoch", sagte ich. „Ich komme gleich nach."

Vom Eingang der Schlucht aus musterte ich die Siedlung der Orks. In einem kleinen Tal ein wenig unterhalb waren zwischen den Bäumen Hütten zu erkennen, insgesamt mehrere Dutzend.

Wenn alle Kämpfer des Stammes gleichzeitig auf uns losgingen, würden wir das niemals lebendig überstehen.

Plötzlich hörte ich nackte Füße auf dem Felsboden. Ich tarnte mich und verbarg mich in den Schatten. Ein junger Ork-Bogenschütze vom Außenposten kam hinter mir hergerannt. Als meine Faust ihn traf, kreischte er auf, flog quer durch die Schlucht und landete auf den Felsen.

Ich stürzte mich auf ihn und drückte ihm mit meinen Klauenfingern den dürren Hals zu. Der Ork konnte nicht einmal mehr atmen.

„Was geht hier vor?", zischte ich ihn an.

✝ Loter Schurke ✝

Der Bogenschütze stieß ein unverständliches Geräusch aus. Ich lockerte meinen Griff und verkündete: „Entweder vergisst du auf der Stelle, dass du mich jemals gesehen hast, oder ich töte euch alle und verarbeite eure Knochen zu Flöten. Verstanden?"

Der Ork nickte verängstigt. Ich ließ seinen Hals los, nahm ihm den Bogen ab, zerbrach ihn und gab dem Wachposten die Waffe zurück. „Verschwinde!"

Der Bogenschütze eilte zurück zum Außenposten, als wäre ihm der Teufel höchstpersönlich auf den Fersen. Dabei folgte ich ihm gar nicht, sondern blieb an Ort und Stelle. Ich hoffte inständig, dass meine kleine Lektion Erfolg haben würde und die grünhäutigen Idioten uns nicht mehr verfolgten.

Dann raffte ich mich auf und erklomm rasch die Steinstufen. Bald hatte ich den keuchenden Jungen eingeholt, verlangsamte mein Tempo und blieb hinter ihm. Von hier oben bot sich ein guter Ausblick. Die Ork-Häuser unten im Tal waren sogar noch zahlreicher, als ich zunächst vermutet hatte. Direkt unter uns glitzerte das dunkle, tiefe Wasser eines kreisrunden Sees.

„Onkel John?", rief Neo mir zu.

„Komme!", erwiderte ich und eilte weiter.

Der Junge hüpfte schwungvoll auf die nächste Stufe. Die Steinplatte gab nach, kippte zur Seite und rutschte in die Tiefe. Neo warf die Hände in die Luft und drohte, den Abgrund hinunterzustürzen. Ich packte den Jungen am Handgelenk und riss ihn mit einem heftigen Ruck zu mir.

Wäre das im echten Leben geschehen, wären wir beide im See gelandet. So jedoch ließ das Drehmoment mich herumwirbeln, als der Junge auf der Stufe neben mir landete.

„Danke, Onkel John!"

Ich stieß einen Fluch aus. „Von jetzt an gehe ich vor."

Wäre ich lebendig gewesen, wäre mir vor Schreck das Herz stehengeblieben. Jetzt war mir jedoch nicht einmal Schweiß ausgebrochen.

All das war nur Teil eines Programmcodes. Nur Teil des Codes, sonst nichts.

Doch je häufiger ich dieses Mantra wiederholte, desto weniger Wirkung zeigte es. Ich versuchte, meinen Ärger zu unterdrücken, und kletterte weiter.

Von wegen Programmcode!

AUF UNSEREM WEG hinauf zum Felsgrat stießen wir noch auf drei weitere Fallen. Immer, wenn ich spürte, dass die Steinplatte unter meinen Füßen lose war, trat ich nicht darauf, sondern blieb stehen. Dann prüfte ich die nächste Stufe, machte einen großen Schritt und half dem Jungen über die gefährliche Stelle.

Glücklicherweise klagte Neo nicht mehr über Hunger und Müdigkeit, sondern folgte mir tapfer auf den Fersen. Er war wirklich ein zäher Bursche.

Dennoch freute ich mich sehr, als endlich die Steinkuppel des Tempels zu sehen war, die in den Nachthimmel aufragte. Sie erinnerte an eine Sternwarte, ohne Fenster in den kahlen Wänden. Der hohe Zaun, der das Gebäude umgab, war weitgehend intakt. Nur einer der Seitentürme war eingestürzt, genauso wie die Brücke, die über eine tiefe Klamm führte, in der ein reißender Bach toste.

Der einzige Weg über diese Felsspalte war ein Kiefernstamm, der quer darüber lag. Ich bezweifelte, dass der Baum von ganz allein so vorteilhaft umgestürzt war. Jemand musste ihn die Stufen hinaufgeschleift und an die Steinpfeiler der Brücke gelehnt haben.

„Warte hier", sagte ich, als ich vorsichtig einen Fuß auf den Baumstamm setzte.

Er bewegte sich kaum unter meinem Gewicht. Ich breitete die Arme aus und balancierte auf die andere Seite. Das waren nicht die angenehmsten Sekunden meines Lebens, das gebe ich gern zu. Dabei machte mir die Höhe gar nicht so viel zu schaffen, doch das Tosen der Stromschnellen unter mir klang allzu unheilvoll.

„Kann ich?", rief Neo.

„Ja, komm jetzt", rief ich zurück.

Flink eilte der Junge hinüber, ohne auch nur für einen Augenblick das Gleichgewicht zu verlieren.

Ich erreichte als Erster das demolierte Tor und sah mich misstrauisch um. Hinter dem Zaun befanden sich weder Menschen noch Orks. Auf der gegenüberliegenden Seite des kleinen Platzes erhob sich ein riesiger, runder Tempel. Etwas weiter entfernt ragten die dunklen Ruinen eines Wachturms in die Höhe. Entlang der Zäune standen etliche verfallene Nebengebäude.

„Na komm", rief ich Neo zu und lief auf den Turm zu. Ich meinte, an seiner Wand eine unleserliche Inschrift entdeckt zu haben, deshalb ging ich hinüber, um die Worte zu entziffern.

Nicht gut.

Hütet euch, hatte dort jemand mit dunkelbrauner Tinte geschrieben.

Oder war das etwa Blut?

Wer vor uns hier gewesen war, blieb ein Geheimnis, aber es stand außer Frage, dass eine solche Warnung nur von Spielern stammen konnte. Was bedeutete, dass alle Lagerräume schon lange ausgeräumt worden waren. Beute konnte ich also vergessen. Zu schade.

„Warte hier", murmelte ich und ging dann vorsichtig durch den Eingang. Ich musterte die leeren Kisten, sah sogar unter der Bank nach und kam dann mit einem schweren Seufzer wieder ins Freie.

„Wir müssen zum Tempel!", verlangte Neo aufgeregt.

Ich fuhr ihm durchs Haar. „Ich kann im Dunkeln sehen, aber du?"

„Nicht so gut", räumte der Junge ein.

„Was brauchen wir dann also zuerst?"

„Eine Fackel?"

„Richtig!"

Ich hätte auch allein gehen können, aber die Quest gehörte Neo. Vielleicht waren bestimmte wichtige Einzelheiten nur ihm vorbehalten. Und deshalb mussten wir erst in den langen, einstöckigen Baracken nachsehen.

Die Gebäude waren genauso durchwühlt wie der Wachturm. Gleiches galt für den Keller, in dem sich einst die Lagerräume befunden haben mussten. Nun war der Inhalt der Kisten auf dem Boden verstreut. An den Ordensgewändern hatten die Spieler, die hier geplündert hatten, kein Interesse gehabt. Ich hob eine weiße Soutane auf und drückte sie Neo in die Hand.

„Zieh dich um!"

Ich nahm auch etwas Kleidung an mich und füllte eines meiner Inventarslots bis zum Rand. Den unkleidsamen Fischerumhang war ich wirklich leid.

Ich hatte im Keller keine Fackeln gefunden und war schon auf dem Weg zum Ausgang, als etwas unter meinen Füßen klirrte.

Ich tastete unter den Gewändern herum, die auf dem Boden lagen, bis sich meine Finger um ein rundes Metallstück schlossen. In der Dunkelheit konnte ich die Gravur nicht erkennen, deshalb stieg ich wieder nach oben, während ich gedankenverloren mit der langen Kette spielte.

Es war zu bezweifeln, dass die Plünderer das Amulett nicht entdeckt hatten. Vermutlich war es ihnen nicht die Mühe wert gewesen. Egal. Wer wusste schon, wozu es noch gut sein mochte.

In den Ruinen eines Eckturms fand ich endlich einige Fackeln. Alle anderen Nebengebäude waren entweder geplündert oder niedergebrannt worden. Dieses hier hatte man nicht angerührt — offensichtlich hatten die Plünderer befürchtet, in die Schlucht zu stürzen.

„Jetzt können wir in den Tempel",

verkündete ich, nachdem Neo eine der Fackeln angezündet hatte. „Nein, warte!"

Ich holte das Amulett hervor, das ich gerade gefunden hatte. Auf seiner silbernen Oberfläche glitzerte das Bild eines Phönix. Sicherlich war es ein magisches Artefakt, aber ich konnte nicht erkennen, wozu es diente.

„Darf ich?" Neo streckte die Hand aus.

Ich legte ihm das Amulett in die geöffnete Hand.

„Das ist das Amulett des Silberphönix!", verkündet der Junge ohne Zögern. Dann senkte er die Stimme und fügte hinzu: „Es ist nur für die Jünger des Tempels bestimmt."

Aha. Deshalb hatte es niemand mitgenommen. „Kannst du es benutzen?", fragte ich.

Neo nickte.

„Dann nimm es."

„Im Ernst? Wirklich?" Der Junge strahlte über das ganze Gesicht. Eilig hängte er sich das Amulett um den Hals. „Danke, Onkel John!"

„Gern geschehen."

Ich ging auf die offenen Türen des Tempels zu und spähte vorsichtig hinein. Der Boden war mit zerbrochenen Knochenstücken und zerbeulten Rüstungen der Wachposten des Ordens übersät, in die jeweils das Bild eines

Phönix eingraviert war. Waffen waren jedoch nirgends zu sehen.

Neo folgte mir. Die Fackeln warfen einen unruhigen Schein an die Steinwände eines schmalen Korridors, der den Hauptraum umgab. Es gab keine Türen in den inneren Bereich, deshalb machten wir uns im Uhrzeigersinn auf die Suche nach einem Durchgang.

Hin und wieder entdeckten wir Hinweise darauf, dass hier einst eine heftige Schlacht getobt haben musste. Die einzigen Leichname, die wir sahen, stammten jedoch von Verteidigern des Tempels. Wir hatten nach wie vor keine Ahnung, wer sie überwältigt hatte — und zwar offenbar ohne jegliche Verluste.

Nachdem wir bereits ein Viertel des Wegs zurückgelegt hatten, tat sich die dunkle Öffnung eines Durchgangs vor uns auf. Das musste der Eingang zum Hauptraum sein. Zumindest dachte ich das, doch es stellte sich heraus, dass die Tür in den nächsten Korridor führte, der genauso rund um den Tempel führte wie der erste.

Die Erbauer hatten die Innenwand mit poliertem Metall verkleidet. Der Fackelschein spiegelte sich darin und tauchte die gesamte Umgebung in unruhiges Licht.

Etwas knirschte unter meinem Fuß. Ich bückte mich und hob einen Schädel mit ungewöhnlich massigem Kiefer auf. Nach der flachen Stirn und den langen Reißzähnen zu urteilen, stammte er von einem Ork. Auf dem Boden lagen noch viele andere Knochen, doch anders als im vorherigen Korridor gab es nicht ein einziges Stück der deformierten Rüstungen, die einst den Verteidigern des Tempels gehört hatten.

Ob mir das verdächtig vorkam? Allerdings.

Das Licht flackerte.

„Spiel nicht mit der Fackel", fuhr ich den Jungen an.

„Mache ich doch gar nicht."

Er hatte recht. Mit der Fackel war alles in Ordnung. Ihr Widerschein an den polierten Wänden teilte sich jedoch flackernd und funkelnd in gleißendes Licht und tiefschwarzen Schatten.

Dann löste sich einer der Schatten von der Wand und flog direkt auf mich zu.

Im letzten Augenblick konnte ich noch schützend die Hand heben, doch die linke Hälfte meines Körpers wurde taub und verlor jegliches Gefühl. Der Geist schlang sich um meinen Unterarm und kroch hinauf zu meinem Hals ...

Ein *Geist*?

Ich gab mir einen Ruck und zog den „Seelentöter" aus meinem Gürtel. Mit einem einzigen Hieb zerschnitt ich den Schatten, der meinen Arm umwickelt hatte. Er verschwand in einer blitzenden Silberflamme, während weitere dunkle Gespinste, die durch die Reflektion unserer Fackeln entstanden waren, von den Wänden auf uns zu flogen.

„Mach sie aus!", rief ich und stürzte mich auf die Schatten. Doch es waren zu viele. Sie schlangen sich um mich und saugten mir das Leben aus dem Leib.

Dass ich bereits tot war, schien sie nicht im Geringsten zu stören.

Einige Schatten hingen auch an Neo. Der Junge ließ die Fackel auf den Boden fallen und stampfte mit dem Fuß auf die Flamme. Nach einem kurzen Aufflackern erlosch das Feuer.

Sofort ließ die Kälte nach und meine Lähmung wich.

Die Schatten hatten sich in der Dunkelheit aufgelöst. Sie waren verschwunden.

Verdammt! Was für schreckliche Biester!

Fluchend packte ich Neo an der Schulter und zerrte ihn zur Tür. „Sei leise! Mir nach!"

Wir eilten durch den äußeren Korridor in Richtung Ausgang. Dort schob ich den Jungen aus der Tür, trat hinter ihm heraus und drehte mich im Eingang um.

Doch ohne Licht konnten die Schatten nicht existieren. Indem er die Fackel löschte, hatte Neo sie alle gleichzeitig getötet.

☦ Toter Schurke ☦

„Was machen wir jetzt, Onkel John?", fragte der Junge. Dicke Tränen der Enttäuschung hingen ihm in den Augenwinkeln.

„Wir legen uns schlafen", sagte ich, „und kommen morgen früh wieder her."

„Als ob das etwas ändern würde!", wandte Neo erstaunlich weitsichtig ein.

„Wir werden uns etwas überlegen", meinte ich schulterzuckend. „Hungrig?"

„Ich habe noch etwas gebratenen Fisch."

Ich sah hinauf zur Tempelkuppel und kratzte mir nachdenklich die Wange. „In Ordnung, du kannst jetzt essen, aber geh nicht schlafen, bis ich wieder da bin. Ich möchte, dass du das Tor im Auge behältst."

„Glaubst du, dass die Orks kommen könnten?"

Ich zuckte die Schultern. „Alles ist möglich."

Damit ging ich zurück zum Tempel.

Nachtjäger brauchten keine Fackel.

OHNE DAS LICHT war es im Inneren des Tempels extrem dunkel. Dennoch fand ich mich dank meiner Nachtsicht in den Korridoren zurecht und ging im Slalom an den leeren Rüstungen vorbei, die einst den Kriegern des Ordens des Silberphönix gehört hatten.

Im zweiten Korridor machte ich mich auf eine Attacke gefasst, doch die Dunkelheit hatte alle Schatten absorbiert, sodass die Geister nicht angriffen.

Die Knochen glückloser Abenteurer knirschten schon lange nicht mehr unter meinen Füßen, als ich den Durchgang zum Innenraum erreichte. Er war riesig und komplett leer. In der Mitte erhob sich ein dunkles Podest — ein Altar? Die Decke ruhte auf massiven Steinsäulen.

Ich blieb einige lange Minuten reglos stehen, dann wagte ich ein paar vorsichtige Schritte, während ich aufmerksam auf das Rascheln meiner eigenen Füße lauschte. Gefahr schien jedoch nicht zu drohen. Die Steinplatten gaben unter meinem Gewicht nicht nach. Keine Fallen öffneten sich quietschend. Meine Angst legte sich ein wenig.

Aber nicht ganz, absolut nicht. Irgendetwas stimmte hier nicht. Irgendetwas ließ mir kalte Schauer über den Rücken laufen und die Haare zu Berge stehen.

Hatte ich irgendwann behauptet, dass Tote weder düstere Stimmung noch Grusel empfinden konnten? Tja, da hatte ich mich geirrt.

Ich riss mich zusammen und ging auf das Podest in der Mitte der Halle zu. Fast wäre ich dabei über ein zusammengeschrumpftes Skelett gestolpert. Der Tote lag lang ausgestreckt auf dem Boden; sein weißes Gewand hob sich deutlich von dem dunklen Stein ab.

Ein Priester.

Ich wollte über die Überreste hinwegsteigen, doch eine gewisse Vorahnung hinderte mich daran. Ich sah zu Boden. Direkt vor meinen Füßen war eine dunkle Linie aufgemalt, die in spitzem Winkel auf eine zweite traf, doch in der Dunkelheit konnte ich das Muster nicht genau erkennen.

Ich wollte kein Risiko eingehen, ging um die Zeichnung herum und stieß schon bald auf eine zweite Leiche. Dass direkt neben dem Leichnam ein weiterer spitzer Winkel auf den Boden gemalt war, überraschte mich wenig.

Das war ein Pentagramm. Oder vielmehr ein Drudenfuß. Der Kreis war so verblasst, dass er kaum noch zu erkennen war.

Hier hatte offenbar ein Ritual mit Menschenopfern stattgefunden. Der Tempel war entweiht worden.

Ich ging dichter an das Pentagramm heran und musterte das Podest in der Mitte der Halle genauer. Nach einiger Zeit konnte ich erkennen, dass sich darauf ein Baumstumpf befand. Er war mit einem geschnitzten Dämonengesicht versehen, das in meine Richtung grinste. War es nur Einbildung oder glühte es im Dunkeln?

Und dann spürte ich einen feindseligen Blick im Rücken.

Jemand starrte mich an.

Ich wirbelte herum. Die Halle war leer. Außer mir war niemand hier.

Allerdings ... An die Kuppel war in heller Farbe ungelenk eine Silhouette gemalt worden, die eine ausgestreckte Gestalt im Sprung zeigte. Diese Gestalt sollte zweifellos ein Dämon sein.

Klauenpfoten und ein aufgerissener, in Flammen stehender Mund.

Ein Phönix war das ganz sicher nicht.

Alles andere als ein Phönix.

Das Gefühl, beobachtet zu werden, war stärker geworden, durchdringender. Ich lief wieder um das Pentagramm herum, eilte zum Ausgang, schlüpfte in den Korridor und rannte davon.

Hatte ich vergessen, dass ich unsterblich war? Wenn nicht, wieso ängstigte ich mich dann wie ein kleines Kind?

Und wenn schon! Ich hatte schon zu viel Zeit in der virtuellen Realität verbracht. Ich glaubte nicht mehr daran, dass alles nur ein Spiel war.

5

ALS ICH WIEDER nach draußen kam, saß Neo auf den Stufen des Wachturms und gähnte sich die Seele aus dem Leib, ließ die Tore jedoch nicht aus den Augen.

„Es ist niemand gekommen, Onkel John", berichtete er und fragte dann eilig: „Was ist da drin?"

Ich berichtete, was ich gesehen hatte.

Das Gesicht des Jungen verdüsterte sich. Er schwieg eine ganze Weile.

„Das ist nicht richtig", sagte er schließlich stirnrunzelnd. „Da muss ein magischer Kristall sein, genauso wie im Leuchtturm! Wir müssen ihn zurück an Ort und Stelle bringen."

Ich fragte nicht, woher er das wusste, sondern erkundigte mich nur: „Was meinst du denn, wo wir nach diesem Kristall suchen sollten?"

„Bei den Orks", erwiderte Neo erstaunt. „Sie haben den Tempel entweiht und den Kristall durch ihr heidnisches Götzenbild ersetzt! Wir müssen sie dazu überreden, dass sie die Reliquie zurückgeben."

Überreden? Ja klar. Als ob sie auf uns hören würden! Und der Kampf gegen einen ganzen Stamm von Waldjägern war ziemlich aussichtslos. Aber wenn man das, was man dringend brauchte, nicht durch Verhandlung, Einschüchterung oder Gewalt bekommen konnte, wieso dann nicht einfach stehlen?

Schließlich war ich ein Dieb. Und davon lebten Diebe: Sie nahmen das, was anderen gehörte, ohne um Erlaubnis zu fragen.

Ein magischer Kristall war sicher ziemlich wertvoll. Deshalb war ich fest davon überzeugt, dass ich die Reliquie in der Behausung des Stammesführers oder des obersten Schamanen finden würde.

„Onkel John", rief Neo mir zu. „Meinst du, du kannst mir helfen?"

„Leg dich schlafen", sagte ich. „Ich werde versuchen, etwas über deinen Kristall herauszufinden."

„Ich komme mit dir!"

„Schlaf jetzt!", fuhr ich ihn an.

Widerwillig ging der Junge zurück in den Turm.

Ich ließ den Kopf kreisen und hörte meine Halswirbel leise knacken, dann ging ich zu den Tempeltoren. Dort blieb ich eine Weile reglos stehen und lauschte auf das Rascheln der Nacht und das rauschende Wasser tief unter mir, bis ich schließlich auf den Kiefernstamm trat und mutig auf die andere Seite balancierte.

Von der Anhöhe aus sah ich die Siedlung der Orks deutlich vor mir liegen. Ich studierte einige Minuten lang die Lage und versuchte, auszumachen, wo der Anführer wohnen mochte, dann stieg ich die Stufen hinunter. Dabei prüfte ich bei jeder einzelnen sorgfältig, dass sie nicht unter mir nachgab — diese Vorsichtsmaßnahme kostete mich einiges an Zeit, aber zumindest stürzte ich so nicht in die Tiefe.

Ich wollte nicht sterben. Und auf einen derartig dämlichen Tod konnte ich nur zu gut verzichten.

AUF HALBER STRECKE nach unten hörte ich ein lautes, pfeifendes Schnaufen. Ich klammerte mich an den Felsen, rührte mich nicht und verschmolz mit den Schatten.

Hinter der Biegung erschien ein Ork mit einer Armbrust. Er nahm mich nicht wahr und stieg an mir vorbei nach oben. Ihm folgten drei weitere dunkle Gestalten: der Schamane des Stammes und zwei stämmige Krieger.

Der runzelige Hexenmeister hielt mit den jungen Kämpfern mühelos Schritt und musste kaum seinen knorrigen Stab zur Hilfe nehmen. Auf seiner Brust leuchtete eine Halskette aus weißen Reißzähnen, in sein graues Haar waren verschiedene bunte Bänder geflochten.

Die Krieger waren bis an die Zähne bewaffnet. Jeder von ihnen hatte einen massiven Krummsäbel, in ihren Gürteln steckten gebogene Dolche und Wurfmesser. Beide trugen Brustpanzer und Helme aus Bronze.

Die Krieger schnaubten geräuschvoll, die Nüstern ihrer flachen Nasen weiteten sich. Beide waren gefährliche Gegner, dennoch nahm ich mir zuerst den Schamanen vor.

Ich bohrte ihm den Zeigefinger in den Hals. Meine Kralle durchstach seinen Kehlkopf erstaunlich leicht. Als der Hexenmeister von der Klippe stürzte, warf er die Hände in die Luft, während er den Mund geräuschlos auf und zu klappte.

Der Krieger hinter ihm griff zum Säbel, doch ich trat ihm heftig vor den Brustpanzer, sodass er gegen seinen Hintermann flog. Beide Krieger stürzten die Stufen hinab, fielen jedoch leider nicht in die Tiefe.

Vom Fuße der Klippe ertönte ein dumpfer Aufprall. Eine Systemnachricht wies mich darauf hin, dass ich mir Erfahrungspunkte für die Tötung des Schamanen verdient und außerdem ein neues Level erreicht hatte.

Das war mir im Augenblick gleichgültig. Ich hatte gerade Wichtigeres zu tun.

Ich wandte mich zu dem Ork mit der Armbrust um, der einige Stufen über mir stand. Er hob seinen Säbel, doch flink wie eine Schlange schoss mein Knochenhaken vor und fügte ihm knapp unterhalb des Brustpanzers einen tiefen Schnitt quer über den Leib zu, von einem Hüftknochen zum anderen. Unter dem kurzen Kilt schoss Blut hervor. Die Wunde lähmte den Ork, sodass er erstarrte, während seine Augen vor Qual aus den Höhlen traten.

Eine solche Gelegenheit durfte ich mir nicht entgehen lassen. Ich sprang auf den Feind zu, riss ihm die Armbrust vom Rücken und schickte ihn seinem Schamanen hinterher.

Mittlerweile kamen die beiden Krieger schon wieder auf mich zugeeilt, außer sich vor Wut über den Tod ihrer Kameraden. Ich hob die Armbrust und feuerte auf denjenigen, der mir am nächsten war. Der Bolzen drang mühelos durch den Brustpanzer. Keine Ahnung, mit welchem Zauber er versehen war, doch der grünhäutige Krieger verwandelte sich auf der Stelle in eine verschrumpelte Mumie.

Die ungeladene Waffe schleuderte ich nach dem letzten Krieger. Er konnte sie mit dem Säbel abwehren — und meinem Angriff gänzlich ausweichen. Ich stürzte mich auf ihn und grub ihm den Knochenhaken „Seelentöter" tief in die mächtige Schulter. Dann zog ich den Haken zurück, sodass sein Arm von der Schulter bis zum Handgelenk aufgerissen wurde.

Heulend ließ der Krieger den Säbel fallen. Dennoch gab er sich nicht geschlagen, sondern versuchte, mit der linken Hand seinen Dolch aus dem Gürtel zu ziehen. Ich schloss meine Krallenhand um seinen Bizeps und hieb mit dem Haken auf seinen ungeschützten Hals ein.

Der Krieger erschauerte. Er taumelte und fiel auf ein Knie, dann stürzte er mit dem Gesicht voran auf die Felsen. Das Leben wich ihm aus dem Leib, während grünes Blut aus seinen schrecklichen Wunden triefte.

Der Nächste bitte!

Ich war der Nachtjäger, flink und tödlich, genau so, wie ich gern sein wollte.

Ich lachte leise auf, verstummte jedoch sofort. Reglos lauschte ich in die Stille der Nacht.

Nichts. Der kurze Kampf hatte die Wachposten nicht alarmiert. Vermutlich hatten sie ihn nicht einmal gehört. Hervorragend!

Ich durchsuchte die toten Orks, nahm jedoch nichts an mich. Sie hatten keine Wertgegenstände bei sich und ihre unhandlichen Waffen waren für mich nicht von Interesse.

Eine Nachricht erschien und unterrichtete mich über die neuen Levels, die meine beiden

Alter Egos erreicht hatten. Ich sah die Angaben kurz durch, investierte einen Punkt in Beweglichkeit und tat mich dann wieder einmal sehr schwer damit, zwischen Konstitution und Wahrnehmung zu entscheiden.

Oder sollte ich lieber in Stärke investieren?

Alles hing davon ab, wie ich künftig spielen wollte. Für Schurken war eine gut entwickelte Wahrnehmung fast genauso wichtig wie für Hexenmeister und Schützen. Sie wirkte sich auf Genauigkeit, Beobachtungsgabe und innere Energie aus, während Gesundheit und Ausdauer durch die Konstitution beeinflusst wurden. Und es konnte nicht schaden, wenn man Attacken gut standhielt.

Wieso ein Schurke Stärke braucht? Nun, vor allen Dingen hing der Schaden, den mein Flammenschwert verursachte, unmittelbar von diesem Wert ab. Ich war eben ein sehr seltsamer Dieb. Ein Dieb mit einem beidhändigen Schwert.

In einem längeren Kampf gegen einen Krieger mit einem hohen Level hatte ich keinesfalls eine Chance. Also entschied ich mich dafür, die Wahrnehmung auf 15 Punkte zu erhöhen und dann nur in Beweglichkeit und Stärke zu investieren.

Diesmal gab ich der Tarnung gegenüber der Ausweichfähigkeit den Vorzug, und da jetzt das dritte Level des Inkognito-Modus zur Verfügung stand, wählte ich das selbstverständlich ebenfalls.

Als ich die zugehörige Beschreibung las, musste ich mich verwirrt am Kopf kratzen.

Inkognito III.
Du bist ein wahrer Meister der Verkleidung geworden. Die Menschen in deiner Umgebung nehmen dich einfach nicht mehr wahr. Wenn du unter Leuten bist, kann ein Außenstehender nicht erkennen, dass du das Inkognito nutzt, solange du seine Aufmerksamkeit nicht erregst.
Tarnung: +15 %

Hm. Das war ziemlich schwammig formuliert, oder? Zumindest würde mich jetzt niemand mehr aufhalten, wenn ich mein Profil verbarg. In einer Stadt war das wahrscheinlich ein großer Vorteil.

6

IN DAS DORF der Orks war ich letztendlich nicht gegangen. Da sie Attentäter zum Tempel geschickt hatten, waren sie sicher auch auf die Idee gekommen, den magischen Kristall vor mir zu verstecken. Der Wald war riesig. Ausgeschlossen, dort irgendetwas zu finden.

Stattdessen hatte ich den Außenposten aufgesucht. Der Wächter auf dem Turm war fast eingeschlafen. Den Schatten, der in der Nacht an ihm vorbeihuschte, konnte er nicht wahrgenommen haben. Ich gelangte ohne Probleme zur ersten Hütte, in der Ork-Bogenschützen schliefen. Diese wollte ich lieber nicht aufwecken, sondern glitt in die Hütte des Schamanen.

Eine Hand legte ich ihm über den Mund, mit der anderen erwürgte ich ihn fast.

„Keinen Mucks, sonst bist du tot", sagte ich leise, während ich spürte, wie die Muskeln des Alten sich anspannten. „Dann muss ich auch die Wachposten ermorden und ins Dorf gehen. Um dort alle zu töten, die ich finden kann."

Daraufhin lockerte ich den Griff über dem Mund des Schamanen.

„Was willst du, du elendes Monster?", stieß er hervor.

„Auf dem Berg ist ein Tempel. Ihr habt etwas von dort mitgenommen. Einen magischen Kristall. Wo ist er?"

„Nein!", keuchte der Ork. „Den bekommst du nicht!"

Ich lachte. „Doch, natürlich. Wo ist er

versteckt?"

„Versteckt?" Der Schamane erhob sich ungläubig von seinem Lager. „Das verfluchte Ding hat uns einen Dämon eingebracht! Wir haben mit Blut bezahlt, aber den Kristall sind wir losgeworden! Niemand kann ihn zurückbringen!"

Seine Antwort gefiel mir nicht besonders, deshalb schloss ich meine Klauenhand fester um den Hals des Orks. „Wo ist der Kristall?"

„Auf dem Boden des Sees", erwiderte der Schamane mit gehässiger Freude.

Ich packte ihn noch fester. Der alte Ork krächzte, stieß jedoch hervor: „Der Wächter der Tagundnachtgleiche verhindert ..."

Dann verstummte er. Tot. Mit eingedrücktem Kehlkopf, gebrochener Wirbelsäule und zerfetzten Venen lebte man nicht mehr lange.

Ich wischte mir die blutigen Hände an seiner Schlafmatte ab und glitt leise zurück in die Nacht.

Das war nur eine Computerfigur. Eine Animation. Außerdem hatte ich sie schließlich gewarnt!

Oder etwa nicht?

Trotzdem fühlte ich mich schrecklich. Was sollte das jetzt, bekam ich etwa Gewissensbisse?

Das war ein Ork gewesen, verdammt noch

mal! Nur ein Ork!

Und ich war nur ein Toter. Wir alle hatten die Rolle zu spielen, die uns vorbestimmt war.

MIT DEM GEHEIMNISVOLLEN Wächter der Tagundnachtgleiche wollte ich nichts zu tun haben, deshalb ging ich nicht zum Seeufer. Stattdessen hob ich einen schweren Felsbrocken vom Fuße der Treppe auf, stemmte ihn mir auf die Schulter und stieg die Stufen hinauf. Das kostete mich ein Viertel meiner Ausdauer, doch schließlich erreichte ich die Kante, die über dem See hing, und machte einen Schritt ins Leere.

Nach einem kurzen freien Fall schlug ich auf die dunkle Wasseroberfläche auf. Umgeben von Luftblasen sank ich zu Boden — erst rasch, dann immer langsamer.

Der Wächter würde mich aufhalten? Das würde man ja sehen.

Den magischen Kristall entdeckte ich schon von Weitem. Er lag auf dem felsigen Boden. Das Wasser um ihn herum glänzte silbrig. Ich ließ den Gesteinsbrocken los und erreichte den funkelnden Stein mit einigen energischen Schwimmzügen.

Er war so groß wie der Kopf eines erwachsenen Mannes. Ich umschlang ihn und machte mich auf den Weg nach oben.

Das war gar nicht so leicht. Der See war tief und trichterförmig. Nur zu gern hätte ich das kostbare Objekt in mein Inventar gelegt und mit beiden Händen gepaddelt, doch aus unerklärlichen Gründen passte es nicht in den Slot. Vermutlich gab es eine Beschränkung in Bezug auf Größe oder Volumen.

Auf halber Strecke zur Oberfläche stieß ich auf den Armbrustschützen, den ich die Treppe hinuntergeworfen hatte. Er starrte mich vorwurfsvoll an.

Unsinn. Die Fische hatten ihm bereits die Augen herausgefressen. Er hatte nichts mehr, um mich damit anzustarren.

Ich hielt kurz an, nahm ihm einige Armbrustbolzen ab und stieg dann weiter auf. Endlich kam ich aus dem Wasser und ließ mich auf das Kiesufer fallen.

Niemand kann sich vorstellen, wie erschöpft ich war.

Als ich ein Quietschen hörte, blickte ich auf und traute meinen Augen nicht.

Ein Ritter kam auf mich zu.

Ein echter Ritter in schwarzer Rüstung und einem Helm mit geschlossenem Visier. Hinter dem Sehschlitz glühte ein böser, purpurroter Schein. Über seiner rechten Schulter war der Griff eines beidhändigen Schwerts zu sehen.

† Loter Schurke †

Ein Ork-Ritter?! Ach, du lieber Himmel ...

Es war tatsächlich ein Ork. Seine Gestalt war unverwechselbar gedrungen und kräftig.

Wächter der Tagundnachtgleiche

Ich kam wieder zu mir und erhob mich. Der Ork legte seine behandschuhte Hand auf den Griff des Schwerts. Noch hätte ich mich tarnen und in den Schatten verschwinden können, aber wozu?!

Ich war schließlich der Nachtjäger, flink und tödlich! Ich sollte mich vor niemandem fürchten. Andere mussten mich fürchten!

Blitzschnell schoss ich auf ihn zu, raste durch die schwüle Luft und kam neben der finsteren Gestalt zum Stehen. Er konnte unmöglich rechtzeitig auf meinen Angriff reagiert haben, aber dennoch war es ihm irgendwie gelungen, sein Schwert zu ziehen und auf mich zu richten.

Ich jagte mir seine schwarze, beidseitige Waffe quasi selbst in den Leib — bis hinauf zur Parierstange.

Erlittener Schaden: 528 [576/ 1104]

Die Schwertspitze hatte mein Kettenhemd

durchbohrt und war zwischen den Schulterblättern wieder zum Vorschein gekommen. Mein Flammenschwert flog mir aus den Händen und schlitterte über den Kieselstrand, während ich wie ein aufgespießter Käfer an Ort und Stelle verharrte.

Der Ork spannte seine Muskeln an und hob langsam das Schwert. Die Klinge durchtrennte meine Innereien und verursachte zusätzlichen Schaden, bis meine Beine den Kontakt zum Boden verloren. Jetzt hing ich auf das Schwert aufgespießt in der Luft.

Der schwarze Ritter warf den Kopf zurück und richtete seinen funkelnden, purpurroten Blick auf mich. Ganz offensichtlich genoss er es, wie sein Opfer litt.

Tja, oder hätte genießen sollen.

„Präziser Hieb"! „Klauen der Finsternis"!

Ich warf die Hände nach vorn und schob die Daumen in den schmalen Schlitz des Visiers. Meine Klauen trafen etwas Weiches. Der purpurrote Schein verblasste, als der Ork aufbrüllte und sein Schwert herausriss, sodass ich auf den Boden fiel.

Der Himmel zuckte vor meinen Augen. Schwarzer Stahl hob und senkte sich. Ich rollte mich mit einem unglaublichen Salto zur Seite und entging so um Haaresbreite der tödlichen Waffe, die mich in zwei Stücke geteilt hätte.

Wieder hob der Ork sein beidhändiges Schwert. Er wirbelte auf der Stelle herum und hieb willkürlich in die Gegend.

Ein Blick in die Logs machte mir Hoffnung. Meine Klauen hatten keinen großen Schaden angerichtet, meine Spezialisierung dagegen schon.

Ich hatte den Ork geblendet. Mir war es gelungen, ihm seine feurigen Augen herauszustechen.

Der schwarze Ritter wandte sich wieder zu mir um. Diesmal glitt ich leise zur Seite, packte mein Flammenschwert und schlich mich rücklings an meinen Gegner an. Die Kombination aus zwei Hieben — ein präziser und ein mächtiger — zog fast jede Sehne und jedes Band in meinem Körper in Mitleidenschaft. Die Klinge sauste durch die Luft und landete auf dem Knie des Orks, glitt durch das stählerne Kniegelenk seiner Rüstung und zerschmetterte den Knochen. Der Ork stürzte schwer zu Boden, doch ich rollte geschickt zur Seite. Er schwang sein Schwert in einem weiten Bogen durch die Luft und versuchte, meine Beine zu treffen.

Ich sprang über die schwarze Klinge und

ließ mein Flammenschwert auf den Helm meines nun geschlagenen Feindes krachen. Der Hieb war nicht besonders genau gewesen, die Klinge hatte die Rüstung nur gestreift. Außerdem entdeckte ich in diesem Augenblick einen Fackelschein unter den Bäumen.

Ich musste mir den Kristall schnappen und schnellstens hier verschwinden. Trotzdem blieb ich noch.

Ich wich einem weiteren blinden Hieb aus, änderte meine Position und hob mein Flammenschwert über den Kopf des Ork-Ritters. Dann spannte ich jeden einzelnen Muskel an, ließ die Waffe niedersausen und traf ihn zwischen Hals und Schulterstück.

Ein Klirren und Krachen war zu hören, dann bewegte er sich nicht mehr und lag reglos auf dem Boden. Tot war er jedoch noch nicht. Ich musste auf ihn klettern und den scharfen Knochenhaken durch den Schlitz in seiner Rüstung stechen.

Ich hätte ihn lieber mit einem Stilett erledigt, doch leider hatte ich keins zur Hand.

Der Ork hauchte sein Leben aus. Das schreckliche, schwarze Schwert, das ihm aus der Hand gefallen war, nahm ich an mich.

Mehr Beute hatte er nicht zurückgelassen. Die Ermordung des Wächters hatte mir sein

✝ Coter Schurke ✝

furchteinflößendes Schwert und 2.000 Erfahrungspunkte eingebracht. Und jede Menge Ärger.

Hinter den Bäumen ertönten kehlige Rufe, die Fackeln flackerten noch näher. Ein Pfeil sauste über meinen Kopf und landete im See.

Ich beschloss, mich den Orks nicht zu stellen. Stattdessen verstaute ich meine beidhändigen Schwerter — mein eigenes sowie meine neu erworbene Trophäe — hinter meinem Rücken, nahm den magischen Kristall und verschwand in der Tarnung.

Ich hatte nicht vor, als Zielscheibe für Ork-Bogenschützen zu dienen.

TAUMELND ERREICHTE ICH im Morgengrauen mit meinen letzten 100 Ausdauerpunkten die Tore zum Tempel. Der Aufstieg war mich teuer zu stehen gekommen. Die Orks waren mir dicht auf den Fersen gewesen, außerdem hatte ich die Armbrust mitgeschleppt, die ich auf der Treppe aufgehoben hatte. Soweit ich sehen konnte, hatte der Hieb mit dem Säbel sie nicht besonders stark beschädigt.

„Onkel John!" Neo stürzte auf mich zu. „Du hast ihn gefunden!"

Ich legte den sphärischen Kristall auf den

Boden und rollte ihn dem Jungen zu. Dann legte ich die Schwerter ab und spannte die Armbrust. Sie hatte keine Spannwinde, sondern ich musste den Fuß in den Steigbügel stellen und fest an der Sehne ziehen.

In meinem Rücken knackte es bedenklich, doch ich schaffte es.

Der ertrunkene Ork hatte nur fünf Bolzen bei sich gehabt, von denen ich nun einen lud. Der Bolzen war rundum mit Runengravuren übersät. Ich hoffte nur, dass dadurch die Genauigkeit nicht beeinträchtigt wurde.

Dann legte ich die Armbrust zur Seite und inspizierte mein Kettenhemd. Zum Glück hatte sich das Loch in meiner Brust bereits geschlossen. Ich nahm das Schwert des Ork-Ritters zur Hand. Die Klinge war lang und schwarz wie die Nacht. Jeder Versuch, es zu benutzen, schlug jedoch fehl. Meine Finger rutschten immer wieder vom Griff ab.

Langschwert der Herbst-Tagundnachtgleiche
Beschränkung: Kann nur von Wesen benutzt werden, in deren Adern Ork-Blut fließt.

Die übrigen Eigenschaften der Waffe blieben verborgen. Außerdem hatte ich

Wichtigeres zu tun. Meine Verfolger waren gerade oben auf der Klippe aufgetaucht.

Ein schneller Späher lief über den Kiefernstamm und zog sich dann sofort wieder zurück, als ich mein Flammenschwert hob. Auf ihn geschossen hatte ich nicht. Die wenigen Bolzen musste ich mir für lohnendere Ziele aufsparen.

Und bei Gott, das war richtig so.

Als ein Dutzend der scharfzahnigen Banditen zum Angriff überging und ihr blutrünstiges Kriegsgeheul über den Platz schallte, wartete ich, bis zwei auf den Stamm geklettert waren, und versenkte dann einen Bolzen im ersten Ork. Er klappte zusammen und riss seinen Kameraden mit in den tückischen Abgrund. Die anderen zogen sich zurück und gingen hinter den Felsen in Deckung.

Ich lud die Armbrust neu und rief nach dem Jungen, der sich im Wachturm versteckte: „Neo!"

„Ja, Onkel John?"

„Lauf zum Tempel und sieh nach den Schlössern, ich muss wissen, ob sie noch in Ordnung sind."

Die massiven Tore waren unversehrt. Wenn es uns gelang, uns im Inneren zu verbarrikadieren, würden die Orks uns kaum erwischen.

In diesem Augenblick sprang der Schamane hervor und wirbelte in einem rituellen Tanz umher. Neben ihm erhob sich ein Staubteufel. Ich musste einen weiteren Bolzen für ihn opfern. Obwohl ich ihn verfehlte, verzog er sich sofort. Der Tornado fiel in sich zusammen.

Bogenschützen feuerten ununterbrochen auf mich. Ihre Pfeile donnerten gegen die Steinwand und prallten in alle Richtungen ab.

„Onkel John!", rief Neo von Weitem. „Die Schlösser sind in Ordnung!"

Ich hob die Armbrust auf, tarnte mich und eilte zum Tempel. Dort stemmte ich mich gegen einen Türflügel und drückte ihn zu, dann packte ich den Griff des zweiten und zog ihn zu mir. Erst rührte er sich kein Stück, dann endlich schlossen sich die Türen mit einem sanften Knall, und ich konnte einen Schritt zurücktreten.

Alles war in den Schein des magischen Kristalls getaucht. Ich holte eines der Mönchsgewänder, die ich für den Notfall aufgehoben hatte, aus meinem Inventar und warf es dem Jungen zu. „Wickel den Kristall darin ein."

„Wieso?"

„Die Schatten, weißt du nicht mehr?"

Neo schlang das Tuch um den Kristall. Ich versperrte das Tor und nahm die Armbrust, die ich auf dem Boden liegengelassen hatte.

„Komm mit! Und bleib dicht hinter mir!", wies ich Neo an, als das Artefakt so von dem dicken Stoff verdeckt war, dass sein Leuchten nicht mehr zu sehen war.

Im Tempel war es stockdunkel. Neo packte den Ärmel meines Umhangs und folgte mir. Das Gewicht der Zauberkugel ließ ihn stolpern.

„Ich kann gar nichts sehen", beklagte er sich.

„Brauchst du auch nicht", murmelte ich.

Als wir den Innenraum erreicht hatten, lehnte ich die Armbrust an eine Säule und nahm ihm den eingewickelten Kristall ab. „Das Ding muss wieder auf das Podest, richtig? Spielt es eine Rolle, wer das macht?"

„Nein. Jeder kann die Reliquie zurückbringen", entgegnete Neo mit Überzeugung.

„Warte hier auf mich", sagte ich und ging zum Podest. Mir war es zutiefst zuwider, dass ich über das Pentagramm auf dem Boden steigen musste, doch nichts geschah. Wenn tatsächlich einmal ein Dämon darin gehaust hatte, musste er schon vor langer Zeit in die Unterwelt zurückgekehrt sein.

Ich stieß die Ork-Götze mit dem Ellenbogen vom Podest und sah zu, wie der Baumstumpf mit den aufwendigen Schnitzereien in Richtung Wand rollte.

„Na gut ...", schnaufte ich. „Dann mal los!"

Ich riss die Gewänder vom Kristall und setzte ihn auf das Podest.

Der Kristall erstrahlte, tauchte den Tempel in seinen sanften Schein und beleuchtete die Leichname auf dem Boden und das braun-rote Pentagramm. Die Säulen warfen eine Vielzahl von Schatten — aber keiner von ihnen verwandelte sich in einen angriffslustigen Geist.

Seltsamerweise war die Quest nicht beendet, obwohl der Kristall wieder an seinem ursprünglichen Ort saß. Ehrlich gesagt wusste ich nicht, was ich davon halten sollte.

„Und was jetzt?", fragte ich den Jungen, der mit offenem Mund auf das Bild des Dämons an der Steinkuppel starrte. „Neo? Hallo!"

Er schien mich nicht zu hören. „Das sollte nicht hier sein", sagte er.

„Was schlägst du vor?" Ich wurde wütend. „Sollen wir es überpinseln?"

„Nein", sagte Neo und wies nach oben. „Schau nur, Onkel John!"

Ich hob den Kopf und sah etwas, was einst ein Loch in der Mitte der Kuppel gewesen sein musste und nun mit einer Membran verschlossen war.

„Wir müssen Licht hereinlassen!", verkündete Neo. „Hier muss irgendwo ein Schalter für das Ding sein."

Das klang logisch. Schließlich war es seine Quest.

Ich sah mich nach einer Art Öffnungsmechanismus um. Doch das riesige Messingrad, das an das Steuer auf einem Segelboot erinnerte, entdeckte der Junge zuerst. Mit einem Freudenschrei rannte er hin und stemmte sich mit seinem dürftigen Gewicht dagegen.

Aus der Höhe ertönte ohrenbetäubendes Kreischen, als sich die Membran langsam öffnete.

Wir sahen, dass das Loch in der Kuppel mit einer Kristalllinse bedeckt war. Darin konzentrierten sich nun die Sonnenstrahlen, die über dem Horizont erschienen.

Eine Säule gleißenden Lichts traf auf den Altar und füllte den magischen Kristall.

Das Artefakt strahlte nun einen weitaus mächtigeren Schein aus, der den gesamten Tempel durchflutete. Die verdorrten Leichen auf dem Boden zerfielen zu Staub. In einem silbernen Blitz nahm die an die Kuppel gemalte Figur Gestalt an, wurde tiefer und größer, bis sie wie ein federleichtes Hologramm in der Luft schwebte. Kurz darauf stürzte der so entstandene

Dämon zu Boden.

Er war riesig, entsetzlich und von schwarzen Höllenflammen umgeben.

Der Aufprall ließ die Wände erschauern. Stein- und Marmorstücke flogen unter den Krallen der Kreatur in sämtliche Richtungen. Der Dämon landete auf allen vier Beinen und sprang sofort auf die Füße. Er war so groß wie zwei Menschen, auf Rücken und Schultern saßen hohen Stacheln, aus seiner Haut troff schwarzes Feuer, seine breiten Kiefer waren mit zwei Reihen scharfer Reißzähne bestückt. In seinem Blick wirbelte Dunkelheit.

Dann fiel sein Blick auf mich, so klein und hilflos.

Nestjäger, erschien sein Name vor meinen Augen.

Dann ging er auf mich los.

Ich parierte seinen Angriff mit meinem treuen Flammenschwert.

Uff! Meine Wellenklinge prallte von der höllischen Kreatur ab, ohne ihr den geringsten Schaden zuzufügen. Ein Hieb ihrer Krallentatze schleuderte mich durch die gesamte Halle gegen eine der Säulen.

Erlittener Schaden: 437 [457/1104]
Die Krallen des Dämons waren von meinem

Kettenhemd abgerutscht, doch sein kraftvoller Hieb hatte mich trotzdem die Hälfte meiner Gesundheit gekostet. So ein Teufel!

Nein, das war kein Teufel. Das war ein Nestjäger.

Mit einem gewaltigen Brüllen ging die Ausgeburt der Hölle wieder auf mich los. Diesmal wusste ich es besser und rollte einfach zur Seite. Allerdings war meine Ausweichfähigkeit ihm nicht ganz gewachsen: Die lange Kralle des Dämons riss mir den Knöchel auf.

Du Mistkerl!

Ich nutzte meine Tarnung, oder vielmehr versuchte ich es. Der magische Kristall strahlte so hell, dass ich mich nicht in den Schatten verstecken konnte. Dem Dämon dagegen schien der grelle Schein nichts auszumachen. Ganz im Gegenteil, er schien darin zu baden und immer stärker zu werden.

Der Nestjäger stürzte sich wieder auf mich. Ich sprang zur Seite. Er attackierte weiter.

Dieses Katz-und-Maus-Spiel konnte nicht lange so weitergehen. Dennoch hatte ich nicht vor, mich dem Mob zu stellen. Stattdessen duckte ich mich hinter eine Säule und tauchte in den Schatten ein, den sie warf. Verschwunden!

Der Dämon schoss hinter mir her, doch ich war bereits in den nächsten Schatten getreten, sodass er mich nicht fand.

Dann entdeckte der Nestjäger den Jungen.

„Oh, ein Neophyt!", flüsterte die Kreatur. „Frischfleisch!"

Verdammt! Wenn ich jetzt flüchtete, würde das für Neo den sicheren Tod bedeuten. Und wenn ich in den ungleichen Kampf eingriff, wäre ich für immer im Tempel gefangen, sodass der Dämon mich nach jedem Respawn erneut töten würde.

Was konnte ich bloß tun?

Ich zögerte nur kurz, dann eilte ich zum Ausgang. Ich packte die Armbrust, die ich dort zurückgelassen hatte, und versenkte den verzauberten Bolzen im Rücken des Dämons.

Das höllische Monster zuckte nicht einmal. Der Steinboden zerbarst unter seinen Krallen, während der Junge reglos dastand und gar nicht erst an Flucht dachte.

„Er ist nur programmiert", redete ich mir ein und zog den Knochenhaken aus dem Gürtel. „Nur ein Code …"

Neo verschränkte die Arme vor der Brust. Von seiner Gestalt ging ein unerträgliches silbernes Licht aus, das sich rasch durch den Tempel verbreitete und den Dämon fortschleuderte. Ich stand weiter entfernt, spürte die Wirkung jedoch auch. Eine Welle gewaltiger

✠ Toter Schurke ✠

Hitze brach über mich herein und warf mich gegen die Wand, sodass ich den Boden unter den Füßen verlor.

Exil: Immunität.

Immunität war gut, aber meine linke Körperhälfte, die das meiste abbekommen hatte, qualmte jetzt. Meine linke Wange war halb verbrannt, sodass der rauchende Wangenknochen zu sehen war. Ein Cyborg wie aus dem Film — abgesehen vom intakten Auge.

Mühsam erhob ich mich auf die Füße und riss meinen brennenden Umhang herunter. Meine Gesundheit war tief in den roten Bereich gefallen, und um die Ausdauer war es nicht viel besser bestellt.

Gegrilltes totes Fleisch, mehr war ich nicht.

Dem Dämon war es jedoch noch viel schlechter ergangen. Die Welle des Lichts hatte ihn über den Steinboden geschleift, ihm die Stacheln abgebrochen und seine Haut in Fetzen gerissen, dann war er an die Wand geschleudert worden und mit dem Mauerwerk verschmolzen. Die schwarzen Flammen des Nestjägers waren erloschen und zu einem widerlichen, dicken Schleim kondensiert, der auf dem Boden zischte und alles, was ihm in die Quere kam, versengte.

✝ Der Weg eines NPCs ✝

Neo stand mit geschlossenen Augen da. Der Schein, der von ihm ausgegangen war, hatte sich aufgelöst und brannte mir nicht mehr in den Augen, als wäre die Kraft des jungen Neophyten verbraucht. Er war nicht stark genug, um den Dämon auszutreiben und in die Unterwelt zurückzuschicken. Früher oder später würde sich die Kreatur erholen, freikommen und uns die Köpfe abreißen.

Sollten wir flüchten? Und wie weit würden wir kommen, bevor der Vernichter sich befreite und uns nachjagte?

Neo versagten die Knie. Er brach auf dem Boden zusammen. Der Dämon regte sich und stieß dann ein leises Wimmern aus. Mit meinem verbrannten linken Bein humpelte ich auf ihn zu und packte einen seiner Stacheln, um nicht das Gleichgewicht zu verlieren.

Dann schwang ich mich herum und grub ihm den Knochenhaken „Seelentöter" in den mächtigen Hals. Die scharfe Spitze drang leicht durch die versengte Haut des Dämons und fügte ihm geringfügigen Schaden zu. Seine Gesundheitsanzeige rührte sich jedoch nicht einmal.

Das kümmerte mich nicht. Ich hieb immer weiter mit dem Haken auf ihn ein, schnitt ihm die Brust auf und zerfetzte ihm den Nacken.

Der Dämon bewegte sich. Das Mauerwerk knirschte. Dann schlug er die schwarzen Augen auf und versuchte, mich mit seiner freien Tatze zu erwischen.

Dem unbeholfenen Hieb konnte ich leicht ausweichen und schwang weiter den Haken, schneller und schneller. Der Nestjäger brüllte auf und wand sich, sodass Staub von der Decke rieselte.

Sein steinernes Gefängnis würde ihn nicht mehr lange halten können. Und seine Gesundheit lag immer noch bei 80 %! Der Haken konnte die Haut des Dämons zwar sehr gut durchbohren, aber nicht zerschneiden oder zerfetzen.

Dennoch gab ich nicht auf. Alle Wahrscheinlichkeit sprach für mich. Ich konnte nur hoffen, dass das Glück mich nicht verlassen würde.

Dem Dämon gelang es nun, mich an der Schulter zu packen, doch das Kettenhemd ließ seine schrecklichen Klauen immer wieder abrutschen. Allerdings landeten einige Tropfen seines giftigen Schleims auf meiner Haut und drangen zischend in mein totes Fleisch ein.

Außer sich vor Wut machte der Dämon einen heftigen Ruck und konnte sich fast befreien. Ein Netz aus Rissen erschien im Mauerwerk, das ihn umgab.

✝ Der Weg eines NPCs ✝

Die Verzweiflung verlieh mir Kraft. Mit dem nächsten Hieb stieß ich ihm den Seelentöter unverhofft tief ins Fleisch. Die Klinge durchschnitt sein Herz, sodass der Dämon zu Stein wurde.

Seine schreckliche Gestalt zerbarst und löste sich auf.

„Hinrichtung"! Nestjäger wurde getötet!
Der Tempel des Silberphönix wurde wiederhergestellt!
Erfahrung: +5 000 [24 178/24 600]; +5 000 [24 222/24 600]
Erhaltene Errungenschaft: „Dämonentöter des 4. Zirkels", „Zertrümmerer".
Untoter, du steigst ein Level auf! Schurke, du steigst ein Level auf!

Ja! Es hatte geklappt!

Da der Dämon mit der Wand verschmolzen gewesen war, galt er als unbewegliches Ziel, auf das ich meine Fähigkeit „Hinrichtung" hatte anwenden können. Und obwohl ich dazu über 20 Hiebe benötigt hatte, war es mir gelungen, dem Monster den Garaus zu machen! Ich hatte es zurück in die Hölle geschickt!

Der „Seelentöter" war einfach klasse! Nichts war schöner als die „Hinrichtung"!

✟ Coter Schurke ✟

Ich wandte mich zu Neo um, der plötzlich in die Luft schoss. Durch den Körper des Jungen zuckten elektrische Blitze.

Instinktiv wich ich erschrocken zurück, doch dann wurde mir klar, dass ich nur die Hälfte der Erfahrungspunkte erhalten hatte. Die andere Hälfte hatte er bekommen, ganze 10.000, sodass er von Level 1 direkt auf Level 19 springen konnte.

Wie cool war das denn?
Aber ich konnte mich nicht beklagen: Ich selbst hatte nicht nur ein weiteres Level erreicht, sondern war Level 50 schon ziemlich nahe gekommen. Und ich konnte es kaum erwarten, welchen Titel mein Untoter als Nächstes bekommen würde. Ehrlich, ich konnte es kaum erwarten.

Während Neo noch in der Luft schwebte, sah ich mir meine Eigenschaften an. Stärke, Beweglichkeit und die Fähigkeit, Angriffen zu entgehen, hatten sich erhöht, dazu wählte ich den „Schnellen Hieb" aus. Man konnte nie wissen, vielleicht würde es sich irgendwann als praktisch erweisen, den Gegner mit einem Hagel an raschen Hieben verwirren zu können.

Nun landete auch Neo wieder auf dem Boden. Sein Status hatte sich von Neophyt zu Jünger geändert.

„Onkel John, es tut mir so leid", beteuerte der Junge. „Ich wollte dich nicht verbrennen!"

Ich berührte meine versengte Wange. „Was genau war das?"

„Das war der Silberne Segen des Phönix."

„Ein schöner Segen!", schnaubte ich. „Schon in Ordnung. Allein hätte ich diesen Dämon niemals erledigen können."

Unter meinen Füßen klirrte etwas. Ich bückte mich und zog aus den steinernen Überresten des Dämons einen Dolch mit silberner Klinge hervor.

Ich reichte ihm den Jungen. „Der sollte zu deinem Amulett passen."

Sobald Neo den Dolch berührte, flackerte die in der Klinge eingravierte Flamme auf.

„Und was jetzt, Neo?", fragte ich, nachdem ich die Trümmer durchsucht und mir einige sternförmige Saphire, mehrere 100 Goldmünzen und ein großes Stück schwarzen Dämonenknochen gesichert hatte, das noch heiß war.

Die Frage schien ihn zu verblüffen. „Was meinst du damit, Onkel John?"

„Der Tempel wurde wiederhergestellt. Möchtest du hier bleiben?"

Neo schüttelte den Kopf. „Oh, nein! Bitte lass mich nicht allein. Ich möchte mit in die Stadt kommen."

Oh, Gott. Ich war doch nicht sein Babysitter!

Verärgert trat ich gegen einen der Steine. Wie seltsam. Für ein abgebrochenes Fragment war es viel zu gleichmäßig geformt.

Konnte es das Herz des Dämons sein?

Doch, nein, es stellte sich als Ei heraus. Das kleine Ei eines Phönix.

„Hast du heute zufällig Geburtstag?", lachte ich, weil ich dem Jungen das Ei schenken wollte. Seltsamerweise war das jedoch nicht möglich.

Dieses Artefakt ist leider nicht übertragbar.

Davon abgesehen zeigte Neo auch gar kein Interesse an dem Ei, sondern vielmehr für den Dolch, der in seinen Händen so groß wie ein echtes Schwert wirkte.

Den Kampf mit dem Dämon hatte Neo schon längst vergessen. Offenbar war er wirklich sehr belastbar.

Das konnten nicht viele Menschen von sich behaupten.

Mit einem Seufzen musterte ich das Ei. Es stellte sich heraus, dass es ein Haustier war, aber kein richtiges. Ein vorübergehender Begleiter, der verschwand, wenn sich der Spieler ausloggte. Ein

† Der Weg eines NPCs †

Mittelding zwischen dem Vertrauten eines Zauberers und einem Musterexemplar für Werbezwecke.

Egal. Ich würde mich schließlich nicht so bald ausloggen.

Kichernd hob ich das weiße Mönchsgewand vom Boden auf, hüllte mich darin ein und wandte mich zu Neo um. „Bist du bereit?"

„Was hast du gesagt? Oh, ja, Onkel John! Ja, ich bin bereit." Der Junge schob sich den Dolch in den Gürtel und ging zum Ausgang.

Ich hielt ihn zurück. „Deine Zauberkraft. Kannst du sie steuern?"

Neo zögerte, dann gab er verschämt zu: „Eigentlich nicht."

„Welche Zaubersprüche kennst du sonst noch?"

„Ich kenne „Segen", „Netzwerk", „Speer" und „Leichenhemd", zählte Neo auf.

Ich hatte nicht mehr genug Gesundheit übrig, um mir die priesterlichen Fähigkeiten noch einmal demonstrieren zu lassen, deshalb bat ich nur: „Überlass die Orks mir."

Aber draußen waren keine Orks, obwohl ihre Äxte und Säbel tiefe Kerben in den Toren hinterlassen hatten. Ich prüfte den Platz vor dem Tempel gründlich und trat dann vorsichtig heraus.

Niemand. Wirklich keine Seele zu sehen.

„Muss der Tempel nicht gehütet werden?", fragte ich Neo, als der Junge zu mir gekommen war.

Er zuckte die Schultern. Die Tore hinter uns schlugen von selbst zu, obwohl wir sie nicht angerührt hatten.

„Ich glaube, der Silberphönix kümmert sich selbst darum", entschied Neo.

Nun konnte ich nur die Schultern zucken.

Der Tempel brauchte keinen Wächter? Umso besser.

Nichts wie weg von hier!

?

SELTSAMERWEISE GELANGTEN WIR ohne weitere Zwischenfälle zurück nach Stone Harbor. Für eine Welt, in der es nur um die Unterhaltung der Spieler ging, war das sehr ungewöhnlich. Die Orks waren nirgends zu sehen. Sie hatten den Vorposten unbewacht zurückgelassen. Sämtliches Waldgetier flüchtete vor uns. Wir konnten sogar die Nacht auf dem gleichen überschwemmten Bauernhof verbringen wie zuvor.

Am nächsten Tag landete unser Boot gegen

Mittag unweit des Leuchtturms mit dem magischen Feuer. Wir machten uns auf den Weg zum Strand. Für alle Fälle wählte ich den allerschmalsten Pfad, bis ich die Stadtgrenze erreicht hatte, dann versteckte ich mich im Gebüsch.

„Erinnerst du dich an die Typen, vor denen wir davongelaufen sind?", fragte ich Neo. „Schau mal nach, ob du am Turm der Macht einen von ihnen entdecken kannst."

Der Junge nickte und rannte los.

Die dunkle Seite hatte die Herrschaft über die Stadt behalten. Mit meinem Status als „Verteidiger" sollte ich hier eigentlich willkommen sein. Allerdings konnte ich schlecht auf meine Rechte pochen, wenn mir jeder an den Kragen wollte. Falls es Garth irgendwie gelingen würde, meine wahre Identität zu enthüllen — und der Nekromant hatte sicher Zaubersprüche auf Lager, mit denen er Untote ausfindig machen konnte —, würden meine früheren Leistungen keine Rolle mehr spielen. Dann würde ich erhebliche Probleme bekommen.

Das wollte ich nicht riskieren. Völlig zu Recht.

Endlich kam Neo zurück, keuchend und außer Atem. „Am Turm ist einer dieser Fänger mit Netz!"

Ein Fänger mit Netz? Ach so, ein Gladiator!

Wie schade. Und ich hatte gehofft, nach dem letzten Fiasko würden sie sich mit dem Nekromanten entzweien! Diese Typen konnten sich ganz sicher nur zu gut an mich erinnern. Mit Inkognito oder Ordensgewändern würde ich sie nicht hinters Licht führen können.

Sie würden mich in jedem Fall wiedererkennen.

„Am Pier ist aber niemand", ergänzte Neo.

Ich starrte den Jungen verblüfft an. Am Pier? Wozu sollten wir an den Pier wollen?

Er grinste mich breit an. „Mit einem Schiff kommt man in zwei Tagen zur Hauptstadt! Und das wäre auch billiger!"

Ein Schiff? Auf die Idee war ich gar nicht gekommen. In einem Spiel kostete Zeit viel Geld. Mir wäre niemals eingefallen, dass man sie so dämlich verschwenden könnte.

Aber wenn man es sich genau überlegte — ein gewöhnlicher Spieler verbrachte weniger als acht Stunden pro Tag in einer virtuellen Kapsel. Was kümmerte es ihn also, was der Charakter die übrige Zeit tat?

Zudem musste normalerweise niemand dringend so weite Strecken zurücklegen. Die meisten Spieler zogen von einer kleinen Stadt in die nächste und erforschten die neue Welt ohne

✝ Der Weg eines NPCs ✝

Eile.

Damit war es beschlossene Sache. Ich zog die Kapuze hoch und die Maske über das Gesicht.

„Auf zum Pier!"

VON DEM GOLD, das ich bislang eingeheimst hatte, konnten wir uns problemlos zwei Fahrkarten zum Turm der Finsternis leisten. Für eine eigene Kabine und Verpflegung legte ich noch etwas mehr auf den Tisch. Wir mussten eine halbe Stunde bis zum Ablegen warten. Danach hisste die Crew aus Flussorks die Segel und stieß das Schiff mit Stangen vom Ufer ab.

Keiner der wenigen Passagiere war auf dem Oberdeck geblieben. Selbst Neo hatte sich in unsere Kabine zurückgezogen, sobald die Stadt und der Leuchtturm im Dunst verschwunden waren. Ich blieb jedoch. Die gefährlich aussehenden Seeleute schenkten dem exzentrischen anonymen Passagier keine Beachtung. Und ich hatte noch reichlich Energie übrig. Hier war es angenehmer als in unserer beengten Kabine.

Die flachen Wellen umspielten das Boot. Der Mast ächzte. Ein freundlicher Wind küsste mir das Gesicht. Gerade hatte eine neue Phase in meinem virtuellen Leben begonnen. Aber wie virtuell war es denn eigentlich?

✝ Toter Schurke ✝

Ich kratzte über die Reling. Sie sah überhaupt nicht aus wie eine Computeranimation, sondern fühlte sich sehr echt an.

Ich fluchte. Mein Gehirn suchte verzweifelt nach einem Ausweg aus dieser Lage, fand jedoch keinen und versuchte deshalb, sich in falscher Sicherheit zu wiegen.

Wollte ich wirklich hier mein Leben verbringen? Auf gar keinen Fall!

Dabei war es nicht einmal das Schlimmste, dass ich hier eine Leiche war. Früher oder später würde man meine lebenserhaltenden Apparate abstellen. Dann würde ich tatsächlich sterben. Wenn ich dort starb, war mein Leben auch hier zu Ende. Dann würde ich endgültig tot sein, ein für alle Mal. Für alle Ewigkeit.

Und wenn ich es mir recht überlegte, wollte ich nicht sterben.

Mist! Ich war gern bereit, mir zehn Schriftrollen der Wiedergeburt zu beschaffen, wenn ich damit mein altes Leben zurückbekam! Sogar hunderte, wenn es sein musste! Ob mit oder ohne Isabellas Hilfe, ich musste es schaffen!

Mich überkam solche Wut, dass ich fast den Verstand verlor. Um mich abzulenken, holte ich das Phönix-Ei hervor, wog es in den Händen und schüttelte es. Um das Haustier an mich zu binden, musste ich das Artefakt mit Blut besprenkeln. Deshalb ritzte ich mir mit meinen scharfen Krallen das Handgelenk auf und drückte das Ei an die frische Wunde.

DIE SCHALE BEGANN, von innen zu leuchten: Ein sanfter Silberschein, ruhig und gleichmäßig, der direkt verblasste und von tiefschwarzer Finsternis ersetzt wurde.

Das Artefakt platzte auf. Ein schwarzer Kopf ragte heraus, die toten Augen weiß und verhangen.

Die widerliche Kreatur breitete die Flügel aus und erhob sich in die Luft, wobei sie laut krächzte. Sie drehte mehrere Runden über dem Schiff und landete dann auf dem Mast, den sie mit ihren schrecklichen Krallen packte.

Mit den Abbildungen des Tempelphönix hatte dieses Geschöpf nicht die geringste Ähnlichkeit, sondern erinnerte eher an einen Raben mit einem unverhältnismäßig kräftigen Schnabel, nackten Beinen und struppigen, schwarzen Federn.

Dennoch war das ein Phönix. Oder vielmehr mein toter, schwarzer Phönix. Der perfekte Begleiter für mich, den ich dem Spiel zu verdanken hatte.

Die Kreatur öffnete den Schnabel weit und

stieß ein ohrenbetäubendes *Kraaah!* aus, während das Schiff mich zu meinen nächsten Abenteuern trug.

Zum Turm der Finsternis.

ENDE VON BUCH 1

Neue Vorbestellungen!

Kräutersammler der Finsternis LitRPG-Serie
von Michael Atamanov:
Der Videospieltester
Hart am Wind
Falle für den Herrscher

Unterwerfung der Wirklichkeit LitRPG-Serie
von Michael Atamanov:
Countdown

Der Weg eines NPCs LitRPG-Serie
von Pavel Kornev:
Toter Schurke

Nächstes Level LitRPG-Serie
von Dan Sugralinov:
Neustart
Held

Spiegelwelt LitRPG-Serie
von Alexey Osadchuk:
Der tägliche Grind - Im virtuellen Hamsterrad

Vielen Dank, dass *Toter Schurke* gelesen hast!

Weitere deutsche Übersetzungen unserer LitRPG-Bücher werden schon bald folgen!

Um weitere Bücher dieser Reihe schneller übersetzen zu können, brauchen wir Deine Unterstützung! Bitte schreibe eine Rezension oder empfehle *Toter Schurke* Deinen Freunden, indem Du den Link in sozialen Netzwerken teilst. Je mehr Leute das Buch kaufen, desto schneller sind wir in der Lage, weitere Übersetzungen in Auftrag geben und veröffentlichen zu können.

Bitte vergessen Sie nicht, unseren Newsletter zu abonnieren:
http://eepurl.com/dOTLd1

Sei der Erste, der von neuen LitRPG-Veröffentlichungen erfährt!
Besuche unsere englischsprachen Twitter- und Facebook LitRPG-Seiten und triff dort neue sowie bekannte LitRPG-Autoren:

https://twitter.com/MagicDomeBooks
https://www.facebook.com/groups/LitRPG.books/

Erzähle uns mehr über Dich und Deine Lieblingsbücher, schau Dir die neuesten Bücher an und vernetze Dich mit anderen LitRPG-Fans.

Bis bald!

www.ingramcontent.com/pod-product-compliance
Lightning Source LLC
Chambersburg PA
CBHW052347020726
47503CB00001B/138